anagramma

1008

Della stessa autrice:

Un amore dolcemente complicato
La piccola libreria di New York
Favola d'amore a New York
Iniziò tutto con un bacio

Titolo originale: *The Start of Something*

Traduzione dalla lingua inglese di Carlotta Mele
Prima edizione: aprile 2022

ISBN 978-88-227-6301-3

www.newtoncompton.com

Realizzazione a cura di Caratteri Speciali, Roma
Stampato nell'aprile 2022 da Puntoweb s.r.l., Ariccia (Roma)

Miranda Dickinson

Tutta colpa del gatto

Newton Compton editori

Questo libro è dedicato al fantastico personale del servizio sanitario nazionale, ai servizi d'emergenza, ai lavoratori essenziali e agli assistenti che sono andati avanti quando tutto il resto si è fermato. Siete incredibili. Grazie.

Vivi come se la vita fosse stata creata per te.

Maya Angelou

Non otterrai molti risultati
se non sarai abbastanza coraggioso da provarci.

Dolly Parton

Capitolo uno
Lachlan

«Rimani concentrato».

«*Sono* concentrato».

Non è vero. Ma a *lei* questo non lo dico. In fondo cosa ne sa di me? Sono solo il ragazzo scontroso che deve cercare di rimettere in sesto quattro volte a settimana.

«Dimentichi che ti conosco, Lachie. Lo so che guardi fuori dalla finestra».

«Non è vero».

È vero. Ma solo perché osservare il mondo fuori è molto più allettante che farsi prendere a pugni da una fisioterapista presuntuosa. Distolgo lo sguardo in modo teatrale.

«Ecco. Bene. Prova a sollevare quella gamba un po' più in alto».

Lo dice come se fosse semplice come bere un bicchier d'acqua. Come se non ci provassi da otto settimane. È facile per te, Tanya, che entri ondeggiando i fianchi in un modo che ho pensato fosse carino, la prima volta che ci siamo conosciuti. Adesso è solo l'ennesimo pugno nello stomaco: l'ennesimo movimento che il tuo corpo sa fare e che il mio ha dimenticato.

So che cosa sta pensando, e del resto è proprio quello che sto pensando anche io. A questo punto avremmo dovuto vedere molti più progressi. Secondo il piano iniziale, in dieci o dodici settimane avrei dovuto già riacquistare almeno l'80% di mobilità alla gamba sinistra. Erano tutti così sicuri: i medici, i chirurghi, i fisioterapisti dell'ospedale… Anzi, per come la vede la mia dottoressa sono pessimisti: il tempo stimato è solo la peggiore delle ipotesi. Ma ormai sono passate otto settimane ed è da quattordici giorni che non cambia nulla.

Tanya ha quel solito sorriso allegro e fastidioso, ma di recente le si è formata una ruga tra le sopracciglia. Può sforzarsi di sorridere quanto vuole, la ruga non se ne va. La cosa mi preoccupa.

Spingo più forte e il dolore mi fa gemere. *Cazzo.* Di solito questo esercizio riesco a farlo in silenzio, ma ormai Tanya se n'è accorta.

«Non sforzarti. Facciamo una pausa. Ti prendo un po' d'acqua».

Esce in tutta fretta per andare in cucina, e non so chi dei due sia più sollevato.

Merda.

La prossima volta devo mordermi la lingua.

Lascio vagare di nuovo lo sguardo fuori dalla finestra, osservo l'edificio di fronte. Sta succedendo qualcosa nell'appartamento sopra la siepe, diametralmente opposto al mio. Le finestre sono chiuse da un mese ormai, da quando la vecchietta che ci viveva si è trasferita. Ma ieri notte le luci sono rimaste accese ben dopo la mezzanotte. E oggi tutte le persiane che danno verso il mio edificio sono aperte. Di tanto in tanto sul davanzale appare un sacco di plastica o una scatola che sparisce qualche minuto più tardi. Adesso non c'è niente, tranne un paio di vecchi guanti da giardino appoggiati contro il vetro. Guardando meglio, riesco a distinguere una lampadina scoperta sul soffitto. Poi da una parte appare quella che sembrerebbe una scala coperta con qualcosa di bianco… forse un telo protettivo?

Distolgo lo sguardo proprio mentre Tanya ritorna con il bicchiere d'acqua. Quando me lo passa le squilla il telefono, la solita musichetta allegra. Solleva una mano a mo' di scuse e indica la porta. Risponderà sul pianerottolo fuori dall'appartamento, come sempre. A giudicare dal suo tono e dal fatto che esce di corsa, suppongo di aver guadagnato almeno un paio di minuti.

Colgo l'occasione. Mi spingo via dalla sedia sulla quale faccio gli esercizi e saltello verso la finestra. Il mio punto preferito. Strano. Quando ho comprato questa casa, un secolo fa, non avrei mai pensato di mettermi a guardare fuori. Adesso è la mia ancora di salvezza. Il mio luogo sicuro.

Riesco a vedere l'angolo dell'edificio accanto, e l'ampio giardino comune che lo separa dalla strada principale. Sul marciapiede ci sono due persone che chiacchierano, due cani al seguito che annusano i rispettivi fondoschiena con entusiasmo. Mi chiedo se abbiano qualcosa a che fare con il via vai dell'appartamento sul lato opposto, ma alla fine si salutano e ognuno se ne va per la sua strada. Nel vialetto d'accesso non c'è nemmeno il furgoncino di un imbianchino o di un arredatore: è lì che li lasciano di solito. Lancio un'occhiata al parcheggio sul retro, ma nulla.

Sì, so che è triste.

Non credevo che sarei diventato un esperto delle vite dei miei vicini, e invece eccomi qui. Non ne vado fiero – e sarei mortificato se qualcuno mi vedesse. Ma… mi aiuta. È confortante sapere che il mondo va avanti. È la promessa che lo vedrò di nuovo, che la vita mi aspetta, appena fuori dalla mia portata.

Questo pensiero mi ha aiutato più delle otto settimane di terapia, poco ma sicuro.

Sollevo lo sguardo verso la finestra di fronte. Trattengo il respiro. C'è qualcuno. È di spalle, ma distinguo una coda di cavallo scura e una T-shirt macchiata di vernice, forse il souvenir di un concerto rock. Si appoggia le mani sui reni, le spalle ruotano stiracchiandosi. Immagino il *crack* soddisfacente delle vertebre che tornano a posto e mi sento immediatamente invidioso.

Girati.

Voglio vedere il suo viso. Sono imbarazzato e affascinato al tempo stesso: non ho alcun diritto di sapere a chi appartengono quella T-shirt e quella coda di cavallo, eppure voglio scoprirlo. Suppongo sia una donna, ma da questa angolazione è impossibile dirlo con certezza. Chiunque sia, sembra stanco. Lo capisco dalle spalle contratte, dal modo in cui si stiracchia lentamente. Conosco quella sensazione...

«Credevo di aver detto basta guardare dalla finestra».

Quando mi volto, Tanya se ne sta al centro della stanza con le mani sui fianchi, proprio come mia madre quando sta per rifilare una bella ramanzina. E va bene, meglio rimboccarsi le maniche fino alla fine della seduta.

Un'ora dopo guardo di nuovo fuori. L'appartamento è buio e le finestre sono chiuse.

Capitolo due
Bethan

Finito.

Ho la schiena a pezzi e non credo che riuscirò a togliermi tanto presto la puzza di vernice dalle narici, ma l'appartamento è arredato e posso iniziare a considerarlo nostro.

Un bel risultato.

Adesso devo dargli quel tocco in più.

È tutto bianco. Noioso certo, ma meglio di quello strano beige magnolia che aveva l'inquilina precedente. Era davvero disgustoso, sembrava il colore del riso al latte – e non sopporto nemmeno quello. Ora posso aggiungere colore comprando tende, lenzuola e cuscini economici. Noah ama i colori. La settimana scorsa mi ha detto che vorrebbe vivere in un arcobaleno. Voglio realizzare il più possibile il desiderio del mio bambino e creargli un arcobaleno tutt'attorno.

Il pensiero mi fa sorridere.

Controllo l'orologio: tra mezz'ora devo andare a prenderlo da Michelle. Grazie al cielo mi ha dato una mano e l'ha tenuto lei ieri sera. Non so cosa avrei fatto senza il suo aiuto. E per fortuna al proprietario di casa andava bene che ridecorassi l'intero appartamento prima che ci trasferissimo. In realtà credo ne fosse sollevato. È stato un incubo togliere quel beige orribile e le decorazioni con motivi floreali a metà parete che con tutta probabilità erano state fissate con una colla a presa rapida. Gli ho risparmiato una bella fatica. L'esperienza mi ha insegnato che è importante guadagnare punti con i proprietari di casa.

Adesso l'appartamento si avvicina di più al potenziale che ho notato il primo giorno che l'ho visto. C'è una luce magnifica: dal momento che si trova all'estremità del palazzo ha le finestre su tre lati. Non devo più accendere la luce di giorno e chiedermi se possiamo permettercelo o no. E poi non è una casa umida: nessuna macchia nera sui soffitti, nessun odore pesante nelle stanze. A giudicare dal modo in cui il sole ha riscaldato il salotto, potremmo persino risparmiare sulla bolletta del gas.

E comunque, da qualsiasi prospettiva lo si guardi, è un passo in avanti.

Mezz'ora tutta per me? Questo *sì* che è un lusso.

Metto su il bollitore e pesco alcuni resti dal pacco degli Hobnob – che, mentre lavoravo, mi hanno fatto da colazione, pranzo e cena.

Aspetto che l'acqua per il tè sia pronta, e nel frattempo mi avvicino alla finestra della cucina. Dà su un edificio identico proprio di fronte. Un grosso gatto grigio è disteso sul davanzale dell'appartamento opposto al mio. Una delle zampe anteriori è appoggiata contro il vetro, i cuscinetti rosa sono un tocco di colore che contrasta con il pelo grigio. Noah sarà felicissimo di poter vedere un gatto dalla sua nuova casa.

Gattooooooo!

Non ha mai vissuto in Galles, ma quella parola la pronuncia con l'accento tipico di Cardiff. Mamma ne sarebbe fiera. O meglio, lo sarebbe se distogliesse lo sguardo dalle sue telenovelas e se ne accorgesse. Dovrei chiamarla. È passato troppo tempo. Quando ci saremo sistemati proverò a farle una videochiamata. Dovrò mandare Emrys a mostrarle come si fa – di nuovo – ma so che al mio fratellone non dispiacerà. Quando Noah inizia a parlare con loro, tutto il resto non conta per lui.

Sotto sotto sono fiera dell'accento di Noah. L'ultima volta che ho parlato con mamma, mi ha accusato di aver perso il mio. Il che dimostra solo che non mi conosce affatto. Da quando sono finita nel North Yorkshire il mio accento è ancora più forte. È come uno scudo che tengo ben dritto davanti a me. Mi dà sicurezza e poi mi aiuta a rompere il ghiaccio. *Ah, sei gallese?* Mi fa sempre ridere quando la gente me lo chiede. Sono tentata di fingermi sorpresa e rispondere: «Cavolo, hai ragione!».

Un'altra cosa che nascondo, quasi a tutti. Il mio lato scherzoso, intendo. È strano. Le persone pensano di aver capito chi sei la prima volta che ti incontrano e non si scomodano mai a rivedere la propria opinione quando iniziano a conoscerti meglio. Mi considerano solo come una mamma single gallese senza senso dell'umorismo? Per me va bene.

Noah sa la verità. È tutto ciò che conta.

Quando siamo insieme ci divertiamo da matti. Con lui tra le braccia posso dimenticarmi tutto il resto. Le preoccupazioni, le circostanze che non ho scelto, la lista di cose da fare – niente ci può scalfire. In due siamo una squadra di campioni. Sognatori ribelli. Amanti della vita. E in questo appartamento ci rimetteremo finalmente in carreggiata.

Il *click* del bollitore riecheggia nello spazio vuoto, un suono poco familiare che tra non molto darò per scontato. Sorrido mentre annego la bustina del tè in una tazza. Un'altra notte in quell'orribile monolocale, e domani io e Noah conquisteremo il nostro nuovo regno.

Fuori si è alzato il vento e delle sottili nuvole bianche danzano attorno al sole. Osservo le pozze di luce e ombra che si muovono sull'edificio di fronte e l'alta siepe di faggio che lo separa dal nostro. Il gatto adesso si è seduto sul davanzale e mi fissa. Be', non proprio *me*. Probabilmente non si rende nemmeno conto che sono qui. Saluto con la mano senza riflettere. Che cosa stupida, ma in un certo senso è il primo incontro nel nuovo vicinato, e quindi…

«Ciao gattino». Quando parlo, il mio respiro appanna il vetro.

Il gatto sbatte le palpebre lentamente. Un attimo di connessione tra noi – e poi salta via.

Ho ancora quindici minuti.

Sposto il telo macchiato di vernice dalla vecchia scala traballante che mi ha lasciato il proprietario di casa, e mi rannicchio su uno dei gradini per bere l'ultima tazza di tè prima del trasloco ufficiale. Sono così stanca che mi fa male anche sbattere le palpebre, e credo che domani mattina il mio corpo mi odierà. Ma non importa. Ce l'ho fatta. Posso aggiungere "imbianchino" alla lista delle mie nuove, discutibili competenze.

Guardo la finestra e mi chiedo con chi divida l'appartamento quel gatto. O meglio chi sia il suo *schiavo*, come direbbe la mia responsabile, Hattie. Lei ha quattro gatti, e quando torna a casa dopo una lunga giornata di lavoro nel vivaio che gestisce, deve mettersi a loro completa disposizione. Che faccia ha l'umano di Grigetto Peloso? È una vecchietta, come la precedente inquilina della mia casa, o è una persona più giovane, come me? Ho così tante curiosità sul vicinato. Sarà l'ennesima novità – nel posto dove stiamo adesso è meglio non sapere niente sui vicini.

Un mese fa, quando sono venuta qui a visitare l'appartamento, ho visto tracce di altri bambini. Nell'ingresso condominiale c'era un passeggino; scatoloni di giocattoli nei sacchi di riciclaggio blu accanto alla porta, impronte fangose di stivaletti sul pavimento del corridoio che porta alle scale. Il proprietario ha detto che questa è una zona molto popolare tra le giovani famiglie. Si trova a due passi dall'asilo di Noah, perciò spero che le mamme che incontro lì vivano nei paraggi.

Magari anche il gatto abita con un piccolo umano?

Lo scoprirò, prima o poi. Forse non avrò risposte sul gatto, ma su tutto il resto sì. Mi piace la sensazione che mi dà questo pensiero. Possibilità, dopo una lunga serie di porte chiuse in faccia.

Merda, devo andare.

Sciacquo la tazza e corro da una parte all'altra della mia nuova casa, chiudendo le finestre e spegnendo le luci. Afferro il cappotto e mi carico in spalla il pesantissimo borsone che ho usato come cuscino ieri notte, quando ho sonnecchiato due ore sul pavimento. Arrivo alla porta e mi giro.

«Ci vediamo, casetta», sorrido. «Torno presto».

Scendo le scale quasi volando, i miei piedi non si posano nemmeno sui gradini.

Capitolo tre
Lachlan

C'è un furgoncino dei traslochi parcheggiato proprio qui vicino.

È un piccolo Transit – non uno degli enormi camion che si usano di solito – ma riconosco il logo della compagnia di traslochi della zona industriale vicino al presidio. Fino a tre mesi fa ci passavo davanti ogni giorno.

Smetto di pensare prima che il mio cervello parta per una strada fin troppo familiare, e rivolgo l'attenzione all'appartamento di fronte. Le luci sono di nuovo accese, un paio di persiane sono aperte. Vedo del movimento all'interno, ma non riesco a distinguere le figure.

Non hanno molto da traslocare, quindi. Sembrano perlopiù scatole di cartone ed elementi di legno che suppongo facciano parte della struttura di un letto da montare. Uno studente? Una persona sola? Qualcuno con poca roba, di sicuro.

Mi squilla il telefono e il cuore mi sobbalza nel petto. Smetterò mai di reagire così? È patetico, davvero. Sono come un canguro. Accetto la chiamata, spostandomi per appoggiarmi contro la parete. Non avevo intenzione di fissare il vicinato per tutto questo tempo, e la mia gamba mi sta insultando. Almeno, quando guarirà, potrò riprendermi la mia vita e smettere di essere una telecamera di sorveglianza umana.

«Non mi chiami da una settimana».

Questa è la mia vita adesso. Non vedo quasi nessuno dal vivo, ma tutti mi sgridano al telefono. E su Skype. E Facetime. E Zoom. Se avessero dei piccioni viaggiatori, mi farebbero sgridare anche da loro. Guardo in basso verso Ernie, il mio grosso gatto grigio, che mi prende a testate lo stinco da cinque minuti perché ha ancora fame. Immagino cosa farebbe a un piccione viaggiatore arrabbiato. E con piacere. Con mia sorpresa, il pensiero mi rallegra.

«Sono stato impegnato, Sal».

«A fare cosa? A ispezionare le pareti? A guardare Netflix? A fissare fuori dalla finestra?».

Le guance mi bruciano leggermente quando sento quell'ultima domanda, e mi allontano dal mio punto strategico, in caso riuscisse a vedermi. Non credo che mia sorella abbia guidato per più di 3000 chilometri portandosi il binocolo per spiarmi, ma con lei non si può escludere niente.

«Fisioterapia», ribatto, fin troppo sulla difensiva.

Prima di rispondere, mia sorella fa una pausa brusca, e io mi odio all'istante per aver usato l'incidente come un'arma. Non se lo merita.

«Ok. Va bene, se non vuoi che ti stia con il fiato sul collo chiamami una volta a settimana, ok? Come avevi promesso».

«Va bene. Mi dispiace».

Il suo sospiro mi ronza nelle orecchie. «Stiamo solo cercando di dare una mano, Lachie».

«Sì, lo so». Vorrei che mi aiutassero *senza* aiutarmi. Lasciandomi andare avanti da solo. So che vogliono fare qualcosa, ma peggiorano solo la situazione. Se non faccio progressi con la fisioterapia, sentirò di aver deluso tutti, non solo me stesso. E non potrei sopportarlo.

E poi non merito il loro aiuto. Il pensiero è come un macigno nello stomaco.

«Ti mando un po' di cose per distrarti, dato che sei a casa», dice mia sorella. Come se fossi un bambino indisciplinato che deve essere intrattenuto. Non importa quanti anni abbia, per Sally sarò sempre il suo seccante fratellino.

«Sto bene, davvero».

«O ti mando la scatola per posta o mi presento alla tua porta», dice. Ha un tono di voce esasperato, ma percepisco una nota di divertimento nascosta. «E a quel punto dovrò rimanere almeno un paio di giorni, sai, il lungo viaggio…».

«Ok, ok, vada per la posta».

«Così va meglio».

Quindi Sal si lancia in un riepilogo delle ultime novità: i miei due nipoti, inspiegabilmente, sono ormai alle scuole superiori; mio cognato Isaac fa il turnista, un lavoro davvero instabile; Sal aiuta i miei genitori con l'attività di casa vacanze, e ha una faida infinita con papà su come va gestito un business nel ventunesimo secolo, accuse al quale lui risponde sempre con «Gli affari andavano benissimo nel 1990». Cerco di ascoltarla – davvero, ci provo – ma presto la sua voce diventa un rumore bianco rilassante che fa da sfondo ai miei pensieri. Non è che non tenga alla mia famiglia. Certo che ci tengo. Solo che adesso è più facile non vederla.

Mi sposto di nuovo alla finestra e lancio un'occhiata all'appartamento di fronte. Vedo una pila di scatoloni su un lato, una bottiglia d'acqua mezza piena sul davanzale. Quanta fretta avevo di trasferirmi, quando ho iniziato il mio nuovo incarico come ufficiale di formazione e sviluppo della Educational and Training Service Unit! Finalmente mi avevano mandato fuori sede. A quel tempo mi sembrava un grande passo. E lo era. Da dove verranno i nuovi inquilini, mi chiedo?

Un grugnito basso alle mie spalle richiama la mia attenzione. Quando mi volto vedo che il mio secondo coinquilino, Bert, è impegnato in uno stallo alla messicana improvvisato insieme a Ernie. Tra i due c'è il giocattolo preferito di Bert – un calzino fatto a maglia che possiede fin da quando sono andato a prenderlo al rifugio animali, tre anni fa. È logoro e sempre umido, e nessuna lavatrice è in grado di rimuovere la puzza, ma il mio cane lo adora. E chi sono io per ostacolare il vero amore?

Lancio un'occhiataccia a Ernie, che solleva il mento come se fosse immune al senso di colpa, una zampa furtiva che si allunga per posarsi, gentilmente, su Calzino.

Oh, oh. Guerra.

«Scusami sorella, devo andare», dico in tutta fretta nel momento in cui Bert si lancia all'inseguimento di Ernie. «Qui sta per scoppiare la Terza guerra mondiale».

«Chiamami quando...», inizia Sal, ma il resto della frase si perde, il mio telefono che ruota su sé stesso, abbandonato sul tavolo della cucina.

Quando Ernie solleva gli artigli per graffiare il naso di Bert, mi lancio per afferrarlo e mi poso quella palla di pelo furiosa e soffiante sulla spalla. Ma il movimento improvviso mi scocca una fitta di dolore alla gamba e urlo. Cerco di resistere, mi volto e saltello fino in camera per poggiare Ernie sul letto.

«Time out, amico mio», dico. «Smettila o sono guai».

L'occhiata di disprezzo puro che mi lancia il mio gatto è l'ultima cosa che vedo prima di chiudere la porta.

Quando torno in sala, Bert è sul divano con Calzino

al sicuro tra le zampe. Non dovrebbe stare lassù, ovvio, e lui lo sa bene. Ma di recente in questo posto le regole sembrano avere sempre meno importanza. Mi siedo lentamente accanto a lui e chiudo gli occhi, respirando per scacciare gli ultimi residui di dolore. Devo guarire, e anche in fretta – non posso fare nulla altrimenti.

Un peso caldo mi si posa sul ginocchio buono, e sorrido senza guardare. Sono davvero poche le cose che un mento canino ben piazzato non può migliorare.

«Grazie, amico». Quando abbasso lo sguardo, Bert solleva gli occhi color cioccolato verso di me, la coda che sbatte contro i cuscini del divano.

Adoro questa bestiola. Non pensavo di essere un amante dei cani fino a quando non ho trovato questo meticcio dalla dubbia provenienza al canile. Credo che sia il risultato di un flirt tra un border collie e un cane molto più piccolo, forse un corgi o un Westie. Il mio amico Riggsy lo chiama "cane pastore a canne mozze", cosa che, sebbene un poco crudele, lo rappresenta benissimo. Un simil cane pastore bianco e nero con le gambe tozze. Adorabile, a modo suo. Mi dispiace che al momento non posso portarlo a spasso come si deve. Riesco a farlo scendere giù nel giardino del condominio la mattina e poco prima di andare a letto, ma oltre a questo sono inutile. Se gli dispiace, non me lo fa vedere. L'ennesimo aspetto della mia vita che è in pausa fino a quando la mia gamba non guarirà.

È tutto in pausa. Mi sembra di trattenere il respiro da tre mesi.

Non voglio pensare a cosa succederebbe se la fisioterapia fallisse.

«Vieni», dico a Bert, spingendomi in piedi. «Ti do un premio».

Mentre vado in cucina, guardo fuori dalla finestra e mi fermo. C'è qualcuno appollaiato sul davanzale dell'appartamento di fronte. La coda di cavallo scura si è trasformata in uno di quegli chignon che si fanno le donne, che sfidano la gravità e sembrano artistici e disordinati al tempo stesso. Se lo faceva anche la mia ex appena dopo il bagno.

Tentenno. Quella *non* è Jenny.

Ma è di certo una donna. Sta bevendo del tè da una grossa tazza blu e rossa che sembra proprio rappresentare la testa di Spiderman. Sta parlando con qualcuno, anche se da qui non riesco a vedere chi sia.

Non so perché, ma mi sento sollevato. Sollevato per lei, intendo. Che non viva da sola.

Questo *sì* che è folle.

Imbarazzato, mi volto e vado in cucina.

Capitolo quattro
Bethan

«Il letto rimane?»

«Certo».

«E i miei giocattoli?»

«Anche quelli».

«E non dobbiamo andare a casa e lasciarli?»

«No, sciocchino. Rimangono tutti qui, e anche noi. Questa è casa nostra adesso».

Noah fa vagare lo sguardo qua e là, riempiendosi gli occhi di tutto il bianco del nostro nuovo appartamento. «Davvero davvero?».

Sorrido al mio bambino dal davanzale della finestra. «Davvero davvero. Cosa ne pensi?».

Mio figlio spalanca le braccia e fa una piroetta sul tappeto appena pulito. «Penso… *wiii*!».

Anche io lo penso. Un vero e proprio *wiii*. Siamo qui, ce l'abbiamo fatta, e lui ha capito che questa è casa nostra. Osservare questa scena mi fa scoppiare il cuore.

Sono così fiera di noi.

Tutta la merda degli ultimi due anni, tutto quel lesinare e risparmiare per tirarci fuori dal posto in cui ci avevano gettato – ne è valsa la pena anche solo per vedere Noah volteggiare nel nuovo salotto ancora profumato di vernice, sorvegliato da una fila di scatole che fanno da sentinella lungo le pareti.

Più tardi, quando Noah è sotto le coperte nella sua prima vera camera da letto, mi siedo con un bicchiere di vino ad assaporare il momento. Sono elettrica, anche se mi sento così stanca che non riesco nemmeno a mettere insieme una frase. C'è ancora molta strada da fare, ma essere qui è come aver raggiunto il miglior campo base per prepararsi a una lunga scalata.

Si sta facendo giorno quando mi sveglio all'improvviso in mezzo a un mucchio di cuscini gettati alla rinfusa sul divano. Le prime luci dell'alba entrano dalle finestre senza tende e gettano ombre misteriose nello spazio a cui dobbiamo ancora abituarci. Ho poco più di due ore a disposizione prima di dovermi alzare e uscire, e mi predo un istante, in questa strana quiete, per ascoltare i suoni e gli scricchiolii dell'edificio, l'eco degli appartamenti attorno a noi, i rumori delle strade che si svegliano poco più in là. Un cane che abbia da qualche parte. Il motore di un camioncino del latte. Il fruscio del vento attraverso le foglie della siepe di faggio che divide il nostro palazzo da quello di fronte. Presto non mi soffermerò più ad ascoltare certi suoni, perciò lo faccio ora. Mi sembra un privilegio.

Quando finalmente sollevo il corpo dolorante dal rifugio accogliente del divano, afferro il calice di vino vuoto dal tappeto e mi dirigo a passo lento in cucina. Sto per superare la finestra quando noto una luce nell'appartamento di fronte. Il grosso gatto grigio è di nuovo sul davanzale e sta dormendo. Ha il naso premuto contro il vetro, due macchioline opache che appaiono e scompaiono mentre respira. Adesso mi sento in pace proprio come quel gatto, anche se il mio corpo si sta lamentando. Anche lui si sente così? È un gatto felice?

Rido di me stessa, coprendomi la bocca con la mano. Troppo tardi per soffocare il suono. Resto in ascolto, il cuore che batte forte. Prego di non aver svegliato Noah. Dieci secondi… venti… trenta… Poi sento il carillon dolce di Harry, il suo amato cavalluccio marino musicale, e so di essere salva. Se Harry suona, Noah si sta riaddormentando.

Scorgo qualcosa dietro al gatto addormentato. All'inizio è un'ombra che colpisce di striscio la fonte di luce. Poi, una mano. Si posa sulla testa dell'animale e gli accarezza gentilmente la schiena pelosa. La mano di un uomo.

Dovrei muovermi, ma non ci riesco. Sono affascinata da quella mano, dalla lunghezza dell'avambraccio che appare poco dopo. C'è un tatuaggio arrotolato come un serpente che va dal gomito fino a poco sopra il polso. Da questa distanza e con la scarsa luce disponibile, non riesco a capire cosa dovrebbe raffigurare. Ma la tenerezza di quella mano che fa le coccole e la potenza del tatuaggio poco più su sono una combinazione vincente. Mi ritrovo a sperare di vedere quell'uomo per intero, e poi mi allontano dalla finestra, le guance arrossate e non solo per il vino che ho bevuto ore fa. Non si spia. Non so come mi sentirei se qualcuno lo facesse con me.

Corro in cucina e sciacquo il bicchiere, afferro la tazza di Spiderman dallo scolapiatti e la riempio d'acqua per portarmela a letto. Devo dormire, e non ho tanto tempo. Quando guardo di nuovo la finestra, il gatto ha cambiato posizione, ma continua a riposare. La mano e il tatuaggio sono spariti.

Non avrei dovuto guardare.

Lo so, ma sono felice di averlo fatto.

Non succederà più, certo. Voglio dire, non sarebbe corretto, vero?

Quando mi infilo sotto le coperte e chiudo gli occhi, sto sorridendo.

«Mio Dio tesoro, come fai a essere già in piedi?». Michelle Gartside prende il cappotto di Noah e lo fa entrare nel salotto, dove Maisie, la figlia più piccola, sta già giocando con altri due bambini.

«Adrenalina e tè». Rido, poggiando il portapranzo di Noah sul bancone della cucina.

«Sei molto più forte di me. Io sarei stata KO se avessi dovuto fare la metà delle cose che hai fatto tu».

Sorrido nonostante il dolore assordante che mi martella la testa. «Sto bene. Abbiamo finito. Devo solo superare i turni extra di questa settimana e poi potrò riposarmi».

Michelle incrocia le braccia. «Bethy, ti conosco ormai da due anni e in tutto questo tempo non ti ho mai visto riposare».

Ok, forse ha ragione. «Che posso dirti? Sono una che prende la vita per le corna…».

«Anche quando ti prende a calci nelle palle…». La mia baby-sitter ridacchia, poi fa una smorfia e abbassa la voce. «Scusa. Se Noah torna a casa e dice questa parola puoi prendertela con me, ok?»

«Certo. Seriamente, Chel, grazie di tutto. Mi rendo conto di averti dato poco preavviso».

«Ah, non preoccuparti. È il mio regalo di benvenuto per te». Poi fa quel solito, strano, gesto, in cui si sporge ma non ti tocca davvero: è l'equivalente di un abbraccio, e per me fa lo stesso. «Sono davvero felice che tu sia felice. In stato comatoso, ma felice».

Le sorrido. Non è propriamente un'amica. Diciamo che è la persona più vicina a un'amica che io abbia.

«Grazie. Potrei fare un po' più tardi...».

«Mandami un messaggio appena sai qualcosa. A Noah piacciono i bastoncini di pesce e i fagioli, vero?»

«Li adora».

«Allora diciamo che per le quattro e mezza mi fai sapere se farai tardi, e nel frattempo gli faccio fare merenda con Maisie».

«Sei la migliore».

«Puoi dirlo forte! Ora va', prima che ti addormenti in corridoio».

Mentre sono immersa nel traffico mattutino, penso a quanto sono fortunata. Noah ha un posto sicuro a casa di Michelle se io sono a lavoro, ha una nuova abitazione accanto alla scuola materna, e molte più possibilità di realizzare i suoi sogni rispetto a prima.

E anche più spazio, poco ma sicuro. Dentro e fuori.

Ieri abbiamo dato un'occhiata al giardino condominiale che costeggia l'edificio sulla parte laterale, quella con la siepe di faggio, fino a un piccolo rettangolo d'erba sul retro. Non abbiamo mai avuto tanto spazio verde, ed è più che sufficiente per il mio bambino. Va matto per lo sport: ora può calciare la palla o mettersi a correre. O volare come un drago, il suo altro grande amore. Quando ci siamo trasferiti ho fatto qualche domanda sul giardino al proprietario, e mi ha detto che viene un ragazzo a tagliare l'erba due volte al mese, però non c'è un vero e proprio giardiniere. Pensavo di chiedergli se posso piantare dei fiori lungo la siepe. Niente di particolare, solo qualcosina per dare un po' di colore qua e là. Sono sicura che, se le dicessi a cosa mi servono, a lavoro Hattie me ne darebbe un po' al prezzo di costo.

Sono felice di poter fare certi progetti. Nel posto in

cui eravamo prima, correvamo in casa e ci chiudevamo la porta alle spalle il più in fretta possibile – non ci sarebbe mai venuto in mente di ridecorare i dintorni, non era una cosa fattibile. Adesso invece abbiamo lasciato la nostra impronta nel nuovo appartamento, quindi perché non fare la stessa cosa anche fuori? Un po' di colore per tutti.

Quando arrivo al vivaio, ho già un piano in mente.

Sarà *fantastico*.

Capitolo cinque
Lachlan

«No».

«Eddai, Wallace. Ne abbiamo bisogno».

«Davvero?». Guardo in cagnesco il mio migliore amico e mi infilzo la gamba ferita con un dito. «*Questo* è quello di cui ho bisogno. Mi serve questo per stare meglio».

«Ok, ok, sei un disco rotto amico».

«Potresti ricordarmi perché sei venuto qui?»

«Non posso andare a trovare un amico?». Riggsy si stringe il cuore con una mano come se lo avessi ferito a morte. «E poi qualcuno deve tirarti fuori da questa bettola e impedirti di trasformarti in un eremita che guarda solo porno».

«Se pensi che sia divertente puoi sparire all'istante».

Mi guarda come se mi fosse cresciuta una seconda testa. «Un tempo eri divertente».

«Un tempo riuscivo anche ad andare a lavoro tutti i giorni».

Apre il frigorifero e tira fuori due bottiglie di birra. Senza autorizzazione, ovvio. Forse dovrei semplicemente smetterla di comprare la birra. Devo ricordarmi di modificare la lista della spesa dopo che se ne sarà andato.

«E lo farai di nuovo. Tutti buoni motivi per uscire

con i ragazzi. Per ricordargli chi sei. Allentare un po' di tensione. Dovresti slacciarti un po' le mutande, far respirare le palle».

Mi lancia una bottiglia e faccio appena in tempo ad afferrarla. La mia gamba ha uno spasmo e trattengo un urlo. Forse posso esternare il mio dolore con la fisioterapista, ma non darò la stessa soddisfazione a Riggsy. Lui sghignazza come se avesse segnato un punto, poi percorre il salotto a grandi falcate come al solito.

Perché tu puoi farlo ancora e io no?

Non riesco a ignorare la voce che ho in testa. Dovrei essere felice che stia bene. Ma non lo sono. È colpa sua se sono bloccato qui a intrattenere la sua brutta faccia e non là fuori a vivere la mia vita. Se glielo dicessi mi sentirei meglio. Ma finora non ho trovato le parole adatte per farlo.

Per la gente è un mistero che Adam Riggs sia mio amico. E anche per me, la maggior parte delle volte. Ma lui mi è stato vicino, tanti anni fa, e mi ha tirato fuori da un disastro che avrebbe potuto porre fine alla mia carriera nell'esercito. Stavamo facendo un'esercitazione durante la prima missione in Iraq, nemmeno un anno dopo aver finito la formazione, e io ho imboccato la strada sbagliata. Stavo sparlando del nostro comandante e avevo già ricevuto un richiamo. Credendo di capirci qualcosa, ho preso una strada diversa da quella stabilita e per poco non sono finito dritto dritto nell'imboscata di una milizia locale. Riggsy mi ha ritrovato terrorizzato, intrappolato all'angolo di un edificio sfregiato dalle bombe. Mi ha afferrato e mi ha fatto uscire, poi ha convinto il comandante del fatto che ci fossimo persi e fossimo rimasti indietro invece di aver disobbedito agli ordini. Avrebbe potuto denunciarmi, ma non lo ha fatto. Persino anni dopo, quando ho fatto carriera e assunto il comando di un'unità tutta mia con Riggsy come subalterno, lui non ha mai usato quell'errore del passato come motivo per screditarmi. Non posso dimenticarmene. Certo, forse negli anni successivi ho ripagato il favore mille volte – e lui è sempre velocissimo a farmi notare quando ha bisogno di qualcosa – ma gli sarò grato per sempre. E poi mi fa divertire, perlopiù con battutacce. Non è proprio un amico, ma è il migliore che ho.

Scocciato, mi sporgo per afferrare l'apribottiglie dal tavolino da caffè e stappo la birra. Almeno posso bere quello che voglio senza pensare a come tornerò a casa. Magari, se l'avessi fatto tre mesi fa…

«Allora, questa tua fisioterapista». Riggsy si accascia accanto a me sul divano, ed Ernie corre a nascondersi sotto il tavolo.

«Sì?»

«Secondo Barlow è sexy». Beve un sorso di birra, gli occhi carichi di malizia.

«Barlow dice solo cazzate».

«Quindi lo è? Sei proprio furbo, Wallace. Un uccellino sexy che ti spalma le mani dappertutto quattro volte a settimana? Scommetto che ti piace un sacco. Probabilmente le allunghi anche una banconota da venti per avere un po' di sollievo in più…».

«Vaffanculo». Lancio un'occhiata al mio gatto, che osserva il mio amico disgustato. *Hai ragione amico*, penso. Se Ernie è sconvolto, Riggsy non ha proprio speranze. «È una professionista. Una persona che merita rispetto».

Riggsy sbuffa. «Ah, adesso si chiama rispetto?». Poi nota la mia espressione e solleva la bottiglia a mo' di resa. «Ok, ho capito. Chiudo la bocca».

Annuisco e beviamo. Ma, se per un istante ho creduto che volesse davvero lasciar perdere, mi sbagliavo.

«Dico solo che…».

«Be', *non dirlo*».

«È passato un po' di tempo da Jenny. Nessuno ti biasimerebbe se ti lanciassi di nuovo sul mercato».

«Grazie per l'interesse, cupido. Sei licenziato».

Grugnisce, la bocca sulla bottiglia di birra.

Si sbaglia di grosso sulla mia vita sentimentale, ma forse ha ragione su una cosa: dovrei uscire di più. Non vedo i ragazzi da quando sono stato dimesso dall'ospedale, e la maggior parte di loro non è venuta a farmi visita mentre ero lì. Mi aggiungono a gruppi WhatsApp e di tanto in tanto qualcuno mi telefona, ma il più delle volte non sono presenti. È facile dimenticare qualcuno che non vedi tutti i giorni. Una parte di me non li biasima – in fondo, cosa dovrebbero dirmi? Era diverso quando vivevamo tutti insieme al presidio. Se non ci vedevamo a lavoro, ci incrociavamo al pub subito dopo. A quel punto si parlava comunque solo di lavoro – l'unica cosa che avevamo in comune a parte, forse, il football. Ma persino quello creava discordia. Adesso di che parleremmo? Le cose sono cambiate quando mi sono spostato fuori sede. Era inevitabile. Lavoravamo ancora insieme, ci vedevamo per bere qualcosa, ma si era creata una barriera invisibile tra noi. Ero diventato *uno di fuori*: la stessa persona, ma diversa.

Non sono sicuro che mi manchino loro, ma forse mi manca quella sensazione di familiarità, di appartenenza.

Come faccio a entrare in un pub in queste condizioni? Come posso barcollare e sedermi con i ragazzi, e fare in modo che non sia *questa* l'unica cosa che vedano?

Sono fortunato a riuscire ancora a camminare e basta.

Non lo do per scontato. Ma nell'esercito sei prima di tutto il tuo corpo. È quello che vede la gente. Fa parte del lavoro: forza fisica, vitalità, resistenza, sono i ferri del mestiere. Loro mi conoscono per quello che ero: vedere questa versione di me sarebbe peggio che non vedermi affatto. Almeno se rimango qui potranno pensare ancora a me come alla persona di prima.

È stupido, lo so. Io sono più del mio aspetto. Ma è questa la cosa a cui non riesco a rassegnarmi, la domanda che mi terrorizza.

E se dovessi restare così per sempre?

Dopo tre ore, svariate bottiglie di birra e del cibo da asporto di pessimo gusto, sono di nuovo da solo. Be', con i miei ragazzi. Ho Ernie e Bert seduti al mio fianco sul divano e sto scorrendo i titoli su Netflix senza uno scopo, in cerca di qualcosa da vedere. Non per intrattenermi, più per il rumore di fondo. Non si può certo dire che Riggsy sia la compagnia perfetta, ma il vuoto che lascia il suo chiacchiericcio continuo quando se ne va si fa sentire più di prima. Sta a sottolineare la mia incarcerazione.

No, non incarcerazione. Questa è casa mia, non una prigione. Ma a volte ne percepisco i confini. Queste mura possono essere sicurezza, salvezza, o la prova che sono bloccato.

Adesso è un momento pericoloso. Troppo presto per andare a letto, troppo tardi per chiamare qualcuno. Non che abbia qualcuno da chiamare, ma ho troppo tempo per pensare.

Riggsy sarà tornato al presidio, a ubriacarsi e fare casino con gli altri. Mi chiedo se stiano parlando di me, se il mio amico stia ripetendo le sue battute sporche su ciò che faccio a casa tutto il giorno. O se nemmeno mi considerano. Non voglio che parlino di me, ma se lo fanno vuol dire che da qualche parte esisto ancora.

Fanculo. Devo uscire di qui.

«Forza», mi dico, spingendomi in piedi.

Ancor prima di riuscire ad alzarmi, Bert è sceso dal divano e si è piazzato davanti alla porta, la coda che sbatte contro il laminato.

In giardino fa più fresco di quanto immaginassi. Prima, mentre Riggsy mi faceva dono dei suoi loschi aneddoti, mi ero accorto vagamente che aveva iniziato a piovere, ma non avevo guardato fuori dalla finestra. Io e Bert superiamo l'angolo del palazzo e ci dirigiamo verso il giardino sul retro, l'erba umida che imprime linee bagnate sulla punta scamosciata delle mie scarpe. Mi ricorda i tempi in cui mi allenavo su ai Lakes – l'odore della pioggia dopo un acquazzone. Odore di erba e aria, acqua e roccia.

Mi fermo e mi appoggio contro la parete di mattoni ancora calda mentre Bert va ad annusare l'erba troppo alta. Stamattina da queste parti ho incontrato un vicino che mi ha detto che il tipo che di solito viene a tagliarla è in vacanza. Sembrano passate settimane dall'ultima volta che è venuto, ma è la mia percezione del tempo a essersi allungata.

Almeno il mio cane va matto per l'erba incolta. Nella penombra del crepuscolo riesco appena a distinguere la punta bianca e svolazzante della sua coda. Quando starò meglio lo porterò a fare lunghe passeggiate. È una promessa che gli faccio tutte le mattine e tutte le sere da quando lo porto qui. Adesso sembra abbastanza soddisfatto di ispezionare i nuovi profumi e sentire gli ultimi gossip del vicinato. Sono felice di avere Bert, e persino il suo amico bolscevico del piano di sopra, anche se spesso sono a un passo dal farsi la guerra. Non so dove sarei senza di loro.

Cazzo, che gamba rigida stasera. Avrei dovuto muoverla di più quando c'era Riggsy. Tanya non sarà felice domani. Mi appoggio con la schiena sulla parete laterale del palazzo e spingo la mia gamba nel terreno bagnato, poi la porto su di nuovo. Non è proprio un esercizio di resistenza, e mi fa male, ma dopo qualche sollevamento mi sembra che la rigidità se ne sia un po' andata. Faccio lavorare i muscoli lentamente, e nel frattempo alzo lo sguardo verso la finestra illuminata dell'edificio di fronte.

Nel punto in cui ieri ho visto quella ragazza seduta, adesso c'è un vaso di fiori. Non so che fiori siano, ma sono belli. Teste rotonde, cerchi quasi perfetti – proprio come quelli che facevano le ragazze di Sal da piccole per disegnarli; giallo, arancione e rosso acceso sopra steli verde brillante. Mi chiedo se abbiano anche un buon profumo. Sembra di sì.

Le si *addicono*, penso, si addicono a quella donna alla finestra con la tazza di Spiderman. Luminosa, fiera, speranzosa...

Aspetta. Che sto facendo?

Rido di me stesso sotto i baffi, e da qualche parte nell'erba Bert risponde con un *woof* smorzato. Meno male che Riggsy e i ragazzi del presidio non possono vedermi. Meglio che pensino che guardi porno tutto il giorno invece che starmene in giardino ad ammirare i fiori alla finestra di una sconosciuta.

È che sono così pieni di... speranza. Semplici. Come l'aria di Lake District dopo la pioggia.

E, senza sapere perché, all'improvviso ho gli occhi pieni di lacrime, il rosso, l'arancione, il giallo e il verde che si confondono mentre sbatto le palpebre.

Perché ho pianto?

Mi asciugo in fretta le lacrime con il dorso della mano, imbarazzato. Punto i piedi nella terra bagnata e vado a riprendermi il cane. È ora di rientrare.

Capitolo sei
Bethan

Bright Hill Nurseries non è quello che si definirebbe un vivaio moderno, ma io lo amo.

Certo, questa mattina lui non sta esattamente ricambiando questo amore.

La pioggia ieri si è infilata nelle crepe e nei buchi delle vetrate del tetto vecchie di sessant'anni, e ora nell'intero edificio echeggia il suono inquietante delle gocce che cadono. Insieme a Patrick, il nostro giardiniere apprendista di diciannove anni, ho passato un'ora a girare come una pazza per mettere dei secchi nei punti in cui il soffitto perde. Ancora non sono convinta che li abbiamo coperti tutti.

«È questo il problema se si lavora in una grande serra del cavolo», sghignazza Patrick mentre facciamo un ultimo giro dell'edificio principale in cerca di altre perdite. «È caldissima d'estate, un frigorifero d'inverno e praticamente un colabrodo di vetro quando piove».

Si china ad afferrare l'ennesima goccia, ma quella gli finisce con uno *splash* sulla polo verde foresta di Bright Hill. La sua espressione sconcertata è così divertente che inizio a ridere di nuovo. Quando lavoriamo insieme siamo terribili, ridacchiamo tutto il tempo: se il caposezione ci cogliesse in flagrante, ci beccheremmo un'altra sgridata sul significato della professionalità.

Divertente, considerando che Darren Gifford non è

nemmeno arrivato. Questa settimana è la terza volta che fa tardi, e Hattie ancora non dice nulla. Secondo Patrick ha qualche informazione succosa sulla vita sentimentale di Hattie, ed è per questo che lei non lo licenzia. È un'ipotesi un po' azzardata, certo, ma inizio a credere che Pat abbia ragione se ripenso a tutte le volte in cui Hattie ha chiuso un occhio sulle infrazioni di Darren.

Metto un secchio sotto la perdita incriminata, poi faccio un passo indietro.

«Meglio che siano finite, altrimenti dovremo saccheggiare la cucina della caffetteria e prendere delle pentole».

Abbiamo usato l'intera scorta di secchi di metallo, e anche tutti gli stracci e i cestini della sala dello staff e degli uffici. Non vedevo una cosa del genere da tempo, e lavoro qui da due anni.

«Credevo che Hattie avesse fatto riparare il tetto», dice Patrick, ripulendosi la spalla dal muschio del tetto che la goccia si è portata dietro cadendo.

«Doveva. *Deve*». Guardo i pannelli ecologici sul soffitto. Prima che qualcuno possa pensare di aggiustarli, hanno bisogno di essere lavati. «Sono tempi duri per gli affari».

«Sul serio... oggi qui dentro sembra una città fantasma. Anche se, quando piove, nessun fantasma che si rispetti si prenderebbe il disturbo di visitare questo posto».

Osserviamo i corridoi vuoti: semi, ornamenti da giardino, aiuole di fiori artificiali e pile di vasi. Ovunque una sinfonia di gocce sostituisce il chiacchiericcio dei clienti. La stagione è appena iniziata, il tempo è ancora troppo instabile per fare grigliate e uscire all'aperto.

«Arriverà giugno e ci rifaremo», dico, decisa a non pensare alle conseguenze nel caso le cose non andassero come previsto. Oggi non mi lascerò scoraggiare. «Vieni, credo che abbiamo finito con le gocce. Andiamo a scaricare la merce nuova».

È un sollievo uscire dall'edificio principale e andare nel cortile sul retro. Almeno qui, con i pallet di legno carichi di scatole di fiori, possiamo far finta che gli affari di Bright Hill vadano alla grande. I giorni delle consegne sono i miei preferiti. Adoro il modo in cui tutti (fatta eccezione per Darren) uniscono le forze per scaricare le scatole, le battutine e le chiacchiere che ci scambiamo mentre facciamo su e giù tra il cortile e le aiuole dietro il cancello dello staff. Non sono tipa da chiamare "famiglia" i colleghi di lavoro, ma in quei momenti provo un senso di appartenenza.

Sono i giorni in cui Eric Atkinson, il vivaista più anziano (lavora qui da una vita), porta i suoi leggendari panini al cocco e prendiamo il tè tutti insieme sedendo sui sacchi di compost sotto la vecchia tettoia in plexiglass, se non piove, oppure strizzati nel suo capanno se diluvia. Il miglior antidoto contro i muscoli doloranti è bere tè da tazze male assortite mangiando quelle prelibatezze dolci ricoperte di cocco pescate da due vecchie scatole di latta.

Ecco Eric, sta arrivando proprio adesso con quell'andatura incerta e inconfondibile. Supera il cancello, le due preziose scatole infilate sotto ciascun braccio.

«Aspetta, ti aiuto io a portare quelle», si offre Patrick, ma Eric è troppo saggio.

«Ah, bel tentativo, raggio di sole», sghignazza. «Non sono mica nato ieri».

Patrick fa spallucce. «Be', io ci ho provato».

Quando Eric si avvicina, indico con il piede un vaso rovesciato dietro la pila di compost. Non chiede mai di sedersi, ma per via di tutti i problemi che gli dà l'anca non rifiuta comunque l'invito.

«Come sta il nostro piccolo giglio del Galles?». È in assoluto l'unica persona che ha il permesso di chiamarmi in quel modo. Si siede un po' barcollando e si dà un colpetto sulla fronte. «Com'era? *Sut dych chi,* Bethan?».

Non riesco a nascondere la sorpresa. «*Da iawn, diolch!* Sono stupita dal tuo slang!».

«Ho scaricato una nuova app sul telefono – Duolingo o qualcosa del genere», mi informa, le guance arrossate dall'orgoglio. «Te l'avevo detto che avrei imparato».

Che cosa dolce. Non sento mai parlare la mia lingua qui, e ultimamente la uso a malapena, ma è importante che qualcun altro provi a impararla per me. Mi diverte anche da morire che Eric abbia lo smartphone più moderno tra tutti noi. È davvero una forza con le sue app: mi ricorda che non bisogna giudicare dall'apparenza. Forse è per questo che è una delle mie persone preferite.

Durante l'ora successiva trasciniamo sacchi di compost, scarichiamo pallet di piante e facciamo squadra per far rotolare alberi di prugne, meli e salici dal cortile fino al loro spazio apposito nel vivaio. È un lavoro duro, ma vale la pena anche solo per le risate, le chiacchiere e, a essere sincera, per le battute sporche. Apprezzo ogni istante, anche se la notte scorsa ho dormito troppo poco e ciascun movimento richiede uno sforzo doppio.

«Com'è l'appartamento?», ansima Patrick mentre solleviamo un melo in un grosso vaso e lo trasportiamo nella serra camminando come granchi.

«Molto meglio ora che l'ho imbiancato», dico. «E Noah lo adora».

«Ci credo. Anche se di sicuro gli mancano i furgoncini antisommossa della vecchia casa».

Gli rivolgo un'occhiata che lo fa sghignazzare. «Adesso non è più un problema nostro. Dalla finestra vedo solo gli uccellini e i gatti del vicinato».

E un braccio con un tatuaggio intrigante, penso tra me e me, provando di nuovo lo stesso brivido delle prime ore dell'alba. Devo davvero smetterla di guardare però. Credo di aver visto abbastanza. Certo, posso sempre dire che stavo ammirando il gatto…

«Mi sembra davvero noioso».

«Preferisco noioso. Noioso va benissimo. In realtà noioso è il *paradiso*».

Allineiamo il melo con gli altri alberi nella sezione apposita. Patrick grugnisce mentre si stiracchia la schiena. «Mi fa piacere che tu sia felice». Si copre gli occhi per proteggersi da un improvviso raggio di sole che ha squarciato le nuvole, quindi urla per farsi sentire dall'altro lato del vivaio. «Eric! È tutto?».

Eric gli rivolge un pollice in su dal cancello accanto al cortile.

«Sì!». Patrick mi dà un colpetto sulla spalla. «L'ultimo ad arrivare si perde i panini!».

Lo guardo scattare e mi lancio all'inseguimento ignorando i crampi ai polpacci, le lamentele dolorose del mio corpo. Troviamo tutti l'energia necessaria quando l'ora della merenda ci chiama.

Abbiamo appena distribuito tè e panini quando qualcuno ci interrompe bruscamente.

«Abbiamo tempo da perdere eh?». Darren Gifford incombe su di noi bloccando l'unico raggio di sole. E ci riesce solo perché siamo seduti, dato che è alto un metro e sessanta.

«Abbiamo appena finito di scaricare i pallet», dice Eric senza sollevare lo sguardo dal panino, nemmeno per un istante. «Sei gentile a unirti a noi».

Il nostro caposettore è stizzito. Si riescono praticamente a sentire gli aculei di irritazione che gli si rizzano sulle spalle. «Meno male che sono arrivato in tempo allora. L'ora del tè è finita. Tornate a lavoro. Bethan, nel mio ufficio, adesso».

Sento di nuovo addosso tutta la stanchezza delle ultime quarantotto ore. Sto per alzarmi quando Eric solleva una mano e mi blocca.

«Abbiamo diritto a una pausa di quindici minuti, amico. E ne mancano ancora dieci. È la regola. O vuoi che ne parli con Miss Rowse?».

A quel punto ci chiniamo all'unisono per nascondere i sorrisi dietro i panini mezzi mangiucchiati. Forse Darren Gifford è in grado di dettare legge con noi, ma non con Eric Atkinson. Lavora qui da quando alcuni di noi nemmeno erano nati: quando aveva quindici anni, il padre di Hattie, fondatore di Bright Hill, lo ha assunto come apprendista. Nessuno osa sfidarlo. Di sicuro non Darren.

Non ho il coraggio di guardare il caposezione che mormora qualcosa di crudele sotto i baffi e se ne va. Aspettiamo di sentire la porta del cortile che sbatte, e poi ci congratuliamo ad alta voce con Eric. Probabilmente ne pagherò le conseguenze più tardi, ma ora non mi importa. Ora, sono dove devo stare. Lo ha detto Eric – e Pat e la squadra sono d'accordo.

Più tardi faccio una sorpresa a Noah e gli porto i panini che Eric mi ha messo in un sacchetto prima che andassi a casa. Il viso appiccicoso e sorridente di mio figlio a fine giornata è il regalo più bello di tutti. Mi sono anche portata a casa un mazzolino di ranuncoli rossi, arancioni e gialli, perché… perché no? Nessuno li comprerà per me, e queste bellezze sono le mie preferite. Non si può guardarle *senza* sorridere. Proprio come con mio figlio.

Motivi per essere felici alla fine di una lunga giornata. Dal momento che ultimamente siamo solo io e il mio bambino mi sono ripromessa di gioire per una bella cosa tutti i giorni, per quanto piccola. Trovarne una significa che posso dimenticare la pila di scartoffie che Darren mi ha fatto controllare inutilmente questo pomeriggio, o l'esposizione di piante che mi ha fatto smontare e rimontare tre volte. Nella nostra nuova casa, dopo aver guadagnato dei soldi, comprato dei fiori vivaci per le finestre, fatto la cena, posso finalmente rilassarmi e godermi una serata di ozio.

Alla fine mi ritrovo a letto solo mezz'ora più tardi, dopo aver messo anche Noah a dormire. Sono troppo stanca per guardare dalla finestra. Ma, nei miei sogni, si intrecciano un grosso gatto grigio e la mano tenera del suo padrone.

Capitolo sette
Lachlan

La mia fisioterapista mi odia.

Ne sono sicuro. E non posso nemmeno biasimarla. A parti inverse, mi sarei preso già a pugni.

«Ok, fermati, Lachie. *Stop*». Tanya si interrompe, pizzicandosi il dorso del naso come se il gesto le impedisse di pronunciare le parole che vorrebbe davvero dirmi. Non ho mai conosciuto una persona così paziente, ma credo di aver appena scoperto i suoi limiti.

«Sto provando a...», inizio. Ma è una bugia, no? Oggi ogni cellula del mio corpo sta facendo resistenza. Sono la protesta solitaria di una causa persa.

«Lo so». Tiene gli occhi chiusi, le mani ancora sul naso. «Dammi... dammi solo un minuto, ok?».

Perché non le permetto di aiutarmi? Persino io non capisco più il mio comportamento. Perché deve essere sempre tutto una battaglia? Vorrei parlare, scusarmi, ma sarebbe un segnale di resa, giusto? Ammettere che ho bisogno di lei – che non ce la faccio da solo.

So qual è il problema: ho paura. Paura che, se chiedessi aiuto, sarebbe la fine dei giochi. Rimarrò così a vita, e il vecchio Lachie Wallace sarà perduto per sempre.

Lo rivoglio indietro. Anche se a volte era un coglione; anche se passava più tempo a pensare a sé stesso che agli altri. Era felice, quasi sempre. Viveva la vita con indifferenza. Voglio svegliarmi la mattina e non dover ponderare *ogni singola cosa*. Voglio arrivare alla fine della giornata e non dover elencare le attività che sono riuscito a fare, perché era tutto così stupido, automatico, semplice.

«Lachie. Forse hai bisogno di una fisioterapista diversa da me».

Mi si ferma il cuore. Non trovo le parole.

«Ci penso da un po'. Non stai facendo progressi, e credo che il problema potrei essere io». Solleva una mano per zittirmi. «No, ascoltami, ok? Una parte di questa terapia consiste nel fatto che *noi* lavoriamo insieme – e non sta funzionando, tu non credi? Magari un approccio diverso ti farà bene, una mia collega. O un collega maschio...».

È peggio di ciò che credessi. Ora pensa che sono uno stronzo e un misogino. Perfetto, Lachie. Hai già raggiunto il fondo e ora stai scavando.

«Non sei tu...», mormoro, e subito ripenso a un'altra conversazione avvenuta in questo stesso punto. Solo che adesso sono io a pronunciare le frasi di Jenny: «Non sei tu, Lachie. È che non me la sento più...».

A quell'epoca ero rimasto senza parole. Adesso devo trovarle.

«Ho preso una decisione, mi dispiace. Oggi pomeriggio parlo con il supervisore, ti faccio riassegnare...».

Il *bzz* del campanello soffoca il resto della sua frase. Sobbalzo – ovvio – e fisso la porta.

«Dovresti aprire». Si volta verso l'angolo della stanza, il cappotto ripiegato sopra il borsone che si porta dietro a ogni seduta.

«Rimani lì, ok?». Tendo la mano mentre mi avvicino alla porta. «Fammi prima rispondere. Non te ne andare».

Tanya annuisce, le braccia incrociate sul petto, gli occhi incollati al pavimento.

Raggiungo il citofono e rispondo. «Chi è?»

«Un pacco per il signor Wallace».

Che tempismo. «Certo, sali». Premo il pulsante, apro la porta e aspetto: non so se guardare la fisioterapista alle mie spalle o bloccarle la via d'uscita finché non avrò finito.

Ci vuole un secolo prima che il fattorino raggiunga il pianerottolo tutto rosso in faccia. Fa cadere con evidente sollievo una grossa scatola sullo zerbino, e mi passa il foglio da firmare. Non si ferma a controllare se ho bisogno di una mano, quindi vola giù per le scale ora che la pesante scatola non è più di sua responsabilità.

Dovrebbe infastidirmi. Ma stranamente è una cosa che mi dà speranza. Perché non ha pensato nemmeno per un istante che non ne fossi capace. Ha visto le mie braccia scolpite, i tatuaggi, il mio fisico, e ha immaginato che ne fossi in grado. Proprio come il vecchio me.

Magari il vecchio Lachie Wallace non è ancora del tutto spacciato.

Certo, ciò non vuol dire che sarà facile portare dentro questa cosa. Mi chino per sollevarla, ma il peso mi fa girare la testa, e i muscoli della coscia sembrano lava bollente. Da vicino riconosco la calligrafia senza fronzoli di mia sorella, l'indirizzo scritto a pennarello. Che ci ha messo qua dentro, uno dei miei nipoti?

«Non la sollevare da solo. Aspetta». Tanya mi è accanto, e afferra un lato del pacco senza guardarmi in faccia. Non è ancora una bandiera bianca, ma non può andarsene finché non portiamo lo scatolone sul tavolo. Il tragitto dallo zerbino al lato opposto della stanza è la mia occasione per dire quello che avrei dovuto dire settimane fa.

«Sono un'idiota», esclamo mentre zoppichiamo lentamente sul pavimento. «Un vero cretino. Avresti dovuto chiedere uno straordinario per l'angoscia psicologica che comporta riabilitare uno come me».

Continua a non guardarmi. Però non sta ribattendo.

«Ti prego, non te ne andare. Non finché non mi avrai fatto soffrire davvero».

Ancora nulla. Il tavolo è a pochi passi di distanza, e mi rimane una sola cartuccia. Ultimo disperato tentativo. O la va o la spacca…

«Ho il terrore di non riuscirci».

Le mie parole aleggiano nell'aria come un piattello che aspetta il tiro. La paura mi fa contrarre lo stomaco. Gli occhi mi bruciano. Eccolo: il momento in cui ammetto di aver bisogno d'aiuto. Sento il vecchio Lachie liberarsi dalla mia presa e volare nell'etere.

L'ho detto. E lo detesto.

Ma adesso lei mi sta guardando.

«Non dovresti».

Mi viene da vomitare. «Però è così».

Abbiamo raggiunto il tavolo, rimane solo un ultimo slancio per depositare la scatola. Mi sembra di avere la gamba perforata da lame affilate come punte di diamante. Deglutisco e ignoro il dolore, tenendo gli occhi fissi su di lei.

«Lachie, penso comunque che…».

«Proviamoci per un altro mese. Due settimane? Farò tutto ciò che mi dici e la smetterò di lamentarmi». Inghiotto le ultime due parole, ma poi le pronuncio lo stesso: «*Per favore*».

Dall'occhiata che mi rivolge, sembra che per Tanya

persino trovarsi qui dentro vada contro i suoi principi. «Due settimane. E per oggi abbiamo finito».

Annuisco. Che altro posso dire?

Ci salutiamo con sorrisi insicuri, ma è una tregua fragile. La prossima volta devo fare del mio meglio.

Quando se ne va, mi sento piuttosto scosso.

Nel momento in cui faccio uscire Bert ed Ernie dalle loro celle individuali (rispettivamente la mia camera da letto e la stanza degli ospiti) e percepisco la loro energia, qualcosa dentro di me scatta. Mi accascio su una sedia accanto alla finestra e tiro fuori la vergogna e la paura. Fuoriescono sotto forma di ondate emotive che mi fanno tremare il petto e bruciare la gola. Mi aggrappo all'angolo del tavolo.

Ho fatto tutto quello che potevo, e non è stato sufficiente. Volevo riuscire a fare tutto da solo, ma ormai quei tempi sono andati. Quella persona non c'è più. Non so cosa ci sia al suo posto.

Sono *rotto.*

Sono *finito.*

E non ho nessuno a sorreggermi.

È dall'incidente che non voglio essere toccato da nessun altro. Ma adesso il dolore dell'assenza mi fa mancare il fiato.

Mi colpisce come uno tsunami.

Sono solo.

Non è colpa tua, Lachie…

E invece sì, non è vero?

Metto le braccia sul legno freddo del tavolo e ci poggio sopra la testa. L'oscurità mi accoglie, gli occhi doloranti dietro le palpebre chiuse. Respiro, prendo consapevolezza del sangue che pulsa nelle tempie, dell'urlo di stress nelle orecchie, del gorgogliare del cuore. Le prime cose di cui mi sono accorto quando ho ripreso i sensi in ospedale, settimane fa. I segni vitali. Prima di percepire il dolore. Per un istante sono di nuovo lì, confuso ma ancora inconsapevole del fatto che la mia vita era appena cambiata.

E poi percepisco qualcosa che la scorsa volta non c'era: il colpetto insistente di un muso caldo sul gomito. Sollevo il capo proprio mentre Bert salta, le nostre teste che si scontrano in una dolorosa dimostrazione d'affetto. Come premio ricevo una pioggia di bava, e un bel po' di graffi quando mi sale in grembo. È una situazione così ridicola che scoppio a ridere, e quando lo accarezzo dietro le orecchie la mia mano bagnata lascia scie di sale sul suo pelo.

Dalla mensola accanto, Ernie mi dà la sua benedizione con un grugnito – la cosa più vicina a una sua dimostrazione d'affetto. È proprio ciò di cui ho bisogno, e mi fa fare un passo indietro dal baratro prima che possa sprofondarci dentro.

Allora forse non sono completamente solo.

Il momento è passato. Per scongiurare una ricaduta decido di distrarmi aprendo la scatola sul tavolo. Mi spingo in posizione eretta voltandomi involontariamente verso la finestra. I fiori sulla mensola dell'appartamento di fronte catturano all'istante la mia attenzione, i colori ancora più vividi della scorsa notte per via della luce del sole. È solo una spruzzata di colore, ma mi sembra che significhi qualcosa.

Torno a guardare la scatola. Apro un lembo e mi chiedo quali siano le cose che Sally ritenga essenziali per la mia convalescenza.

Dentro c'è una grotta di Aladino di stranezze. Quattro kit fai-da-te, sei libri di Sudoku, tre puzzle, due riviste sulla corsa (davvero di pessimo gusto, se devo dirla tutta), un quintale di cioccolato (e per questo la perdono), quella strana macchina con i pedali d'acciaio che papà metteva accanto al divano per fare cyclette mentre guardava la TV (ecco spiegato il peso), un vecchio binocolo e un logoro libro sul bird-watching. Le ultime cose che estraggo sono un album da disegno A3 e un pacco di pennarelli colorati, di quelli costosi che ci regalavano da bambini a Natale e che custodivamo gelosamente. E che diavolo dovrei farci? Sono bravo a disegnare più o meno come Bert a saltare gli ostacoli.

Lancio di nuovo un'occhiata ai fiori della finestra della vicina, e mi chiedo se sia il caso di usare il binocolo vintage per osservarli meglio. Ma poi ci ripenso, perché sarei davvero uno stalker.

Poi però ho un'altra idea.

È folle. E forse pericoloso.

Potrebbe essere la peggiore idea che io abbia mai avuto.

Ma lo farò lo stesso.

Capitolo otto
Bethan

Darren Gifford è sul piede di guerra. Da quella lavata di capo che gli ha fatto Eric è un vero incubo, e non sembra che il suo cattivo umore sparirà presto. Il mio caposezione non sarà bravo con i lavori manuali, ma di certo sa tenere il broncio più a lungo di chiunque altro.

Oggi il malumore si riflette su tutto il team, una nuvola carica di pioggia pronta a esplodere. E il fatto che Eric abbia il giorno libero non aiuta. Adesso lavora solo quattro giorni a settimana e sorveglia i politunnel delle piante ibride di Bright Hill. Alla fine sarà Patrick a occuparsi delle operazioni giornaliere, ed Eric rimarrà solo come consulente. È un bel modo per andarsene. Oggi sentiamo la sua assenza – il nostro cavaliere errante partito per un lungo viaggio mentre il drago di Bright Hill ruggisce.

No, non posso chiamarlo così. Non sarebbe giusto nei confronti dei draghi.

Come al solito, il bersaglio più vicino su cui sfogare la sua ira sono io. E oggi non c'è limite alla cattiveria.

«No, ho detto le *heucheras* sotto il tettuccio e le *hostas* nei cesti», ruggisce mentre facciamo il solito giro per controllare le piante.

Io lo seguo, sentendomi come se avessi della sabbia che graffia negli stivali. Oggi mi fa male tutto, e non credo che abbia qualcosa a che fare con l'appartamento e il trasloco. La notte scorsa ho dormito come un sasso: dieci ore di seguito, una cosa praticamente sconosciuta. Noah dormiva così profondamente stamattina che sono riuscita a farmi la doccia, vestirmi e fare colazione prima di entrare in camera sua in punta di piedi per svegliarlo. Il pensiero di Noah con i capelli arruffati e il profumo di biscotti caldi mi fa sorridere. Ci voleva. Sono qui per Noah, non per quella faccia da culo di Gifford.

«Lavanda francese? Nella fila della lavanda inglese?»

«Può succedere. I clienti spostano le cose e...».

Gifford si volta agitando un dito a pochi centimetri dal mio naso. Per sua sfortuna siamo in pendenza, perciò, in quanto ad altezza, ho ancora più vantaggio del solito. Se devo dirla tutta, rovina la reputazione degli hobbit. Nella mia famiglia sono tutti bassi, fatta eccezione per il prozio Bleddyn e me, due Gulliver in un mare di lillipuziani del Galles occidentale. E sono tutti adorabili. Con una vita un po' sfortunata, ma molto dolci. Darren è la prima persona bassa sgradevole che ho incontrato, e onestamente è stato uno shock.

Cerco di riprendermi. Non dovrei giudicarlo per via dell'aspetto fisico. Non mi rende migliore di lui. E, nel caso volesse vendicarsi, sarebbe l'ennesima cosa che mi rinfaccerebbe.

«Incolpi i clienti? E poi cosa, *le piante si sono spostate da sole?* La colpa è sempre degli altri per voi, non è vero? Mai la vostra».

Come non detto.

Voi. No, non parla degli abitanti del Galles come si potrebbe pensare. Voi, ovvero le mamme single. Non sapevo che odiare i genitori single fosse una cosa diffusa fino a quando non l'ho vissuto in prima persona.

Adesso lo so. Se sei da sola con un figlio, sembra che la gente noti solo quello. Il fatto che non è stata una mia scelta non importa. Non importa che lotto da sempre per essere vista per chi sono davvero. Gifford si sbaglia, si sbaglia di grosso. Ma non ho parlato a nessuno del mio passato, e di certo non darò a lui la soddisfazione.

Però fa male. L'ingiustizia. Il fatto che mio figlio sia definito un "bastardo" perché in qualche modo le persone come Darren Gifford si sentono migliori. Mi meraviglio di avere ancora la lingua: devo mordermela di continuo.

«Chiedi a Eric», rispondo, prima che possa gettarmi addosso altri insulti. «Lui lo sa».

Questo lo zittisce.

Camminiamo in silenzio, Darren che sputa la sua furia impotente tramite una serie di sibili e di sussurri tra i denti. So che esploderà di nuovo, ma nel "cessate il fuoco" provvisorio cerco di concentrarmi sulle cose belle mentre lo seguo lungo una fila di rose.

Oggi c'è il sole.

Oggi pomeriggio lavoro con Patrick.

Stasera io e Noah faremo i biscotti.

Le rose hanno anche un odore magnifico. Amo questa sezione del vivaio, le file di ibridi di tè e di rampicanti, una frenesia di colori che dà alla testa.

Darren non riesce a sentire il profumo delle rose.

Ecco una cosa che io ho e lui no.

La scorsa settimana Eric mi ha detto che si tratta di un pizzico di consapevolezza che devo tenermi in tasca quando si presentano mattinate come questa. Bisogna trovare la forza dove capita. Un po' qui, un po' lì, granelli di potere da cui trarre energia.

Se fosse stato per Darren, non avrei mai ottenuto la

promozione come assistente del caposezione – e non avrei nemmeno lavorato nella sezione delle piante. Per lui sono una spina nel fianco, e non mi permette mai di dimenticarlo.

«Bethan!», cinguetta una voce alle nostre spalle. Quando mi volto, sorrido all'istante.

Hattie Rowse se ne sta accanto ai giochi d'acqua all'inizio della stradina che abbiamo appena percorso, e saluta follemente con la mano, come se volesse fermare un autobus. È lei il motivo per cui non lavoro più nella sezione articoli da regalo nell'edificio principale tre volte a settimana con salario minimo.

Il mio capo grugnisce in maniera inconfondibile. Un altro pizzico di potere da aggiungere alla mia collezione. Hattie è dalla mia parte, Darren lo sa. Finché ci sarà lei, *noi* possiamo stare tranquille.

Quando ci raggiunge, Hattie è senza fiato. O almeno è ciò che vuole farci credere. Secondo me è più in forma di chiunque altro. L'anno scorso ha corso una maratona, anche se quando l'ho scoperto mi ha fatto giurare di tenerlo segreto.

«È meglio che nessuno lo sappia», ha ridacchiato afferrando la medaglia dal cassetto superiore della sua scrivania e agitandola per farla luccicare sotto la luce. «Meglio che pensino che pianto fiori qua e là, eh?».

Ecco perché amo Hattie. È una persona aperta, calorosa, adorabile, ma conosce la sua forza e sceglie cosa mostrare agli altri. Aspiro a diventare come lei. Anche se, con idioti come Darren in circolazione, potrebbe non accadere mai.

«Che giorno meraviglioso, non trovate?», dice Hattie.

«Adorabile», sorrido, ignorando il silenzio ottuso del caposezione. «Va tutto bene?»

«Bene, bene, tutto benissimo», cinguetta. Ma io colgo l'accenno di un qualcosa nel suo sorriso allegro. *Troppi bene.* C'è qualcosa che non va. Si riprende in fretta. «Devo prendere un attimo in prestito Bethan, Darren. Non è un problema vero?».

La sua domanda è tagliente, il tono un monito a non contraddirla. Accanto a me Darren si fa piccolo piccolo.

«Certo che no. Però mi servirà prima di pranzo».

«Perfetto». Hattie lo fissa fino a quando lui capisce e se ne va. Quindi si volta verso di me: l'aria trionfante le illumina il viso. «Da questa parte, Bethy».

Ci rincamminiamo su per la collina superando le rose, i cespugli e gli alberi da frutta, le file di panchine di pietra e le pile di vasi di terracotta; ci avviciniamo alla cicatrice di terreno incolto al lato opposto del vivaio. Il deposito di Eric si trova qui, nell'unico edificio in legno rimanente, un tempo sede di capanni, serre e baracche. Abbiamo perso il contratto con la compagnia delle rimesse otto mesi fa, e le basi vuote per le esposizioni sono ormai dei promemoria desolati del passato.

Non è un buon segno che Hattie mi abbia portato qui. Di solito beviamo il tè nella comodità del suo ufficio, il ritratto del defunto padre che ci guarda dall'alto, circondato da primule dipinte tutt'attorno. Ci avventuriamo così lontano dalla struttura principale solo quando deve parlare di qualcosa che non vuole far sentire agli altri.

Non appena ci troviamo accanto al capanno vuoto di Eric, il suo sorriso svanisce.

«Che succede?», chiedo. Non vorrei davvero saperlo. Il soffitto che perdeva, l'assenza del suono dei passi dei clienti, le dicerie del team piante… e ora?

«Mi servono delle idee», dice Hattie. È strano vedere

l'assenza di un sorriso sul suo volto. «Grandi idee. E presto».

«Le cose vanno così male?».

Distoglie lo sguardo. «Forse. Abbiamo bisogno di qualcosa che ci dia la spinta. O magari che più fattori collaborino. Non lo so». Si appoggia contro il legno della panchina sbiadito dal sole. «Il punto è che non possiamo competere con i posti più moderni. Grocutts, Hartley's, Gardenworld – sono tutti di proprietà di grosse compagnie con budget esorbitanti e un marketing costoso. Noi abbiamo un budget stringato e Derek, che ha appena imparato a usare Word Art».

Mi viene da ridere. Derek è il nostro addetto alla manutenzione che, per arrotondare, crea poster su carta lucida e volantini a mano. «Gli ultimi che ha realizzato erano carini però».

«Sì, tralasciando il fatto che ha scritto male vivaio…». Sospira. «Ha fatto del suo meglio. Non lo licenzierei mai, no. Ma il punto è che dobbiamo trovare un modo per far girare gli affari, oppure rimarremo tutti senza lavoro».

No. *No,* non può succedere. Non ora che mi sono appena trasferita nel nuovo appartamento. Non troverò mai un lavoro con una paga ottima con così poco preavviso, e non ho risparmi su cui contare. «Mio Dio…».

Hattie ha lo sguardo carico di preoccupazione. Mi posa una mano sul braccio. «Ragazza mia, mi dispiace tanto doverti dare una notizia del genere. Ma so che tu riesci a pensare fuori dagli schemi. So che hai dovuto… Qualsiasi cosa ti venga in mente sarebbe di grande aiuto. Non mi serve una risposta adesso, non siamo ancora così in crisi. Ma, se puoi, prenditi del tempo per farti venire delle idee, che ne dici?».

«Certo, lo farò». Mi sforzo di sorridere ma, mentre ci rincamminiamo lentamente lungo il vivaio, tutte le briciole di positività che ho custodito con cura escono dalle mie tasche.

Quando finalmente torno a casa, mi scoppia la testa. Nel pomeriggio Noah ha litigato con Maisie, perciò io e Michelle abbiamo dovuto mettere su un summit di pace nel suo salottino prima di potercene andare. Non mi viene in mente nulla per Hattie, ed è inutile che mi sforzi. Ho di nuovo paura. Non mi sentivo così spaventata da quando mi sono trasferita.

Adesso guardo Noah dalla cucina mentre aspetto che l'acqua per il tè sia pronta e mi mordo le unghie. Sta giocando con i suoi draghi di peluche. Li ha allineati tutti come soldatini e ora ci sta parlando: il generale più carino di sempre. Ama questa casa. E anche io. Non possiamo perderla, non ora che l'abbiamo resa nostra.

Ricaccio indietro le lacrime che vogliono uscire, puntando i piedi sulle mattonelle di linoleum. Odio non avere il controllo. Mi spaventa più di qualsiasi altra cosa.

E poi mi sento così sola…

A lavoro ho degli alleati, gente con cui chiacchierare e scherzare. Fuori dal vivaio conosco qualche persona qua e là, come per esempio Michelle. Ma in casa siamo solo io e Noah. Nessun altro. Non posso chiamare mia madre perché andrebbe nel panico, e la mia situazione sarebbe l'ennesimo dramma nel quale sguazzare. E comunque ha già troppe cose a cui pensare. E mio fratello è troppo preso dai disastri che combina per trovare il tempo per i miei. So che mamma ed Emrys mi vogliono bene, e io ne voglio a loro, ma sono anche consapevole di cosa sono in grado di gestire o meno. Se papà fosse ancora vivo, avrebbe capito: nella nostra famiglia, era lui il primo a buttare acqua sul fuoco, prima che ereditassi io quel titolo. Ma se n'è andato da sei anni.

Finora non ho voluto ammetterlo, ma mi sento sola. Vorrei avere un amico. Qualcuno che mi ascolti. Qualcuno che bussi alla porta di casa con una bottiglia di vino per chiacchierare ore e ore. Qualcuno che mi abbracci quando le parole non bastano.

Una persona tutta mia.

Devo darmi una mossa. Devo pensare, e non riesco a farlo se mi ossessiono con cose che non ho. È una strada che non porta da nessuna parte.

Innervosita, mi avvicino alla finestra. Non so perché. Ho bisogno di spostarmi, di fare movimento per favorire i pensieri. Distolgo l'attenzione da Noah e il suo esercito di draghi, e guardo i mattoncini rossi dell'edificio dal lato opposto...

Ed è in quel momento che lo vedo.

Un foglio di carta attaccato alla finestra dell'appartamento con il gatto.

Sopra, in rosso, arancione e verde, c'è un messaggio.

Un messaggio per me.

Ciao appartamento di fronte.
Che fiori sono quelli?

Mi porto la mano alla bocca, e la sorpresa mi fa sussultare.

«Che succede, mami?». Noah mi sta fissando, con i suoi occhi di un blu intenso.

Sorrido, senza sapere se sto piangendo o ridendo. «Niente, piccolino. La mamma sta bene».

Mi volto di nuovo verso la finestra. Deve essere per me. Io vivo nell'appartamento di fronte.

È stata la mano che ho visto l'altro giorno a scriverlo? Oppure ci vive qualcun altro? Cerco di immaginare quella mano e il braccio tatuato che muovono un pennarello colorato sopra un foglio di carta. È così assurdo che scoppio a ridere.

Alle mie spalle il bollitore emette un *click*, ma non vado in cucina. Mi avvicino al baule di finta pelle che usiamo come tavolinetto da caffè e sollevo il coperchio. Dentro ci sono i pennarelli di Noah.

Il tè può aspettare. Prima devo fare un'altra cosa.

Capitolo nove
Lachlan

F*orza…*

Sono passate ore da quando ho messo il cartello. Ancora nulla. Se n'è accorta?

L'idea brillante che ho avuto alle 2 di pomeriggio adesso è come una cattedrale nel deserto in formato A3 attaccata alla finestra. Non posso far finta che non esista. Sono un cretino.

Mi allontano dal vetro e vado in cucina. Mi ero ripromesso che non avrei controllato, ma continuo a farlo ogni dieci minuti, come un'idiota. Sono le 6. Quattro ore di veglia inutile. E per cosa? Cosa speravo di ottenere?

Solo adesso, mentre stappo una birra, mi rendo conto di quanto sia stato stupido. Come mi sentirei io se qualcuno mi mandasse un messaggio del genere? Vivo in questo palazzo da cinque anni e ci sono dei vicini che non ho mai incontrato. Perché a una persona dell'edificio opposto dovrebbe interessare la mia domanda? Se avessi visto un messaggio del genere, se qualcuno mi avesse chiesto qualcosa di simile, sarei corso via a gambe levate. Be', quando riuscivo a *correre*.

Tutta colpa della mia stupida gamba. Ultimamente la incolpo spesso. Se avessi ancora la mia vecchia vita non mi sarei avvicinato a quella dannata finestra, figuriamoci se avrei lasciato messaggi invadenti a una sconosciuta.

Inizio a bere ma mi stanco subito dopo: lascio la bottiglia accanto al lavandino e zoppico fino al divano. Ernie mi guarda dal cuscino sul quale non dovrebbe sedere, cerca di capire se il mio arrivo implichi altro cibo, intuisce di no e torna a dormire. Bert solleva il capo dalla cesta accanto alla TV, le orecchie dritte e in allerta. È al caldo, e non vuole muoversi, ma ci tiene a farmi sapere che posso contare su di lui se ho bisogno di un aiuto canino.

«Rimani giù, amico», dico. «Rilassati».

Il mio cane sembra capire: si risiede con un *woof*, il muso sepolto nelle dubbie profondità di Calzino. Afferro il libro di Sudoku che cerco di iniziare da ore, ma dopo due minuti lo rimetto sul bracciolo della poltrona. Poso lo sguardo sulla libreria, dove cinque nuovi libri aspettano che gli dedichi un po' della mia attenzione. Non serve a nulla: non riuscirei mai a concentrarmi su una storia. Sono irrequieto, e infastidito. Non è una combinazione vincente.

Il punto è che… spero che abbia colto il lato divertente della cosa. Mentre scrivevo quel dannato messaggio, continuavo a pensare alla tazza di Spiderman, alla T-shirt del concerto rock, ai fiori allegri. Tutte cose che stanno a indicare una persona che sa apprezzare la leggerezza.

Potrebbe avere un fidanzato.

Non ci avevo pensato.

Magari adesso sta venendo qui a darmi un pugno.

Guardo Bert ed Ernie. Credo che, in una rissa, non sarebbero spalle molto utili.

Ma forse è il motivo per cui non mi risponde. Al momento preferisco questo al silenzio stampa.

Osservo il foglio attaccato alla finestra, le parole al contrario visibili nei punti in cui l'inchiostro del pennarello è penetrato. *Ciao appartamento di fronte...* Quanto sono patetico?

Ok, basta. Lo tolgo. Se non l'ha visto, posso dimenticare che sia accaduto. E anche se l'ha visto e pensa che sia uno stalker pazzo con un fetish per i fiori, le probabilità che potremmo incontrarci dopo quest'episodio imbarazzante sono pari a zero.

Ho deciso. Mi alzo in piedi e mi avvicino alla finestra. Inizio a rimuovere il pezzetto di scotch in alto a destra. L'angolo del foglio si piega e...

E il cuore mi esce dal petto.

Attaccato al vetro, accanto ai fiori, c'è un foglio. Sopra, delle lettere rotonde color arcobaleno formano una risposta:

Ranuncoli. Come si chiama il tuo gatto?

Sbatto le palpebre e guardo di nuovo, nel caso fosse un gioco di luce o uno scherzo del mio cervello. È *vero*. Una risposta. E ha persino notato Ernie. Il che significa che non sono l'unico ad aver sbirciato oltre la siepe.

Non so dire cosa significhi tutto ciò.

Mi appoggio contro il davanzale della finestra e leggo di nuovo il messaggio. È perfetto. *Sapevo* che avrebbe capito.

Oscillo fino a una sedia e prendo album e pennarelli. Mi tremano le mani mentre cerco di estrarre un colore rimasto incastrato nella scatola. Sono impaziente di rispondere, quindi la agito per farli uscire tutti, un'esplosione color arcobaleno sul tavolo della cucina. Bert abbaia con forza e si avvicina, pronto a difendermi dalla rumorosa invasione. Gli accarezzo il pelo e lui mi lecca la mano prima che io riesca a rimetterla sul tavolo. Devo resistere alla tentazione di strappare via un foglio, e mi prendo il tempo necessario a staccarlo con cura. Poi mi metto a lavoro.

Dovrei calmarmi, ricordare che sono un uomo adulto e non un bambino sovreccitato. Al diavolo il decoro: nessuno mi sta guardando, tranne i miei preoccupati coinquilini pelosi. Ed è la cosa più emozionante che mi succede da mesi. Magari non si rivelerà altro che una sciocca distrazione. Forse non risponderà più. Ma adesso è il mio turno.

Perciò rispondo.

Si chiama Ernie.

Mi guardo i piedi: Bert mi osserva preoccupato. So che lei non ha avuto modo di vederlo, ma non posso escluderlo dall'appello. Sorrido e aggiungo un'altra riga:

Ho anche un cane di nome Bert.

E ora che faccio? Dovrei dirle anche il mio nome? O chiederle qualcos'altro? Guardo il messaggio. Che domanda potrei farle? *Com'è il nuovo appartamento?* Troppo da stalker. Capirebbe che l'ho guardata mentre pitturava e traslocava. *Come ti chiami?* Troppo sfacciato. Troppo insistente.

Sono già abbastanza sorpreso che abbia risposto. E che io abbia scritto il messaggio. Il vecchio Lachie Wallace non ci avrebbe mai pensato. Jenny si lamentava della mia riservatezza più di qualsiasi altra cosa. Penso che, alla fine, è stato questo a farla andare via.

«Sei sempre così chiuso. A volte mi chiedo se vuoi che io ti conosca davvero».

Non c'è niente di sbagliato a essere una persona riservata. La gente non deve sapere ogni cosa di te per volerti bene. Dicevo a Jenny quello che volevo sapesse: che la amavo, che la volevo nella mia vita. Tutto il resto era uno specchietto per le allodole.

Cosa è cambiato oggi? Non lo so. Ma, quando Tanya se n'è andata, nel pomeriggio, mi sono sentito più solo che mai e… mi sono spaventato. Guardare la finestra della mia vicina, quest'ultima settimana, mi ha fatto sentire parte del mondo. Come se avessi ancora un posto là fuori, oltre queste quattro mura. Non so chi sia quella donna, ma le cose di cui si circonda mi fanno pensare che potrebbe essere una persona che capisce il desiderio di appartenenza, la voglia di luminosità.

Magari anche lei è sola?

Non so perché lo sto facendo, ma, per la prima volta dall'incidente, provo speranza. È come scoprire di riuscire a respirare dopo aver passato mesi sott'acqua.

Forse non diventerà un'amica. Magari si tratta di un paio di messaggi in un gioco che mi aiuterà ad arrivare alla fine di una giornata difficile. Però ho intenzione di godermelo finché dura.

Aggiungo un'ultima frase e liscio il foglio con le mani, sperando di aver trovato le parole giuste. Quindi rimuovo il messaggio iniziale dalla finestra e lo sostituisco con quello nuovo.

Mentre attacco il foglio con lo scotch, sbircio da dietro l'angolo. Non riesco a vedere nessuno tra i fiori e il messaggio. Ma sapere che lei è lì mi fa battere il cuore più veloce.

Mi allontano dalla finestra e leggo le parole al contrario.

Si chiama Ernie.
Ho anche un cane di nome Bert.
E io sono Lachlan.

Capitolo dieci

Bethan

Bert ed Ernie? È *fantastico.*

È strano, ma questa informazione mi fa sentire più sicura. Uno stalker pazzo avrebbe un cane e un gatto con dei nomi così adorabili? Be' ok, forse sì. Ma non credo che il vicino che mi manda i messaggi lo sia.

Lachlan.

Che bel nome. Diverso. Misterioso. Forse non sarei così emozionata se si fosse chiamato Steve, Tom o Bill. Oppure *Darren*, che Dio ce ne scampi. In quel caso avrei dovuto comprare all'istante una tapparella per la finestra, e l'avrei tenuta perennemente abbassata. So che è una stupidaggine, ma scoprire il suo nome, *Lachlan,* ha fatto un'enorme differenza.

Amo il posto in cui viviamo ora. Ma, fatta eccezione per il proprietario, che probabilmente non vedrò spesso, Lachlan è la prima persona che mi saluta. Il primo nome che ho imparato nel nuovo quartiere. È simile al brivido che ho provato quando ho visto il suo gatto il primo giorno – *Ernie.* Un nuovo benvenuto, una nuova porta aperta. A ricordarmi che siamo finalmente nel posto giusto.

Le dovute presentazioni, dice mia madre. Per una persona che si preoccupa così poco del decoro, rimane comunque una fan sfegatata di alcune arcaiche convenzioni. Tipo iniziare nel modo giusto una nuova conoscenza. «Prima di tutto devi dire il tuo nome. È educazione. Dopo aver fatto le dovute presentazioni, puoi parlare di ciò che ti piace».

Quindi dovrei ricambiare il favore. Non posso deludere la mamma.

Prendo un pezzo di carta dal mucchio sul bancone della cucina e, con i denti, tolgo il tappo a un pennarello blu. Mi preparo a scrivere…

«Che stai facendo, mami?».

Noah è accanto a me, le braccia che mi stringono le ginocchia.

«Amore, ti voglio tanto bene. Devo fare una cosa e poi prepariamo i biscotti, va bene?»

«I biscotti con il tè!». Mio figlio batte le mani. «Ti voglio taaaanto bene!», esclama, imitando il tono con cui glielo dico io circa mille volte al giorno. Poi sorride tutto fiero, e mi si gonfia il cuore. A quel punto Noah assume un'espressione serissima. «Ora devo fare la CACCA».

Lascio immediatamente la penna e il foglio, lo prendo tra le braccia e corro in bagno. Abbiamo appena superato la fase "impara a usare il vasino", ma, per quanto abbia padroneggiato l'entusiasmante arte di fare pipì, la cacca rimane un'area problematica. Quando mio figlio deve andare, *deve* andare – in mezzo al supermercato, in strada, in una caffetteria. Non c'è tempo di controllare se i bagni sono liberi. E Noah Gwynne Code Brown non aspetta nessuno.

Arriviamo in bagno appena in tempo – più o meno – ma dopo devo lavarlo e cambiarlo, perciò devo rivedere i miei piani per i biscotti. In credenza c'è della torta, sarà felice lo stesso. Stasera non credo che riuscirei a ingerire niente in cui abbiamo *messo le mani*.

Quando abbiamo finito, devo preparargli la cena. Siamo in ritardo sulla tabella di marcia per via del summit di pace con Maisie del pomeriggio e tutta l'emozione del biglietto di Lachlan. Di solito, alle 7:30, Noah ha cenato, è lavato ed è a letto: be', stasera di sicuro non sarà così.

Inizio a fare la cena, un po' maldestra, ansiosa di non dimenticare nulla. Continuo a passare davanti al foglio di carta, alla penna e all'astuccio peloso con il pinguino che mi fissano con aria accusatoria dal bancone della cucina. Ma non ho tempo di rispondere. Passo l'ora e mezza successiva nella confusione della routine serale, ma giuro che il mio cuore sta battendo ad almeno il doppio della solita velocità.

Quando finalmente ho rimboccato le coperte a Noah, gli ho letto due storie e gli ho cantato una ninnananna, sono quasi le 9. Domani mattina si sveglierà brontolando – giustamente – ma ci penserò a tempo debito.

A quel punto vado di fretta in sala, finalmente libera di mandare un messaggio a Lachlan. Ma quando prendo in mano il foglio mi fermo.

Che cosa gli scrivo?

Il mio nome. E poi? *Cosa hai tatuato sul braccio?* È quello che vorrei chiedergli davvero, ma poi capirebbe che l'ho guardato molto attentamente, e che non ho notato solo il suo gatto.

Non parlerò di Noah. Non ancora. Non lo nomino mai a nessuno finché non sono sicura di chi ho davanti. È diventata un'abitudine, un meccanismo di difesa che si innesca da solo. Vorrei giustificarmi dicendo che lo faccio per proteggere mio figlio, ma, se devo essere onesta, è solo il 90% del motivo. Il restante 10% è un mio desiderio egoista di ritagliarmi uno spazio solo per me nella mente degli altri. Quando vengono a sapere di Noah non so mai con certezza come reagiranno, dal momento che sono una madre single eccetera eccetera. Non mi fido mai del tutto.

Non dovrebbe importarmi di cosa pensano gli altri. Amo mio figlio. È la mia vita. Non ha senso, ma voglio che Lachlan mi conosca per quella che sono.

Ma forse tutto ciò non conta più, dato che lui mi ha detto il suo nome e io l'ho ignorato per quasi tre ore. Forse ha rinunciato ad aspettarmi e ha pensato che io sia maleducata.

Lancio un'occhiata fuori.

Il messaggio è ancora lì.

E io sono Lachlan.

È come un faro nel deserto. Inspiro quel senso di speranza che emana.

E poi prendo una bottiglia di vino dal frigo, la apro e me ne verso un calice. Perché all'improvviso questa situazione non mi sembra più solo una stupidaggine, e ho paura di rovinare tutto.

Mi faccio spazio sul bancone della cucina, ripulendolo dalle briciole di pane. Dopo aver bevuto un grosso sorso di vino, brandisco il pennarello e mi metto all'opera.

Ciao Lachlan. Mi chiamo Bethan.

La punta del pennarello fluttua sulla carta. E ora?

Mi vengono in mente varie opzioni: *hai visto che belle giornate… come stai? … cosa fai nella vita? … ti piace vivere qui? …* Ma nessuna si avvicina a quello che vorrei dire davvero. Non conosco Lachlan, so solo il suo nome e quello degli animali domestici con cui vive. So che ha una mano che sembra dolce e un intrigante tatuaggio su un braccio parecchio attraente, ma non posso nominare cose simili.

Fisso il foglio.

Cosa si dice a una persona che ti ha appena salutato, una persona che non hai mai incontrato e nemmeno visto per intero? Come si risponde senza sembrare una strana voyeur o una vera noiosa?

Non so nemmeno se mi risponderà di nuovo. Magari sono solo due messaggi, ed è finita qui. Ma meglio di niente.

Bevo altro vino.

Ok, se fosse l'ultimo messaggio per Lachlan, cosa vorrei dirgli? Il prozio Bleddyn dice che è quando lasciamo una stanza che esprimiamo i nostri veri sentimenti nei confronti dell'altra persona. È svitato come una campana, ma la saggezza della sua teoria mi ha sempre colpito.

«Le parole con cui saluti le persone colorano il ricordo che hanno di te. Puoi fare in modo che siano un regalo d'addio o una maledizione. Questo è il tuo potere».

Come voglio che mi ricordi Lachlan?

Con il cuore in gola, scrivo le seguenti parole:

> Il tuo messaggio mi ha rallegrato la giornata.
> Grazie ☺

È molto personale. Ma è quello che voglio dire.

Prima che possa ripensarci, prendo lo scotch e sostituisco il primo biglietto con quello nuovo.

Ecco fatto. Allontanati, Bethan.

Guardo il foglio che ho tra le mani, il primo, poi lancio un'occhiata al cestino. No, non lo butterò. Se è l'ultima volta che ci scriviamo, voglio ricordare ciò che mi hanno fatto provare i messaggi alla finestra. Lo porto in camera da letto, estraggo una grossa scatola di plastica dal fondo dell'armadio, e vi ripongo con cautela il foglio.

Quando torno in sala, sto sorridendo.

Oggi è stata una bella giornata, nonostante tutto. Qualsiasi cosa succeda – o non succeda – domani, stasera andrò a dormire sapendo che al mondo c'è un'altra persona che sa che sono qui.

E mi basta.

Capitolo undici
Lachlan

Ieri sera, mentre ero a letto, ho pensato che non è importante che lei risponda. Mi è bastato ricominciare a credere alle cose belle, alla possibilità che qualcosa mi sorprenda in positivo.

Stamattina mi sono svegliato alle 9, strappato a un sonno profondo solo da un paio di zampette grigie giustamente arrabbiate che mi martellano il viso. A Ernie *non* piace. Fino all'ora di pranzo sarò nella sua lista nera. Bert invece mi perdona appena mi alzo dal letto. I cani sono così. *Esisti! Che bello! Ti voglio bene!*

Siate tutti come i cani, ecco cosa penso.

Per evitare ulteriore disprezzo da parte dei miei coinquilini pelosi, decido di dare a entrambi da mangiare prima di farmi la doccia. Oggi Tanya non verrà – forse è giusto così, dopo lo spavento di ieri – e devo solo prepararmi a una videochiamata con il mio superiore nel pomeriggio. Fino ad allora, ho tutto il tempo a mia disposizione.

Stamattina, oltre al gatto, anche il mio corpo ce l'ha con me: cammino lentamente, dolorosamente, dalla camera da letto al salotto. Le cinghie pesanti sulla gamba sinistra vanno dal bacino ad appena sotto il ginocchio, le grosse e brutte cicatrici rosse nascoste sotto strati di imbottitura nera. Non devo vederle per sapere che ci sono. La mia dottoressa crede che stiano guarendo bene, ma rimarrò sfregiato a vita. Il tatuaggio del distintivo del reggimento sopra la coscia – quello che ho fatto con il resto dei compagni dello squadrone quando abbiamo completato l'addestramento a Catterick diciotto anni fa – è tagliato in due, il danno è irreversibile. Si è parlato di innesti cutanei, ma non ho intenzione di firmare di mia spontanea volontà per un altro periodo di convalescenza. E comunque è troppo presto per pensarci. Devo prima riuscire a far rifunzionare la mia gamba.

Di solito la cinghia è nascosta dai vestiti, ma di notte dormo in mutande perché è più comodo, perciò adesso è in bella mostra. La guardo mentre mi muovo. Lì ci sono le cicatrici più brutte, ma sopra la vita il danno è più visibile. I lividi sulle costole e sull'addome si stanno sbiadendo lentamente, da viola e blu a verde e giallo. Colori sul corpo che non ho scelto: a differenza dell'inchiostro, che ora, finalmente, risulta più nitido dei lividi. Sulla mano ho una spessa cicatrice rossa, e, mentre le bruciature da airbag sul viso sono sparite quasi del tutto, sento le loro cicatrici che tirano sotto la pelle.

Sono un disastro.

Ma stamattina mi sento più leggero. La giornata di ieri mi ha aiutato.

Inspiro per scacciare l'ormai familiare ondata di dolore quando poso a terra le ciotole di Bert ed Ernie, poi sollevo lo sguardo verso la finestra. Il mio messaggio è ancora lì, un angolo di scotch che si sta scollando dal vetro. Sorrido ripensando al giochetto di ieri, e mi avvicino per sistemare il nastro adesivo errante.

Guardo fuori. Non riesco a crederci.

Ha risposto.

Ciao Lachlan, sono Bethan.
Il tuo messaggio mi ha rallegrato la giornata.
Grazie ☺

Bethan. Mi piace.

«Ciao Bethan», dico, e la risata sorpresa che segue copre per un attimo le lettere luminose, il mio fiato appanna il vetro freddo. Bethan – non puoi pronunciare il suo nome senza sorridere. Sembra gallese. Magari lo è? Quando dico il mio, la gente pensa che sia scozzese. E la mia famiglia *era* scozzese – circa quattro generazioni fa. Bethan potrebbe venire da qualsiasi parte, proprio come me.

Forse dovrei chiederle questo la prossima volta. O dopo, se continuassimo il gioco, cosa abbastanza probabile dal momento che ho ottenuto una risposta che non aspettavo affatto.

Allora, Bethan-oltre-la-siepe, di che parliamo oggi?

A giudicare dall'orario in cui ha risposto suppongo che durante il giorno lavori, perciò devo pensare a cosa dire e attaccare il biglietto più o meno alle cinque. Non intendo assolutamente ripetere l'esercizio idiota di ieri, quello in cui ho passato quattro ore a guardare dalla finestra. Sarà solo il quinto messaggio che ci scambiamo, ma la paura che lei non risponda è già svanita. Ormai ci siamo detti i nostri nomi, e conosce Bert ed Ernie, perciò possiamo lasciar stare i convenevoli.

Non è più una sconosciuta nell'appartamento di fronte al mio. È Bethan.

E ieri le ho rallegrato la giornata.

Il mio superiore non è proprio portato per Zoom.

Sono le 3:40 di pomeriggio. Sono seduto al tavolo della

cucina a fissare il maggiore Tom Archer che mi guarda in cagnesco e mormora qualche oscenità allo schermo.

«Non riesco comunque a sentirti», dico, abbastanza scocciato.

Lui gesticola verso il computer come se uno squadrone di vespe arrabbiate lo stesse attaccando.

«Chieda al tenente Daimler», suggerisco. So che la cosa lo infastidirà, ma sono anche consapevole che, senza il suo aiuto, questa videoconferenza potrebbe andare avanti all'infinito. Devo rispondere a Bethan prima che torni da lavoro. Vorrei poter pensare a questo adesso, e non a cosa deve dirmi il mio superiore.

DAIMLER?, capisco dal suo labiale. Poi pronuncia una serie di altre parole che fatico a comprendere. Da quando condividono un ufficio, tra lui e la mia collega Kim volano scintille. Lei lo salva ogni qualvolta la tecnologia lo sconfigge, e lui detesta la cosa. In teoria ha frequentato un corso per imparare a usare questa roba, ma secondo Riggsy ha falsificato i documenti per scamparsela.

Sullo schermo compare il sorriso stanco e familiare di Kim, e dopo qualche istante la voce del maggiore Archer risuona nel mio appartamento.

«Che stronzate. Chiunque abbia inventato questa stupidaggine dovrebbe essere giustiziato».

Bisogna ringraziare la buona sorte per il fatto che Archer adesso sia nell'unità di formazione e non più in servizio attivo. È meglio per tutti.

«È bello vederla, signore».

«Anche per me. Allora, ho letto il referto medico. La terapia sta andando bene?».

Dal suo tono sembra che io sia ricoverato in un centro di recupero per tossicodipendenti invece che alle prese con un regime fisicamente estenuante finalizzato a riportare in vita il mio corpo danneggiato.

«Credo di sì».

«Non c'è scritto da nessuna parte quando lei riuscirà a rientrare, ma suppongo che lo sappia».

Annuisco: meglio non rispondere. Il mio superiore lo nota, e assume un'aria imbarazzata.

«Bene. Be', continui così. So che starà lavorando duro, Wallace. Lo ha sempre fatto».

«Signore».

«Adesso ho bisogno di parlarle di una questione delicata, e io…». Il resto delle sue parole si perdono nel frastuono dei fogli di carta che sistema vicino al microfono, «… a cui non voglio rispondere, ma temo che sia imperativo che lei lo faccia».

«Signore, mi scusi, potrebbe ripetere?». Forse non ho sentito tutta la frase, ma, dalla sua espressione, capisco cosa sta per dirmi. Sapevo che questo momento sarebbe arrivato, prima o poi.

«Ah. Certo. Stupido microfono. Per riassumere: sarà avviata un'indagine formale sulle dinamiche dell'incidente. Dalla polizia militare, la SIB (Special Investigation Branch). La polizia civile ha completato le prime indagini, ed è tutto nella norma. Però è emersa qualche nuova… *informazione*, e il comando vorrebbe parlarne».

Cazzo.

Dal giorno dell'incidente Riggsy non fa che ripetere che non succederà niente. Che informazioni hanno? E soprattutto, da dove vengono?

«Informazioni, signore?».

Passa un istante prima che lui risponda. È come se stesse scegliendo le parole in mezzo a un campo minato. «Non so di cosa si tratti. Però, Wallace, posso assicurarle che le copro le spalle. Sono sicuro che saranno i piani alti che giocano a fare i padroni del mondo. Però deve sapere cosa accadrà. E... dia delle risposte chiare, mi raccomando. Lo deve a sé stesso, al proseguimento della sua carriera. Capisce?».

Mi si stringe lo stomaco. «Capisco signore».

«Ottimo». Archer batte le mani, il rumore forte come uno sparo. Alle mie spalle sento il suono delle zampe di Bert ed Ernie che corrono ai ripari. Vorrei potermi unire a loro. «Allora la chiamerò la settimana prossima per aggiornarla. Nel frattempo, si riposi e cerchi di essere ottimista, va bene?».

Da parte sua è l'equivalente di un abbraccio caloroso. Riesco a sorridere. «Lo farò, signore. Non divertitevi troppo senza di me».

Un'occhiata maliziosa illumina gli occhi del mio superiore. «Facciamo festa tutti i giorni, Wallace. Sarà una noia quando tornerà».

Chiudo il computer godendomi il silenzio che segue. Non mi aspettavo che accadesse tanto in fretta. Era inevitabile, non importa cosa dica Riggsy. Mi scoccia solo avergli creduto, l'altro giorno. So su quale versione della storia ci siamo accordati, nel caso dovessimo dare spiegazioni. È solo che non credevo di doverla dire ad alta voce, come se fosse ciò che è davvero accaduto. Come se fosse la verità. La polizia militare, un'indagine formale... è una questione molto più seria. Dobbiamo metterci d'accordo sui dettagli per fare in modo che le nostre versioni coincidano. Altre bugie...

Sono seduto da troppo tempo e ho il corpo irrigidito, perciò mi alzo e faccio un giretto per la stanza. Non posso pensare all'indagine adesso. Oggi è una giornata iniziata con una bella sorpresa: mi concentrerò su quello, invece che sulla brutta notizia che ho appena ricevuto. Mi faccio il caffè, quindi prendo l'album e i pennarelli dal cassetto della cucina dove li avevo riposti ieri sera.

Torno al tavolo, afferro un foglio e scrivo un altro messaggio a Bethan.

Capitolo dodici

Bethan

«Come ci sei riuscita?».

Patrick mi fissa. Stiamo superando l'area delle erbe aromatiche in fretta e furia per allontanarci dall'edificio principale e dal caposezione, che ha appena fatto una sfuriata davanti al team piante. Per un 90% era rivolta a me.

«A fare cosa?»

«A restare calma mentre ti urlava quelle oscenità. Io gli sarei saltato alla gola. Ci è mancato poco».

«Be', sono felice che tu non l'abbia fatto». So cosa ha in mente Darren, e impedirglielo è la soddisfazione più grande. Più rimanevo calma, più lui si infuriava. E più io mi sentivo potente. Mi ha ferito, certo. Ma la miglior vendetta è stata rimanere impassibile, con la faccia da poker.

E poi oggi niente può rovinarmi il buonumore. Continuo a chiedermi se Lachlan abbia già visto la mia risposta. Stamattina, quando sono uscita di casa, il suo appartamento era immerso nel buio. Nemmeno l'ombra di Ernie. Magari va a lavoro prima di me. Che cosa penserà quando lo leggerà?

Forse ci ha rinunciato. Però il mio istinto mi dice che non è così. Non so quasi nulla su Lachlan, ma so che si è fatto avanti, il che vuol dire che si aspettava una risposta. Perché scomodarsi tanto se un mio ritardo lo ha scoraggiato?

Forse sto riponendo troppe speranze in questa faccenda. Mi sentivo sola e, nel momento esatto in cui avevo bisogno di un amico, Lachlan mi ha scritto quel messaggio. Non so se credo o no al destino, ma sono sicura che la vita può riservare anche delle belle sorprese.

E penso che Lachlan rientri nella categoria.

Sorrido da quando mi sono svegliata. Noah è stato il primo a notarlo. A colazione si è fermato, si è sporto sopra il piatto di toast e marmellata e mi ha posato la manina appiccicosa sul viso. «Hai la faccia felice, mami. È bella». Quando l'ha detto ho sorriso ancora di più. Nei suoi tre anni di vita, ha visto troppo spesso l'espressione opposta.

Anche Michelle ha notato il buonumore non appena ci siamo incontrate sulla porta. «Ok, che ti è successo?»

«Niente, perché?»

«Ecco, *quello*. Quella cosa che stai facendo, proprio ora. Non riesci a smettere di sorridere. Che succede?»

«Non posso essere felice e basta?».

Ho intuito che non se l'è bevuta mentre aiutava Noah a togliersi il cappotto. «Insomma, chi è il tipo in questione?».

Ho ignorato la domanda, ma mi sono sentita comunque invadere da un'ondata di gioia. Non è *così*, certo, ma mi piace avere una cosa bella nella vita di cui solo io sono a conoscenza. Un potenziale nuovo amico.

Io e Patrick raggiungiamo la relativa sicurezza delle serre politunnel, quelle in cui crescono le caratteristiche piante di Bright Hill. Amo questa parte del vivaio – file e file delle piante preferite del padre di Hattie. Il passato e il presente che si fondono in lunghe linee di vita verde. E, dal momento che questo è il regno di Eric, è improbabile che Darren si azzardi a entrare.

Non c'è traccia di Lancelot, il nostro specializzando, ma ciò non vuol dire che non sia qui da qualche parte, accovacciato dietro file di germogli, tutto intento a prendersene cura con l'amore di una mamma chioccia. Chissà quante delle piante che ha coltivato stanno crescendo nei giardini del Paese.

Per ora le file di piante nei politunnel sono verdi, ma presto si trasformeranno in un arcobaleno trionfante di colori. Si tratta delle colture più caratteristiche di Bright Hill: *Primula auricula* – detta anche orecchia d'orso per via dei suoi petali piccoli e tondi ripiegati su sé stessi, simili alle orecchie di un orsacchiotto. Sono state i primi fiori che ha scelto Hector Rowse, il padre di Hattie, quando ha messo su il vivaio. Gli hanno fatto vincere quindici esposizioni floreali – le medaglie ancora esposte con orgoglio dietro le casse – e gli hanno conferito una grande fama negli anni '70, '80 e nei primi anni '90. Adesso purtroppo sono un po' fuori moda, e non c'è tanta richiesta. Ma secondo me sono meravigliosi.

Amo la forza delle cose che crescono. Mi da speranza. La promessa di una nuova vita. Lavorare con le piante mi ha sempre rilassato, ed è per questo che, un anno fa, ho ottenuto una promozione da Hattie: dal reparto oggettistica sono passata a quello delle piante. Un giorno, mentre c'era lei, potrei essermi fatta sfuggire che tenevo una fioriera in quell'orribile monolocale, e che avevo altre piante sparse qua e là. Ne abbiamo parlato più a fondo, e lei ha praticamente creato il lavoro per me. Sono così felice che lo abbia fatto.

«Dico sul serio B, è un coglione». Patrick sta ancora sbollendo la rabbia. «Dovresti dirlo ad Hattie».

Avere il suo appoggio mi commuove. Ma arrabbiarsi non porta a nulla, ed è esattamente ciò che vuole Darren Gifford. «E cosa potrebbe fare? Non lo licenzierebbe mai, Pat, lo sai. Ha fatto cose ben peggiori e lavora ancora qui. Userebbe solo la cosa contro di me. E se uno dei due dovesse andarsene, chi sarebbe a tenersi il posto di lavoro?».

Patrick calcia una pietra con la punta consumata dello stivale. «Che schifo».

«Sì, è uno schifo. Ma sono felice che tu sia dalla mia parte».

Mi dà un colpetto con la spalla. «Sempre. Eric ha portato qualche dolce oggi?»

«Ah! Ti piacerebbe».

«Posso sempre sognare, no?». Il suo sorriso svanisce. «Sei sicura di stare bene?».

Ripenso ai messaggi alla finestra di ieri, all'emozione di aver conosciuto una persona nuova, alla promessa di ciò che potrebbe accadere. «Benone». Sorrido.

Oggi Darren Gifford può dare anche il peggio di sé. Non può scalfire la mia felicità.

Impiego un secolo a tornare a casa. Sono così impaziente dietro il volante, il traffico che mi blocca la visuale, le luci rosse che si perdono in lontananza. Noah mi starà aspettando da Michelle, il doposcuola finito un'ora fa. Sarà già di cattivo umore per via della lunga giornata e per il fatto che ieri sera è andato a letto tardi. Ho intenzione di fargli la cena non appena torniamo a casa, così avrò dieci minuti di pace per controllare se Lachlan ha risposto. Il traffico non si muove, ma il mio cervello sta già passando in rassegna ogni dettaglio della serata che mi aspetta.

Non vedo l'ora di vedere se c'è un nuovo messaggio.

Accendo la radio, almeno la musica mi distrae dal fatto che non ci stiamo muovendo. Una canzone finisce, un'altra inizia: *Shine* di Years & Years. Mi si stringe il cuore – non perché non mi piaccia, ma perché quando la ascoltavo vivevo una vita diversa, ero un'altra persona. Una Bethan Gwynne che pensava di essere al sicuro, che non aveva ancora ricevuto la martellata che avrebbe distrutto tutto. Adesso quella persona è così distante che è come se non fossi io. Sono tentata di spegnere la radio, ma, come per molti altri aspetti della mia vita, sono anche decisa a riprendermi con le unghie e con i denti quello che ho perso. All'epoca non sono scappata. E non scapperò ora. Quindi alzo il volume e canto per scacciare il dolore, il palmo della mano che batte il ritmo sul volante. All'improvviso ho le lacrime agli occhi, e la lunga fila di luci rosse si sfoca davanti ai miei occhi.

Tutto questo è la prova che posso farcela. Sto crescendo: sto piantando i piedi a terra e mi sto riprendendo la mia vita. Il meeting di oggi è stato difficile, ma l'ho superato. Ho tenuto duro, e Darren ha fatto la figura dell'idiota. Anche una piccola vittoria conta. E, crescendo, mi prenderò la rivincita su chi voleva che fallissi.

Alla fine il traffico scorre e riesco a tornare da Michelle poco prima delle 5. Mezz'ora dopo, con un bambino molto scontroso al seguito, apro la porta di casa e la luce dorata del pomeriggio ci dà il benvenuto. Vorrei correre alla finestra, invece vado subito in cucina. In realtà preparare il tè con la finestra che mi chiama lo rende molto più emozionante.

Faccio mangiare Noah in compagnia dei suoi amici draghi pelosi e con la promessa di guardare un po' di cartoni prima di andare a letto. Per fortuna questa cosa lo ammorbidisce. Io cenerò dopo. Ho le farfalle nello stomaco, non riuscirei a mangiare nulla adesso.

Dopo essermi accertata che Noah è a posto, mi volto verso la finestra.

Non so perché mi sento così nervosa, dato che aspetto questo momento da tutto il giorno. Faccio oscillare il tè nella tazza di Spiderman mentre mi avvicino. Prendo un respiro – e guardo verso l'appartamento di Lachlan.

C'è un nuovo messaggio!

Cerco di reprimere uno squittio, e un senso di piacere mi scorre lungo il corpo, dalla gola alle dita dei piedi contratte dentro i calzini di Wonder Woman.

> Ciao, Bethan
> sono felice che ti sia piaciuto ☺
> Come è andata la giornata?

Non riesco a ricordare quando sia stata l'ultima volta in cui qualcuno mi ha chiesto una cosa del genere. È una domanda così semplice, ma, se nessuno te la fa, diventa un dono raro. Un briciolo di contatto umano che tendi a perdere se sei da sola.

Sento che il cuore potrebbe scoppiarmi dalla gioia. Prendo un foglio e scrivo un messaggio di risposta.

Capitolo tredici
Lachlan

Giornata lunga e piena,
ma bella. E la tua? ☺

Forse Bethan è la cosa migliore che mi sia capitata questa settimana.

Oggi ha fatto in fretta: ha risposto appena un'ora dopo. E, accanto al vaso di ranuncoli, c'era la tazza blu e rossa che le ho visto in mano la scorsa settimana.

Avevo ragione, è Spiderman. Adesso lo distinguo meglio, l'inconfondibile maschera di ragnatela con gli occhi bianchi cerchiati di nero sul corpo della tazza, e il blu acceso della tuta sul manico cicciotto. Che forza! Un motivo in più per apprezzare la mia nuova vicina.

Potrei aspettare fino a domani per rispondere, ma la tazza è un invito che non posso ignorare. Quindi scrivo:

Non male. Bella tazza comunque.
Sei una fan della Marvel?

Sorrido per via della mia sfacciataggine, e sostituisco la risposta di ieri con quella nuova. Poi cerco di tenermi occupato, e preparo la cena.

«Non guarderò fino a quando non avrò mangiato», dico a Bert. Lui mi osserva dal basso, sperando che qualche pezzo di carne cada nelle sue zampe, come manna dal cielo. «E magari prima guarderò anche un po' di TV».

Bert inclina il capo di lato, le orecchie all'insù. Non è molto convinto.

Mi conosce troppo bene.

Alla fine resisto solo un'ora prima di controllare. Non so nemmeno spiegare l'emozione che provo quando vedo un nuovo biglietto alla finestra:

Marvel e DC. Parlo entrambe le lingue!
E tu? ☺

Parlo entrambe le lingue: quanto è carina? Mi piace. Vorrei rispondere subito, ma non voglio sfidare la sorte. Questa situazione è già andata molto più avanti di quanto speravo ieri, quando ho attaccato il primo biglietto.

Davvero è iniziata solo ieri?

Non sapevo nemmeno il suo nome. Era folle persino pensare che potesse rispondere al mio messaggio. Ora però non c'è solo una risposta educata: è l'inizio di un legame. Non avrei mai potuto prevederlo. Un mondo di nuove possibilità vibra nell'aria. E se diventasse una routine? Bethan fa già parte dei miei pensieri giornalieri. Oggi non riuscivo a smettere di pensare ai messaggi alla finestra, persino quando Archer ha sganciato la bomba sulle indagini.

Le risposte di Bethan mi hanno fatto restare a galla, e non me ne sono nemmeno accorto.

Ieri mi sentivo così solo, specie dopo aver quasi perso la mia fisioterapista e aver dovuto subire una grande sconfitta, ovvero chiedere aiuto. Oggi invece gli ostacoli che avrebbero potuto abbattermi *non ci sono riusciti* , e tutto grazie a lei.

Sapevo che avrebbe capito. Anche prima dei messaggi. Avevo avuto un buon presentimento su di lei, da quando l'avevo vista alla finestra, la stanchezza e il peso del lavoro evidenti. Non so perché conti così tanto, ma è così. E forse sono pazzo a credere che le possa importare di ciò che penso, ma *mi piace*...

Wow.

Aspetta.

Il mio cervello è partito per la tangente, e devo sforzarmi di fermarlo.

Basta Lachie. Non esagerare. È ancora un gioco.

Non sono passate nemmeno ventiquattro ore dal primo messaggio. Non posso immaginare cose che non esistono. Non posso farmi trascinare. Rovinerei tutto.

È solo una novità. Non faccio mai cose del genere – non mi espongo subito con gli altri. Mi piacciono il carattere e l'umorismo di Bethan, ma non la conosco. E lei non conosce me. È uno scambio di messaggi divertente, ma andremmo d'accordo se fossimo nella stessa stanza? Sono sconvolto dalla velocità con cui tutto è successo, e a questo punto sarebbe facile farsi trasportare. Percepisco il pericolo dietro l'angolo.

Dovrei togliere il piede dall'acceleratore.

Ma voglio continuare a parlarle.

Quindi scrivo un altro biglietto:

DC fino alla morte ☺
Ma ho un debole per Spiderman.
Chi è il tuo preferito?

Non appena attacco il foglio al vetro, il mio telefono squilla. Lancio un'ultima occhiata alla finestra di Bethan e vado sul divano per rispondere.

«Come sta il mio bellissimo bambino?».

Sorrido: non posso farne a meno. Diciott'anni nell'esercito, missioni in Germania, Iraq e Afghanistan, un corpo pieno di muscoli e tatuaggi, ma per mia madre sarò sempre il bambino di tre anni con i capelli all'aria che le corre dietro insieme a Hovis, l'orsacchiotto malconcio. «Sto bene. Come va in quella gabbia di matti?».

La sua risata calda mi avvolge l'orecchio. Per un istante soltanto vorrei esserle accanto. «Tuo padre sta esasperando tua sorella. Se continua così, diventerà pazza».

«Allora non è cambiato nulla. Tu come stai?».

Mi è sufficiente quell'istante di esitazione. «Ah sai, arranchiamo». La solita risposta. Lo dice con nonchalance, un meccanismo di difesa più forte dell'acciaio. E Jenny pensava che fossi io il libro chiuso... avrebbe dovuto incontrare la Maestra. Non puoi semplicemente chiedere a mia madre come sta e aspettarti una risposta onesta. Io però continuo a farlo, perché indagare mi rassicura un po'. Lei lo sa e sa anche che io lo so.

«Tu non sei in grado di arrancare. A Bourton-on-the-Water ti chiamano missile Wallace. Avanza verso l'obiettivo a una velocità devastante...».

«Shh, smettila». Mi rimprovera ma so che sta sorridendo. «Ascolta, voglio parlarti. Del futuro».

Porca puttana, vacci piano mamma. «Be'. Credo che tra vent'anni ci sarà il turismo sulla luna, e potremo usare la realtà virtuale a livello individuale. Le macchine volanti però non saranno ancora disponibili», blatero. So che sto solo rimandando l'inevitabile.

«Lachlan John Wallace. Se pensi di riuscire a distrarmi puoi scordartelo».

«Scusa». Poggio la schiena contro il divano e chiudo gli occhi. Bert mi corre incontro e posa il mento sul mio stomaco, il suo alito caldo sulla T-shirt.

«Hai più ripensato a ciò che vuoi fare?»

«Voglio rimettermi in sesto, tornare a lavoro».

«Ma la tua gamba…».

«… Sta guarendo. Oggi ho parlato con Archer, ed è deciso a farmi tornare». Non c'è bisogno che sappia il resto.

Il lungo sospiro di mia madre mi fa rizzare i peli del collo. «Ha letto il nostro stesso referto medico? Sono passati due mesi, Lachie. Quanto ti manca per recuperare tutta la mobilità?»

«Grazie tante per la fiducia, mamma».

«Non fare così. Non fare l'impertinente. Voglio che pensi sul serio a cosa farai nel caso in cui le cose non migliorassero».

«Ci penserò… nel caso».

«Lachie…».

«Mamma, ce la sto mettendo tutta. Sto facendo il possibile. Capisco che tu sia preoccupata, davvero, ma questa è la mia battaglia. Non devi combatterla tu al posto mio».

Lei rimane in silenzio, ma io non ho intenzione di cedere. Le voglio bene, ma deve lasciarmi fare a modo mio. Ho visto mia sorella farsi in quattro per soddisfare le sue aspettative, e non ho intenzione di seguire il suo esempio.

A quel punto mia madre sgancia la bomba.

«Voglio che torni qui. Con noi. Nella fattoria c'è un piccolo cottage in cui potresti trasferirti anche subito. Se dovessi ricevere brutte notizie riguardo la gamba, possiamo fare delle modifiche alla casa per renderti la vita più facile. Potresti lavorare con papà e con Sal e fare riabilitazione, ricevere l'aiuto adeguato».

Aiuto adeguato. Come se i dottori e l'equipe medica non stessero facendo abbastanza. Come se il fatto che i miei genitori buttino soldi potesse farmi guarire più in fretta. E un cottage nella loro fattoria? Sorvegliato di continuo? No grazie.

«Certo che la fai sembrare davvero una proposta interessante».

«Meglio che essere bloccato in quell'appartamento angusto. Te ne stai lì da solo a fare fatica e…».

«Non sto facendo fatica».

Non prende nemmeno in considerazione le mie parole. «… a pensare cose ridicole, a credere che avrai ancora un posto nell'esercito. Amore mio, io ti voglio bene, ma ti stai illudendo se pensi di poter tornare ad avere la vita di prima. Lascia che ti aiutiamo».

«Mamma, non saremo mai d'accordo su questa cosa. Lascia perdere».

«Perciò dovrei semplicemente smetterla di preoccuparmi per te? Mi dispiace figliolo, ma è un lavoro che dura una vita».

Sospiro, e lei fa lo stesso. Quindi poso lo sguardo sul messaggio che ho attaccato alla finestra poco fa. Bethan non sa nulla della mia gamba e del fardello annesso. È l'unico essere vivente della mia vita a vedere me per ciò che sono, non per ciò che mi è successo. E invece la mia famiglia sembra fare l'esatto opposto.

A quel punto penso: ieri ero al limite, mi sentivo completamente perso; se avessi avuto questa identica conversazione con mia madre sarei stato tentato di tornare a casa da lei.

Bethan non si rende conto di cosa ha fatto per me in sole poche ore.

«Lachie, cosa è successo su quella strada?».

Fisso il mio cane addormentato. Vorrei non aver sentito la domanda. «Abbiamo preso una buca. Non l'abbiamo vista. La macchina è finita fuori strada».

«Non è quello che intendevo. Il tuo amico doveva stare attento. Perché non era attento? E perché guidava lui e non tu? E perché ti trovavi lì?»

«Mamma, lascia perdere». La interrompo. Non voglio continuare a parlare dell'argomento.

«Vedo che sto solo perdendo tempo. Ma la realtà resta, anche se non vuoi affrontarla. Io e tuo padre saremo qui quando deciderai di comportarti da adulto. Volevo solo dirti questo». La immagino reprimere il resto delle domande che voleva farmi, riporre tutta la sua irritazione nella borsa per uscire in modo teatrale, come faceva quando ero piccolo e litigavamo. «Suppongo che Sally ti chiamerà questa settimana».

«Suppongo che lo farà».

«Ok. Noi ti vogliamo bene, Lachlan».

Le sue parole sono taglienti e dolci al tempo stesso. «Lo so. Anche io vi voglio bene».

Al termine della chiamata lancio il telefono sul divano, e il mio gatto, appollaiato su uno dei braccioli, mi lancia un'occhiata di puro disprezzo. Mi strofino gli occhi. Mia madre non mi capirà mai. E le domande sull'incidente mi hanno messo a disagio. Penso all'indagine, e provo un senso di terrore gelido. Domani chiamerò Riggsy, gli dirò di passare qui. Dobbiamo accordarci su che versione della storia riferire. Deve essere inoppugnabile.

Altrimenti non perderei solo la mia carriera.

Mi libero dal mento di Bert sulla coscia e vado alla finestra, sperando che dall'altro lato sia apparso un foglio di risposta. Ho bisogno di una rassicurazione, di qualcosa di bello nel mio presente. Non di legami con il passato. Né di responsabilità, né di pesi. E nemmeno di avere paura della verità.

Ed eccola lì, una fiamma solitaria e coraggiosa nell'oscurità più profonda.

Quanto tempo hai?
Potrei metterci dei mesi a elencarli tutti.
☺ ☺ ☺

È la risposta più bella di sempre. Una porta spalancata. Rispondere è facilissimo.

Sfida accettata.
Ci risentiamo domani?
☺

Capitolo quattordici
Bethan

Se voglio parlare con una persona che mi ascolta davvero? Mmh, Lachlan, fammici pensare su un istante... Che domanda sciocca!

È mattina, sono in macchina per andare al lavoro e sto ancora sorridendo. Mi fanno male le guance: per caso ho sorriso anche stanotte? Non ne sarei sorpresa. Ovviamente ho risposto a Lachlan prima che il sonno avesse la meglio su di me.

Sì, certo.
Buonanotte, Lachlan ☺

Ho provato un brivido quando ho scritto il suo nome alla fine. È stato come se lo conoscessi da sempre. L'amico della porta accanto. Magari non durerà, e so bene che qualcosa potrebbe andare storto quando ci si fida di qualcuno. Magari è un serial killer, anche se non sono sicura che uno psicopatico ammetterebbe di provare un amore segreto per Spiderman. Magari questo entusiasmo iniziale si smorzerà quando uno dei due si sarà stufato. L'unica cosa che so è che questa settimana avevo bisogno di quei messaggi, e Lachlan era lì a scriverli. È una cosa adorabile, e voglio godermela finché dura.

Oggi a Bright Hill c'è un silenzio preoccupante. Quando ho iniziato a lavorare qui, ci piombavano addosso gruppi di gente in gita: l'associazione femminile locale veniva a prendere il tè e gironzolare, il mercoledì c'era il club di cucito e ogni primo giovedì del mese il gruppo parrocchiale di fai-da-te usava una parte della caffetteria; e poi c'era un esercito di mamme e neonati che venivano a chiacchierare mentre i figli giocavano nel vecchio parco giochi a forma di nave sul canale – prima che l'anno scorso venisse dichiarato inagibile. Nel parcheggio ci sono cinque posti auto disegnati a terra, ma ora le uniche persone che li usano lo fanno per fumare in macchina ed evitare che la propria metà se ne accorga.

Ci ho riflettuto mentre provavo a farmi venire in mente delle idee per risollevare gli affari. Magari potremmo proporre degli sconti ai vari club e associazioni che vogliono venire a trovarci? Possiamo dargli il permesso di usare un'area apposita della caffetteria? Tanto non è mai piena, nemmeno a Natale.

In quanto a marketing e offerta non possiamo competere con i vivai delle grandi catene, ma noi abbiamo qualcosa che a loro manca: la personalità. Un tempo eravamo una parte vitale della zona, prima che i pezzi grossi si trasferissero qui. Come potremmo fare a esserlo di nuovo?

È da tutta la mattina che cerco Hattie per parlargliene, ma finora non c'è traccia di lei. Adesso che ci penso meglio, non ho nemmeno visto la sua auto quando sono arrivata. Certo, non sono stata a concentrarmi troppo sulle macchine dello staff, perciò potrei averla mancata.

Dovrei dire a Lachlan dove lavoro, nel caso me lo chiedesse?

Il pensiero mi balena in testa all'improvviso. Non dovrei pensare a certe cose adesso, ma il brivido di emozione che mi provoca crea dipendenza. Sono sassolini di gioia che appaiono sul mio sentiero…

«*Bethan*».

…Tutto l'opposto del ringhio del mio capo, ovvio. Reprimo un grugnito e mi volto.

Darren sta attraversando il reparto vendite a gran velocità, come un piccolo tornado, il collo così sprofondato nelle spalle che sembra abbia la camicia attaccata alle orecchie.

«Che stai facendo qui?».

Cerco di rimanere impassibile. «Ho appena portato il foglio dei turni al responsabile, come mi hai chiesto, e stavo tornando indietro».

«Non mi fido che sia tu a maneggiare il denaro», sbotta, in modo del tutto inutile considerando che sto facendo ciò che lui mi ha chiesto di fare venti minuti fa. Inoltre consegnare una lista di turni non vuol dire che io stia maneggiando il denaro…

«E perché mai?»

«Non riuscite a tenervi un uomo e quindi succhiate i soldi dallo Stato. È il vostro trucchetto, no? Fate un figlio per i soldi che vi spettano».

Bastardo. Gli rivolgo un sorriso, l'equivalente di un dito medio sollevato. «Ma non è così, Darren, non credi? Lavoro e pago le tasse, perciò sono io ad apportare un beneficio allo Stato, non il contrario. Puoi controllare la mia dichiarazione dei redditi, se vuoi».

Non dovrei ribattere, e di solito non lo faccio, ma oggi non ho intenzione di sopportare le sue stronzate. Ricordo il brivido dell'ultimo messaggio di Lachlan, e me lo faccio scorrere nelle ossa per sentirmi più forte.

Darren sta ribollendo di rabbia. La mia risposta lo ha spiazzato e sta impiegando troppo tempo per riprendersi. «Bisogna rifornire la sezione di piante alpine. Voglio che sia fatto prima che torni».

«Dove stai andando?».

Corruccia la fronte. «Non sono affari tuoi. Rimettiti a lavorare».

Mi allontano con il passo più coraggioso e fermo possibile.

La sezione delle piante alpine è stata la prima a cui ho lavorato, perciò ha un significato speciale per me. Amo il fatto che questi esserini fragili hanno tutta l'aria di potersi disintegrare al vento e invece sopravvivono nei luoghi più inospitali al mondo. L'esposizione delle piante alpine si trova all'ombra, nella serra temperata, protetta dalle folate di vento che si infilano nelle fessure. Prendo il rifornimento dall'area consegne, lo carico sopra uno dei carretti gialli scricchiolanti di Bright Hill e supero la sezione A-Z (chiamata così per via del criterio d'esposizione usato). Quindi aggiro il box con le piante di stagione. È come fare un tour di tutte le piante che crescono nel Regno Unito, e mi ricorda quanto sia fantastica l'orticoltura.

Impazzisco se non riesco a dare sfogo al mio pollice verde. Amo il mio lavoro, anche se nessun altro condivide la mia passione.

«Piante? E che te ne fai?». La reazione di mamma quando ho ottenuto la promozione e ho iniziato a lavorare nel settore delle piante ne è l'esempio perfetto. Sorrido ripensandoci, e intanto sistemo ciascun vaso sulla ghiaia alpina. «Crescono da sole, no? Devi lasciarle fare e basta. Non è un lavoro vero e proprio, no?».

Certo, il giardino di casa sua testimonia il suo amore per i cesti sospesi pieni di fiori di plastica e per quella strisciolina di erba sintetica che ha preso da Llew the Dodge, un losco fornitore. E questo la dice lunga, davvero.

E Michelle si interessa di giardinaggio solo se può portarsi a letto Monty Don, il famoso giardiniere. Perciò nemmeno lei mi fa domande.

Non dirò a Lachlan dove lavoro. Ma potrei dirgli ciò che faccio. Sarebbe bello condividere questa informazione con una persona a cui interessa. Cosa penserà? Ho l'impressione che vorrà saperne di più. Dopotutto ha iniziato facendomi domande sui fiori.

Una volta sistemato l'ultimo vaso, mi alzo e mi ripulisco i pantaloni dalla terra. Sono soddisfatta del risultato. Sembra più una montagnetta di ghiaia che un ripido pendio alpino, ma i fiori sono così belli che parlano da sé.

Mentre mi stiracchio i muscoli della schiena irrigiditi, noto Hattie che corre tra le file di alberi da frutta. Sollevo una mano, ma lei ha la testa abbassata e non mi vede. Vorrei chiamarla ma è già sparita.

Be', sarà per la prossima volta.

Prendo il pranzo e vado in cortile: non voglio rischiare di incontrare Darren sulla strada per l'affollata sala del personale. Meglio rimanere all'aperto. È parecchio nuvoloso e l'aria è fredda, ma stare fuori mi aiuta a pensare.

Dietro la zona principale di carico e scarico merci c'è una variegata collezione di ex articoli da esposizione che hanno fatto il loro corso. Patrick la chiama la Casa di Riposo di Bright Hill – il luogo dove vecchie panchine e tavoli da pic-nic vanno a trascorrere i loro ultimi anni. Amo il loro aspetto traballante, consunto. Mi sembrano vecchi amici. Se non diluvia, è qui che la maggior parte di noi viene a fare pausa.

Oggi c'è solo un collega, il coperchio del portapranzo aperto, le mini fette di pasticcio di maiale disposte con cura su un tovagliolino bianco e quadrato. Murray Hope. Quando mi siedo, lui mi fa un cenno di saluto.

«Bethan».

«Murray. Com'è il tuo pranzo?»

«Identico, come sempre». Quasi mi sorride, l'angolo della bocca che accenna una curvatura. Un giorno riuscirò a farlo ridere davvero, e quel giorno vedrò quanto ampio possa essere il suo sorriso. Patrick ci prova da un anno, ma l'Impassibile Hope è il maestro delle facce da poker. È anche la persona che fa le battute più devastanti, impugnate come sciabole. È una delle leggende di Bright Hill, con la sua caratteristica espressione seria mentre tutti noi siamo in lacrime. Adoro Murray. È il gigante buono del gruppo, il pilastro del team piante. Dovrebbe fare lui il lavoro di Darren – lo pensano tutti. Ma Murray è un uomo dai desideri semplici: gli piace fare quello che fa, non ha ridicole aspettative. Dategli una lista di cose da fare e lui sarà felice. Se gli dite che deve pretendere di più, state solo sprecando fiato.

«Sembra buono però». Sorrido.

«Non è male. Hai visto Hattie, oggi?»

«Non sono riuscita a parlarle. Mi sembrava andasse di fretta».

Murray dà un morso lento a una fetta di pasticcio di maiale, le sopracciglia folte sollevate come se la mia risposta fosse proprio quella che si aspettava. «Non mi stupisce».

«Perché?»

«Aveva una riunione con la banca oggi». Afferra la tazza del thermos e beve un sorso.

Sembra che il cuore mi sia uscito dal petto e sia caduto sul telone impermeabile a terra. «Qualcosa di brutto?»

«Forse. Ti ha detto che siamo nei guai?».

Non volevo svelare un segreto ma… se Murray ne è a conoscenza vuol dire che lo sanno anche tutti gli altri? «Io… me lo chiedevo».

Il mio collega tira su con il naso. «Doveva succedere da tempo. Prima di passarglielo, Hector aveva lasciato questo posto in uno stato terribile. Sapevi che un paio di mesi fa Wyldacre le ha fatto un'offerta?».

All'improvviso non ho più fame. Fisso il mio pranzo senza sapere cosa rispondere. Wyldacre possiede svariate catene di vivai, tra cui Grocutts, che si trova poco più su, a circa tre chilometri da Bright Hill. «Non lo sapevo».

«L'ha rifiutata». Murray finisce l'ultima fetta di pasticcio di carne e si pulisce le mani con il tovagliolo. «Ma non è mai stata così vicina a sbarazzarsi di questo posto».

«Che cosa offriva Wyldacre?»

«Non abbastanza. E poi si è scoperto che volevano demolirlo e vendere i terreni per costruirci delle case. In questo modo avrebbero eliminato la concorrenza di Grocutts e guadagnato un mucchio di soldoni».

«Schifosi».

«Giusto». Murray annuisce. «Ma ora funziona così. Le tradizioni non servono a niente. Dobbiamo alzare il tiro o…». Non finisce la frase. E io non vorrei sentirne la fine.

Quando torno a casa ho lo stomaco attorcigliato. Non

basta offrire ad Hattie idee vaghe: per quelle è troppo tardi. Devo farmi venire in mente un ottimo piano – e presto.

Mentre Noah fa merenda e mi racconta farfugliando tutte le cose che ha fatto oggi pomeriggio all'asilo, io mi appoggio al bancone della cucina con l'agenda in mano, sforzandomi di continuare a far funzionare il cervello. Sono stanchissima, ma il vivaio non aspetta. Deve esserci qualcosa che possiamo fare per ribaltare la situazione. Anche una soluzione temporanea, giusto un paio di mesi, per ridarci la spinta.

Ma la domanda è… che cosa?

Sono così impegnata a pensare che quasi mi dimentico della cosa che aspetto da tutto il giorno.

«Mamma! Un gatto!».

Sollevo lo sguardo, allarmata. «Cosa?»

«Un gatto, laggiù! Un grande gatto grigio. Vieni a vedere!». Noah mi tira la manica e mi trascina alla finestra. Quello che vedo fa sparire tutte le mie preoccupazioni.

Ernie è rannicchiato sul davanzale, la posa identica a quella della prima volta che l'ho visto. Appena sopra la sua testa c'è un nuovo messaggio.

Il messaggio del mio amico.

Ehi, Bethan
Che guardo in TV stasera? ☺

«Lo vedi il gatto?». Noah mi tira di nuovo la manica.

Con il cuore pieno, sorrido a mio figlio. «Certo. Si chiama Ernie».

Mio figlio mi guarda sconvolto dalle mie abilità da detective.

«Come fai a saperlo?»

«Sai tenere un segreto?».

Annuisce, gli occhi sgranati. Mi accovaccio accanto a lui, sentendo il calore della sua schiena sul braccio mentre mi sporgo per sussurrare nel suo orecchio. «Me lo ha detto lui».

Noah si acciglia. «No, non è vero».

«È proprio così».

Non immaginavo che un bambino di tre anni e mezzo potesse sospirare in modo tanto esasperato. «Sei sciocca. I gatti non parlano».

Sghignazzo e mi do un colpetto sulla tempia. «Magari conosco la lingua segreta dei gatti».

«Sei strana, mamma. *Lingua dei gatti…*». Quindi torna a guardare la TV ridacchiando.

Mi volto verso la finestra e sorrido. Non è il messaggio che mi aspettavo, ma è molto più personale delle opzioni che avevo considerato. Non è un semplice *cosa preferisci tra…?* Oppure *questa serie* TV *o quest'altra…?* Sta chiedendo la mia opinione. Gli sconosciuti non lo fanno. Lo fanno gli amici, amici a cui interessa la tua risposta.

C'è solo un problema: fino a quando non avrò messo a letto Noah, la televisione è dominio dei *Cbeebies,* i suoi cartoni preferiti – e, da quando ci siamo trasferiti, sono così stanca che non ho mai guardato i programmi degli adulti. Non posso davvero suggerire a Lachlan di vedere *Storie della buonanotte*, anche se questa settimana è l'affascinante Tom Hardy a leggerle.

All'improvviso mi sento in colpa.

Non posso parlare di certi programmi a Lachlan perché gli farebbe capire che ho un figlio, e non voglio ancora che sappia di Noah. È questo il vero motivo. Sarebbe l'occasione perfetta per nominarglielo, ma non posso. Lancio un'occhiata al mio bambino, ma lui sta guardando Maddy Moate che saltella qua e là in una fattoria e spiega come sono fatti i trattori.

Devo tenerlo per me, per ora.

E devo anche scoprire cosa fanno in TV stasera…

Capitolo quindici
Lachlan

«Informazione? Che informazione?».

Riggsy lo chiede come se fosse la cosa più ridicola del mondo, il suo viso su FaceTime il ritratto del sarcasmo. E allora perché la cosa non mi consola?

«Archer dice che non lo sa. Ma credo che in realtà abbia una vaga idea».

«Sono cazzate. I piani alti che giocano a fare i gradassi. Dai, Wallace, li conosci meglio di me».

«Mmmh».

«Vogliono solo sgridare qualcuno per l'incidente. È un pessimo esempio per il presidio, e cose del genere. Magari qualche residente si è lamentato. Cercano sempre una scusa per denigrarci».

«Una macchina ribaltata e un albero antichissimo distrutto sono dei motivi abbastanza validi».

«Eddai, vuoi calmarti? Non è niente».

Probabilmente ha ragione. E il fatto che ce l'avessi con lui quando l'ho chiamato non aiuta. Oggi ho provato a contattarlo svariate volte ma ci sono riuscito solo adesso. È parecchio impegnato per essere una persona in congedo per malattia – colpo di frusta e trauma da stress.

«Hai ragione, mi dispiace. Sono bloccato a casa tutto il giorno: è un rischio del mestiere».

Il mio amico alza gli occhi al cielo. «Ed è per *questo* che ho provato a farti muovere il culo l'altro giorno. Se continui a passare il tuo tempo in quell'appartamento, finirai a mangiare cibo per gatti e a parlare con gli amici immaginari». Mi guarda corrucciato. «Che c'è?».

Mi rendo conto che sto sorridendo al pensiero della mia nuova amica non immaginaria, e cerco di reprimerlo. «Mangiare cibo per gatti? Ma l'hai annusato?».

Riggsy socchiude gli occhi. «Qualcosa bolle in pentola».

«Eh?».

«Parlo di te. Che ti succede?»

«Non so di che parli».

«Col cavolo». Il suo viso si illumina. «Ci hai dato dentro con la fisioterapista, non è vero?»

«Smettila».

«È così! Lo sapevo».

«Ehi, non proiettare su di me la tua frustrazione sessuale. Solo perché non trovi una ragazza abbastanza folle da stare con te».

Riggsy scuote il capo. «Non me la bevo, Wallace. Hai la faccia di uno che ha scopato».

«Sei disgustoso».

Persino lui deve riconoscerlo. «Sì, ma tu sei mio amico, e questo cosa dice di te?». Ecco di nuovo quel sorriso sarcastico. «Ordina la pizza. Sarò lì tra un'ora».

Lancio uno sguardo alla finestra: il messaggio per Bethan è ancora in attesa di una risposta. Non volevo parlare con Riggsy così presto, non così vicino all'orario in cui lei torna. Se venisse da me ora, dovrò togliere il foglio di carta dal vetro. E se Bethan pensasse che abbia rinunciato a parlare con lei? Non posso permettermelo.

«Stasera no, amico».

«Perché? Viene a trovarti il tuo uccellino?».

«No. Sono distrutto, ho davvero bisogno di andare a letto presto».

Cercherò di fingermi stanco, sperando che basti. Riggsy si avvicina allo schermo, mi osserva, scuote la testa. «E va bene nonnetto, fa' come vuoi».

«Che ne dici di andare a pranzo sabato? Pub in fondo alla strada?».

Annuisce e fa un gesto con la mano: ok, devo aggiungerci qualcos'altro.

Sospiro. «Offro io?»

«*Così* va meglio. Vengo a prenderti alle 11».

Che grande sollievo. Sono felice che si sia bevuto la mia scusa e che presto mi sarò liberato di lui. Non posso far aspettare Bethan.

«Ci vediamo giù, allora».

«A presto, schiappa». Riggsy alza il dito medio e chiude la chiamata.

Sospiro, rilasciando la tensione che il mio corpo ha involontariamente trattenuto, e lancio un'occhiata all'orologio sopra i fornelli. Sono le 7 di sera. È sufficiente per aver ricevuto una risposta?

La mia gamba fa i capricci quando mi alzo dal divano, il tragitto fino alla finestra è ostacolato da un grosso gatto grigio che mi si intreccia attorno alle caviglie.

«Ern, ti dispiace?».

Lui risponde con un miagolio accusatorio.

«Tra un attimo ti do da mangiare».

Quando sente il suono della magica parola con la m, Bert scende dal divano e zampetta sul pavimento. Ai miei piedi, Ernie sibila.

«Basta! Bert, a cuccia».

Guardo il mio cane imbronciato tornare a cuccia, e

cerco di non fare caso al mio gatto che si lecca le zampe con aria soddisfatta dietro al tavolo.

Seriamente, è peggio che avere dei figli.

Ma quando sposto lo sguardo verso la casa di Bethan, dimentico tutto il nervosismo.

Invece di un unico foglio di carta ce ne sono tre più piccoli, con una grossa freccia rossa che indica quello centrale.

Se hai bisogno di ridere ☺
Derry Girls su Netflix

Thriller
Eye, Spy su BBC ONE

Vecchi amici ☺
Avengers Assemble su Film 4

Sopra la freccia c'è scritto: Scegli me! Scegli me!

Decisione presa.

Ma prima devo rispondere.

Decido di prendermi un attimo per pensare a cosa dire, e vengo aiutato da Bert ed Ernie, al culmine del loro stato febbrile per l'attesa del cibo. Se aspettassi ancora a dargli di mangiare, mi ritroverei un Armageddon peloso in casa. Perciò, in teoria, nutrire i miei animali ed evitare certi disastri fa di me un supereroe.

Rientrerei nella lista dei preferiti di Bethan?

Non posso fare a meno di sorridere mentre metto il cibo nelle ciotole di Bert ed Ernie.

La mia cena può attendere. Scrivo il messaggio seguente e lo appendo, osservando di nuovo la brillante risposta di Bethan alla mia ultima domanda. Ha fatto proprio le cose per bene. È tempo di rimboccarmi le maniche e restituirle la cortesia…

Grazie ☺
È il tuo turno…
Chiedimi quello che vuoi

…Anche se la cosa mi spaventa.

Forse essere spaventati non è per forza una brutta cosa. Ci ho pensato parecchio oggi.

Prima riuscivo a trasformare la paura in azione. Dal momento che sono un militare, la gente dà per scontato che non ho mai paura, che i tanti anni nell'esercito hanno eliminato quella sensazione dal mio corpo. Ma la verità è che si impara solo a metterla in una scatola per pensarci dopo. Le scatole però si ammassano l'una sull'altra, svettanti grattacieli di carta nei recessi polverosi della mente. E non ti ci metti mai a pensare, perché da dove dovresti partire?

L'incidente ha rovesciato un sacco di quelle scatole, ha fatto uscire vecchi terrori, demoni urlanti in cerca di libertà. Hanno accerchiato il mio letto d'ospedale, sostituendo ogni mio pensiero felice con buio e paura. Ho sentito parlare dei famosi campanelli d'allarme, ma ho sempre pensato che fosse pura retorica, ricerca di attenzione. Mi sbagliavo. Riemergere in un mondo senza i controlli, i freni e le difese su cui avevo fatto affidamento, è stato terrificante.

È il motivo per cui sobbalzo al minimo rumore. Il motivo per cui riesco a dormire solo con le cuffie e la musica. Perché, non importa quanto ci provi, non posso permettermi di pensare che la gamba non guarisca.

Però, nel momento in cui ho toccato il fondo, ho mandato un messaggio a una completa sconosciuta.

E le ho appena detto che può chiedermi quello che vuole.

Forse in fondo alcune paure sono positive.

Capitolo sedici
Bethan

Chiedigli del tatuaggio.

Non posso. Saprà che l'ho visto. O meglio, che ho visto *parti* di lui. Parti attraenti…

Ridacchio, il viso nella tazza di tè. Grazie al cielo Noah è appena crollato. La mamma non avrebbe potuto spiegargli perché sorrideva.

Bethan Nia Gwynne, dovresti vergognarti…

Forse sì, ma al diavolo. Il mondo pensa già che io sia una donna facile, quindi perché non posso esserlo davvero?

È l'implicazione che odio di più, il fatto che tutti credano che mi sia data alla pazza gioia e come risultato sia rimasta incinta. Mio figlio è un dono, non una punizione. È la cosa migliore che mi sia mai capitata. Non importa se è nato da una relazione stabile o da una nottata di passione, non cambierebbe nulla. La gente me lo ha chiesto. Me lo chiede spesso. Io la lascio fare: non è affar loro, e ho il diritto di non rispondere.

Lancio un'occhiata al messaggio di Lachlan.

È il tuo turno.

È il mio turno che mi succeda qualcosa di bello? Non voglio dire che non sia mai accaduto – mio figlio, il mio lavoro, questa casa, sono tutte cose meravigliose che non avrei mai immaginato di avere nella vita. Ma quando arriverà qualcosa che sia solo mio? Ho passato così tanto tempo a difendere le nostre vite dagli attacchi esterni che ho dimenticato cosa si prova a pensare solo a *me*.

Guardo il nuovo appartamento, uno spazio che in pochissimo tempo è diventato casa nostra, non solo un posto in affitto. Ci sono talmente tante cose positive qui dentro che mi meraviglio rimanga lo spazio sufficiente per me e Noah. Tesori luminosi, luccicanti, accatastati fino al soffitto. Non mi serve nient'altro, no?

Chiedimi quello che vuoi

...O forse questo sì.

Cos'è che *voglio* sapere di Lachlan?

Rimugino sulle varie opzioni mentre gironzolo per la cucina. Cosa so di lui oltre al tatuaggio? Non molto. Potrebbe avere sessant'anni ed essere un avido collezionista di lumache... Ok, magari non di lumache. Non con Bert ed Ernie nei paraggi. Magari dovrei chiedergli che cane è Bert. Ai proprietari dei cani piace parlare di certe cose.

Potresti metterti alla finestra con il tuo cane così posso vederlo?

A pensarci meglio, no.

Che altro?

Sul bancone della cucina ci sono quattro masse informi di creta che Noah si è portato dietro da casa di Michelle questo pomeriggio. Ognuna è decorata con delle esuberanti pennellate di glitter dorati. Dovrebbero rappresentare dei tesori appena rinvenuti, argomento su cui mio figlio, al momento, è la più grande autorità. A quanto pare sono i draghi a nascondere i tesori dei pirati. È per questo che Noah ne ha portati un po' a casa, per farli custodire dai suoi amici draconici.

«Così i pirati non li spendono tutti subito», mi ha informato prima. «Devono imparare a risparmiare. E i pirati hanno troppa paura dei draghi per riprenderseli, quindi devono aspettare».

La paghetta dei pirati. Mi piace. Una parte di me è felice che mio figlio stia apprendendo l'arte del risparmio, ma l'altra si sente in colpa perché l'ha imparato guardando me. Ho dei barattoli per i risparmi nella credenza, e ogni moneta che guadagno viene distribuita con cura prima che capisca come possa spenderla.

La figlia di Michelle ha tantissimi giocattoli nuovi: una specie di montagna nel giardino d'inverno che usa come sala giochi. E quando Noah torna a casa, ad accoglierlo ci sono giocattoli vecchi, spesso presi nei mercatini dell'usato.

Come i suoi draghi. Una signora molto gentile di nome Doreen, una volontaria del negozietto di fronte alla nostra vecchia casa, ci ha dato una busta piena di giochi solo per 50 centesimi. Sospetto fortemente che il drago più grande – nero, stravagante, con dei puntini iridescenti – non facesse parte delle donazioni. Doreen insisteva, ma il suo sorriso diceva tutto il contrario. Piccoli atti di gentilezza che ti fanno tirare avanti.

Penso ai frammenti di positività che conservo come tesori e come armi per affrontare le giornate più dure. E in quell'istante capisco cosa voglio chiedere a Lachlan.

Non è una domanda su film, animali o tatuaggi.

Si tratta di un tesoro custodito da un drago…

Dimmi qualcosa
che ti fa sorridere

Cambio il vecchio messaggio con quello nuovo e corro al riparo sul divano, il cuore che batte forte.

Accendo la televisione per distrarmi, vedo cosa c'è su BBC e trovo l'ultimo episodio di *Eye, Spy.* Siamo quasi alla fine della seconda stagione, e sta succedendo di tutto. Mentre la battaglia tra l'eroina, Laura Eye, e la sua nemesi, Anya Soren, raggiunge il punto critico, mi immagino che Lachlan stia guardando lo stesso episodio. Con delle spesse mura a separarci, due lembi di giardino e una siepe di faggio, sento che tra le nostre finestre si stanno creando dei teneri legami. Me li immagino, delicati come una ragnatela che attraversa i muri. Ogni messaggio ne forma uno nuovo, ogni filo si unisce agli altri, rafforzandosi…

Forse ci sto ricamando troppo sopra. Voglio dire, è ancora un gioco, no?

Potrebbe darmi una risposta superficiale. So già che è un po' impertinente, quindi non mi stupirebbe. Ma se rispondesse con sincerità? La faccenda assumerebbe ben altro aspetto.

Dovrei procedere con cautela.

Ma voglio vedere come va a finire.

Un'ora più tardi *Eye, Spy* si conclude con un finale mozzafiato, e mi accascio contro i cuscini. L'ho amato, ma sono esausta. A Lachlan sarà piaciuto? Aspetto che il battito del mio cuore rallenti, fino a quando mi rendo conto che non c'entra nulla con le avventure di una spia industriale e della sua nemica.

Ok, adesso guardo fuori…

…

… …

… … Oh.

Sento una fitta di delusione allo stomaco quando mi accorgo che il messaggio alla finestra è lo stesso di prima. Va bene. Si sta facendo tardi – devo andare a letto così domani mattina non sarò uno zombie. Rivolgo un sorriso verso l'appartamento del mio vicino.

«Buonanotte, Lachlan. Ci sentiamo presto».

Non posso rimanerci male. Si sta prendendo il suo tempo, il che vuol dire che magari la sua risposta non sarà superficiale. Stanotte dormirò felice sapendo che domani mattina avrò un piccolo tesoro da dissotterrare.

Quindi il drago sarei io? Rido della mia battuta. Forse sì. Voglio dire, in passato me lo hanno detto…

All'improvviso smetto di ridere. Mi sembra che qualcuno abbia risucchiato tutto l'ossigeno dalla stanza.

Il messaggio di Lachlan si *sta muovendo.*

E poi noto il suo braccio, quel tatuaggio che muoio dalla voglia di vedere da vicino contro la finestra. Sta togliendo il foglio, dita forti che afferrano l'angolo della carta e la tirano via dal vetro…

Scatto di lato e premo la schiena contro la parete. Ho il respiro corto.

Lui è *lì,* a pochi metri di distanza.

Potrei avvicinarmi e salutare…

No. È un passo eccessivo. Troppo invadente. Troppo rischioso. E se mi vedesse e non mi scrivesse più nulla?

Sono combattuta tra la curiosità e l'istinto di conservazione. Voglio sapere e voglio nascondermi. Mi avvicino alla finestra e inclino la testa fino a quando non vedo un frammento di luce. Rischio, sbircio oltre il telaio…

Lachlan ha il capo chino, un rotolo di scotch tra le mani, il corpo quasi del tutto nascosto dietro al foglio in equilibrio tra il suo fianco e il vetro. Ha tatuaggi su entrambe le braccia, adesso lo vedo, di diverse forme e dimensioni. Da qui i suoi capelli sembrano scuri, tagliati corti ai lati, lunghi e spettinati sopra. Lo osservo mentre si porta un pezzo di scotch alla bocca, lentamente, e lo strappa con i denti. È un momento che non dovrei vedere, ed è per questo che sembra così intimo. A quel punto le sue dita afferrano l'angolo del foglio e la testa inizia ad alzarsi per attaccare quello nuovo…

Mi scosto dalla finestra prima che possa vedermi. Ma sono elettrica.

Passano dieci minuti prima che riesca a guardare. E, quando lo faccio, leggo la risposta perfetta:

Libertà.
Aria fresca.
E tu ☺

Capitolo diciassette
Lachlan

Avrò esagerato?

Ieri sera ero così orgoglioso della mia risposta. Stamattina non ne sono più così sicuro.

La sua domanda mi ha spiazzato, devo ammetterlo. Credevo di essere io quello coraggioso, e invece Bethan mi ha fatto rimanere a bocca aperta. All'inizio avevo pensato di ribattere con una battutina – l'avrei fatta franca, suppongo. È adorabile, ed è chiaro che le piace ridere. Credo che l'avrebbe presa nel modo giusto. Ma a cosa sarebbe servito? Magari l'avrei fatta ridere, ma sarebbe stato anche una specie di avvertimento, il segnale che domande più personali sono fuori discussione. Voglio che continuiamo a parlare. Voglio che questa cosa vada avanti. Bisogna darle il permesso di crescere.

Perciò ho dovuto rispondere con parole altrettanto coraggiose.

Ci ho messo un po' a pensare alla risposta perché, in tutta onestà, non credo che qualcuno prima d'ora mi abbia mai chiesto cosa mi fa sorridere. Se qualcuno mi vede sorridere, ha già la risposta che cerca. E io non ne ho mai dubitato. In fondo cosa dovrei dire? È molto più sicuro fare finta di niente.

Ma qui non ho certi limiti. La cosa dovrebbe terrorizzarmi, dal momento che sono un Alcatraz delle emozioni, il famoso libro chiuso. Però me lo ha chiesto Bethan. Quindi mi sono fatto la stessa domanda – e, scavando a fondo, ho trovato le risposte.

Libertà.

È la cosa che desidero di più al mondo; la mancanza di libertà è peggio del dolore o della necessaria pausa imposta alla mia vita. Mi manca darla per scontata. Mi manca saltare in macchina e andare dove voglio solo per il puro piacere di farlo. Mi manca la macchina e basta. Mi manca muovere il corpo senza che stia lì a ricordarmi quanto faccia male. Quando la troverò, la libertà mi farà sorridere. Per ora sorrido solo al pensiero di poterla riavere. Non voglio pensare a cosa succederebbe se non tornasse più…

Aria fresca.

Limitarmi a uscire all'aperto non basta. Non pensavo che avere lo spazio per respirare fosse un privilegio, ma ora lo so bene. Mi manca fare lunghe passeggiate con Bert, quelle in cui lo tengo in braccio quasi tutto il tempo, il muso riconoscente rannicchiato contro il mio petto. Le visite mattutine e serali in giardino con il mio cane erano la parte più bella delle mie giornate, fino a poco fa. L'aria fresca è un segno di sfida: dimostro a me stesso che ho ancora il diritto di respirarla.

E tu.

Non avrei voluto aggiungere quest'ultima riga. Ma non posso pensare alle prime due senza pensare a lei. Sono legate in maniera indissolubile. Ho sorriso più in questa settimana che in anni. Anche più di prima – quando avevo una carriera, dei rapporti con le persone e tutte le cose belle che mi sono guadagnato. È da folli, ma è vero.

Forse perché questa situazione si è creata nel momento esatto in cui avevo bisogno di speranza. Tra tutte le restrizioni e i meticolosi regimi a cui devo sottopormi per tornare in forma, la cosa più significativa è stata l'unica che non avevo previsto. Non pensavo di trovare un'amica. Non avevo previsto l'arrivo di Bethan.

E la cosa mi spaventa perché, persino mentre scrivevo quelle parole, ne ero sconvolto. Sta andando tutto troppo velocemente – e non parlo dei messaggi, ma dei miei pensieri. È pericoloso il modo in cui ho pensato a lei. Non voglio ricercare la positività con così tanta disperazione da rendere Bethan una specie di dea. Non posso addossarle tutta la responsabilità. Per quanto sia dolce, non sta a lei sistemare la mia vita.

È il caso di infrangere il protocollo e mandarle un messaggio nuovo? Un'altra domanda per fare un passetto indietro? Oppure aspetto la risposta?

Il suono improvviso del campanello pone fine ai miei dubbi.

«Ce ne hai messo di tempo a scendere, raggio di sole», dice Riggsy quando raggiungo l'ultimo gradino. «Potevo salire io».

No, non potevi, penso, immaginando il messaggio della notte scorsa alla finestra, i suoi predecessori impilati sul tavolo. «Devo muovere la gamba», rispondo.

Riggsy annuisce, ma so che non mi lascerà stare tanto in fretta. E infatti… «Vuoi che chiami prima, iniziamo a ordinare da bere? Al tuo ritmo saremmo fortunati se arrivassimo prima dell'ora di chiusura».

«Fottiti».

Procediamo in modo lento, frustrante, ma per una

volta sono felice. Ho bisogno di tempo per schiarirmi le idee, e uscire di casa mi fa bene. Ho la stampella, quella che dovrei usare anche in casa, sebbene non lo faccia mai. Voglio abituarmi a camminare senza supporti – è una questione d'orgoglio. Tanya lo sa, e non mi contraddice; secondo me però crede che mi sforzi troppo.

Riggsy blatera gli ultimi gossip del presidio, ma sta attento a evitare di nominare Archer o le indagini. A sentirlo parlare verrebbe da pensare che sia tutto uno scherzo, una presa in giro. Non è preoccupato nemmeno un po'? Oppure fa lo spaccone per dissimulare?

Lo osservo mentre camminiamo. Cosa si nasconde dietro Adam Riggs, cosa c'è oltre la superficie? È un mistero che devo ancora risolvere. Lo conosco da quando ci siamo presentati, ai tempi della formazione iniziale: eravamo due fastidiosissimi sedicenni, e lui non è cambiato molto. Regge meglio l'alcol, fa più esercizio e ha più tatuaggi di me. Ma a livello emotivo? Per quel che ne so, è sempre uguale.

Pensavo di essere anche io a quel modo – una persona trasparente, a cui puoi rivolgere una domanda profonda solo a tuo rischio e pericolo e via dicendo. Ma non è vero. E non è stato solo l'incidente a rivelarmelo – le prime crepe sono apparse quando Jenny se n'è andata. Se n'è andata perché non le ho rivelato parti di me che avrei dovuto…

Mi arrabbio con me stesso per aver pensato a lei, e ricaccio il pensiero nei meandri da cui è sbucato fuori, le prove di una brutta abitudine che non voglio mostrare a nessuno. Non voglio pensare a Bethan questo pomeriggio, quindi di certo non permetterò a Jenny di intrufolarsi nel mio cervello.

Quando raggiungiamo il pub sto sudando e non riesco

più a ignorare le occhiate dei passanti alla mia gamba. Devo superare il panico che mi provoca stare fuori. Correre incontro al nemico invece che indietreggiare. Altrimenti non riavrò mai la mia vita di un tempo.

Il mio amico non si accorge di nulla. Faccio appena in tempo a superare a fatica la porta del locale che lui è già al bancone con una banconota da dieci sollevata. Almeno, con Riggsy accanto, posso far finta che vada tutto bene. È utile, specie ora che il resto del pub sembra aver abbassato i bicchieri per guardarmi entrare come un pistolero in un pub del Far West. La sto facendo più grave di quanto sia in realtà, ne sono consapevole, ma ogni occhiata da parte di sconosciuti tocca un nervo scoperto. Persino la musica a tutto volume sembra spegnersi mentre cammino, la distanza tra la porta e il tavolo si estende più di un campo da calcio. Nel momento in cui raggiungo Riggsy e mi siedo sulla panca imbottita, tutti i rumori sembrano ricominciare: la gente beve, nessuno mi guarda.

«Ti ho preso una birra da vecchio per abbinarla al bastone», dichiara Riggsy con zero tatto, spingendo un boccale nella mia direzione. È simile a quelli che si vedono nei bigliettini per la festa del papà: manico di vetro e sul dorso un intreccio di quadratini in rilievo, la schiuma cremosa che riposa in alto. Accanto a quello della Pilsner di Riggsy il mio sembra una reliquia.

«Salute».

Riggsy sghignazza, e la battuta che fa a mie spese è l'ennesimo punto a suo favore. «Non pensavo che saresti stato tu quello azzoppato dal lavoro».

«Sì, il lavoro…».

Riggsy cede, fa un cenno d'assenso con il capo chino. «Ma va meglio, no?»

«Piano piano. Credo che...».

«Amico, avresti dovuto sentire le stronzate di Summers ieri. Si direbbe che l'hanno promosso. Si atteggia a comandante...».

«È un coglione che si crede Dio, lo è sempre stato. Non appena la mia gamba guarirà, ci parlerò io. Manca poco. È che...».

«E Cooper è riuscito a darci dentro. Finalmente. Con una poveraccia della mensa. Stiamo tutti sperando che faccia qualche cazzata. Sentirlo blaterare delle cose zozze che hanno fatto basta a farti passare la fame...».

Lo osservo, irritato oltre misura. Non mi aspetto conversazioni profonde da parte di Riggsy, ma almeno che mi ascolti quando parlo.

È quello che fanno gli amici, no? Tra noi non sarà mai una situazione alla pari, e sarei uno sciocco a pensarlo – ma dovrei essere considerato almeno un po', giusto? Lo lascio parlare mentre rimugino silenziosamente dietro la birra. Dopo cinque minuti di stronzate, si ferma.

«Sei silenzioso».

Ah, l'hai notato? «Sto solo ascoltando».

Lui fa spallucce. «Quindi hai smesso di stressarti per le indagini?».

Incredibile. Ma è Riggsy, quindi ci credo. «Speravo che tu avessi *iniziato* a stressarti al riguardo».

Mi fissa con disgusto. «E perché dovrei? Siamo andati a fare un giro in macchina per sfogarci un po', abbiamo preso una buca piena d'acqua, siamo finiti fuori strada e ci siamo ribaltati».

«E il resto...».

Il suo boccale sbatte contro il tavolo con più forza del necessario. Un'ondata di birra supera il bordo, liquido dorato e schiuma bianca che colano giù, una pozza che si forma sul legno scuro. «Non c'è un *resto*, amico. O no?»

«Non per te». Non posso fare a meno di fissare la sua gamba perfettamente funzionante distesa a terra davanti alla mia, inutile. Secondo Riggsy ce la siamo cavata. *Lui* se l'è cavata, ecco cosa intende. *Lui* sta bene.

«Non c'è per i poliziotti. E nemmeno per gli investigatori». Si sporge oltre il tavolo sporco di birra. «Siamo a cavallo, Wallace. Andrà tutto liscio come l'olio».

E allora perché non mi sento così? «Archer dice che devo avere le idee molto chiare quando parlerò con gli investigatori».

Riggsy fa spallucce. «E allora sii chiaro. Perché è una situazione chiara. Abbiamo preso una buca e ci siamo schiantati. Fine».

«Era un avvertimento, Riggs».

«Cazzate. Era Archer che giocava al boss spaventoso. Rilassati – va tutto bene».

Non rispondo. Non ci riesco – non trovo le parole. Se non ho nulla di cui preoccuparmi, allora perché provo un senso di colpa tanto grande? E perché le mie ferite sembrano la punizione di ciò che è successo prima?

Quando Riggsy è venuto a trovarmi in ospedale ha fatto sembrare la vicenda molto semplice. «Hai già tanto a cui pensare, amico. Non c'è bisogno di dirgli tutto. E poi abbiamo un accordo: ci copriamo le spalle a vicenda». Mi ha rivolto un'occhiata significativa. *Come in Iraq*, intendeva. *Come quando ti ho tirato fuori da quel vicolo cieco.* Sono passati così tanti anni dall'accaduto che ormai è solo un consenso tacito.

Magari ha ragione. Quando le indagini saranno terminate e saremo esonerati, potrò lasciarmi tutto questo alle spalle. Non mi fa bene pensarci ventiquattr'ore su ventiquattro. Ho bisogno di una pausa, perciò richiudo i miei pensieri in un cassetto e mi rilasso mentre Riggsy si lancia nel racconto delle malefatte della squadra: bravate notturne da ubriachi nella cucina – cosa per cui hanno ricevuto un ammonimento disciplinare – uno scherzo ai danni del sergente, il gatto di uno dei membri dello staff avvolto nella carta igienica dopo che i piani alti si sono lamentati degli sprechi. Le stesse storie da diciott'anni.

Osservo Riggsy, totalmente immune. Lui non si preoccupa di nulla. Per quanto lo riguarda, tutto procede come al solito. L'incidente non è altro che una seccatura destinata, un giorno, a diventare l'ennesima storiella dell'esercito. Può farlo perché non ha una gamba tenuta insieme da più spilli che ossa, e non deve ricordarsene ogni volta che si muove.

Secondo Adam Riggs siamo al sicuro.

E se si sbagliasse?

Capitolo diciotto
Bethan

«No».

«Noah…».

Mio figlio, scarlatto in viso, mette un broncio che lo fa assomigliare a un gargoyle, i pugnetti arrabbiati sui fianchi. Mi fissa. «Ho detto *no*!».

Una volta amavo le domeniche.

È la nostra prima discussione in casa nuova, ed è serissima. Sono passati cinquanta minuti e ancora non vedo segni di resa. A essere onesta, è incredibile essere rimasti qui per tutto questo tempo senza uno dei tipici capricci di Noah Gwynne. A casa vecchia succedeva quasi una volta al giorno. Pensavo che fosse più calmo perché finalmente aveva uno spazio tutto suo, più luce e colori, e una mamma molto meno spaventata di rimanere a casa da sola con suo figlio. Avrei dovuto immaginare che non sarebbe durata.

Mi sforzo di respirare, conto lentamente fino a cinque – una tattica per gestire i capricci che ho imparato nei terribili due anni (o, nel caso di Noah, nel periodo che va dall'anno e mezzo ai tre). Aspetta. Respira. Trova l'equilibrio. Tieni il punto. Se mi mettessi a gridare anche io lui ingranerebbe solo la marcia, e prima di potercene rendere conto saremmo già ai ferri corti stridendo l'uno contro l'altra come macchine di Formula 1 sulla pista.

Mi guarda respirare, l'espressione saggia. E va bene, *bach*, ora vedrai. Vincerà la tua mamma.

Sono pronta. Sfodero il tono più dolce che ho, fissando i suoi occhioni blu.

«Devi mettere i pantaloni. Altrimenti il sederino ti si congelerà e ti cadrà».

Un attimo di esitazione nel suo sguardo. Ce l'ho in pugno. Devo rimanere il più seria possibile – se scoppiassi a ridere avrei perso.

Sospiro con fare teatrale. «E poi dove finirebbe tutta la cacca?».

Il suo broncio vacilla.

Ecco l'ultimo giro, quello della vittoria.

Concludo mimando un'esplosione, spalancando le mani e soffiando dalle guance per l'effetto sonoro.

A Noah luccicano gli occhi e inizia a ridacchiare. Stallo dimenticato, amicizia ristabilita, io campionessa indiscussa del mondo. O dell'appartamento. Ma questo è il nostro mondo, perciò vale come un primato mondiale – invece della cintura da campionessa, il mio premio consiste in un paio di pantaloni da pirata a righe bianche e rosse sopra il sederino di mio figlio.

Sono solo le 9:30 e mi sento esausta. Noah è in piedi dalle sei, e mi ha svegliato cantando ad alta voce la canzone iniziale del *Re Leone* nel suo letto nuovo da bambino grande. Nessuno ha spiegato a mio figlio la regola d'oro del weekend – quella secondo cui bisogna dormire di mattina – perciò eccoci qui. Piazzo mio figlio davanti ai cartoni, completamente vestito (grazie al cielo), e trascino la mia carcassa dolorante in cucina per preparargli la colazione rimandata per via dei capricci.

Sono anche parecchio scossa per il messaggio di Lachlan – e ciò che ho visto ieri sera. Non riesco a smettere di pensarci. Son stata vicinissima a farmi scoprire… Cosa avrei fatto in quel caso? Forse solo finta di niente. Voglio dire, che altro potevo inventarmi? Adesso però non so se sentirmi delusa che non abbia alzato prima lo sguardo.

Voglio che Lachlan mi veda?

Il pensiero mi stuzzica.

E se fosse così?

Devo rifletterci. Va bene giocare e divertirsi, ma, se la situazione continua a evolversi così in fretta, ho bisogno di capire dove mi condurrà. Perché non si tratta solo di me, a prescindere dal fatto che Lachlan sappia o meno di Noah. Amo essere il centro inaspettato delle attenzioni di un'altra persona, ma non posso permettere che mi annebbi il cervello. Devo rimanere lucida e non farmi trascinare.

E poi stamattina devo affrontare una questione molto più urgente: cosa rispondo alle sue parole praticamente perfette?

Faccio a pezzi una banana e recupero il pane dal tostapane un attimo prima che si bruci, soffiandomi sulle dita scottate. Il bollitore scalda l'acqua per il mio tè e il microonde riscalda il latte di Noah. Nel frattempo la mia mente è un garbuglio di parole e immagini, inchiostro e battiti, domande che necessitano di risposte e pensieri sui quali non dovrei soffermarmi.

Una volta che mio figlio è nutrito e felice, decido di prendere il toro per le corna.

Stacco il vecchio messaggio dal vetro e poso un foglio nuovo sul bancone della cucina. Devo solo essere onesta, seguire l'istinto. Se ci rimugino troppo diventerò matta.

Semplice. Sincera.

Prendo un respiro, ingrano, conquisto questo nuovo territorio.

Anche tu mi fai sorridere.
E tu, cosa vuoi sapere di me?

Se mi fa domande sui figli, glielo dirò. Se mi fa domande su di me, risponderò. Il ricordo di quello che ho visto di lui ieri sera calma i miei nervi. Stava attaccando il messaggio con così tanta cura, come se fosse una cosa importante. Come se *io* fossi importante. Non mi sento così da tantissimo tempo.

E non intendo in *quel* senso, anche se ormai sono passati due anni e mezzo – Noah adesso ne ha tre e mezzo. E anche all'epoca la situazione non era ideale.

Mamma pensa che io sia troppo indipendente. Ironico, considerando che è stato ciò che mi ha salvato. All'inizio non ho avuto scelta, ma credo che ora lo abbia accettato. Non hai il tempo di lamentarti per come sono andate le cose se rimani sola con la totale responsabilità di mantenere in vita un piccolo essere umano.

Non ho bisogno che qualcuno si prenda cura di me. Ma mi piacerebbe che a qualcuno importasse di me.

Appendo il messaggio con mani un po' tremolanti. Ma sono felice. Che domanda mi farà Lachlan?

A mezzogiorno esce il sole, perciò decido di portare Noah in città. Ci si arriva con un breve tragitto in autobus, che prendiamo alla fermata appena vicino casa. Di solito passa quello a due piani, e Noah lo preferisce di gran lunga rispetto a essere legato in macchina mentre la mamma si fa strada nel traffico. Forse, dopo la zuffa di stamattina, abbiamo entrambi bisogno di una tregua. Potrei persino fare un po' di spesa, e Noah potrebbe giocare nella piccola area per bambini sul retro del mercato coperto. Se c'è ancora il sole potremmo salutare il castello oppure passeggiare a Friary Gardens. Un po' di respiro e di divertimento.

Così la finestra non potrà tentarmi. Quando usciamo, Lachlan ancora non ha risposto – come immaginavo.

Siedo nella parte anteriore dell'autobus a due piani con Noah che fa finta di guidare e lascio vagare lo sguardo sul tragitto ancora sconosciuto. Mi piace questo posto. La gente è gentile. Per esempio la signora seduta dietro di noi rivolge dei versetti a Noah, e non mi ha ancora chiesto le solite cose che devo sorbirmi, del tipo: *Scommetto che ha gli occhi del papà.* Oppure: *E il papà dov'è oggi?* Adorabile.

Scendiamo alla nostra fermata e percorriamo a piedi il breve tragitto fino al centro. C'è parecchia gente in giro, sembra che tutta Richmond sia uscita a fare compere. Noah saltella al mio fianco, la testolina che si volta a destra e sinistra come se avesse delle telecamere al posto degli occhi e stesse cercando di catturare ogni dettaglio. La sua mano è calda nella mia. Chiacchiera, ma io capisco circa un terzo di quello che dice dato che continua a girare la testa dall'altra parte. Ma non importa: il suo è un piccolo monologo che non necessita di una risposta.

Il mercato è in pieno fermento, affollatissimo. Buste, schiene, gomiti appuntiti, gruppi di chiacchieroni fermi sul posto. Noah mi trascina sul retro, verso il suo punto preferito: la bancarella di ferramenta – e la scatola di giocattoli che il venditore tiene sopra dei grandi cuscini da pavimento sbiaditi. Non è niente di che in realtà, più un pit-stop per genitori stanchi che hanno bisogno di una pausa dalla baraonda.

Ci avviciniamo, e io penso che ciascuna delle persone che ci passano accanto potrebbero essere Lachlan. Potrei imbattermi in lui dappertutto – sull'autobus, in strada, in un negozio... Ieri sera non ho visto il suo viso: lo riconoscerei, nel caso? Il pensiero mi fa sentire le farfalle allo stomaco. E se fosse qui? Se quella persona fosse lui, o quell'altra...

«Mamma! Vieni!».

Il mio braccio destro quasi esce dalla tasca per la foga con cui Noah mi tira per avvicinarsi al suo premio. Si piega in un modo che mi ricorda Tegan, la border collie che avevamo da bambini: quando non aveva il guinzaglio ti camminava felicemente accanto e poi, non appena glielo mettevi, proseguiva piegata a 45 gradi.

«Va bene, va bene, vai piano!».

«*Non posso* andare piano», ribatte oltre la spalla, tirando più forte. «Le mie gambe non vanno pianino!».

Pianino. Continuo a pensare di dover tenere un diario per annotare tutti questi Noah-ismi prima che me li dimentichi. Cresce così in fretta, spariranno prima che possa rendermene conto. *Mironde* per "microonde", *sanciufraglie* per cianfrusaglie. Parole che prima usava e che ora non ricorda – quando gliele ridico mi lancia occhiate cariche di pietà, come se me le stessi inventando.

In onore delle sue gambe *velocine* raggiungiamo in tutta fretta la bancarella. La coppia di anziani che la gestisce solleva lo sguardo e sorride quando vede comparire Noah che gli va diretto incontro.

«Guarda guarda, è il maestro di draghi!», dice l'uomo, tirandosi gli occhiali da lettura sul capo.

Sorrido. «Noah, saluta Chuck e Jean».

Mio figlio, già a terra sui cuscini, senza scarpe e con

le mani nella scatola di giocattoli, alza brevemente lo sguardo. «Ciao ChuckeJean».

«Ciao, fiorellino», dice Jean, porgendo una busta bianca a un cliente e frugando nel marsupio blu che tiene in vita per dare il resto. «Mio Dio, ti sei fatto grande. Che cosa ti dà da mangiare la mamma?»

«I toast», risponde Noah con la testa infilata nella scatola.

Jean ride. «Ben fatto, mamma!».

«Be', mi piace sperimentare, sapete. Come state? Oggi c'è un sacco di gente».

Chuck lancia un cenno d'assenso verso la folla. «Sì. Era ora. Iniziavo a pensare che la gente si fosse dimenticata dove eravamo».

«Dimenticarsi di voi? Mai», rispondo. Ma non riesco a fare a meno di pensare al silenzio preoccupante di Bright Hill.

«La speranza è l'ultima a morire, eh?». Jean si sporge verso di me, il tono smorzato dal chiasso della folla. «Nell'ultimo mese hanno chiuso quattro bancarelle. Sai, i giovani non vengono. Al giorno d'oggi comprano solo online. Su ebay e roba del genere». Fa spallucce, e io riconosco la stanca rassegnazione. La vedo in tutti i colleghi di lavoro.

«Ma noi non ci vogliamo pensare, non è vero?», dice Chuck, la mano posata delicatamente sulla spalla di Jean. «Il sole splende, c'è gente e davanti a noi abbiamo i nostri clienti preferiti».

«Giusto. Insomma come va al lavoro, tesoro?»

«Ancora un mortorio, ma è presto».

«Andrà meglio». Chuck annuisce. «Dicono che nelle prossime settimane ci sarà bel tempo. Il che mi ricorda... Voglio chiedere la tua opinione, ragazza». Le folte sopracciglia si abbassano sopra gli occhi ancora luccicanti. «Lumache».

«Ah».

«Come faccio a impedire a quelle accattone di rosicchiarmi le zucchine?».

Jean alza gli occhi al cielo. «È ossessionato. Giuro che, se non chiudessi la porta a chiave, si metterebbe a fare la ronda in giardino di notte».

Riesco a immaginare Chuck che sorveglia l'orto armato di una torcia. «Gusci d'uovo. Pietrisco. Fondi di caffè se ne hai».

Non sembra convinto. «Funzionano davvero?»

«Mh-mh. Non possono strisciarci sopra perché sono materiali troppo duri, perciò girano alla larga. E se non dovessero funzionare, crea delle trappole con la birra: le lumache puntano quella invece delle piante, e così affogano».

«Che bel modo di morire, eh Jean?»

«Se mettessimo la birra in giardino questo qui sgattaiolerebbe fuori con una cannuccia». Dà un colpetto scherzoso al marito. Si scambiano un sorriso.

Mi piace questa scena. Lancio un'occhiata a Noah che sta infilando delle formine consumate di plastica dentro un cubo di legno (opera di Chuck, sospetto), circondato da una pila dei suoi amatissimi peluche. Un tempo pensavo che mio figlio mi avrebbe visto allo stesso modo, la metà di una coppia come la loro – mamma e papà, sempre insieme. Ignoro la fitta di dolore. È felice, mi dico. *Ora è molto più felice.*

Arrivo a casa poco dopo le 5 con Noah in braccio: si è addormentato sull'autobus. Spalanco la porta d'ingresso con il piede per cercare di far passare un bambino addormentato e le buste della spesa oltre la soglia. Mi fermo accanto alle scale e apro la cassetta delle lettere. Dentro c'è un mucchio di buste. Quando mi sono trasferita, ho contattato le Poste per farmi reindirizzare la corrispondenza, ma questa è la prima volta che ci arriva. Infilo tutto in una delle buste della spesa e salgo su in casa.

Poso Noah sul divano con i cuscini tutt'attorno e recupero Tan il drago dalla sua camera. Più tardi sarà difficile farlo addormentare, ma sono contenta di avere questo attimo di tregua. Vado in cucina per sistemare la spesa, e tiro fuori il mucchio di posta. Si tratta perlopiù di pubblicità, poi c'è la notifica di avvenuta attivazione di gas e luce, e il nostro vecchio centro medico che ci conferma che li abbiamo abbandonati. Quando vedo l'ultima lettera il cuore mi schizza via dal petto.

So di che si tratta ancor prima di aprirla, ma devo vedere a cosa vado incontro.

Lo stomaco in subbuglio, strappo la busta, leggo il foglio che c'è dentro.

Arretrati in sospeso…

La cifra non è cambiata. Tutto questo duro lavoro e i sacrifici che abbiamo fatto per una sola goccia nell'oceano. È un'ingiustizia che brucia. Mi copro gli occhi, le dita umide per via delle lacrime. Due anni e mezzo e ancora non è finita. Il numero sulla lettera urla *anni* di arretrati, non mesi. Quanti anni avrà Noah quando smetteranno di arrivare lettere del genere? Sarà alle superiori? All'università? O addirittura dopo?

Tutta la positività che ho accumulato oggi impallidisce sotto l'ombra incombente della cifra esorbitante sul foglio. Ecco lo sconforto, il dolore…

No.

Smettila.

Mi costringo a respirare, sento il mio corpo farsi più forte.

La situazione è migliorata rispetto a prima.

Inizio a cercarmi intorno per raccogliere i frammenti di positività che ho perso. La situazione è migliorata – i soldi extra che guadagno lavorando per il reparto piante aiutano eccome. Stare qui aiuta. Non ho paura come prima. Posso convivere con il tradimento, se non temo di affogare di nuovo. Sapevo già che sarebbe stata lunga. Ma non sarà sempre così difficile.

Vorrei vivere un giorno solo senza problemi simili. Un giorno in cui non mi sento di essere l'unica persona al mondo a dover scalare uno strapiombo.

Noah si agita sul divano. Mi avvicino per controllare se sta bene, ma lui torna a dormire ancor prima che possa raggiungerlo. Sono alla deriva, a metà del tragitto tra la cucina e il divano.

A quel punto guardo fuori dalla finestra.

Le parole di Lachlan mi aspettano.

La domanda di un amico a cui importa di me.

> Se potessi avere tutto ciò che desideri al mondo,
> cosa chiederesti?

Capitolo diciannove
Lachlan

Ieri, quando mi sono congedato da Riggsy dopo una dolorosa camminata verso casa, ho pensato alla domanda che volevo fare a Bethan. Mi ero ripromesso di non pensare a lei, ma chi voglio prendere in giro? L'ho fatto tutto il tempo.

Alla fine sono riuscito a capirlo, a capire perché tutta questa situazione è importante. È stata una presa di coscienza che si è accesa come una scintilla nella notte, per poi continuare a bruciare lentamente. Non riesco a credere di averlo capito solo ora. Bethan è importante perché *mi ascolta*. Nella mia vita non lo fa nessun altro.

Ho iniziato a pensarci mentre Riggsy sparava le sue stronzate al pub e sviava ogni mio tentativo di dire qualcosa. All'inizio avevo attribuito il suo atteggiamento al suo umore di merda, al fatto che volesse evitare a tutti i costi di sentir parlare dell'incidente. Ma, dopo averlo notato una volta, non sono più riuscito a ignorarlo.

E la cosa peggiore? Lui non se ne rendeva nemmeno conto. Il che significa che l'idea che ha di me – una cassa di risonanza per tutte le stronzate che dice – è così impiantata nel suo cervello che non ci fa nemmeno caso.

Dovrebbe essere il mio migliore amico. E allora perché ultimamente mi sento come se stessi solo alimentando il suo ego?

A quel punto ho iniziato a riflettere su tutti i rapporti

della mia vita: mi sono sentito come se avessi ricevuto delle nuove lenti attraverso le quali osservare il mondo. Più guardavo, e peggio era.

Tanya non mi ascolta. Fa domande, mi dice cosa fare, ma l'unica volta che ha risposto a qualcosa che ho detto è stato quando l'ho praticamente implorata di aiutarmi. E anche allora si è comportata come sempre, era un po' imbarazzata. Poi è tornata a modellare il mio corpo per riportare indietro il vecchio Lachie Wallace, quello che di sicuro preferiva. Lunedì, quando tornerà, sarà tutto come prima, la mia supplica nascosta in quella sacca che si porta dietro insieme alle fasce di resistenza e alle scartoffie.

La mia famiglia non mi ascolta. Per esempio Sal: se non sta avendo la meglio in una discussione, ricorre sempre alla stessa frase: «*sono tua sorella più grande, lo so e basta*». Papà è troppo occupato con gli affari per starmi a sentire. E la mamma non è fatta così e basta. Quando dovevo andare via di casa per mesi, per prestare servizio militare all'estero, nessun membro della mia famiglia aveva bisogno di ascoltarmi perché io non avevo bisogno che lo facessero. È stato l'incidente a cambiare tutto. Mi ha trasformato in un'entità di cui doversi prendere cura, l'infrazione un motivo sufficiente a consegnare il comando della mia vita a loro.

Archer non mi ascolta perché sta facendo il suo lavoro. E io non so cosa raccontargli, perché, sebbene Riggsy dica il contrario, mi sento responsabile. Non ho provocato io l'incidente, ma è colpa mia se eravamo su quella strada…

Non ha senso rimuginarci sopra perché sono l'unico che sta ascoltando. E non sento ciò che voglio davvero perché non riesco a superare il senso di colpa.

C'è solo un'altra persona al mondo che ci tiene:

Quindi, cosa vuoi sapere di me?

Bethan non ha doppi fini, non si aspetta qualcosa dalle mie risposte. Non cerca di catalogarmi, non ha pregiudizi su di me. Non pensa di saperne di più. Non usa le mie risposte per prendere fiato e ricominciare a parlare. Non sa nulla sul mio conto e non ha bisogno di ascoltarmi. Ma io sento che vuole farlo.

Di solito ero il tipo che indietreggiava davanti a situazioni del genere. Ma adesso so che ho bisogno di lei. Ho bisogno di qualcuno che mi ascolti.

Se potessi avere tutto ciò che desideri al mondo,
cosa chiederesti?

Ho fatto questa domanda perché non importa quale sarà la risposta di Bethan, mi svelerà comunque qualcosa di importante su di lei. Se è una cosa materiale – una bella macchina, un milione di sterline, una vacanza esotica – saprò che dirle. Se è qualcosa di più personale, capirò in che direzione stiamo andando. Sotto sotto spero nella seconda opzione. Voglio conoscerla, scoprire cosa la ispira, cosa dà forma al suo mondo. Se si ritira, seguirò il suo esempio. Se approfondisce, proverò a fare altrettanto.

Sono le 5:30 e ho appena permesso a Ernie di uscire dalla camera da letto dopo l'ennesimo scontro con Bert. Vedo la sua risposta. Non so perché, ma aspetto un istante prima di leggerla. Sono davanti a un bivio: il momento successivo determinerà la strada da prendere.

Ok, sono pronto. Guardo.

Speranza.
Risate.

E biscotti ☺

«Risposta perfetta», dico, ridendo quando Bert abbaia. «È una persona interessante, amico. Scommetto che ti piacerebbe».

A me piace.

Mezz'ora dopo, attacco il mio messaggio. Non smetto ancora di sorridere: è una bella sensazione. Anzi, è una sensazione fantastica. È come trovare la cosa preziosa che stavi cercando.

Vedrò che posso fare.
Ma la domanda è:
quali biscotti?

Vorrei dirle che io ci sarò finché vorrà. Ma non c'è abbastanza spazio sul foglio per scriverlo in grande e permetterle di vederlo oltre la siepe. E, sebbene io sia consapevole del perché questa situazione importi tanto, non ho ancora il coraggio di tramutarlo in parole.

Spero solo che capirà.

Di solito la domenica è il mio giorno di riposo, ma dopo cena provo comunque a fare qualche esercizio. La gamba ferita non è stata contenta dell'epica scarpinata fino al pub di ieri: ho i muscoli tutti contratti persino nella gamba buona. Ma domani mattina, alle 9, arriverà Tanya, perciò devo dimostrarle che sono serio riguardo la riabilitazione. Ernie salta sul tavolo della cucina e mi fissa come se avessi perso la testa. Bert mi osserva preoccupato dalla cuccia. Non sono dei compagni di allenamento o dei coach motivazionali molto utili, ma averli al mio fianco alleggerisce l'atmosfera. Loro, e il pensiero della mia amica di fronte.

Riesco a continuare per mezz'ora prima di ammettere

la sconfitta. Domani andrà meglio, mi dico. Una nuova settimana, una nuova sfida. Devo accettare che ci vorrà tempo. E da domani, non dovrò più fare tutto da solo.

Il mio telefono vibra sul tavolinetto accanto. Mi asciugo il sudore delle mani sulla T-shirt prima di afferrarlo.

«Cosa hai detto a mamma?».

Ciao anche a te, sorellona. «Che razza di saluto sarebbe?», dico. So che sto sfidando la sorte, ma non riesco a trattenermi. «Usi lo stesso tono con i clienti di *Non Solo Sport?* Perché nel caso avresti davvero bisogno di lavorarci su e...».

«Lach, mamma è a pezzi».

«Di che parli? Mamma non è mai *a pezzi.* È fatta di granito».

«È quello che ti piace ripetere. Ma io la vedo tutti i giorni, tu no. Che cosa le hai detto?».

Stendo la gamba più che posso, un nodo testardo dietro la schiena che si rifiuta di cedere. «Non le ho detto niente».

«Ritenta».

Grugnisco e fisso il soffitto. «Che vuoi che ti dica, Sal? Voleva che tornassi a casa, ho detto di no. Non vedo dove sia il problema».

«Ti ha detto che ha già fatto ristrutturare il cottage per te?». Nel silenzio che segue, immagino Sal che mi lancia occhiatacce dalla cornetta. Mi manca l'aria. «Suppongo di no».

«Mi ha detto che *avrebbe potuto* farlo ristrutturare. Non che era già fatto...». Mi fa male la testa. Avrei dovuto prevederlo, o no? Mamma non ti consulta, ti *informa*. «Lo ha già finito?»

«Sì, tutto. In tre settimane. Gli operai non potevano azzardarsi nemmeno a respirare».

Cazzate. «Non gliel'ho mai chiesto».
«Certo. Tu non chiedi mai niente».
Ok, non ci sto. «Sal, ho trentaquattro anni. Tutta la mia vita è qui. Perché dovrei chiederle di tornare a casa?».
La voce di mia sorella si ammorbidisce. «Perché adesso la tua vita è cambiata e...».
«Va' a quel paese!».
«Vedi? È proprio quello che intendevo, Lachie. Sei sempre così... così maledettamente cocciuto. Rifiutarsi di accettare la realtà non la farà scomparire».
«La realtà è che sto *guarendo*. Sto migliorando».
«Sei quasi morto, Lachie! Potevamo perderti. La polizia dice che sei stato fortunato a uscirne vivo. E in ambulanza hai smesso di respirare...».
Percepisco le porte attorno a me che si chiudono, le tapparelle che si abbassano, le difese che si alzano. Non c'è bisogno che mi ricordi quanto sono stato vicino a morire. Mia sorella non lo sa che è da allora che convivo costantemente con questo pensiero? «Sto *bene*. E mamma avrebbe dovuto avvertirmi, prima di asfaltare tutto. Sono sicuro che può affittare il cottage come ha fatto con il resto delle case della fattoria...».
«È stata fatta su misura».
Non capisco il tono di Sally: sfida o imbarazzo? So che non è colpa sua e che sta cercando di mediare, come al solito, ma la sua frase mi fa rabbrividire.
«Cosa?»
«Rotaie, montascale, sedie che ti sollevano...».
«Non ho bisogno di quella roba».
«Potresti...».
«Vivo in un appartamento al primo piano senza ascensore. Porto fuori il mio cane due volte al giorno. Ieri ho

fatto mezzo chilometro a piedi, andata e ritorno, fino al pub. Non ho bisogno del sostegno, Sal. Ci riesco da solo».

«E sono tutte cose molto importanti, ma...».

«Ah, ora mi fai anche la paternale?»

«Io ce la sto mettendo tutta per aiutarti, Lachie. Non voglio che tu faccia sforzi inutili».

Non le urlerò contro. Ma questa conversazione termina qui. «La mia fisioterapista è convinta che migliorerò. E anche la dottoressa. Rimarrò a casa mia, e tornerò a lavoro quando avrò il permesso. Vi sarei grato se me lo lasciaste fare».

«Non finisce qui, lo sai», ribatte Sal. Riattacca senza salutare.

Cosa pretendeva che facessi? Arrendermi e tornare a casa come un bravo bambino perché mia madre pensa di conoscere la mia vita meglio di me? Ok, è arrabbiata. Ma non quanto lo sono io per il fatto che la mia famiglia ha deciso che ho bisogno di una stanza su misura sotto la loro sorveglianza. *Se* avessi avuto bisogno di certe cose – se i dottori lo avessero stabilito – allora magari sarei stato persino commosso per il fatto che la mia famiglia abbia pensato a procurarmele. *Se* me lo avessero chiesto, invece di prendere la decisione senza consultarmi. Ma non mi è mai stato detto che non tornerò a essere autosufficiente. Anche le previsioni più pessimistiche, quelle secondo cui avrò la gamba e il fianco danneggiati per sempre, dicono che in quel caso avrò bisogno di un bastone per camminare, non di rotaie e montascale. Ho passato diciott'anni nell'esercito e, sebbene negli ultimi otto abbia lavorato perlopiù come istruttore in aula, sono in ottima forma. Devo esserlo, per stare al passo con i miei studenti. La mia dottoressa dice che è il motivo per il quale ho già fatto dei progressi, e che ho ottime probabilità di guarire.

Ma Sal non mi stava ascoltando, giusto? Non ha fatto altro che confermare la rivelazione che ho avuto ieri al pub. Mia madre non mi ascolta. E nemmeno mia sorella. L'unico modo per farmi sentire è dimostrargli che si sbagliano...

Lancio un'occhiata alla finestra. Sento il petto più leggero.

...A proposito dell'unica persona che mi ascolta.

Che domanda pericolosa!
Gli Hobnob, primi in assoluto.
E tu? ☺

Capitolo venti
Bethan

Gli Hobnob? Che noia!
Preferisco di gran lunga i Bourbon!
☺

Ah, è così eh?

Sapevo che ci stavamo addentrando in un territorio pericoloso. Ma adoro la sua risposta.

E va bene, Lachlan, hai insultato i miei biscotti preferiti. Te la sei cercata. Preparati alla guerra!

I Bourbon sono per i piagnoni.
Meglio i Custard Cream ☺

Chi avrebbe mai immaginato che una discussione sui biscotti potesse essere tanto emozionante? Dopo aver attaccato il messaggio alla finestra mi siedo sul divano, con un'irrefrenabile voglia di mettermi a ridere. Ogni muscolo del mio corpo freme dalla voglia di volare alla finestra e controllare se Lachlan abbia risposto. Sono felice della direzione che ha preso la conversazione, e anche un po' sollevata.

Adoro ciò che ha detto Lachlan, ovvero che lo faccio sorridere, e la domanda su quali siano i miei desideri mi ha commosso. Ma mi stavo facendo trascinare, ed è troppo pericoloso.

Un'ora più tardi, alla finestra, compare un nuovo messaggio e sotto di esso un Ernie disteso sul davanzale.

I Custard Cream? Wow.
Non dirmi che adori anche i Party Rings? ☺

Ok, *adesso* si fa sul serio…

Inizio a sentirmi le palpebre doloranti, il prezzo da pagare per una domenica impegnativa. Non voglio ancora andare a letto, ma sembra che il mio corpo stia avendo la meglio sulla mia testa. Domani dovrò svegliarmi molto presto perché è il primo giorno di tempo pieno di Noah all'asilo, e prima dovrò portarlo da Michelle con tutto il necessario. Vorrei restare sveglia a prendere in giro Lachlan per i suoi gusti in fatto di biscotti, ma non posso permettermi di perdere altre ore di sonno. Però, per far sì che non pensi che mi sia offesa a morte per il suo evidente pregiudizio sui Party Rings, gli scrivo un ultimo biglietto e lo attacco alla finestra.

I Party Rings sono i migliori!
Mi sembra che tu abbia bisogno di essere educato.
Notte notte

Quindi mando un bacio a Ernie al di là della siepe.

E se per caso Lachlan si trovasse là vicino e lo prendesse lui, meglio ancora…

«Allora, va bene se lo porti tu all'asilo e lo vai a riprendere?», chiedo a Michelle. Non so se gliel'ho già chiesto, o se è una domanda che continua a ronzarmi in testa in loop insieme a tutte le altre cose che devo ricordarmi.

Michelle prende il cappotto di Noah. «Certo, tesoro. Te l'ho detto».

Le faccio un sorriso imbarazzato. «Scusami. È il primo giorno di tempo pieno, tutto qua».

«Se lo dici tu...». Ride. «Hai bisogno di dormire, cara signorina».

«Dillo a mio figlio». Noah solleva lo sguardo e sorride, le briciole di toast agli angoli della bocca. «Perché un certo bambino ha deciso di chiedermi di vedere *Duggee* alle due di notte».

Michelle fa una smorfia. «Ahia. Allora non mi sorprende che tu sia in coma stamattina».

«Meno male che anche alla mamma piace, non è vero Noah?». Abbraccio mio figlio e gli bacio la fronte. Lui ridacchia, e si divincola per raggiungere Maisie nel salotto di Michelle. Guardo la mia amica. «Ha avuto un incubo».

«No! Un altro?».

Annuisco. Ne conosco il motivo: è il cambiamento. Noah ha episodi di sonnambulismo durante i quali ha incubi, e sono quasi sempre legati a qualche cambiamento, sia fisico che emotivo. Sono iniziati quando ha messo i primi dentini, nei giorni bui in cui eravamo soli e al verde e vivevamo in un brutto monolocale; poi quando ha iniziato a usare il vasino; quando ha iniziato ad andare all'asilo; la prima settimana che Michelle lo ha tenuto. Questo incubo in particolare è stato di sicuro il precursore del primo giorno completo all'asilo. Dovrei esserci abituata, ma è un'esperienza terrificante: il mio bellissimo bambino che si agita e scalcia, gli occhi spalancati, mentre fa dei capricci che nulla riesce a placare. Una volta, durante un incubo particolarmente brutto, mi ha dato un pugno. Ho dovuto lottare con lui con una mano e tamponarmi il naso sanguinante con l'altra.

Per gli standard di Noah quello di stanotte non è stato particolarmente brutto, solo inaspettato e disorientante: le sue urla mi hanno svegliato di soprassalto. Non importa che bravo genitore tu sia, nessuno è lucido alle due di notte. L'unico modo che ho per calmare Noah in quei casi è distrarlo, mostrandogli un episodio dei suoi cartoni preferiti sul telefono. Non so perché funzioni – i colori, il suono, l'apparizione improvvisa di un qualcosa di familiare – ma riesce a svegliarsi del tutto e poi si riaddormenta.

Però vorrei lo stesso che non fosse successo ieri sera.

«Vuoi che ti faccia del caffè così lo bevi mentre vai a lavoro?», chiede Michelle. Stamattina mi sfiora il braccio con fare rassicurante.

«Sei un angelo! Magari!». Sorrido per la sua gentilezza, e ringrazio il cielo per la milionesima volta per aver trovato proprio lei come babysitter.

Quindi inizia a trafficare in cucina per prepararmi il caffè. «Bethy, in realtà volevo parlarti di una cosa. Sentiti libera di dire di no, ma pensavo che potesse aiutarti».

Vorrei non sentire il bisogno di dovermi difendere non appena qualcuno cerca di darmi una mano. Scaccio l'istinto da mamma chioccia e mi costringo ad ascoltare Michelle. «Va bene».

Si volta a guardarmi, dando le spalle al bollitore. «Non so se te l'ho detto, ma mia sorella Cass sta mettendo su un mini club per bambini il giovedì, dopo l'asilo. Fanno gioco strutturato, danza, lavoretti... Credo che a Noah piacerebbe molto».

«Ottimo. Quanto costa?». È una domanda che faccio in automatico, e odio doverla porre così in fretta. Ma la verità è che molte attività per bambini costano, e io sono alle strette.

Michelle solleva una mano. «Ah, per Noah sarebbe gratis. Ok, scopro le carte: Maisie vuole andarci, ma non conosce nessuno e si vergogna. Le piacerebbe tanto partecipare con Noah. E potrei fargli fare merenda prima che tu venga a riprenderlo. Che ne dici?».

Lancio un'occhiata in sala, dove Noah e Maisie al momento stanno passeggiando mano nella mano. So che Noah la adora e, dato che è figlio unico, ha amici solo fuori casa. «È molto gentile da parte tua...».

«Grazie, ma lo faccio con piacere». Michelle versa l'acqua bollente in una tazza da viaggio e ci mette dentro un cucchiaino pieno di zucchero senza chiedermelo. Sarà troppo dolce, ma stamattina ho bisogno di tutta l'energia possibile. «Allora, che ne dici?».

Accetto, ovviamente – perché non dovrei? Mi farebbe davvero comodo un giorno a settimana in cui non devo correre a casa dopo il lavoro. E, se Michelle gli facesse anche la cena, potrei persino guadagnare un'ora extra prima di doverlo andare a riprendere. È un aiuto inaspettato – e percepisco un vago senso di colpa per aver accettato – ma è una bella sorpresa.

Il caffè fortissimo ed estremamente dolce di Michelle deve aver fatto il suo dovere, perché oggi a Bright Hill nessuno fa commenti sulle mie occhiaie. Mi dicono solo che sembro felice.

«Hai trovato dieci sterline per terra».

«No».

«Hai prenotato una vacanza».

«Magari».

«Hai vinto la lotteria».

«E credi che starei ancora qui?».

Patrick mi saltella accanto per stare al passo. Stiamo andando verso i politunnel delle piante. «Conoscendoti, direi di sì».

Rido. «Ok, hai ragione».

Patrick continua a darmi il tormento da quando abbiamo iniziato il turno. Ma non mi scoccia se è lui a farmi l'interrogatorio. Lo trovo dolce – anche se non sarei mai così scema da dirglielo. Patrick Metcalfe crede di essere un giovane Jason Momoa, mentre in realtà è un diciannovenne spilungone che ha appena iniziato a sollevare pesi. È come un fratellino, in senso buono, e i giorni migliori a Bright Hill sono quelli in cui lavoriamo insieme.

Siamo quasi arrivati nel regno dei politunnel di Eric quando lui si ferma e batte le mani. «Ci sono! Hai. Fatto. Sesso».

Scoppio a ridere. Patrick corruccia la fronte e mi segue. «Cosa? *Che c'è?*»

«Non ridevo così da secoli», dico.

«Eddai, B! La gente non è felice senza motivo. Almeno non felice in questo modo».

«E che modo sarebbe?».

Mi raggiunge accanto ai lunghi vasi di piantine. «Sembra che sprizzi bollicine. Come una bath bomb».

Non è la metafora che mi aspettavo, ma la adoro. «E cosa ne sai tu di bath bomb, Patrick?»

«Io non… voglio dire…». Mi guarda come se volesse sotterrarsi sotto la fila di germoglietti nel letto accanto.

Per sua fortuna, in quell'istante Eric, il nostro giardiniere più anziano, emerge dal piccolo capanno di legno adibito a ufficio che si trova alla fine del politunnel. E non è solo.

«Ah, una visione che ti scalda il cuore, non credete anche voi?». Hattie rivolge un sorriso raggiante a me e Patrick e poi a Eric, che nel frattempo ha notato una foglia secca ribelle su una piantina e si è chinato per toglierla.

«Ed è lo stesso per noi, Miss Rowse», risponde Patrick. Sempre il solito adulatore.

«Sei dolce, Pat. Bethan, lo hai istruito bene».

«Lei non…». Il mio giovane collega si gratta la nuca, come se la battutina di Hattie lo avesse morso dietro al collo.

«In realtà sono felice di averti trovata, Bethy. Potresti venire a darmi una mano in ufficio?».

Sento il buonumore smorzarsi. Attraversiamo l'edificio principale, superiamo la porta con scritto STAFF ed entriamo nel labirinto di piccoli corridoi e uffici che costeggiano la struttura centrale. Ormai la maggior parte degli uffici sono magazzini per le scorte di articoli da regalo e oggettistica varia, perciò conosco bene il percorso intricato. In fondo è nascosto l'ufficio di Hattie.

Hector Rowse e le sue primule orecchie d'orso ci guardano dall'alto con orgoglio mentre io e Hattie ci sediamo alla scrivania di quercia troppo grande per l'ufficio. Quando il padre di Hattie ha fondato Bright Hill, il suo ufficio era costituito da un grosso capanno a graticcio che aveva ereditato quando aveva comprato la terra. Ho visto fotografie sgranate in bianco e nero di quel giovane imprenditore seduto in uno spazio enorme, i piedi incrociati sulla stessa scrivania di adesso: sembrava il re del mondo. Non posso fare a meno di pensare che sarebbe stato un ufficio perfetto per Hattie, ma è andato perduto in un incendio scoppiato per via di un fulmine estivo. Eric dice che, se la annusi da vicino, si sente ancora la puzza di bruciato della scrivania. Eric racconta storie leggendarie su Bright Hill: il vetro delle serre che si frantuma, il vivaio non assicurato di Hector che prende fuoco.

«Dopo l'episodio lo abbiamo chiamato "fenice" per anni», dice, quando riusciamo a riunirci e chiacchierare con tè e dolcetti nei giorni delle consegne. «Risorto dalle ceneri. Ha trascinato quell'enorme scrivania di quercia fuori dal capanno in fiamme con le sue stesse mani, sciocco imprudente. Ci ha quasi rimesso le penne. Ma Hector era così: o tutto o niente».

Mi chiedo cosa direbbe Hector della situazione attuale. Osservo il suo sorriso dolce in foto. Nel frattempo Hattie si siede.

«Hai avuto modo di farti venire in mente qualcosa che possa darci una mano?», domanda Hattie, il sorriso luminoso tradito dallo sguardo carico di preoccupazione.

Il punto è che non ho nulla di concreto. Cerco di pensare a qualcosa da quando me lo ha chiesto, e ho riempito pagine dell'agenda di opzioni. Ma nessuna rispecchia il grande progetto che si aspetta.

«Ci sto ancora lavorando», rispondo. Vorrei non aver notato il modo in cui le sue spalle si accasciano. «Ma credo che Bright Hill debba tornare a essere una parte vitale della comunità. Però ancora non so come».

Hattie posa le mani sul legno di quercia liscio della scrivania.

«Be', io ho avuto un'idea».

«Che idea?».

«Che ne dici di dedicare un'intera giornata di lavoro a questa cosa?». Mi osserva attentamente prima di continuare. «Lavori sodo e so che qui non è sempre… *l'ideale…*».

Si riferisce a Darren?

«…e con il bimbo a casa… voglio dire, non dev'essere facile».

«Stiamo bene».

«Oh, lo so, lo so. Però pensavo che potresti prenderti un giorno a settimana per lavorare da casa».

«Ma lavoro nella sezione piante».

«Sì, lo so, ma...». Hattie sbatte le palpebre, annaspa per un istante in cerca delle parole.

«La verità è questa, tesoro: siamo ai ferri corti. Se non ci facciamo venire in mente qualcosa al più presto, *subito*, non ci sarà più una sezione piante. E quindi pensavo... un giorno a settimana per lavorare da casa, sfruttare quel tempo per contattare gente, fare pubblicità a Bright Hill, perseguire qualsiasi strada ti venga in mente per racimolare dei soldi».

È un grande atto di fede, ma cosa ne so io di cose del genere? Hattie ha riposto in me le speranze di salvezza del vivaio? E se la deludessi?

«È molto gentile da parte tua, Hattie, ma non sarebbe meglio assumere un esperto? Qualcuno che abbia esperienza nel settore?».

La mia manager sembra rimpicciolirsi nella sedia. «Non possiamo. A livello economico...». La sua voce si spegne poco a poco. In quell'istante capisco quanto sia importante per lei.

«Proviamoci», suggerisco. Sono combattuta tra la paura di deluderla e la voglia di aiutare questa donna adorabile che ha fatto così tanto per me.

«Dammi tre settimane. Se funzionasse e avessimo bisogno di più tempo, ne riparleremo».

Hattie sembra illuminarsi. «Bene. Perfetto. A casa hai la banda larga?».

Annuisco.

«Bethan, so che puoi riuscirci. Mi fido di te. C'è un giorno in particolare che preferisci?».

Piccoli ciottoli di positività che mi indicano la strada...

«Giovedì», dico, il cuore che batte forte. «Il giovedì sarebbe perfetto».

Capitolo ventuno
Lachlan

Mentre facciamo gli esercizi, Tanya continua a lanciarmi occhiate. Posa lo sguardo sul mio viso e poi sul ginocchio mentre me lo avvicina al petto in modo che io spinga in direzione opposta. È come se volesse controllare che io sia ancora il suo paziente scontroso e non sia stato rimpiazzato da un clone più felice. Il dolore alla gamba è l'unica cosa che mi impedisce di ridere.

Sì, Tanya, sono diverso.

Ho un atteggiamento diverso. Forse aver chiesto aiuto la settimana scorsa è servito a uscire dall'impasse. Oppure è testardaggine pura, voglia di riscatto nei confronti della mia famiglia. Quando la gamba mi fa troppo male, immagino il montascale e le rotaie e spingo più forte.

E poi c'è Bethan.

Prima che Tanya arrivasse, ho tolto dalla finestra il messaggio di ieri sera. Bethan non sarà di ritorno prima di stasera, e a quel punto mi ritroverò di nuovo da solo, con un foglio nuovo di zecca. La grande battaglia del biscotto, secondo round…

«Bene. Bravissimo, Lachie».

Cerco di sorridere, anche se riesco solo a fare una smorfia. Ma Tanya sembra apprezzare. Decide di cambiare esercizio e io la seguo obbediente, i pensieri altrove.

Io e Bethan ci stiamo divertendo di nuovo, e la cosa mi

piace. Strati su strati di fiducia che si costruiscono lentamente tra le nostre finestre. Anche se ha gusti *pessimi* in fatto di biscotti.

Party Rings e Custard Cream, ma io dico.

«Va tutto bene?». Tanya solleva lo sguardo. Mi sta mettendo il piede su un blocco di polistirolo.

«Sì. Perché?»

«Mi sembrava che ti stessi facendo male».

Afferro un asciugamano e mi asciugo la fronte dal sudore. «In realtà stavo sorridendo. Wow, allora prima dovevo essere davvero scorbutico».

Lei arrossisce e torna all'esercizio.

Quando finiamo mi sento esausto e dolorante, ma ancora sorridente. Ho bisogno che Tanya capisca che ce la sto mettendo tutta. Finora tutto bene.

«Ottimo lavoro oggi», dice porgendomi una bottiglia d'acqua. «Grazie per aver lavorato sodo».

Annuisco e bevo un lungo sorso d'acqua. È così fredda che mi congela la gola, ma oggi mi sembra un trofeo. Dimostrare alla mia famiglia che si sbaglia è lo stimolo migliore. «La prossima volta farò altrettanto».

«Attento, signor Wallace». Tanya sorride e si posa la sacca sulla spalla, le chiavi che tintinnano tra le dita. «Altrimenti penserò che questa tortura inizi a piacerti».

Sollevo le mani. «Mai».

Adesso è vicina alla porta, il mio calvario quasi finito. «Ora riposati, per favore. E non farti una gita fino al pub più tardi, intesi?».

Vorrei davvero non averglielo detto…

Per un po' rimango immerso nel silenzio della stanza a pensare. La sessione di stamattina è stata dura, ma ho percepito una minima distensione dei muscoli della coscia. Appena percettibile, ma c'era. So che è presto per capire se significhi qualcosa o meno, ma, per la prima volta, *credo* che potrebbe essere così.

Faccio rientrare Bert ed Ernie nella stanza e loro mi accolgono come un eroe. Ha più a che fare con la speranza che gli dia un premietto che con il desiderio di supportarmi, ma fa lo stesso. Anche io merito un premio. Apro la credenza e trovo un pacco ancora chiuso di biscotti Bourbon.

I Bourbon sono per i piagnoni.

Ah sì, Bethan? Apro il pacco e me ne infilo due in bocca, mi volto verso la finestra e mi lancio in un folle balletto di vittoria, le braccia sollevate. Ovviamente non può vedermi.

Bert ed Ernie mi osservano dal divano, le orecchie tese, l'aria sconvolta.

Sento un crampo al fianco e mi fermo, a metà tra il dolore e la risata. Sto boccheggiando per prendere fiato, e finisco per strozzarmi con le briciole dei biscotti: che combinazione vincente. Mi appoggio contro il bancone della cucina e tossisco. Mi sembra di essermi liberato, inspiegabilmente.

È stato merito suo. Non parlo dell'attacco di tosse, ma del balletto.

Una volta eri divertente…

Riggsy ha ragione: lo ero. Ultimamente ho perso di vista quel ragazzo a cui piaceva ridere, e che faceva ridere tutti gli altri insieme a lui. Non è stato l'incidente a farmi dimenticare il divertimento. È successo molto prima, prima di Jenny, nel momento in cui mi sono trasferito nell'unità di formazione e ho smesso di prestare servizio attivo. Ero il giullare dello squadrone – quello che tormentava il sergente con le sue imitazioni perfette degli ufficiali più anziani, quello che faceva scherzi e si metteva in guai seri scoppiando a ridere durante le esercitazioni. Otto anni fa sicuramente sarei stato io il protagonista delle storie che Riggsy raccontava al pub l'altro giorno.

Mi manca. Mi manca *quel* Lachie.

Voglio essere rispettato, voglio che mi prendano sul serio. Voglio prendermi la responsabilità della mia vita. Non voglio diventare come Riggsy, una persona che pensa solo a sé stessa, però voglio tornare a divertirmi.

I messaggi sui biscotti sono stati il primo tentativo di leggerezza dopo anni. E Bethan è stata subito al gioco. È così che mi vede? Non come Lachlan Wallace, il ragazzo serio con solenni responsabilità e l'autostima ammaccata, le sole cose di me che gli altri notano sin dall'incidente. Anche Bethan sta cercando di capire com'è fatto il vicino che le scrive i messaggi, proprio come sto facendo io con lei?

Se mi vede come una persona che ama la vita, che non ha paura della verità e che ama ridere, magari posso esserlo davvero.

E se mi sforzassi per far rifunzionare il mio corpo, potrei anche vederla dal vivo…

Ci ho pensato più di quanto avrei dovuto.

Non possiamo continuare ad attaccare messaggi al vetro per sempre. Non voglio perdere questa nuova *cosa* che abbiamo scoperto. Un giorno avremo bisogno di trovare un altro modo per parlare, oppure tutto questo finirà.

Non voglio che succeda.

Se la mia gamba guarisce, voglio vederla.

Strappo un nuovo foglio dall'album, poso il corpo dolorante sulla sedia, apro la scatola di pennarelli colorati e inizio a scrivere:

Sono pronto a farmi educare, milady.
Qual è la prima lezione?

Preparo il pranzo e me lo porto sul divano. Due volontari molto disponibili si offrono subito di aiutarmi a finirlo. Trovo un film che mi piace e poggio la gamba sinistra sul divano, togliendomi di dosso Ernie che prova a fare del mio stomaco la sua sedia da cinema. Quindi mi sistemo una pila di cuscini dietro la testa e rilasso la schiena. Sono avvolto dal calore e il mio corpo si gode il riposo. I colori danzano sullo schermo mentre il sole pomeridiano filtra dalla finestra, il foglio di carta proietta un'ombra quadrata che si riflette sul pavimento. Il pensiero di Bethan nuota nella mia testa, gli occhi iniziano a chiudersi, il sonno mi prende da un posto lontano…

Quando mi sveglio, richiamato dal soffio del muso ispido di Bert contro la mia guancia, mi rendo conto di aver dormito cinque ore. Mi fa male tutto, e faccio fatica a sollevare la testa dai cuscini. Devo fare una pausa sul divano per via di un capogiro prima di potermi alzare. Aspetto che passi, il ronzio familiare del tinnito nelle orecchie. A quel punto mi spingo in piedi.

Impiego un secolo ad attraversare la stanza, e quando arrivo devo aggrapparmi alla mensola della finestra con tutte e due le mani per rimanere in piedi. Ma i miei occhi gonfi di sonno ricevono il premio più bello di sempre:

Biscotti, lezione 1

Sotto un foglio di carta con sopra il nome della lezione, Bethan ha attaccato quattro biscotti disegnati a mano. C'è un verdetto per ciascuno:

Hobnob = ottimi
Party Rings = buoni
Custard Cream = accettabili
Bourbon = c'è di meglio

Accanto a quello dei Bourbon c'è un foglio extra:

*ma se a te piacciono vanno bene lo stesso ☺

Sta solo parlando di biscotti, mi dico. Ci stiamo divertendo un po' con questa finta discussione. Flirtiamo, forse, ma è solo divertimento.

E allora perché mi sembra che Bethan stia dicendo molto di più?

Capitolo ventidue
Bethan

Ieri sera non mi aspettavo un'altra risposta, perciò sono andata a letto congratulandomi con me stessa per i cartelli sui biscotti – se devo essere onesta, erano fantastici. Ci ho messo una vita a disegnarli e quando li ho attaccati mi faceva male la faccia perché avevo continuato a sorridere tutto il tempo.

Ero anche stanca. Noah era tornato sfinito dal suo primo giorno di tempo pieno: sono riuscita a malapena a farlo mangiare prima che si addormentasse sul divano. L'ho messo a letto con le mutande, la canottiera e i calzini, perché sono riuscita solamente a togliergli la T-shirt e i pantaloni prima che si raggomitolasse su sé stesso.

Ho sognato la voce di Lachlan – è una cosa folle, lo so, perché non l'ho mai sentita. Ma, più leggo i suoi messaggi, e più la *sento* nella mia testa.

Potrei sbagliarmi, certo. Potrebbe avere una voce più squillante, tipo Joe Pasquale, o più profonda, tipo Idris Elba. Come faccio a saperlo?

È questo il problema. *Voglio* saperlo.

«Ehi! Ci sei?».

Alzo lo sguardo dai sacchi di concime che ho caricato sul carrello di Bright Hill cinque minuti fa. Rivolgo un sorriso colpevole a Patrick. «Scusami. Avevo la mente altrove».

«Sembrava fosse in un posto bello. Fai visite guidate?».

Tolgo il freno dal carrello e lo faccio girare. «Non potresti permettertelo».

«Storia della mia vita».

Sogghigno. «Potresti prendermi quella pila di vasi?»

«Certo». Patrick si appoggia quattro fioriere di terracotta sulla spalla. Il sollevamento pesi sta dando i suoi frutti. Io sono abbastanza forte, ma riesco a sollevarne solo due, e comunque devo usare entrambe le mani. «Dove devo metterle?»

«Sezione delle offerte, all'entrata», dico spingendo il carrello e avviandomi verso l'edificio principale. «Sta arrivando il bel tempo, perciò speriamo che qualche cliente sia in vena di acquisti impulsivi».

Patrick mi cammina accanto, l'espressione poco convinta. «Acquisti impulsivi all'entrata? Chi è che vuole trascinarsi dietro una fioriera o un sacco di concime mentre fa compere?»

«Be', noi lo facciamo».

«Ah, ah. Ci pagano. Non lo farei gratis».

«Ma pensa ai soldi della palestra che risparmieresti, se lo facessi».

«Sì, ma avrei molte meno probabilità di rimorch... Buongiorno, signore!». Patrick rivolge il suo sorriso più allegro a una coppia di vecchiette che rovistano tra i vasi in sconto. Aspetta che si allontanino, poi continua. «... dato che l'età media dei nostri clienti è di 103 anni».

«Ti adorano», dico, lanciando un'occhiata alle due anziane signore. È chiaro che si stanno godendo la vista del fondoschiena del mio collega. «Potresti monopolizzare il mercato».

Ma comunque non ha tutti i torti. I clienti che visitano Bright Hill sono quasi tutti anziani. Qui sentono di essere i benvenuti: i centri di giardinaggio nuovi puntano a catturare le nuove generazioni con aggressività. Esiste un modo per attirare entrambe le categorie?

Continuo a pensare a quello che mi ha chiesto di fare Hattie. È una responsabilità gigantesca – e se non ci riuscissi?

In realtà l'idea di avere un giorno intero per lavorarci su mi piace. Con tutti i miei impegni, non riuscirei a farlo dopo il turno. Ma il giovedì sarà comunque un giorno *strano*.

A ogni modo… ho riflettuto. Stamattina ho ricevuto un messaggio a sorpresa da Lachlan. Continuo a rimuginarci su.

Grazie, o grande maestra dei biscotti!
Dovremmo prendere tè e biscotti un giorno ☺

Anche lui vuole incontrarmi?

Dopo il sogno di stanotte e i pensieri che ho fatto di recente, non riesco a sviare la domanda. Magari sta solo scherzando come al solito? Voglio dire, *un giorno* potrebbe voler dire *un giorno in un vago futuro non meglio precisato* invece che *un giorno, presto.* E se fosse un test? L'ha buttata lì per valutare la mia risposta?

Vorrei saperlo.

A ogni modo, pensavo: il giovedì sarò a casa – senza Noah. È un occasione per salutare Lachlan?

No, aspetta. È ridicolo. Non lo conosco nemmeno e già sto organizzando un incontro clandestino?

«Terra chiama Bethan! Il tuo collega sta per essere schiacciato dalle fioriere».

Mi rendo conto di aver smesso di spingere il carrello. Patrick è qualche passo avanti a me e tiene aperta la porta dell'edificio centrale.

«Oddio, mi dispiace». Mi affretto a raggiungerlo.

«Che ti succede oggi?»

«Sono solo stanca», mento. Per fortuna Patrick è troppo preso dalla sua spalla dolorante per accorgersene. «Tutto bene?».

Fa una smorfia. «Cinque minuti fa mi sembrava una buona idea».

Sorrido e do un colpetto sulla pila di concime. «Mettile qui e tienici le mani sopra per non farle cadere».

«Sei la mia salvatrice, Bethan Gwynne!». Lascia andare le fioriere con gioia, poi si guarda attorno furtivamente. «Non lo dirai a nessuno, vero?».

«Con me il tuo segreto è al sicuro, He-Man».

«Chi?».

Alzo gli occhi al cielo.

«... E poi abbiamo fatto ginnastica sulla tavola poi le capriole sul tappeto poi abbiamo bevuto il succo di frutta e poi abbiamo fatto i numeri e a-b-c e poi ci hanno raccontato le storie e siamo andati a casa!».

Sorrido a mio figlio: è appena riuscito a raccontare la sua giornata all'asilo a mia madre e a Emrys su Facetime senza prendere fiato una volta.

Mia madre ricambia il sorriso. O meglio, ci prova: sullo schermo c'è solo il suo mento, perché non è riuscita ancora a capire dove deve guardare.

«Sei proprio un bambino grande, Noah! E com'è la maestra?»

«Una signora», risponde mio figlio, agitando Tan il drago davanti lo schermo.

«È la maestra Guest, ed è molto gentile, non è vero Noah?», lo incalzo. Lui continua a far ruggire Tan in direzione della nonna e di zio Em.

Il faccione di mio fratello copre tutto lo schermo.

«È sexy?»

«Sei disgustoso».

«Lo so, ma è sexy?».

Sghignazzo. Se presa a piccole dosi, la mia famiglia è fantastica. E lo è ancora di più ora che siamo riusciti nel miracolo di videochiamare mia madre. So che adorano mio figlio, e la conversazione allegra ci fa bene. Inoltre, quando c'è Noah, non devono nominare *nient'altro*. Percepisco il loro sollievo persino attraverso il telefono.

«Sono contenta di vedervi così felici», dice mamma. Ha capito come funziona Facetime e finalmente è riuscita a mostrarci il suo viso. «Vi state ambientando?»

«Sì. Questo posto è fantastico, mamma. Lo adoro». E non è solo merito di queste quattro mura, penso tra me e me. Arrossisco al pensiero del mio amico segreto di cui *sicuramente* non parlerò a mia madre.

«E... mmmh... novità su...?», azzarda Emrys. Mamma gli dà una gomitata velocissima ma io la noto.

«Non ci saranno novità», rispondo, il sorriso fermo come uno scudo.

«Ah, *sori.* Meglio così no?». Non si aspetta una risposta, e io non gliela do. La conversazione torna su un terreno più sicuro, e non riesco a nascondere il mio sollievo. Oggi voglio festeggiare le cose belle. Concentrarmi su quelle positive.

Un'ora più tardi, Noah sta cenando e continua a blaterare qualcosa sulla sua giornata a scuola. All'improvviso mi rendo conto di quanto stia crescendo. Ginnastica, numeri, storie – per non parlare dei drammi degli amici, una mini soap opera. È un mondo che appartiene solo a lui, e io non ne faccio parte. Tra pochissimo andrà alle elementari. Credevo che avrei sofferto nel vederlo crescere, ma in realtà sono così fiera di lui. E sollevata. Siamo soli da così tanto tempo... Voglio che abbia i suoi amici, i suoi interessi, la sua vita.

Un giorno un'ostetrica mi disse che il lavoro di genitori consiste nel preparare i figli a lasciarli – è una cosa che mi è rimasta in testa. Noah sa che ci sarò sempre per lui, ma anche che non gli impedirò di scoprire il mondo da solo.

Comunque non so se sono pronta a vederlo andare via.

«Ma che bello, *cariad.* Allora, ti piace ancora la scuola?».

Noah mi rivolge un sorriso pieno di salsa di pomodoro. «Sì! Posso andarci anche domani?»

«Certo che puoi. Ormai sei grande, devi andarci ogni giorno della settimana». Mi sporgo per togliergli uno spaghetto volante che tenta la via di fuga dalla sua bocca. «Vuoi un milkshake al cioccolato come premio?».

Che domanda sciocca.

Non guardo la finestra di Lachlan da quando siamo tornati a casa, un po' per via della chiamata su Facetime e un po' perché volevo sentire Noah che mi raccontava la sua giornata dato che era abbastanza sveglio per farlo. In parte, però, ho anche avuto paura di controllare.

A lavoro ho riflettuto così tanto sul suo ultimo messaggio che mi si sono ingarbugliati i pensieri. Certo, sono tentata di incontrarlo dal vivo, ma non posso andare troppo di fretta. Ci ho messo un sacco di tempo a trovare questo appartamento, e ci siamo appena ambientati: se vedessi Lachlan e l'incontro non andasse bene, mi sentirei ancora al sicuro qui dentro sapendo che lui vive così vicino?

Non lo conosco. Devo proteggere Noah. E me stessa – perché conosco il mio cuore, e sta già scalando montagne che non dovrebbe scalare.

Porgo il milkshake a mio figlio e rimango in piedi, a disagio. Non so che fare con le mani, non so dove mettere i piedi.

Che sto facendo?

Ok, devo scrivere una risposta e attaccarla. A quel punto saremo solo io e Noah e smetterò di pensarci.

Controllo che stia bevendo il milkshake e mi faccio coraggio.

Solo quando avrai superato l'esame dei biscotti ☺

Non è un *no*, sto solo chiedendo un attimo per pensarci. Spero lo interpreterà nel modo corretto. Ma se non lo facesse be'… sarà già una risposta in sé. A ogni modo ho deciso che stasera non ci penserò più. Passerò il tempo con l'unico uomo della mia vita e smetterò di pensare a quello oltre la siepe.

Capitolo ventitré
Lachlan

Sono davvero molto sollevato quando leggo la risposta di Bethan.

Mi sono cacciato in una situazione difficile con le mie stesse mani. Ero convinto di aver rovinato tutto con la richiesta poco velata di incontrarci. Alla fine ieri ho deciso di riposarmi – soprattutto per sfuggire alla vista accusatoria del mio messaggio che bloccava la luce alla finestra – e ho dormito fino all'alba.

Non avrei dovuto scriverlo. Ma stavo pensando e ripensando al passo successivo. Bethan avrebbe potuto stufarsi della cosa da un giorno all'altro, e allora cosa sarebbe accaduto? Avremmo smesso di scriverci e basta? Avremmo fatto finta di niente? Mi sono fatto trasportare. Non commetterò lo stesso errore di nuovo.

Almeno mi ha risposto. Mi ero rassegnato al fatto che fosse finita.

È una risposta dolce, scherzosa, all'insegna dei messaggi più recenti. Ma è un chiaro rifiuto. Sono fortunato. Devo riprendere il controllo della situazione, farla durare il più possibile e renderla divertente. Era un avvertimento: la prossima volta potrei rovinare tutto per sempre.

Non rispondo subito. Sono ancora scosso. Faccio terapia con Tanya, scendo in giardino con un Bert molto riconoscente, mi rintano con un libro per un paio d'ore e poi, quando si fa sera, ordino una pizza e mi sistemo davanti a una serie TV. Nonostante la dormita colossale di stanotte, mentre aspetto che la cena arrivi, le palpebre mi si chiudono. Qualche istante dopo sto già sonnecchiando.

Il gracchiare del citofono mi fa sobbalzare. Mi alzo per rispondere.

«Pizza per Wallace?»

«Sì, grazie. Interno 4, prendi le scale di fronte e poi la seconda porta sulla sinistra».

Recupero venti sterline dal portafoglio. Sto per aprire la porta quando all'improvviso mi viene in mente il messaggio per Bethan ancora attaccato al vetro. Mi affretto a raggiungere la finestra con la gamba che brucia, e il fianco che scricchiola. Tolgo il foglio, raccolgo i pennarelli e l'album da disegno e metto tutto nella credenza della cucina, richiudendola proprio mentre il campanello suona. Devo sforzarmi per raggiungere l'ingresso.

Toc toc.

«Sì ecco, un secondo».

Apro la porta e mi paralizzo, il biglietto accartocciato in mano.

«Un altro po' e me la divoravo». Riggsy sghignazza, tenendo in equilibrio su una mano un grande cartone di pizza e una scatola più piccola di pane all'aglio: sembra il cameriere di un ristorante parigino di lusso. «Ho pagato il tipo alla porta, perciò queste le prendo io, graaazie». Mi sfila le venti sterline di mano e mi passa accanto.

Bert si lancia in modalità cane da guardia e gli si scaglia contro, i denti scoperti. È buffo: ogni volta che abbaia gli si sollevano tutte e quattro le zampette. Però apprezzo il gesto.

«Puoi richiamare il tuo Rottweiler?», urla il mio amico. Per un terribile istante temo che gli dia un calcio.

«Bert», dico. Sotto sotto in realtà vorrei prenderlo in braccio e allontanarlo dallo stivale di Riggsy.

Lui torna a cuccia, lanciando occhiatacce al mio amico per tutto il tragitto. Quindi si sistema con Calzino di lato a mo' di arma – il suo ultimo avvertimento.

«Eri solo di passaggio, giusto?»

«Grazie tante. E se volessi solo andare a trovare un amico?». Riggsy si è già seduto sul divano e ha aperto il cartone di pizza per osservare la mia cena. «Sai, ho sentito dire che gli antidolorifici ti rendono paranoico. Forse dovresti farti controllare, vista la quantità che ne assumi».

Lo ignoro e avvicino una sedia al divano per sedermi. «Insomma rimani».

Riggsy sorride. Ha già divorato metà di una fetta di pizza. «Molto gentile. Una birra ci starebbe bene».

«Le ho finite tutte. Una tazza di tè?».

Non se la beve nemmeno per un istante. «Ma smettila. Prendi le birre».

Lo lascio a trangugiare la mia cena e afferro la bottiglia che conservavo in frigo. Nel frattempo lancio un'occhiata all'appartamento di Bethan. Il suo rifiuto gentile è ancora lì, e la luce principale sembra spenta. Probabilmente è meglio così. Stanotte attaccherò un altro foglio così potrà leggerlo domani.

Certo, sempre che riesca a farmi venire in mente cosa dirle…

Mi siedo con Riggsy a mangiare – lui molto più di me, ovvio – mentre guardiamo l'episodio di una serie della quale ho perso il filo. Dopo dieci minuti Riggsy afferra il telecomando e mette Sky Sport.

«Ehi! Io stavo guardando», protesto. Non che mi dia retta.

«C'è la partita».

«A te non funziona la TV?»

«Non è grande come la tua, Lachlan», dice, sbattendo le ciglia. «E comunque, ho delle novità».

Mi si attorciglia lo stomaco. «Che novità?»

«Non riguardano l'indagine. Amico, dovresti vedere la tua faccia...». Scuote la testa, piega in due un'altra fetta di pizza e la ingoia quasi intera.

«Riguarda Byrne».

All'improvviso non ho più fame.

Il sergente Cathal Byrne, nemico giurato del mio migliore amico. La loro faida è cominciata durante la formazione iniziale quando hanno fatto a botte per via di una ragazza. Risultato? Riggsy si è rotto il naso, Byrne si è incrinato quattro costole. Ed è da allora che discutono di continuo. Il fatto che siano fatti della stessa pasta non aiuta: sono due teste calde, più veloci a dare pugni che a pensare. Ora però non fanno più a botte. Byrne è stato accusato da Riggsy di gestire affari illegali usando i mezzi dell'esercito: il superiore però lo ha scagionato, e alla fine lo ha promosso a sergente. La faccenda ha fatto perdere le staffe a Riggsy.

Ed è qui che sono iniziate le minacce. Minacce vere, non velate. A Riggsy è arrivata voce che Byrne gestisse una bisca clandestina, e ha minacciato di denunciarlo. Poi è venuto a sapere che Byrne aveva intenzione di farlo arrestare per intimidazione e bullismo, e che stava corrompendo alcuni militari del presidio per farli testimoniare contro di lui. Volevano incastrarlo. Forse erano tutte stronzate, ma conoscendo Cathal Byrne direi che non è impossibile. L'odio che Byrne e Riggs provano l'uno per l'altro potrebbe far perdere la testa a entrambi.

E ci è mancato poco. L'ha dimenticato?

«Che succede?», chiedo.

«Stavolta ce l'ho in pugno, amico. Ce l'ho davvero in pugno».

«Mi prendi in giro».

«No. Quel bastardo si è posizionato proprio davanti al bersaglio e...». Mima una pistola con le dita e la punta contro la televisione. «... BOOM».

No. Non è possibile. Ma ce l'ha ancora qualche neurone in testa?

«Che hai combinato?»

«Niente. Ciò che conta è quello che ho intenzione di fare...».

«Smettila subito». Mi lancio sul divano e faccio quasi volare la scatola aperta di pane all'aglio.

«Cosa?»

«Qualsiasi stupido piano tu abbia in mente... lascia stare».

«Ok, *mamma*. Ti hanno inserito un bypass per il senso dell'umorismo quando ti hanno ricucito la gamba?»

«Sono serio, Riggs. Siamo già nella merda. Lascia in pace Cathal Byrne».

«E chi lo dice?»

«Non lo dice nessuno. È un avvertimento».

«Sì? Mi stai dando degli ordini, *comandante*?»

«Non hai imparato niente? Che cosa credi che voglia Byrne? Vuole che tu faccia qualcosa di stupido. Lui ragiona così: lo sai benissimo, amico. Parla a vanvera, infastidisce tutti e poi si allontana indisturbato dai casini che crea. L'unica cosa che puoi fare è denunciarlo. In via ufficiale. Così non può ribattere...».

Ora Riggsy non sorride più. Ha gli occhi rabbiosi, il cipiglio scuro, e all'improvviso me lo ritrovo a pochi centimetri dalla faccia. «Senti da che pulpito, *amico*. Se non mi avessi impedito di risolvere questa faccenda prima, non dovrei pensarci adesso, non credi?»

«Se siamo qui, *adesso*, è perché io ti ho fermato. E guarda in che condizioni sono…».

Lui ignora la mia accusa e ride, una risata amara, l'alito di birra sul mio viso.

«Tu non hai la più pallida idea di cosa succede là fuori, vero? Sei chiuso qua dentro come una stupida statua di gesso, al riparo da… *quella roba*. Cosa ne sai tu del presidio? È peggio di prima. Avrei dovuto risolverla quella notte. Rimuovere la minaccia. Invece di accartocciare la macchina contro un albero insieme a te. Non mi hai aiutato affatto allontanandomi da Byrne: hai peggiorato le cose. Quel bastardo ha in mente qualcosa, e vuole mettermi al tappeto. Perciò sì, ho intenzione di farlo io prima che…».

Non riesco a credere a ciò che sento. «Vuoi finire in prigione?»

«Ah, *falla finita*…».

«È lì che saresti finito se non ti avessi fermato. E Byrne avrebbe vinto. È questo che vuoi? E che mi dici delle indagini che inizieranno a breve? Non è questo il momento adatto per mettere fine a un vecchio risentimento».

Riggsy solleva il meno e mi fissa come un pugile professionista. «Non c'è momento migliore del presente».

«Sei davvero tanto stupido? Sai bene perché eravamo in macchina quella notte, e non era perché ci andava di guidare».

«Da quello che ricordo, eri tu quello che mi spingeva nel sedile del conducente».

«Perché non avevo altra scelta».
«Perché volevi fare l'autoritario».
«Ti stavo solo salvando la pelle!».
È un urlo che riecheggia contro le pareti. Bert vola via dalla cuccia, e abbaia come se gli stesse venendo un colpo apoplettico. Ernie fugge in corridoio e si dirige in camera mia. Riggs mi fissa.
«È quello che ti piace credere. Perciò prenditi la tua medaglia, soldato». Afferra l'ultima fetta di pizza e la scatola del pane. Quindi mi passa accanto e si dirige a passo lento verso la porta.
«E tieni la bocca chiusa. Ci siamo messi d'accordo: non tirarti indietro».
Le sue parole mi fanno male, e odio questo fatto. Ma è così. E lui se ne accorge.
Sul suo viso compare l'ombra di un ghigno. «Ti ho coperto le spalle una volta: adesso è il tuo turno. Ne riparliamo quando ti saranno cresciute le palle, eh?».
Lo guardo andare via, disgustato.
L'appartamento sprofonda nuovamente nel silenzio, ma nell'aria è rimasto il fumo delle pistole. Come immaginava che avrei preso la notizia? Credevo che l'incidente gli avesse instillato un po' di buon senso in testa. Ma era impossibile, giusto? Adam Riggs ne è uscito illeso, ancora una volta, a differenza mia.
Dovrei denunciarlo ad Archer, lasciare che se ne occupino i capi. Ma è un'indagine molto delicata: persino il minimo sbaglio mi si potrebbe ritorcere contro. Sarei io a uscirne sconfitto. È sempre stato così e sempre lo sarà.
Non posso farci nulla, tranne sperare che Riggsy abbia aperto la bocca solo per sparare le sue solite cazzate. Al momento dell'inchiesta dovremo attenerci alla versione

della storia che abbiamo concordato. Altrimenti potrei perdere tutto…

Sento un colpetto caldo contro lo stinco, e guardo in basso. Bert ha bisogno di fare un giretto serale in giardino. Ha avuto una bella idea: anche a me farebbe bene un po' di aria fresca. Devo pensare. Qui dentro non ci riesco.

Prendo il guinzaglio e lancio un'occhiata alla finestra di Bethan.

No, le scriverò domani mattina. Stasera non è il momento giusto.

«Andiamo amico», dico a Bert. Vederlo così felice mi fa sentire più leggero.

Se solo la vita fosse semplice come una manciata di croccantini per cani e una passeggiata nell'erba alta…

Capitolo ventiquattro
Bethan

È stato strano lasciare Noah da Michelle stamattina.

E tornare a casa lo è stato ancora di più.

Adesso mi chiedo quanto sia stato saggio mandarlo al miniclub della sorella di Michelle subito dopo il quarto giorno all'asilo e permettergli di rimanere anche a cena. Non lo vedrò fino alle 6 di pomeriggio: mancano *nove ore*. Mi sembra un tempo infinito da passare lontani l'uno dall'altra.

Non mi piace.

A lavoro sono abbastanza occupata da non pensare a Noah – o meglio, da non preoccuparmi troppo. Qui invece… che sto facendo con esattezza? Fisso lo schermo del mio vecchio computer portatile come se le idee si scrivessero da sole.

Non servirà a nulla.

Dovrò parlare con Hattie domani. Dirle di cercare un'altra persona. È chiaro che non sono fatta per questo lavoro.

Lascio il computer sul divano, la ventola che non smette di fare rumore. Da stamattina alle 6 ho già preso tre caffè, ma sono serviti solo a distrarmi. Devo riuscire a convincere la mia mente a concentrarsi.

Un toast. Un toast mi farà bene.

Almeno per un po'.

Batto distrattamente il piede sul pavimento mentre aspetto che il tostapane faccia il suo dovere. Stamattina sono irrequieta e mi sento addosso un sacco di energia in eccesso, anche se stanotte non ho dormito bene. Continuavo a svegliarmi credendo che Noah stesse piangendo. Stava bene – ha dormito come un sasso non appena l'ho messo a letto. Dovrei trascinarmi in giro come uno zombie, e invece non riesco a rimanere ferma. Certo, forse è colpa di tutta la caffeina.

Sento un *click* alle mie spalle e mi volto: il tostapane mi regala due fette pallide. Praticamente è solo pane riscaldato. Stupido aggeggio. Sta per fare una brutta fine, poco ma sicuro. Provo a fargli fare un altro giro, le dita che esitano sopra il pulsante "annulla", una specie di pazzo gioco del pollo.

Osservo la lancetta lunga sull'orologio di Peter Andre che qualcuno mi ha regalato anni fa per scherzo durante una gita ad Aberystwyth. Conto i secondi, mentre Peter Andre mi guarda ammiccante. Non sono mai riuscita a liberarmi di quest'orologio. Sembra che mi piaccia che quel tipo ci guardi dalla parete della cucina. È stato l'uomo più utile e costante della nostra vita. E, quando ha le pile quasi scariche, non se ne va...

Fermo il tostapane dopo quaranta secondi, giusto in tempo per ricevere due fette di pane leggermente scottate. È una metafora della mia giornata, penso, e poi rido di me stessa per essere tanto melodrammatica.

È solo un toast.

È solo un lavoro.

Devo solo farmi venire in mente un'idea.

Hattie mi ha chiesto di farlo perché crede in me. Devo provarci, per lei. Non posso tirarmi indietro solo perché non so da dove partire.

Ok, mi sono decisa. Mi prendo un istante per mangiare il toast e pensare. Nel frattempo la finestra dell'edificio di fronte attira il mio sguardo...

L'ultimo messaggio di Lachlan è ancora lì. Deve averlo appeso ieri sera dopo che sono andata a dormire, oppure stamattina presto.

Non sapevo come avrebbe rilanciato dopo il mio "no grazie, non ancora" alla sua proposta di vederci.

In realtà è davvero dolce:

Va bene.
Ottengo un certificato se lo supero? ☺

Magari rispondo prima a Lachlan. Metto in moto la creatività per far girare la materia grigia...

Chi voglio prendere in giro? Voglio rispondergli ora e basta, senza aspettare che Noah sarà a letto stasera. Forse è il primo privilegio di lavorare da casa.

Credo che sia a lavoro, perciò probabilmente lo leggerà più tardi. Ma comunque trovo divertente mandargli un messaggio per prima. Lo immagino che torna a casa dopo un giovedì noioso e trova un messaggio ad accoglierlo. Credo che gli piacerà. Magari lo farà sorridere...

Com'è il sorriso di Lachlan?

Me lo sono chiesto.

Mi sembra di conoscerlo. Quando leggo i suoi messaggi, è come se sentissi la sua voce. Percepisco il suo senso dell'umorismo e i suoi pensieri. Anche se non so com'è fatto il suo viso. È strano, vero?

Credo di sapere quale sia il problema. Non si possono riporre le speranze in una cosa del genere senza aspettarsi uno sviluppo. È una storia che *progredisce.* Deve. Se si parla con una persona tutti i giorni per una settimana, è normale che la situazione cambi.

Cosa siamo esattamente?

Amici? Vicini? Sconosciuti che si scambiano messaggi dalle finestre?

So che Lachlan prova la mia stessa irrequietezza. Oppure me lo sto solo immaginando?

Aggiungo gli ultimi ritocchi al mio nuovo messaggio e lo osservo. Ho il lato della mano color arcobaleno nel punto in cui l'ho trascinato sopra i pennarelli. Ricordo quando la mamma mi sgridava da piccola: «Guardati! Adesso hai il ginocchio sbucciato e mezzo arcobaleno sul braccio». Fino all'arrivo di Noah avevo dimenticato quanto sia emozionante disegnare. È bello farlo di nuovo.

E poi devo dirlo: il mio ultimo lavoro è fantastico. Credo che a Lachlan piacerà. Ho creato un grosso certificato con il bordo arcobaleno: sopra ho scritto il suo nome e il titolo d'onore, completo di sigillo a pennarello rosso.

Con il presente certificato
Lachlan è ora membro ufficiale
dell'Accademia dei biscotti di Bethan.
Continua così

C'è il sole da tutta la mattina, e adesso l'appartamento si riempie dei raggi di luce dorati. Non sono ancora abituata a vedere le ombre mattutine – nei giorni in cui sono stata a casa prima di mezzogiorno o pioveva o era nuvoloso. Mi soffermo a osservare il bel tempo.

Sono rapita dalla bellezza e dal senso di positività.

In questo posto faccio solo scoperte emozionanti. È lontano anni luce da quello di prima. Quando vivevo in quel monolocale avevo iniziato a odiare qualsiasi cambiamento: non si trattava mai di una buona notizia. Nuove zone di muffa o macchie di umido, vicini spaventosi e disordini notturni. Sentivo risse in strada, domestici che giravano rumorosamente nelle case dei piani superiori e inferiori. Una volta una ragazza ha pianto per un mese intero fuori dalla nostra finestra prima di spostarsi altrove. Io rimanevo a letto abbracciata a Noah, sperando che si addormentasse quando io non ci riuscivo. Adesso invece dorme in una cameretta tutta sua, un posto accogliente e sicuro, dove gli incubi non possono fargli del male.

E Lachlan fa parte di questo mondo…

Devo smetterla di pensarci, e tornare a godermi le nostre conversazioni alla finestra. Sono una cosa adorabile. È ciò che conta.

Guardo fuori, i raggi di sole che si riflettono sui nostri due edifici, un velo dorato che ricopre il mondo. È un gioco di luce che non ho mai visto. Sorrido, tolgo lo scotch dal vecchio messaggio e rimuovo il foglio con delicatezza, facendo attenzione a non romperlo. Finirà nella scatola dell'armadio insieme a tutti gli altri. Lo poso sul bancone della cucina e prendo il certificato di Lachlan.

Torno a voltarmi verso la finestra e…

Lachlan è proprio lì.

E mi sta guardando.

Tiene tra le mani il biglietto che ha appena staccato, con gli occhi sbarrati per la sorpresa.

E poi sorride.

Un sorriso che non avrei mai immaginato. Il sorriso più bello che io abbia mai visto.

Ricambio, sollevando la mano per salutarlo. Non so che altro fare, non so come muovermi. Ho la visuale un po' offuscata per via della forte luce tra i palazzi, ma finalmente ci troviamo faccia a faccia.

«Ciao», dico, anche se non può sentirmi.

Lui risponde, ma non riesco a capire cosa. Non importa: adesso lo *vedo*. Non è uno sconosciuto che scrive strani biglietti. Non è una persona che conosco a malapena.

È Lachlan: il mio nuovo amico con il più adorabile dei sorrisi.

Capitolo venticinque
Lachlan

È bellissima.

Incredibilmente *bella,* bella da mozzare il fiato.

E io sono rimasto imbambolato come un grosso babbeo. Non riesco a muovermi.

Almeno le sto sorridendo. Ma forse dalla sua prospettiva il mio sembra più un sorriso sciocco, per niente attraente.

«Sei tu», sussurro contro il vetro. «Wow. Ciao, Bethan».

Lei ricambia il sorriso e mormora un: «Ciao».

E poi rimaniamo fermi entrambi, senza sapere cosa fare.

È uno shock. Pensavo che di giorno lavorasse. Stavo rimuovendo il messaggio vecchio perché Ernie lo ha toccato con il muso e lo ha strappato, staccando un pezzo di scotch. Sono andato a toglierlo – e me la sono ritrovata davanti. Tra di noi c'è una luce abbagliante che sfoca leggermente il suo riflesso: è come guardare attraverso un vetro colorato. Ma io so bene che questo è il momento in cui tutto cambierà.

È adorabile. Capelli scuri fino alle spalle – oggi sciolti –, il viso a forma di cuore e un sorriso che, se rivolto nella mia direzione, è il benvenuto più caloroso del mondo. Da qui non capisco di che colore abbia gli occhi, ma almeno vedo che brillano dalla sorpresa. Indossa una T-shirt a righe gialle e bianche sotto un cardigan blu scuro, le maniche sollevate fino al gomito, e al collo una collana d'argento con una specie di goccia che riflette il sole quando si muove.

Ho cercato di non pensare troppo a che aspetto avesse Bethan, perché non credevo che l'avrei mai vista davvero. E, nonostante la mia mente continuasse a rimuginarci sopra, non immaginavo che fosse *così*.

Che facciamo ora?

Vorrei restare qui a osservare la donna sulla quale ho iniziato a fare tanto affidamento. Ma non possiamo continuare a sorriderci dalle finestre come due idioti. Uno dei due deve rovinare il momento – solo che non voglio essere io a farlo.

Sto per lanciarmi in una sorta di linguaggio dei segni per parlarle, ma proprio allora lei indica il suo messaggio nuovo dando un colpetto sul vetro. Deve essere giunta alla mia stessa conclusione, e ha deciso di semplificare l'addio. Mi rattristo un po', però ha ragione: è stata una parentesi a sorpresa, dobbiamo tornare alle nostre abitudini. Le rivolgo due pollici in su, pentendomene un secondo dopo.

A quel punto attacca il messaggio, e di tanto in tanto mi lancia un sorrisetto. Dovrei avere paura di provare tante cose insieme, ma è una scena davvero adorabile da osservare. Ora lo vedo bene: un grande certificato che conferma la mia iscrizione alla sua Accademia dei biscotti. Che carina. Faccio un piccolo inchino, e lei sorride. Ogni volta che le scrivevo un messaggio, immaginavo la sua reazione nel leggerlo. Vederne una dal vivo è un regalo.

Bethan attacca il foglio, mi sbircia dall'angolo e solleva la mano. Imito il suo gesto, mormoro un *ciao* e…

Se n'è andata.

Fisso la sua finestra, il fantasma della sua figura ancora impresso nella mia testa, il cuore che batte forte, finché la gamba non mi implora di sedermi.

Sposto a malincuore il corpo tremante e dolorante sulla sedia della cucina. Non so quanto sia durata la nostra interazione (minuti? ore?) ma in quell'istante tutto è cambiato.

Lo sento, percepisco la banderuola sotto una forte corrente d'aria. Chiudo gli occhi e assaporo l'attimo.

E in quel momento Bert mi raggiunge e avvicina il muso caldo alla mano che tengo sul ginocchio. Gli arruffo il pelo dietro le orecchie, proprio come piace a lui, e in cambio ricevo un brontolio felice.

«Amico, questa proprio non me l'aspettavo», dico, osservando le sue orecchie drizzarsi al suono della mia voce. «Un punto di svolta eh?».

È così, non è vero? Non posso più dire che non so chi sia la persona con cui mi scambio messaggi. Bethan ha un viso e un sorriso, e sembrava felice di vedermi proprio come lo ero io.

E ora?

È il mio turno di rispondere, e all'improvviso percepisco tutta la pressione del mondo: devo farlo nel modo giusto. Come faccio, dopo quello che è appena successo? Non avevamo in programma di vederci, e ora spetta a me decidere come proseguire.

Allora... potenziali approcci per rispondere a una persona che credevi fosse speciale, cosa di cui hai appena ricevuto conferma...

Metto in fila un candidato dopo l'altro, come un gruppo eterogeneo di reclute durante il primo giorno di addestramento.

Potrei scherzarci su: CHE COSA È APPENA SUCCESSO?

Un po' vago? E poi potrebbe pensare che mi stia lamentando. *Non* mi sto lamentando.

Potrei provare a flirtare: BE', IL PANORAMA CHE SI VEDE DALLA MIA FINESTRA È APPENA MIGLIORATO...

Ugh, forse no. Rabbrividisco solo a pensarci.

Oppure potrei tentare un approccio diretto, senza girarci intorno: È STATO UN PIACERE VEDERTI.

Ok, ha del potenziale, ma mi sembra quel tipo di cosa che si dice quando stai andando via da una festa e non vuoi che l'altra persona ti accompagni fuori.

Eddai, Lachie, non dovrebbe essere così difficile.

SEI BELLISSIMA.

No, *no*, davvero troppo diretto.

CIAO, PROFESSORESSA DELL'ACCADEMIA DEI BISCOTTI...

Patetico.

Una faccina sorridente e basta, allora.

...E così starei passando il testimone a lei? Al momento è una prospettiva allettante...

Vorrei avere più tempo per pensarci, ma devo rispondere al più presto. Non posso aspettare fino alle 5 che torni da lavoro – lei è *lì,* adesso.

Sono bloccato. Tutto ciò va ben oltre le mie capacità. Quindi, in cerca di ispirazione, mi volto verso il mio fedele amico.

«Che cosa dovrei dire a Bethan, ragazzo?», chiedo a Bert. «Tu che faresti?».

Osservo Bert, che sta diligentemente leccando il mio calzino come fosse un gelato.

«Sei davvero di grande aiuto».

Lui mi ignora, e adesso percepisco l'umidità della sua lingua calda che mi penetra nelle dita dei piedi.

«Bert», dico.

Lui solleva lo sguardo, la lingua di fuori, le orecchie dritte.

«Sei licenziato».

Sbatte le palpebre.

Torna a concentrarsi sul mio piede.

Riesco a farmi venire in mente la risposta giusta solo un'ora dopo, dopo che ho esaurito ogni altra possibilità. E ovviamente, non appena la scrivo, mi sembra l'opzione più ovvia.

Semplice, onesta, non insistente né superficiale e nemmeno pretenziosa. È esattamente quello che le direi se ci fossimo incontrati nella vita reale e stessimo diventando amici.

> È stato bello vederti oggi ☺
> Ps: chiamami Lachie

Non so perché non le avessi ancora rivelato il mio soprannome preferito. Di solito mi presento così, a meno che non si tratti di qualcosa di ufficiale o di relativo al lavoro. La gente usa il mio nome completo solo se deve sgridarmi – mia madre, mia sorella, i miei superiori. Mi piace il mio nome, ma preferisco il nomignolo. Mi sembra che "Lachlan" si porti dietro troppe aspettative, un paracadute spiegato che ti trascini dietro dopo l'atterraggio.

"Lachie" invece ha ancora il permesso di divertirsi, di comportarsi in modo un po' irriverente o di far sbellicare qualcuno con le sue battute. È lui che voglio presentare a Bethan, e non il Lachlan formale, asciutto, solenne.

Lei ha un diminutivo? O preferisce un altro nome? Ha un soprannome, un nomignolo per la famiglia?

Ho così tante cose da chiederle.

Ma stasera non ho intenzione di rimuginare su quella più importante – perché non sono pronto a conoscerne la risposta: e se vederci non fosse abbastanza? Se Bethan volesse incontrarmi di persona?

Capitolo ventisei
Bethan

L'ho visto. Non ci credo.

Lachlan. Ora *Lachie.*

È reale, non solo un'entità mezza vista, mezza immaginata. Ci siamo scambiati un saluto e un sorriso, e delle parole incerte e silenziose. E lui era *bellissimo.* Più di quanto mi aspettassi. E non riesco a smettere di pensarci.

Ho passato le ultime ventiquattro ore in stato confusionale. Stamattina mi sono svegliata senza sapere se l'avessi sognato o meno. È stato tutto così inaspettato. Voglio dire, come si fa a reagire a una cosa del genere quando succede all'improvviso?

> Lachie ti dona.
> Anche per me è stato bello ☺

Ho attaccato la mia risposta al vetro ieri sera, dopo aver messo il mio bambino assonnato a letto. Era esausto dopo una settimana di tempo pieno, l'esperienza adrenalinica del miniclub con Maisie e la cena da Michelle. Siamo tornati a casa con le braccia piene di strani e meravigliosi lavoretti fatti a mano, un sacchetto richiudibile di biscotti al burro dall'aria particolarmente ammaccata, e una spada ricavata da un rotolo di carta igienica per difendersi dai fastidiosissimi pirati che potrebbero esserci piombati in casa. Sempre meglio averla a portata di mano.

Ora che conosco il suo aspetto fisico, il nome Lachie gli si addice. Lachlan è adorabile, ma mi è sempre sembrato un po' formale. Probabilmente io non gli chiederò mai di chiamarmi Beth. È il nomignolo che usa mia madre quando sono nei guai. È un paradosso, ma è tipico. A scuola i miei amici trovavano spassosissimo il fatto che, per costringerli a rientrare in casa, le loro madri li richiamassero dalla porta urlando i loro nomi completi – primo e secondo nome più cognome – mentre per ottenere più risultati, la mia usava meno sillabe possibili.

Magari potrebbe chiamarmi Bethy. Mi piace quando Michelle e Hattie lo fanno, anche se mi fa sembrare una bambina di nove anni su una bicicletta di Barbie con i brillantini.

«Come è andata la giornata, B?».

Oppure B: Patrick ha deciso che è il mio soprannome ufficiale.

Aspetto di superare Bhupinder e Kerry-Ann del negozio di articoli da regalo prima di spiegargli nel dettaglio come è andato il mio primo giorno di lavoro da casa. Purtroppo, non ho tanto da dirgli.

«Lenta», dico a voce bassa, nel caso Darren fosse nei paraggi. Non ho alcun dubbio su cosa pensi della mia nuova responsabilità del giovedì.

«Definisci *lenta*».

Sbuffo. «Immobile. So che è presto, ma sarà dura».

«Che hai fatto?».

«Ho fatto ricerche sui collettivi e i gruppi della zona. Ho stilato liste infinite. Mandato email a chiunque possa essere minimamente interessato ad aiutarci».

«Be', mi sembra un'ottima cosa».

«Sì, ma ho ricevuto zero risposte. Ed è difficile programmare qualcosa, dal momento che non sappiamo se qualcuno sia disposto ad aiutarci. Mi sembra di brancolare nel buio, capisci? Hattie ha bisogno di un'idea al più presto, non quando avrò finito di mandare un'e-mail a tutti gli abitanti del North Yorkshire tra quattro settimane».

Patrick arriccia il viso in una smorfia di solidarietà e mi tiene aperta la porta per farmi passare. Stiamo entrando nella sezione A-Z. Il sole di ieri è stato oscurato da rigonfi nuvoloni grigi che sorvolano il cielo come onde cocciute sospinte dalla brezza. Il vento si è alzato un bel po' rispetto a ieri, e ora solleva le giacche dei pochi clienti avventurosi che passeggiano tra i corridoi. Riporti che si alzano e svolazzano simili a bandiere di guerra, riccioli perfetti che fuoriescono da messe in piega accurate.

Murray è chino accanto a una grande fioriera in legno nel mezzo del corridoio centrale, e sta sistemando l'annuale esposizione di anemoni dei boschi. Accanto a lui il vento fa volare all'improvviso una pila di vasetti di plastica neri, che finiscono sul sentiero di mattoncini davanti ai nostri piedi. Patrick li ferma uno a uno con gli stivali, poi mi sorride mentre li raccoglie.

«Devi lavorare un po' di più a questo numero da giocoliere, Murray».

Il nostro collega continua a estrarre le piante dai vasi e sistemarle nella fioriera. «Sarà sempre più divertente dei tuoi numeri da cabaret».

«Che cattiveria, amico». Patrick fa finta di essere stato colpito al petto.

Per poco Murray non sorride. «Prego».

«Ehi B, potremmo mettere su un talent show», esclama Patrick, il viso radioso per via dell'idea geniale.

«Per fare cosa? Per spaventare i clienti?»

«No. Volevi coinvolgere i cittadini… Che c'è di meglio di un talent show?»

«Sponsor aziendali, grandi catene che acquistano in blocco, Deborah Meaden che arriva in limousine e ci allunga cinquantamila sterline», mormora Murray mentre continua a lavorare.

Patrick alza gli occhi al cielo. «No, pensateci bene: *Bright Hill's Got Talent!* Tu sei gallese, perciò potresti cantare. Murray potrebbe fare stand-up comedy, Eric potrebbe ubriacarsi e suonare l'ukulele come ha fatto alla festa di Natale dell'anno scorso… Ne parleranno tutti i giornali».

Gli poso una mano sulla spalla. «Ed è per *questo* che ieri non riuscivo a farmi venire idee buone».

«È una buona proposta».

«Ci servono i soldi, Pat. Abbiamo bisogno di qualcosa che ci faccia guadagnare denaro per mandare avanti il vivaio anche nei momenti più bui. Non di trucchetti».

Adoro il fatto che Patrick voglia aiutare, ma è un compito arduo e basta. Devo continuare a riflettere. Il problema è che c'è qualcos'altro che occupa i miei pensieri.

Non qualcosa. *Qualcuno*.

L'ho visto. So com'è fatto il suo sorriso. So che è bellissimo. È ciò che volevo che accadesse – e allora perché mi sento così irrequieta?

A dire il vero, conosco la risposta: quello che è successo non mi basta.

E adesso? Torniamo indietro? Oppure cambiamo le regole del gioco? Sono contenta che ci siamo visti, ma è una complicazione aggiunta a questa *cosa*. A me non sembra più un gioco, anche se lo è. Ripenso a come mi hanno fatto sentire quei primi messaggi, e sono lì a rivivere quel momento: il cuore in gola, il fiato mozzato. Il mio cervello però sta cercando delle soluzioni e un modo per portare il nostro rapporto a un altro livello, e questo complica tutto.

Il fatto è che gli ultimi due anni e mezzo della mia vita sono stati dominati dal bisogno costante di valutare quello che avevo di fronte, di concentrarmi sull'obiettivo. Di spegnere gli incendi che scoppiavano sul mio cammino prima che potessero propagarsi. Cercando di prevedere ciò che la vita riservava a me e Noah in modo da potermi difendere. Ho imparato a non fidarmi del mio cuore quando inizia a prendere strane direzioni – perché è nel momento in cui l'ho ascoltato che sono finita in questo guaio.

Succede quando ti fidi di una persona con tutta te stessa e alla fine scopri che ti ha solo gettato del fango addosso tutto il tempo.

È ciò che è successo quando ho creduto a Kai Roberts.

Lancio un'occhiata a Patrick e Murray. Sono sicura che il pensiero spiacevole di *quel nome* mi si legga sul viso, ma loro sono troppo impegnati a prendersi in giro a vicenda sui numeri del talent show di Bright Hill.

Mi allontano e occupo la mente raddrizzando una fila di clematidi picchettate cadute con il vento. Raccolgo i vasetti con mani goffe. Vorrei non aver pensato a Kai.

Nessuno sa di lui, perché la gente crede che Noah sia frutto della mia sconsideratezza. E io non dico a nessuno la verità, perché quello che pensano è offensivo, e non sono affari loro. Ma è anche perché non voglio sentire il nome di quell'uomo associato alla mia vita di adesso. Lui non è nulla per Noah – per sua scelta. E non è nulla per me. Ma l'eredità di ciò che ci ha fatto la ritrovo in ogni busta marrone che arriva alla mia porta...

Aspetta.

Smettila, Bethan. Lachie non è Kai.

Lui *non* è Kai.

«C'è un motivo particolare per cui tutto il vostro team si è riunito qui a fare un bel nulla?».

Ci voltiamo all'unisono e vediamo il caposezione con il viso rosso, l'espressione torva.

«Stavamo facendo un giro di ricognizione, capo», cinguetta Patrick.

«Mi sembra che vi siate arenati», replica Darren senza mai sbattere le palpebre. È un'abilità che gli devo riconoscere. Vincerebbe qualsiasi sfida a chi le batte prima. Magari è il suo numero per il talent show…

Il sorriso di Patrick svanisce. «Io… ehm… vado». Mi lancia un'occhiata e se ne va, percorrendo le corsie come se fosse posseduto.

«Murray, hai intenzione di dedicare tutta la tua mattinata a quell'esposizione?»

«Ci stavo pensando». Murray non batte ciglio. Quell'uomo è una *roccia*, al 100%.

Noto che ha fatto centro, e cerco di mantenere un'espressione seria nonostante l'istinto di ridere. Ho tanto da imparare dallo stile di vita di Murray Hope.

Darren apre la bocca e poi la richiude, come un pesce rosso, quindi sfoga tutta la sua ira su di me. Come volevasi dimostrare. Il solito Darren Gifford. Probabilmente era un bambino che staccava le zampe agli insetti se non riusciva a ottenere ciò che voleva.

«Nemmeno tu dovresti essere qui, non credi?», dice. «C'è un mucchio di lavoro da fare. Sai, ieri eravamo a corto di personale…».

«Dammi una lista di cose da fare e mi metterò a lavoro», ribatto, la schiena dritta. Incrocio il suo sguardo.

«Mi aspetto che tu sia bella carica, dal momento che ieri te la sei presa comoda», sbotta. «Ti sarai riposata a spese della compagnia. Ti farebbe bene lavorare sul serio di tanto in tanto».

«A differenza di qualcun altro», mormora Murray, il viso nascosto da un'anemone alle mie spalle.

«Cosa hai detto?»

«Stavo parlando con le piante, Darren».

Il caposezione socchiude gli occhi, e io immagino i processori del suo cervello che ronzano alla disperata ricerca di una risposta adeguata. «Be'... Smettila di parlare con oggetti inanimati e mettiti a lavorare. La sezione dei fiori di stagione è una *vergogna*. Bethan? Sei con noi?».

Annuisco e inizio a camminare. Mi allontano, ma potrei giurare che Murray mi abbia appena fatto l'occhiolino...

Capitolo ventisette
Lachlan

La sala d'aspetto dell'ospedale trasmette un caldo appiccicoso ed è troppo luminosa. È la terza in cui mi siedo da quando il taxi mi ha lasciato al Darlington Memorial Hospital questa mattina – analisi, lastra e ora fisioterapia per le valutazioni dello specialista – e l'unica differenza consiste nei poster del servizio sanitario nazionale sulle bacheche. Se rimani in un posto del genere per troppo tempo, potresti andartene con il doppio delle malattie con le quali sei arrivato.

Sto evitando appositamente di guardarli, ma ho bisogno di distrarmi dal dolore che provo in questo blocco da tre sedie di plastica. Gli altri pazienti sembrano essere altrettanto a disagio – in questa sala d'attesa sono quasi tutti bloccati, proprio come me. Sono circondato da una serie di bastoni, stampelle, gessi e deambulatori, e nello sguardo di ciascun paziente vedo la familiare stanchezza, le settimane passate a rimodellare il proprio corpo, le vite in pausa fino al ritorno della mobilità.

Quando i nostri sguardi si incrociano, ci scambiamo sorrisetti e smorfie seguiti da occhiate rapide ai telefoni o ai libri – anche se siamo tutti sulla stessa barca, nessuno è voluto salirci di propria volontà.

Abbasso lo sguardo sul libro che mi sono portato dietro. Ho imparato la lezione: durante l'ultima giornata di analisi, lastre e visite, la batteria del mio telefono si è scaricata dopo che ho passato troppo tempo a evitare il contatto visivo. È anche un bel libro, davvero avvincente. Il protagonista è un truffatore pentito, ora avvocato, che sembra essere sempre a tre pagine di distanza da morte certa. È un tipo interessante. Mi piacerebbe averlo al mio fianco se dovessi essere accusato ingiustamente, ma forse uscirci insieme non sarebbe altrettanto fico. E comunque nella vita vera avere Riggsy come migliore amico è già un test di per sé.

Leggere è un bonus inaspettato che mi ha regalato l'incidente. Prima non avevo occasione di farlo spesso: la vita e le necessità dell'esercito occupavano tutto il mio tempo. Adesso invece leggo quasi un libro a settimana. Dopo un mese di isolamento forzato ho dovuto comprare una libreria, perché Ernie faceva cadere di continuo la pila crescente accanto al divano. Adesso ci si appollaia sopra con fare protettivo: è la sua nuova posizione privilegiata dalla quale prendersi gioco di Bert.

Bethan legge? Secondo me sì. Continuo a seguire le avventure su carta di Eddie Flynn con il pensiero di Bethan a scaldarmi il cuore. Magari nel prossimo messaggio glielo chiederò.

Tengo il segno con il tesserino dell'ospedale con su scritto l'appuntamento, anche per evitare di perderlo. Da una parte è già pieno di appuntamenti e orari. Le tre visite di oggi abbelliscono il lato opposto. Riuscirò a completare la riabilitazione prima di terminare lo spazio oppure avrò bisogno di un tesserino nuovo? Il pensiero mi innervosisce.

Sto facendo progressi. Me lo ha detto Tanya. Dopo l'ultima seduta la dottoressa mi ha chiamato per dirmi che aveva parlato con la fisioterapista e che era felice dei risultati. Adesso sono concentrato, e quando faccio gli esercizi inizio a notare alcune differenze. È come se la mia determinazione avesse aperto ai miei muscoli una strada prima sbarrata.

Voglio che funzioni. Per me, per provare alla mia famiglia che posso riuscirci. E anche per Bethan, dopo ciò che è successo due giorni fa. Non *per* lei, ma per poterle proporre di vederci, un giorno, e riuscire a camminarle accanto con facilità.

Dopo il nostro incontro, ho ripreso la conversazione sull'Accademia dei biscotti, ritenendolo un territorio neutro. Bethan è stata al gioco e non ha fatto riferimento all'accaduto, ma so che ci stiamo pensando entrambi.

Che cosa ne pensi dei Digestive al cioccolato, professoressa?

Più che accettabili. Ottimo lavoro, studente.

Grazie. Allora, domanda del secolo: Hobnob al cioccolato o Digestive al cioccolato?

Queste sono lezioni del corso avanzato! Non fare il passo più lungo della gamba ☺

Non fare il passo più lungo della gamba. Se soltanto sapesse...

So che non dovrei riporre le mie speranze di guarigione in Bethan, ma qualcosa è cambiato nell'istante in cui l'ho vista. Dalla finestra avevo una posizione sicura – ho amato vederla faccia a faccia senza dovermi preoccupare di cosa potesse pensare della mia andatura zoppa. Ma se volesse incontrarmi sul serio, ora non ci riuscirei, non importa quanto lo desideri. Devo guarire e diventare più forte così che possa vedere solo *me,* non la mia ferita. Fino a quando non avrò risolto questo problema, sarò inutile – per Bethan e per chiunque altro.

«Lachlan Wallace?».

Sollevo la mano, infilo il libro nello zaino, afferro la stampella e mi alzo dalla sedia di plastica il più velocemente possibile.

«Senza fretta». Il fisioterapista mi sorride.

Come frase di incoraggiamento non è un granché. Io lo seguo, stringendo i denti per il dolore.

«Si soffoca qui oggi, vero?», dice lui. Si pizzica la parte anteriore della polo e si sventola come a rimarcare l'affermazione.

«Un pochino».

«A quanto pare c'è un problema con l'aria condizionata. Meno male che fuori non fa troppo caldo, altrimenti ci saremmo abbrustoliti». Mi rivolge un sorrisetto e si china verso di me come per rivelarmi una perla di saggezza segreta. «Abbiamo sgraffignato tutti i ventilatori del dipartimento e ce li siamo portati in stanza: là dentro ora sembra un'oasi di freschezza».

Le nostre scarpe scricchiolano sul pavimento in vinile color pesca. Il rumore è una cacofonia che mi fa rabbrividire. Le scarpe del fisioterapista vanno a passo di marcia, uno *shlup shlup* regolare, doloroso: il mio, al contrario, è impreciso, un forte accento sul secondo tempo. Riecheggia mentre camminiamo, e io immagino ogni viso che si volta a guardarmi, che nota il passo falso, che giudica la mia ferita senza vedere *me*.

È così da tutto il giorno: teste girate, occhiate fugaci. Ho già dovuto dire di no a tre sconosciuti benintenzionati che mi offrivano una sedia a rotelle dopo avermi visto percorrere, lentamente e goffamente, l'atrio principale dell'ospedale. Ora noto gli sguardi di pietà dei parenti di chi è seduto sulle sedie che costeggiano il corridoio. So che hanno buone intenzioni, probabilmente dover rimanere accanto a un loro caro convalescente li ha scottati, ma io odio ogni sorriso triste, ogni cenno della testa che rivolgono nella mia direzione.

Sono così sollevato quando entro nella stanza. E non solo per i sei grandi ventilatori che mi soffiano aria fresca addosso.

La specialista che si occupa del mio programma di recupero sorride dietro gli occhiali dalla montatura spessa e si alza per salutarmi. La dottoressa Fairbairn assomiglia alla versione femminile di Joe 90, una vecchia serie di Gerry Anderson da cui ero ossessionato da bambino e di cui guardavo ogni replica la domenica mattina. La prima volta che l'ho incontrata mi sono concentrato a pensare al paragone per distrarmi e restare a galla.

Ha un forte accento dello Yorkshire. Non importa quale brutta notizia debba darti, sembra sempre allegra. Mi chiedo se sia il suo tocco segreto, in stile killer, sviluppato dopo tanti anni di pratica e vocazione. Come le compagnie di call center che assumono personale di Newcastle o di Swanse per via dell'accento avvolgente che rende più facile gestire le lamentele.

«Si sieda, signor Wallace», dice, spostando di poco la sedia dalla scrivania per facilitare l'operazione. «Per prima cosa daremo uno sguardo alle tabelle dei suoi progressi, e poi vorrei vederla all'opera».

Mi siedo, osservando la grande sala in cui altri tre fisioterapisti preparano l'attrezzatura. Sbarre parallele per camminare, cuscinetti di varie dimensioni per esercizi di resistenza, una serie di pesi e fasce per le articolazioni portanti. Chiacchierano tra loro a voce bassa, senza fare caso a me – e per una volta apprezzo questo tipo di normalità. Vedono le mie ferite ma anche la mia potenziale guarigione. Io ci ho messo settimane a rendermene conto.

«Dunque, stiamo ancora aspettando i risultati delle lastre. Intanto diamoci dentro con le valutazioni fisiche, e speriamo che nel frattempo arrivino».

La dottoressa apre un grosso raccoglitore di cartone e inizia a sfogliarlo. Non riesco a vedere cosa c'è scritto, e cerco di scacciare l'irritazione: odio non sapere cos'è che sta leggendo. Adesso capisco come si sentono i miei studenti militari quando facciamo le valutazioni individuali. Il potere che possono esercitare alcuni fogli di carta dentro una cartellina…

«Mh, mh… bene». La fisioterapista firma un foglio e continua a leggere.

Cerco di rimanere fermo e dritto sulla sedia – è più imbottita e costosa di quelle della sala d'attesa, ma rimane comunque scomoda. Dio, è peggio di un esame.

«Bene». La dottoressa mi sbircia al di sopra della cartellina. «Lavoro eccellente, signor Wallace. Sono molto colpita».

«Ci sono stati dei progressi?», chiedo, senza riuscire a trattenermi.

«Sì, di recente. Devo ammettere che l'ultima volta che ci siamo visti ero un po' preoccupata: si trovava in una situazione di stallo. Ma è normale, fino a un certo livello. I muscoli sono dei veri bastardi, sono sicura che lo sa bene».

Sorrido. Sento tutto il sollievo della parola *progresso*.

«Perciò crede che io stia guarendo?».

Serra leggermente la bocca. Non dovrebbe dirmi nulla, ma io ho imparato a riconoscere i vari segnali. «Sta facendo progressi, ed è ciò che conta. Per adesso penseremo solo a questo, va bene?».

Potrei lasciar perdere, accettare il suo fermo rinvio e concentrarmi sulla missione che ho davanti. Ma se non la faccio, la domanda continuerà a ronzarmi in testa e a crescere e crescere fino a diventare un grosso ostacolo. Non voglio: preferisco sapere a cosa vado incontro.

«Al momento quante probabilità ho di guarire completamente?»

«Credo sia ancora troppo presto per dirlo...».

Non mi arrendo. Poso la mano sulla coscia e prendo un respiro. Deve capire quanto è importante per me.

«Saperlo mi aiuterebbe. Sono il tipo di persona che ha bisogno di sapere a cosa va incontro. Senza sorprese. Sono stato addestrato a individuare il rischio prima di andargli incontro. A raccogliere tutte le informazioni necessarie così da sapere come combatterlo».

«Un soldato». La dottoressa Fairbairn annuisce. «Venti anni fa mio marito era a Catterick, perciò lo capisco». Chiude la cartella, ruota sulla sedia da ufficio e mi guarda dritto in faccia. «Le cose potrebbero cambiare. Stanno cambiando, a quanto pare. Ora... se me lo avesse chiesto la scorsa volta, avrei risposto in modo diverso, quindi almeno questo è un buon segno. Il fatto è che non lo sappiamo. Il corpo ha un modo tutto suo di gestire il trauma fisico: tutto ciò che possiamo fare è lavorare per rafforzare i muscoli delle gambe e creare le condizioni migliori per recuperare la mobilità. La ripresa dipenderà da come risponderà il suo corpo».

«In breve cosa vuol dire?»

«Precisazioni da fare». Mi sorride con gentilezza. «Credo che lei abbia buone probabilità di guarigione. Potrebbe non recuperare del tutto la mobilità alla gamba, perciò dovrebbe prepararsi anche a questa evenienza. A ogni modo, se continua così, potrebbe tornare ad avere un'andatura quasi normale».

Mi prudono gli occhi. Tengo la testa alta. Annuisco per ringraziare la dottoressa.

Il suo sguardo si addolcisce dietro la spessa montatura degli occhiali.

«Sta facendo un lavoro fantastico, Lachlan. E noi siamo qui per aiutarla passo passo, va bene?»

«Va bene». Tiro su con il naso. «Grazie».

Lei si rallegra. «Bene! Che ne dice di iniziare con gli esercizi, soldato?».

Capitolo ventotto
Bethan

Ho preso una decisione: chiederò a Lachie di incontrarci. Voglio dire… è il passo successivo, no?

Ci mandiamo messaggi sull'Accademia dei biscotti da quasi una settimana e per quanto siano divertenti, adorabili e tutto il resto, non posso fare a meno di pensare che stiamo entrambi temporeggiando. Lui mi piace. E a giudicare dalla sua reazione di giovedì scorso, mi sembra chiaro che io piaccio a lui. Allora a cosa serve continuare a chiacchierare attraverso messaggi? Qualcosa deve cambiare. E credo che lo sappiamo tutti e due.

Non avevo intenzione di parlare a nessuno di questa storia – non lo faccio mai. Ma avevo la testa così incasinata che i pensieri mi avrebbero sommerso se non ne avessi fatto uscire qualcuno. Patrick se n'è accorto, ed è stata quella la spinta di cui avevo bisogno.

È successo mentre mi aiutava a caricare un ordine di piante sul camion dell'addetto alle consegne, Malcolm. Ho notato che mi lanciava occhiate quando credeva che non me ne accorgessi – dimenticandosi che sono madre di un bambino di tre anni e mezzo e che ho già sviluppato la visione periferica di una guerriera. Mentre trasportavamo un albero maturo per poggiarlo sulla piattaforma di carico sul retro, non ce l'ho fatta più.

«E va bene, *che c'è?*».

Lui ha finto un'espressione innocente – ovvio – ma ha

lasciato perdere non appena ha notato la mia. «Ti sta succedendo qualcosa. E non credo che abbia niente a che fare con il lavoro da casa».

«Sto bene, Pat».

«Stai sempre bene, B. Ma ora è diverso. Sono giorni che hai la testa altrove. Che succede?».

Perciò gliel'ho detto.

Be', non *tutto tutto*. Un passo alla volta. Ma gli ho raccontato molto più di quanto non abbia fatto con gli altri, e per me è stato una specie di confessionale.

«Ok, supponiamo che esista una persona…».

«Una persona?»

«*Una persona* che non frequenta nessuno da parecchio tempo e, sai, le sta anche bene. E supponiamo che inizi a parlare con un'altra persona – solo tramite messaggi».

Patrick arriccia gli angoli della bocca. «Che tipo di messaggi? Offensivi?».

Ho iniziato a sentirmi a disagio, e a pentirmi di aver menzionato la cosa. Ho alzato gli occhi al cielo mentre salivamo sulla piattaforma di carico per entrare nel camion.

«No, non messaggi offensivi. Chi pensi che sia questa… *persona*?»

«Ovviamente una persona adorabile che non si sognerebbe mai di mandare messaggi offensivi. Scusami. Continua».

Sospetto che Patrick avesse capito tutto dall'inizio ma che sia stato comunque al gioco: grazie al cielo.

«Solo messaggi», ho detto. Nel frattempo sistemavamo l'albero nel fondo del camion. «Messaggi scherzosi, amichevoli, quel genere di cose».

«Bene».

«E poi supponiamo che la conversazione di *quei mes-*

saggi abbia fatto il suo corso», ho detto, controllando la sua reazione mentre riscendevamo a terra sulla piattaforma traballante.

«Perché, sai, non si può dire molto tramite… messaggi».

«Stai parlando di Tinder?»

«*No*».

«E allora cosa?».

Ero tentata di dire "finestra" ma Patrick mi avrebbe preso in giro. «Di normali messaggi».

Ci siamo diretti verso il resto dei pallet, in attesa di essere caricati. «Quindi mi stai chiedendo se queste due persone dovrebbero smettere di messaggiare?»

«Sì. No. Non intendo smettere e basta. Magari cambiare un po' le cose…».

«Intendi *incontrarsi*». Patrick si è gettato due sacchi di compost sulla spalla. Io ho afferrato una grossa scatola di piante perenni dal pallet e l'ho osservato.

«Forse. Non lo so. Pensi che sia opportuno chiederlo, a questa persona?»

«Di incontrarsi?»

«Sì. In via ipotetica».

«B, dimmi che succede e basta».

«Ci sto provando».

«Ok, ho capito. Se a questa *persona* piacesse l'altra *persona* e sentisse di essere ricambiata, perché non dovrebbero incontrarsi? È difficile farsi degli amici. Trovare qualcuno disposto a messaggiare dimostra un certo grado di impegno, no? Ed è a quel punto che si crea un'amicizia. È quello che serve a *te*, B».

Ha ragione, non è vero?

Dopotutto, perché io e Lachie non dovremmo incontrarci?

Ci ho pensato tutta stanotte: ero troppo agitata per riuscire a dormire. Ho iniziato a contare su Lachie e sulla certezza di ricevere i suoi messaggi. Amo avere un'amicizia tutta mia, basata solo su parole e occhiate rubate. Incontrarlo, parlare con lui faccia a faccia… avrebbe senso.

Ho bisogno di un amico. E credo che per lui sia lo stesso.

Quindi cosa stiamo aspettando?

Ecco perché adesso mi ritrovo a fissare un foglio di carta bianco invece di lavorare per Bright Hill. So cosa voglio chiedergli e perché voglio farlo. E allora perché non mi vengono le parole?

Dovrei specificare orario e luogo dell'appuntamento? Oppure gettarla lì, e sperare che lui risponda in modo dettagliato?

Devo stare attenta, perché, dietro le rispettive finestre, io e Lachie rimaniamo due sconosciuti. Bisogna incontrarsi in un luogo pubblico, magari di fronte a uno dei nostri palazzi, oppure nel parchetto poco più avanti, quello sempre affollato. Tra qualche minuto saprò se la mia idea si rivelerà un fiasco o no.

E come mi sentirei se glielo scrivessi e lui non rispondesse? In fondo che importa?

Ci sto pensando troppo. Devo solo chiederglielo, no?

Afferro la penna e scrivo le parole più adeguate che mi vengono in mente:

> Vado a fare una passeggiata all'una.
> Vuoi venire? ☺

Ecco fatto. Adesso magari posso riprendere a lavorare. Attacco il biglietto al vetro e torno a passo risoluto verso il tavolinetto da caffè adibito a scrivania. Do un'occhiata alla lista delle associazioni locali che ho stilato e inizio a comporre le varie email.

Non guarderò fuori fino a mezzogiorno, ho deciso.

Mezzogiorno mi sembra ottimo.

Premo INVIO dopo la prima email, spunto la casella dalla mia lista. Il prossimo.

Se guardo a mezzogiorno gli do tutto il tempo di rispondere, no?

Certo. Mezzogiorno è perfetto.

Altre cinque email. Altre cinque caselle spuntate.

Lancio un'occhiata al telefono per controllare l'ora. Mancano *tre ore* a mezzogiorno. Mmh. Picchietto velocemente la matita sul blocchetto degli appunti. Sono davvero tante…

Liscio il foglio con le mani: ormai è ricoperto dei piccoli punti rosa della gomma da cancellare della matita.

Sarà troppo presto controllare alle 11:30?

O alle 11?

Le 11 è l'orario adatto per fare una pausa, no? E dovrei passare accanto alla finestra per andare in cucina. Che male ci sarebbe se lanciassi un'occhiata fuori *per caso*?

Vada per le 11…

Capitolo ventinove
Lachlan

Merda.

Mi strofino gli occhi. Forse il sonno mi sta giocando un brutto scherzo. Guardo un'altra volta.

> Vado a fare una passeggiata all'una.
> Vuoi venire? ☺

Non l'ho immaginato. È reale.

No, Bethan, perché proprio adesso?

Come affronto questa cosa? Se mi avesse chiesto di vederci *un giorno*, avrei saputo come rispondere. Ma ci siamo già passati, giusto? L'ho fatto *io* con quel "dovremmo prendere tè e biscotti" prima di incontrarci per caso alla finestra. Quella volta è stata lei a tirarsi indietro – e ora cosa è cambiato?

Come faccio a tirarmene fuori io adesso?

Sto facendo progressi, e la valutazione dell'ospedale mi ha incoraggiato. Ma Bethan non mi può ancora vedere in questo stato. Zoppico talmente tanto che, per percorrere dieci metri, ci impiego un secolo. Bethan noterebbe solo quello, proprio come facevano tutti ieri in ospedale – tutti tranne i medici.

Non voglio sentirmi così con lei.

Cosa faccio?

Non posso rifiutare, perché sono stato io a chiederglielo la volta scorsa. Potrebbe prenderla sul personale.

Io lo farei. Magari è una persona migliore di me – a essere sincero non sarebbe difficile. Ma a quale altra conclusione dovrebbe arrivare?

Prima era una situazione semplice: come siamo arrivati a questo punto?

Mi allontano dalla finestra. Ho bisogno di pensare.

Ernie è seduto sul bancone della cucina, e di certo non dovrebbe stare lì. Sto per cacciarlo quando lui sfodera la sua contromossa migliore: si solleva stiracchiandosi sulle zampette anteriori e mi infila la testolina pelosa sotto il mento. È devastante, e lo sa bene. Pochi secondi dopo gli sto già accarezzando la schiena, con lui che finge di essere il gatto più coccoloso del mondo. Non dovrei cadere nelle sue trappole così facilmente, in fondo le conosco da quando era un cucciolo, ma stamattina mi sembrano dei trucchetti familiari e rassicuranti. Ne ho bisogno, anche se il suo è solo un piano elaborato per avere altro cibo. Perciò cedo comunque.

Bert, che ha osservato la scena dal calore pungente della sua cuccia, mi rivolge l'equivalente canino di uno sguardo esasperato, e spinge il naso nelle profondità di Calzino. Quell'aggeggio sporco merita molto di più la sua fiducia.

Il problema è che voglio incontrare Bethan.

Accarezzo le orecchie di Ernie e lui le drizza, felice.

Se volessi essere razionale, cercherei di convincermi che non noterebbe solo la mia ferita. Ma non posso saperlo con certezza, e magari a quel punto sarebbe troppo tardi. Non posso rischiare.

Però non sono riuscito a togliermela dalla testa, e vederla alla finestra la settimana scorsa non ha fatto che confermare quello che già sapevo. Mi piace. Mi piace il fatto che parlare con lei abbia cambiato l'idea che avevo sulle giornate che passo bloccato qui dentro. Quando non sono a casa la porto con me nei miei pensieri. Credo che sia l'amica di cui avevo bisogno da tempo.

È impossibile.

Ormai Ernie se ne sta approfittando: passeggia su e giù sul bancone, fa le fusa come un martello pneumatico e mi sfiora il naso con la coda sollevata.

Se solo ci fosse un modo per incontrare Bethan senza mostrarle la mia gamba. Ma è assurdo, come potrei fare? Potremmo anche aprire le finestre e urlare al di sopra della siepe, ma sarebbe una cosa da folli.

Il mio gatto continua a passeggiare con spavalderia. Poi mette la zampa su uno dei giornali sulla corsa che mi ha inviato Sal, ora impilati accanto al piano cottura. A quel punto scivola e cade dal bancone con un miagolio. Io sobbalzo e mi sporgo per vedere se sta bene. Ernie si sistema il pelo arruffato e si allontana con la cresta sollevata, l'unico segnale della sua imbarazzante caduta.

È l'input di cui avevo bisogno. Scoppio a ridere, guadagnandomi un'occhiata disgustata dal mio gatto e uno scodinzolio gioioso dal mio cane. L'ultima vola che ho visto Ernie cadere in modo tanto sgraziato è stata quando ha provato a camminare in cima alla siepe, una mattina che ero fuori con Bert, per poi scoprire che le cime di faggio non sono robuste come i muretti. La siepe ha ancora un buco al centro, nel punto in cui ho dovuto scavare per tirarlo fuori…

Aspetta. La *siepe*.

Potrebbe funzionare?

Guardo la finestra.

Il buco mi arriva più o meno al petto, e va dalla mia parte della siepe a quella di Bethan. È troppo basso per accucciarsi? Forse. Ma a quell'altezza lei non potrà vedermi la gamba. Quanto è alta? Non sembrava bassa quanto Jenny: lei mi arrivava a malapena al petto quando la abbracciavo. Io sono alto 1,85 e non credo che Bethan mi raggiunga. Immagino sia 1,65, al massimo 1,70.

Mi appoggio al ripiano, gli ingranaggi del cervello che girano veloci.

Ho una specie di coso pieghevole che mio padre mi ha regalato un paio di anni fa – una sedia con uno spuntone che si infila a terra. Potrei sedermici sopra e parlare con Bethan attraverso il buco a forma di Ernie nella siepe?

È ridicolo. Ma potrebbe funzionare.

Tanto per iniziare.

Solo per assicurarmi che prima mi veda.

Controllo l'orologio. Sono le 10:50 di mattina. Starà aspettando che le risponda. Al momento non posso fare di meglio.

Vado al tavolo, prendo un foglio di carta nuovo dall'album sempre più scarno e scrivo la mia controproposta prima di poterci ripensare.

Piano B: vieni dalla tua parte di siepe accanto al buco a forma di gatto, a metà strada. All'una ☺

Penserà che sono pazzo. O che sto scherzando.

Ma è l'unico modo.

Accetterà?

Attacco il messaggio, sbirciando dall'angolo nella vana speranza che lei si trovi alla finestra. Ma non c'è.

Ha detto all'una, perciò tornerò a controllare a mezzogiorno. Se non avrò ancora ricevuto una risposta, riproverò alle 12:30. E alle 12:45, se dovesse servire.

Dio, spero che risponda presto. Anche solo per mandarmi a quel paese.

È peggio di quando ho attaccato il primo messaggio al vetro. Sollevo le mani dal tavolo e mi accorgo che i miei palmi lasciano delle impronte umide. Ho il battito più accelerato di quando ero in ospedale a fare gli esercizi. Devo concentrarmi su ogni respiro, ispirando ed espirando lentamente. Non mi aspettavo questa piega degli eventi, ma in fondo le nostre conversazioni mi hanno sempre preso alla sprovvista...

Bethan è la persona più incredibile che sia mai entrata nella mia vita. Sarei uno sciocco a non volerla incontrare.

Adesso devo solo aspettare.

Capitolo trenta
Bethan

Incontrarlo accanto alla *siepe*?

Cosa?

Distolgo lo sguardo dal vetro, e poi osservo di nuovo il messaggio perché... *cosa?*

Quindi: Lachie non vuole fare una passeggiata, ma vuole che parliamo attraverso la siepe?

È da folli. E non voglio nemmeno immaginare come fa a sapere che il buco è a forma di gatto.

Ok, guardiamo il lato positivo. Inizio a fare una lista a mente, ma ho i pensieri così ingarbugliati che è come cercare di appendere dei post-it su una trottola. Tolgo il foglio dalla finestra, lo giro dall'altro lato e inizio a scrivere.

Ha risposto.
Non ha detto NO.
Vuole vedermi.
Vuole vedermi OGGI.
Se ci vediamo, saprò se in questa situazione c'è del potenziale o se è una perdita di tempo.
È la prima volta che mi danno appuntamento accanto a una siepe...

Ok, il sesto punto è un po' debole, ma potrebbe essere divertente.

E poi un dubbio assillante continua a ronzarmi in testa da quando ho attaccato quel messaggio – sebbene non abbia voluto dargli troppa importanza: forse chiedergli di uscire a fare una passeggiata è stato troppo affrettato. Magari non andremo d'accordo, magari è un viscido o potrebbe non piacermi; e poi ci vuole troppo tempo per fare un giro del parco.

Insomma, troppo rischioso.

Voglio sentire la sua voce – e vedere se il sarcasmo che immagino quando leggo le sue parole esista anche nella realtà. Sono stata coraggiosa, ma in genere non sono una persona molto sicura. E se mentre siamo insieme perdessi la capacità di fare un discorso razionale? E se mi facessi prendere dal panico e non riuscissi a dire nulla?

È folle incontrarsi vicino alla siepe. Ma io sarei nel mio territorio, e Lachie nel suo.

Potremmo chiacchierare, abituarci a parlare l'uno con l'altra invece di scriverci.

Potrebbe funzionare.

Picchietto la penna sulla lista.

Se funzionasse, e diventasse una nostra nuova abitudine, il problema Noah sarebbe risolto.

Mi correggo. Noah *non* è un problema.

Però in questo modo potrò parlare di lui a Lachie quando ne avrò voglia.

Sempre che la conversazione imbocchi la direzione giusta.

Bevo un sorso del tè ormai tiepido nella tazza di Spiderman.

Ok, sto per farlo, vero?

Devo farlo.

Ci sto.
Ci vediamo lì ☺

Attacco il foglio al vetro e mi allontano. Non so se ridacchiare come una ragazzina o scoppiare a piangere. È fatta. Sta succedendo.

Allora, prossimo dilemma: cosa ci si mette per incontrare un potenziale amico accanto a una siepe di faggio?

Abbasso lo sguardo per osservare la mia T-shirt a strisce rosse e bianche, quella che Noah definisce il *vestito da pirata*. Ho una macchia color fragola sul petto, il regalo che mi hanno fatto le sue mani appiccicose di marmellata durante le coccole mattutine. Non posso vedere Lachie in queste condizioni. Magari non se ne accorgerebbe, ma assocerei per sempre il primo incontro alla mia tetta destra macchiata di marmellata. Una scelta di grande impatto, ma non è così che voglio essere ricordata.

Vado in camera e apro l'armadio. Non è una visione allettante. Lavorare in un vivaio significa indossare l'uniforme per tutta la settimana; per il weekend scelgo vestiti comodi per me e colorati per Noah. Ho una pila di vecchie T-shirt di concerti vari – risalenti a prima che incontrassi Kai – ma adesso sono più toppe che stoffa, dato che non riesco a separarmene. E ho due vestiti: uno nero per serate a cui non vengo mai invitata e uno maxi che ho preso in saldo da Primark anni fa per andare a un matrimonio. Non posso mettere nessuno dei due per incontrare Lachie: dovrò restare vicino a una siepe per almeno venti minuti.

Alla fine trovo un paio di jeans senza buchi o macchie di vernice e una maglietta solo leggermente sbiadita di Wonder Woman, regalo di Emrys del Natale dell'anno in cui è nato Noah. Me la provo – ok, non fa così schifo. Pesco le finte Converse rosse del supermercato dal fondo dell'armadio, poi afferro una ciocca di capelli – la metà di una frangia troppo cresciuta – e ne faccio una treccina che corre sulla mia testa, fermandola dietro l'orecchio. Servirà a tenermi i capelli lontani dagli occhi mentre chiacchieriamo, e poi è anche carina.

Ok, può andare. Devo parlare con Lachie attraverso un buco nella siepe, per l'amor del cielo. Di sicuro non vedrà nemmeno la metà del mio outfit.

A ogni modo, completerò il look con un filo di eyeliner, un po' di mascara e un tocco di rossetto. Nel caso vedesse la mia faccia dal buco a forma di gatto. Non guasterebbe, no?

Sorrido e prendo la pochette dei trucchi dal comodino.

Buco *a forma di gatto.*

Spero non abbia usato Ernie per farlo.

Esco di casa, due minuti all'una. Senza pensarci, mi guardo furtivamente attorno in cerca di qualche occhio indiscreto, poi percorro in fretta il lembo di terra che collega il giardino anteriore alla parte posteriore dell'edificio.

Che sto facendo? È da svitati.

Seguo la siepe passando le dita lungo le foglie verdi. Non ricordo di aver visto un buco quando sono uscita con Noah l'ultima volta. Per non parlare di un buco a forma di gatto. Ma Lachie dice che si trova circa a metà strada, perciò è lì che sono diretta.

Quando raggiungo il punto del palazzo che si trova proprio sotto la mia finestra, la vedo: poco più avanti c'è una rientranza scura.

Mi fermo. Prendo un respiro.

Forse è la cosa più ridicola che abbia mai fatto, oppure l'inizio di qualcosa di meraviglioso.

C'è solo un modo per scoprirlo.

Mi posiziono accanto al buco.

«Ehi?», dico provando a ignorare l'imbarazzo che mi provoca dover parlare con una siepe. «Lachie? Ci sei?».

E se fosse uno scherzo? Se adesso lui fosse alla finestra a sbellicarsi dalle risate vedendo me quaggiù che chiacchiero con un buco? Non ci avevo nemmeno pensato. Perché non ci ho pensato prima?

«Bethan?».

Mi si secca la gola. La sua voce è profonda, un suono sconosciuto. Ma pronuncia il mio nome come se fossimo vecchi amici.

«Ehm, ciao». Sbircio, ancora timida, nello spazietto tra rami e foglie.

Ed eccolo qui.

Ha gli occhi blu-verdi, il colore di cui il sole dipinge le foglie della mia pianta di eucalipto preferita, la *Euclyptus pulverulenta*, detta anche "baby blu". Da vicino il suo sorriso è ancora più adorabile di come lo ricordassi alla finestra.

Mi chiedo cosa ne pensi di me, ma in questo momento non importa: siamo qui, i volti a pochi centimetri di distanza, a sentire per la prima volta le nostre rispettive voci. E Lachie sorride come se mi conoscesse da sempre.

«Ciao».

«Wow, sei... sei tu», dico.

«E tu sei tu». Alza gli occhi al cielo e ridacchia. «È stranissimo, vero?»

«Vero. Perché il buco nella siepe?»

«Quando l'ho proposto mi sembrava una buona idea...». Lachie sorride anche con gli occhi.

Mi piace. Gli occhi dicono tante cose di una persona.

«Ti prego, dimmi che non hai usato Ernie per farlo».

«Oh, ha fatto tutto da solo! Diciamo che non è stata una cosa pensata appositamente per questa occasione».

«Com'è successo?»

«Ha provato a camminare in cima alla siepe e ho dovuto ripescarlo dal centro».

«Oh, poverino. Si è fatto male?». Sollevo lo sguardo. Deve essere alta più di due metri. Notevole.

Lachie ride, un suono così delizioso da farmi arricciare le dita dei piedi nelle scarpe. «È un fan delle cadute rischiose, quindi no. Un po' imbarazzato, ma nulla di rotto».

«Sembra che tu gli voglia davvero bene», dico, pentendomene un istante dopo: non sarò stata troppo sdolcinata?

«Sì, be', non si può non volergliene». Si passa una mano tra i capelli, e io intravedo un pezzetto del tatuaggio che ha acceso la mia curiosità all'inizio. È strano vedere da vicino dei dettagli già familiari mentre invece la voce e le espressioni sono nuove per me.

Sono subito tentata di domandarglielo, ma è un momento ancora troppo delicato. Perciò gli chiedo una cosa su cui rimugino da molto.

«Perché hai deciso di scrivere quel messaggio? Il primo, intendo?».

Lui mi osserva per un po' prima di rispondere, lo sguardo fisso. Un'intensità tale da farmi quasi dimenticare che ci stiamo guardando attraverso una siepe. «Avevo avuto una giornata pesante. Ti avevo visto trasferirti e – non lo so, ho pensato che avresti potuto capire». Scuote la testa. «Ok, detto così è inquietante, vero? Non ti stavo pedinando, né volevo essere strano…».

Le sue scuse timide mi riempiono il cuore – non potrei mai avercela con lui, perché io ho fatto la stessa cosa.

«Anche io ti ho visto», dico, interrompendolo.

Lui sbatte le palpebre. «Davvero?»

«Be', ho visto prima il tuo gatto. Prima che mi trasferissi, quando stavo imbiancando l'appartamento. E poi quando ci... quando mi sono trasferita». Arrossisco. Chi è la stalker pazza ora? Troppo tardi per rimangiarmelo. «Non ti ho visto per intero, solo il tuo braccio. Stavi accarezzando Ernie e ho notato...». Ok, è ora di chiederglielo. Mi sono incastrata da sola. «Il tatuaggio, hai un tatuaggio sul braccio sinistro. Che cos'è?».

Gli occhi color eucalipto sorridono di nuovo.

«Quale?».

Adesso ho il viso rosso come le guance. Meno male che dovevo essere disinvolta. «Quello che va dal gomito all'avambraccio».

Lo guardo mentre lancia un'occhiata al suo braccio sinistro, torcendolo, come se si fosse dimenticato di avere un tatuaggio.

«Fa parte di uno più grande... qui». Si tira su la manica della T-shirt bianca. Sotto c'è un labirinto di linee nere e di motivi complicati che gli coprono il bicipite.

«Ah, wow...».

«Però quello più in basso è una citazione. È di Maya Angelou. Dice...». Si ferma, e sbircia attraverso il buco per valutare se sono d'accordo. «Puoi leggerlo tu».

Quindi infila il braccio nella siepe, la mano tesa, le dita leggermente chiuse sul palmo.

All'improvviso mi ritrovo a toccare la sua pelle...

Non ci rifletto nemmeno: succede e basta.

«*Vivi come se la vita fosse stata creata per te – Maya Angelou*», leggo, la voce ridotta a un sussurro.

La pelle di Lachie è calda, molto più calda di come la immaginassi.

Percepisco il battito del mio cuore in gola.

E a quel punto è come se fossi in due posti contemporaneamente. Mi sembra di guardarmi dall'alto e, sconvolta, osservo le mie dita tracciare la curva gentile delle parole attorno al suo avambraccio, intrecci d'inchiostro che formano un'edera dai bordi neri, ogni foglia colorata di verde scuro e bianco. Le mie labbra mormorano le parole che leggono. Allo stesso tempo sono anche nel mio corpo: sento la morbidezza della sua pelle sotto il mio tocco, i punti in rilievo, la consistenza dell'inchiostro, l'improvvisa mancanza di ossigeno nei polmoni…

Capitolo trentuno
Lachlan

Non riesco a parlare.

Devo pensare a respirare.

Mi limito a guardare… e sentire… e a chiedermi come diamine siamo arrivati a questo punto.

Non so cosa avessi in mente quando ho dato il braccio a Bethan, credevo solo che fosse più facile farle vedere il tatuaggio da vicino invece di lanciarmi in una descrizione a voce. Volevo che mi toccasse? Non ci avevo nemmeno pensato, ma adesso…

Adesso è come una scossa elettrica sulla pelle.

Vedo le sue labbra formare le parole, ma non sento la sua voce. La sto fissando come un idiota, me ne rendo conto. Non riesco a smettere di guardarle la bocca.

Non voglio allontanare il braccio ma non posso lasciarlo infilato in una siepe all'infinito. Ho la spalla premuta contro le foglie di faggio, e i rametti mi graffiano la fronte. Mi sono sporto più del necessario per far vedere meglio il tatuaggio a Bethan, ma adesso sono in una posizione contorta, la mia gamba inizia a bruciare e la sedia pieghevole sprofonda ancora di più nell'erba umida.

«È bellissimo», sussurra. Le sillabe danzano in un delicato accento. Ero sicuro che il suo nome fosse gallese, ma alla fine, non so perché, mi ero detto che doveva provenire da qualche altra parte. Invece così è perfetto. Pronuncia le parole come se ridesse. E l'ironia e l'umorismo dei suoi messaggi *esistono* davvero, sono magnificamente vivi. Mi fa sorridere anche quando non sta facendo una battuta.

«Grazie», rispondo. Chissà se era così che aveva immaginato la mia voce... sempre che ci abbia pensato.

«Ah, scusami, forse dovresti riprenderti il braccio», dice. Mi chiude le dita sul palmo, come se dentro ci avesse nascosto qualcosa di prezioso, e poi, delicatamente, spinge il braccio verso di me.

È un gesto dolce, gentile.

Se non fossi seduto, cadrei a terra.

«Come mai hai scelto questa frase?».

È sempre una domanda strana, quella sui tatuaggi. Perché ho scelto le parole e le immagini che porto sulla pelle? Alcuni sono così vecchi che ricordo a malapena da dove ho preso l'ispirazione, e nemmeno perché fossero tanto importanti. Però non mi dà fastidio che Bethan me lo chieda. Dopo quello che è appena successo può chiedermi ciò che le pare.

«Mia madre mi ha regalato un libro con le citazioni di Maya Angelou. Questa mi piaceva particolarmente».

«Ti ha fatto male?».

Un'altra domanda a cui ho fatto il callo. «Be' sì, un pochino. Ma ti ci abitui presto».

Bethan ride, una risata un po' tremolante. Mi chiedo se anche lei si stia ancora riprendendo dal nostro contatto, proprio come me. «Io non ce la farei, ma mi piace vederli sugli altri».

«È una cosa personale. O ti piacciono o no. Credi che non avrai mai la tentazione di farne uno?»

«No. Forse uno finto. All'università avevo un'amica

che faceva questi tatuaggi con l'henné meravigliosi. Ce li facevamo prima delle vacanze, se dovevamo andare ai festival per esempio. Ma non erano dolorosi, forse per questo mi piacevano».

«Eri in Galles?»

«Sì. Ai tempi».

«Mi piace il tuo accento».

«*Diolch*».

La osservo. «Cosa?».

Lei scuote la testa, e noto che è leggermente arrossita. Dio solo sa che faccia ho io – mi sembra di essere rosso come un semaforo.

«Vuol dire *grazie* in gallese».

«Parli gallese?»

«Strano a dirsi! Tu parli inglese?».

Mi darei un calcio da solo, se potessi farlo senza finire con la faccia nell'erba.

«Scusami, era una domanda stupida».

Lei mi guarda e sorride. «Non è la peggiore che ho sentito. Di solito mi chiedono: *Hai delle pecore? Sei parente di Charlotte Church? Sai pronunciare il nome di paese più lungo del mondo?*».

È una tentazione troppo grande. «E lo sai fare?»

«Probabilmente sì. Sai, essendo gallese… qual è il nome inglese più lungo? Riesci a pronunciarlo?».

È perfetto. A volte, nella vita, quell'informazione super specifica che hai immagazzinato nel cervello senza una ragione valida diventa all'improvviso importantissima. Ed è successo proprio ora, mentre sono qui, seduto accanto alla siepe del giardino a parlare con una donna bellissima che crede di aver avuto la meglio su di me. Ringrazio l'universo per la risposta da Trivial che so da anni e non ho mai avuto l'occasione di sfoggiare. Finora.

«Con il trattino o senza?».

Lei mi osserva. Ha gli occhi azzurri, luminosi.

«Che differenza fa?»

«Be', fa differenza se vivi a Cottonshopeburnfoot a Northumberland, diciannove lettere senza trattino, oppure a Sutton-under-Whitestonecliffe, vicino Thirsk, due trattini e ventisette lettere».

«Mi prendi in giro».

«Cerca su Google».

Bethan ride, stavolta una risata fragorosa. «Come diavolo fai a saperlo?»

«Era la domanda di un gioco che ho imparato in un pub in Germania, su tutti i luoghi del mondo». Aspetta: dovrei dirle che sono nell'esercito? Vorrà sapere che ci faccio a casa così spesso? È troppo presto, perciò mi affretto ad aggiungere: «Ho lavorato da quelle parti per un po'».

«Notevole».

Inizio a percepire il sarcasmo riaccendersi, e decido di rischiare. «Mai quanto te che pronunci il nome gallese».

«Il nome gallese?»

«Esatto».

«Ah, intendi Llanfair PG?»

«Bel tentativo».

La sua espressione è il ritratto dell'innocenza. «O Llanfairpwll. Gli abitanti la chiamano in entrambi i modi».

«Il nome completo. Sempre che tu lo sappia...».

Ecco fatto, ci siamo. «Sono praticamente nata pronunciandolo».

«Pronunciando *cosa*?».

Alza gli occhi al cielo.

«Llanfairpwllgwyngyllgogerychwyrndrobwllllantysiliogogogoch».

Fantastico. Bethan è la migliore. Ma non ho finito...

«Scusa, non ho capito...».

Mi fissa, la fronte aggrottata sopra quei meravigliosi occhi blu. Quindi, lentamente, ripete: «Llanfairpwllgwyngyllgogerychwyrndrobwllllantysiliogogogoch».

Per un secondo dimentico di sorridere. O di respirare.

Lei solleva un sopracciglio. «Era la parola che volevi?».

Sì, diamine.

«Quante lettere sono?»

«Sei tu il re del Trivial, quindi dimmelo tu».

Ok, me l'ha fatta. «Uhmm».

«Credo che siano cinquantotto lettere e una vittoria per me, giusto?».

Ridacchiamo, guardandoci attraverso la finestrella della siepe.

«Potresti insegnarmi a pronunciarlo?».

Lei fa spallucce. «Dipende».

«Da cosa?»

«Vorrai ripetere quest'esperienza?».

Wow. E io che stavo cercando un modo per tirare fuori l'argomento... Bethan invece l'ha buttata lì senza cerimonie. «Certo. Se vuoi tu...».

«Solo se la prossima volta mi porti i biscotti».

La sua sfrontatezza sarà la mia rovina. «I Bourbon?»

«Ma smettila. O gli Hobnob o nulla».

«Perfetto. Stretta di mano?». Infilo la mano nella siepe e lei la prende. Combaciano perfettamente. Trattengo il suo palmo un attimo in più di quel che dovrei. «Sono felice che ci siamo visti oggi».

«Anche io. Ci sei giovedì prossimo? Stessa ora?»

«Non lavori?». Ok, sono stato troppo diretto, nonostante ci stiamo ancora stringendo le mani. «Scusami, intendevo…».

«Lavoro in un vivaio», si affretta ad aggiungere lei. «Ma il giovedì sono in smart working».

Ecco spiegati i messaggi mattutini della scorsa settimana, e il fatto che ci siamo inaspettatamente intravisti dalla finestra – e anche perché è venuta oggi. «Perfetto. Anche io lavoro da casa, perciò ci sarò».

Le lascio andare la mano con riluttanza, le nostre dita si allontanano.

«Come oggi?».

Sono pronto a vederla senza una barriera tra noi? Vorrei esserlo, ma tutto questa – la nostra confidenza, i flirt, le battutine – è appena successo solo perché mi sentivo al sicuro. E credo che per Bethan sia stato lo stesso.

«Sarebbe divertente, non credi?».

Ti prego, di' di sì…

Scruto il suo viso in cerca di uno sguardo deluso, ma lei ha gli occhi luminosi, il sorriso ampio proprio come un attimo fa.

«Sì, credo di sì. Voglio dire, è strano, ma comunque fico».

«Allora va benissimo».

«Bene. Ora probabilmente dovrei…». Fa un cenno della testa in direzione della sua finestra.

«Sì. Anche io».

«Quindi: tu porti gli Hobnob e io porto il tè… o caffè?»

«Mi vanno bene entrambi».

Bethan sorride. «Ok». Si volta per andarsene, ma poi torna a guardare attraverso il buco. «Cosa ne facciamo dei messaggi alla finestra?».

Non ci avevo pensato. È stato bello – *meraviglioso* –

incontrare Bethan di persona, ma i suoi messaggi sono stati davvero importanti. Non so come mi sentirei se dovessimo rinunciarci solo per incontrarci un'altra volta.

«A me piacciono molto i tuoi messaggi».

«Ed è lo stesso per me. Li adoro». Si strofina la fronte con le dita. «Che ne dici di continuare a mandarci un solo messaggio al giorno? Magari verso l'ora di cena?»

«Perfetto».

«A presto, Lachie».

«A presto, Bethan».

Aspetto che ne se vada prima di muovermi. Vorrei rincasare prima di Bethan, per scongiurare il rischio che mi veda dalla finestra, ma non posso fare nemmeno un passo finché non avrà aperto almeno il portone. Se notasse la mia andatura attraverso la siepe, avrei fatto questa fatica invano.

Sposto il peso sulla gamba buona, chiudo la sedia pieghevole e la sradico dell'erba alta in cui è affondata. Mi fa male tutto, ma non importa.

Mi sento vivo. Come se Bethan mi avesse iniettato la sua energia positiva nelle vene. Sapevo che saremmo andati d'accordo, ma non mi aspettavo una cosa del genere.

Sento il *bang* del suo portone principale che si chiude, e lo prendo come un segnale per muovermi. Uso il bastone della sedia come supporto e me ne torno indietro a passo goffo.

Quando entro nell'appartamento, trovo due musi trepidanti ad aspettarmi. In realtà mi sembra che l'intera casa abbia trattenuto il fiato.

«È andata bene», dico.

Una coda scodinzola, l'altra si agita impazientemente. Ai miei coinquilini non frega un fico secco di ciò che è appena successo. Gli importerebbe solo se la persona con cui mi sono visto inviasse del cibo. Mi chino e accarezzo entrambi.

«Grazie per l'interessamento».

Mentre mi seguono in cucina, mi tasto la coscia. La mia gamba non è felice, e probabilmente, più tardi, dovrò scontare tutto il tempo che ho passato seduto in giardino. Ma non importa. Poteva essere un disastro, o la fine dell'amicizia che avevo instaurato con Bethan, e invece si è rivelato l'inizio di qualcosa di nuovo.

Reale.

Vitale.

Tangibile.

Il modo in cui mi ha toccato... la sua risata, la sua voce. Il nostro flirtare per dei biscotti, i nomi buffi e lunghissimi delle città. È stato tutto *perfetto*.

Ho amato ogni istante.

Intravedo il mio riflesso sullo sportello del forno. Riconosco a malapena quell'uomo sorridente: è merito di Bethan.

Amo ciò che ha fatto.

Potrei amare *lei*...

Capitolo trentadue
Bethan

Sto ancora tremando.

È venerdì pomeriggio e oggi Darren si sta comportando da stronzo, più del solito. Ma io riesco a pensare solo a Lachie.

Sapevo che saremmo andati d'accordo. Speravo che sarebbe stato divertente. Ma non mi aspettavo *lui*.

Chi voglio prendere in giro? Sono pazza di quell'uomo.

«Ah, un'altra cosa. Mentre tu perdevi tempo a spese dell'azienda, io ho dovuto gestire delle vecchiette folli che mi hanno chiesto di te».

«Di me?»

«Non so. Blateravano su delle email».

Oh, evviva! «E chi erano? Hanno detto da dove venivano?».

Darren mi osserva come se fossi un sacco di concime marcio. «E come diamine dovrei fare a saperlo?»

«Scusami. Ho contattato dei gruppi locali per via del progetto di Hattie, chiedendogli se volessero darci una mano».

Nominare Hattie e il progetto è stato un errore. Lo capisco nel momento esatto in cui noto l'espressione del mio caposezione.

«Mi stai prendendo per il culo? Questo posto ha bisogno di fondi, non di vendite di beneficenza e uncinetto».

«Certo, voglio dire, ci stiamo lavorando e…».

«Ah sì? Chi è che ci sta lavorando, di preciso? Tu e i tuoi colleghi Sky TV e McDonald's?».

Lascio correre. Ho fatto amicizia con un vicino bellissimo, sfacciato ai limiti del fastidioso, ma con la pelle delle braccia più morbida del mondo e il sorriso più adorabile di sempre… Oggi Darren può dirmi quello che vuole, non importa. Sono imperturbabile. Lascerò correre… «Quindi hanno lasciato un recapito telefonico?»

«Ci hanno provato».

Merda. «E tu cosa hai fatto?»

«Non mi piace il tuo atteggiamento, Bethan. Dovrò dire due paroline ad Hattie: le tue *attività extracurricolari* intaccano il tuo lavoro».

Mantengo i nervi saldi. «Che aspetto avevano?»

«Erano vecchie. Donne. Le tette fino alle ginocchia».

«Ok, questo davvero non era necessario».

Darren solleva le mani come se avessi appena minacciato di tagliargliele. «A nessuno è rimasto un po' di senso dell'umorismo? Non si può scherzare su nulla, c'è sempre qualche liberale extrasensibile che si mette a urlare e a puntarti il dito contro…». Nota il modo in cui lo sto fissando e cambia tattica. «Credo che fossero di un'associazione femminile. Ma non so quale».

«Grazie, Darren».

Non ho abbastanza informazioni: ho mandato email a otto associazioni femminili. È bello che abbiano risposto; ma, se non so chi sono, non posso fare nulla.

Devo solo sperare che mi contattino di nuovo.

La mattinata passa sorprendentemente in fretta, nella montagna di lavori che mi affibbia Darren. Si tratta perlopiù di sollevare materiali pesanti, oppure di spostare set di piante da un posto all'altro senza motivo apparente. Oggi Patrick è impegnato ad aiutare Eric nei politunnel: sta imparando a propagare le piante per seme e per talea. Mi mancano le nostre chiacchiere, ma mi piace avere un posto tutto mio in cui lavorare, specialmente nello stato mentale in cui mi trovo adesso.

Qua e là c'è qualche cliente, il che è positivo. Questi ultimi giorni è uscito il sole, e magari hanno iniziato a sognare grigliate e feste all'aperto. Murray sta costruendo un "giardino per barbecue" in uno dei tre cortiletti di fronte alle finestre della caffetteria – piante agghindate in forme e colori che ricordano gli oggetti indispensabili per una grigliata estiva. Ha sistemato una fila di *heuchera* rosso ruggine dentro un quadrato di erba nera *Ophiopogon planiscapus* per farle assomigliare a delle salsicce sulla griglia, poi delle gerbere bianche su un tavolinetto di metallo, per simulare i piatti, e infine delle lobelie blu, rosa e viola dentro bicchieri di plastica da vino, per ricordare un aperitivo. Come idea mi sembrava un po' pacchiana, ma lui l'ha resa meravigliosa.

Mi piacerebbe mettere le mani su uno di quei giardini da esposizione. Non so cosa ne tirerei fuori, ma sarebbe qualcosa di brillante, selvaggio e allegro, ovvero le sensazioni che provo quando lavoro con organismi viventi.

Spesso mi ritrovo a fantasticare su che aspetto abbiano i giardini dei nostri clienti. Pratini a strisce con aiuole immacolate oppure più simili a quello della mamma, con l'orribile erba artificiale e i fiori di plastica? In fondo non importa, l'importante è che ti piaccia guardarlo. Molta gente non ha un giardino, perciò anche se è solo un quadratino di terra in cui entra a malapena un criceto bisognerebbe amarlo e goderselo.

Osservo le luminose primule orecchia d'orso che ho nel carrello. Se ne disponessi una fila lungo la siepe del giardino condominiale, potrei trasformarla in qualcosa di bello. Ci ho riflettuto su per un po' quando mi sono trasferita, me lo ricordo, ma poi il pensiero è andato perso tra i mille altri che mi riempiono la testa.

E poi... ecco l'idea.

Potrei rendere più allegra la mia parte di siepe.

E convincere Lachie a fare altrettanto.

Reprimo un piccolo squittio. Sarebbe perfetto. Non possiamo rimanere accanto alla siepe a parlare di biscotti per sempre. Ma se usassimo quel tempo per fare qualcosa di carino *mentre* chiacchieriamo, allora sarebbe un momento da ricordare, un momento bellissimo.

Un regalo per il giardino che condividiamo. La prova del nostro passaggio, del nostro intervento...

Per fortuna Hattie adora l'idea. Ordino la quantità di fiori necessaria per costeggiare l'intera siepe, abbondando un pochino nel caso abbia fatto male i calcoli. Quando inizio a parlare del pagamento, Hattie si rifiuta di ascoltarmi.

«Abbiamo un fondo per progetti del genere che nessuno usa mai», mi dice più tardi mentre facciamo il solito giro di ricognizione con il tè in mano. «Puoi prendere i soldi da lì».

«Ma dovrei aiutare Bright Hill a guadagnare, non spendere denaro».

«Tranquilla: si tratta di un budget esterno ai nostri guadagni. E poi, se è per una buona causa, è persino detraibile dalle tasse».

«Si tratterebbe del bordo della siepe del mio palazzo», sorrido. «Non credo sia considerabile una "buona causa"».

«Quanti appartamenti ci sono?»

«Sei».

«Per un totale di... due persone ad appartamento?»

«Probabilmente di più. So che sopra di me vive una famiglia di quattro persone».

«Be', allora sei a cavallo. Sarà un bene per tutto il condominio», dice, aprendo le braccia e indicando il vivaio, come se volesse mostrarmi il suo regno. La immagino come Mufasa del *Re Leone,* il DVD preferito di Noah. Il che, suppongo, farebbe di me Simba.

«Farò qualche foto per il sito».

Hattie si illumina. «Sì! In realtà volevo proporti di fare qualche investimento».

«Che intendi?»

«Parlo del progetto che stai mettendo su per me... se non sono costi esagerati, potresti accedere al fondo comune e prelevare ciò che ti serve per farci pubblicità, organizzare un'esposizione da qualche parte, cose del genere».

È una responsabilità enorme. «Ah. Be', non saprei...».

«Se hai bisogno di soldi, dillo a me. Ma sarebbe meglio se fossi tu ad accedere direttamente al conto, altrimenti ci vorrà una settimana per approvare le decisioni. Sai, dovresti parlare prima con me, poi con il commercialista, con la banca...».

Abbiamo raggiunto un fazzoletto di terra abbandonato proprio dietro il capanno di Eric. Mi volto a guardare Hattie: è evidente che sia molto soddisfatta della sua idea. Sono un po' nervosa, ma non è il caso di dirglielo. «Però posso chiedere prima la tua approvazione? Su tutto?»

«Certo. Se vuoi ti farò avere anche una conferma scritta, così avrai delle prove». Sembra che abbia già preso la sua decisione.

«Va bene. Ma sappi che ti disturberò per ogni sciocchezza da niente».

Hattie ride, un suono simile a gocce d'acqua in una fontana: sarebbe in grado di strappare un sorriso persino a una statua di pietra.

«Non ne avevo dubbi. L'importante è trovare un'idea al più presto, va bene?».

È stata fin troppo chiara.

Bevo un sorso di tè con lo stomaco attorcigliato.

Capitolo trentatré
Lachlan

Oggi è il gran giorno.

Sono emozionato ai limiti del ridicolo solo alla prospettiva di sedere accanto a una siepe. Aspetto il giovedì da tutta la settimana.

Come da accordi, io e Bethan abbiamo continuato a mandarci messaggi dolci alla finestra la sera e la mattina – e sono stati bellissimi, come al solito. Ma non è più emozionante come prima. Non in confronto a ciò che è successo quando ci siamo incontrati.

Giuro che sento ancora un formicolio sul braccio, nel punto in cui Bethan lo ha toccato.

Che posso farci? È questo l'effetto che mi fa. È ciò che mi provoca il ricordo del suo tocco…

Bert mi lancia un'occhiata interrogativa dal divano, con Calzino che gli penzola tra le zampe. Meno male che i cani non sanno leggere nel pensiero. Lo terrorizzerei. Se Ernie ha captato qualcosa non me lo dà a vedere. Che pensino quello che vogliono. È passato tanto tempo dall'ultima volta che una donna mi ha fatto questo effetto, e voglio godermi queste sensazioni.

Finalmente, dopo un secolo, arriva l'ora di pranzo. Mi avvio giù in giardino con dieci minuti di anticipo, sistemando la sedia pieghevole molto vicino alla siepe nel caso Bethan guardasse in basso prima di scendere. Sono nervoso, e all'improvviso mi rendo conto che avrei dovuto pensare a degli argomenti di conversazione. La volta scorsa è filato tutto liscio: era per via dello shock? O della novità? Se usassi le stesse tattiche perderebbero quel tocco di magia?

Poco prima dell'una sento il *bang* del portone di Bethan che si chiude, e lo *swoosh* dei suoi passi sull'erba. Non so se il tipo che taglia l'erba da noi è lo stesso del suo giardino, ma credo che l'amministratore debba sostituirlo. Oggi è umido, perché stanotte ha piovuto. Ho già l'orlo dei jeans impregnato, e le mie scarpe da ginnastica riflettono la luce sulla punta, dove si sono accumulate le goccioline.

Se questa situazione si rivelerà bella come spero, credo che rimarrei seduto qua fuori con la neve, il vento, il temporale – sopporterei qualsiasi condizione atmosferica pur di non perdere l'occasione di parlare con Bethan. Magari dovrei prendere uno di quei tendoni a righe rosse e bianche che gli operai delle compagnie telefoniche sistemano accanto alle centraline. Perfetti per chiacchierare tutto l'anno accanto a una siepe.

«Ehi?». La sua voce è una melodia fatta di due note che spazza via ogni altro pensiero dalla mia testa.

«Ciao», rispondo, sbirciando attraverso il buco.

Il suo sorriso riempie lo spazio vuoto. Dio, è davvero adorabile.

«Ho fatto un po' tardi, scusami».

«Non hai fatto tardi», dico. «Allora, domanda importante...».

«Di già? Non sei di certo uno che perde tempo».

Sogghigno e sollevo la borsa ai miei piedi. Gliela mostro.

«Tè o caffè?».

Sulla fronte di Bethan appaiono due linee profonde. «Era questa la domanda importante?».

Ecco di nuovo quel sarcasmo, una scintilla che si accende. Non avrei dovuto preoccuparmi: *funziona*.

«Be', sei tu la guru dei biscotti. Dimmelo tu».

«Di che parli?»

«Dell'*inzuppabilità*. Fattore chiave da considerare per decretare il biscotto perfetto. Sbaglio?».

Lei ride, i capelli che le svolazzano sulla faccia. Ha un viso davvero bellissimo... «Mi correggo. Ottimo lavoro, alunno».

Mi tolgo un cappello immaginario dalla testa. «Grazie, maestra».

Lei ricambia il sorriso, poi si fa seria. «Dovevo portare io il tè, vero?»

«Non ricordavo come eravamo rimasti, quindi ho portato tutto».

«*Oddio,* mi dispiace tanto! L'ho completamente dimenticato!». Si copre gli occhi con le mani.

«Non fa niente, davvero. Magari la prossima volta li porterai tu, se ne avrai voglia».

Lei mi sbircia attraverso le dita. «Mi sento un'idiota. Ricordamelo, ok?»

«Messaggio alla finestra?».

Ecco tornato il sorriso: è così che dovrebbe andare. «Perfetto».

Estraggo due thermos dalla borsa, piuttosto soddisfatto del mio gesto. «Allora. Ho tè, caffè e biscotti Hobnob. Quelli al cioccolato, a proposito».

«Ottimo lavoro. Sei assunto. E... mi andrebbe un caffè».

«Vada per il caffè».

Mi infilo la borsa sotto il braccio e apro il thermos.

Eseguire un'operazione del genere mentre sono in equilibrio su una sedia pieghevole affondata nell'erba umida non è proprio semplice, ma riesco a versare il caffè e a passare la tazza a Bethan attraverso la siepe senza procurarmi infortuni.

Quando si incontrano al centro, le nostre dita si sfiorano, e io devo puntare la gamba a terra per rimanere in piedi.

«Latte?», chiedo, notando un leggero tremolio nella voce. È stata un'idea geniale. Qualsiasi scusa pur di un po' di contatto fisico – il tocco di Bethan sulla mia pelle è come un premio.

Lei afferra la tazza e se la stringe tra le mani, mentre io tolgo il tappo a una piccola bottiglia di latte e gliela porgo. Stavolta Bethan indugia con le sue dita sulle mie. Aspetto che mi ripassi la bottiglia come un cucciolo di cane impaziente, il cuore che batte forte.

«Zucchero?»

«Sì, grazie».

Per lo zucchero vado sul sicuro – ho portato le bustine – ma quel breve tocco è altrettanto sconcertante. Quando allontaniamo le nostre mani, siamo entrambi leggermente arrossiti. Posso dire con certezza che si tratta del caffè più emozionante della mia vita…

«Ho comunque portato una cosa…», dice lei.

«Davvero?»

«Sì. Aspetta».

Si china. Quando si rialza, ha in mano un piccolo vaso nero. Dentro c'è una piantina fiorita che ho visto in qualche aiuola ornamentale del parco qui accanto. Ma ovviamente non saprei dire come si chiama. Mi si scalda il cuore al pensiero della prima domanda in assoluto che ho fatto a Bethan: a quanto pare, considerando cosa fa nella vita, ho scelto la persona giusta a cui chiedere dei fiori.

«Che bella. È per me?», chiedo. Sono preoccupato: non ho mai avuto una pianta, e le probabilità che riesca a tenerla in vita non sono alte. Forse si aspetta che la metta alla finestra: se la facessi morire, non avrebbe molta stima di me.

«Più o meno». Per un attimo sostiene il mio sguardo, come se cercasse prima una risposta nei miei occhi.

«Ok, sentiti libero di dire di no, ma ho avuto un'idea. Mi piacerebbe fare qualcosa per il condominio – una cosa bella, per tutti. Vorrei piantare una linea di questi fiori lungo la siepe. Creare una sorta di bordo per dare un po' di colore. È meraviglioso avere un giardino, e vorrei abbellirlo. Farebbe bene a tutti».

«Wow, è... è un'idea fantastica. E io che posso fare?».

Ti prego, non chiedermi di aiutarti dalla tua parte...

«Mi chiedevo se ti andasse di aiutarmi... dalla tua parte», si affretta ad aggiungere proprio mentre mi stavo preparando al peggio. Non che starle vicino sia "il peggio": ma prima la mia gamba deve guarire. Non voglio che qualcosa rompa questo incantesimo, e devo essere sicuro prima di dirle la verità.

Ma comunque c'è un problema. Piantare vuol dire chinarsi, no? Non posso proprio farlo, non ancora. Potrei sedermi a terra e voltarmi, ma forse sarebbe peggio che inginocchiarsi.

A ogni modo, rispondo con un: «Mi piacerebbe molto». Ci penserò quando sarà il momento. L'idea sembra emozionare Bethan, e io non voglio dirle di no. «Però non ho gli attrezzi adatti».

«Non preoccuparti. Ti ho portato un trapiantatore».

Sobbalzo quando un attrezzo da giardino dall'aria antica appare dal mio lato attraverso il buco della siepe. «E questo dove lo hai preso?».

«Me lo ha dato un amico al lavoro. È il giardiniere più anziano, ed è fichissimo. Ti piacerebbe. Eric dice che più l'attrezzo è vecchio, più è saggio».

«A giudicare dalle condizioni, questo qui è *molto* saggio». Non riesco a non ridere. Sarebbe la conversazione più strana di sempre anche se fossimo fianco a fianco. Ma è ancora più spassosa dato che si sta svolgendo attraverso un buco a forma di gatto in una siepe.

«Ok, ha carattere, lo ammetto». Lei mi osserva, e io mi chiedo se l'ho offesa. «Però, sai… fallo soltanto se ti va».

«Mi va», mi affretto ad aggiungere. Fare qualcosa con lei è emozionante, non importa quanto possa essere difficile a livello logistico. Se tendessi la gamba dolorante e usassi il bastone come supporto mentre mi chino con l'altra… funzionerebbe? Non posso certo sdraiarmi nell'erba, la seconda opzione a cui avevo pensato. Devo provarci. Voglio provarci, per lei.

«Fantastico. Prima il caffè, però. Le priorità. E dove sono quegli Hobnob di cui mi parlavi?».

Chiacchieriamo e ridiamo e *flirtiamo* e ci scambiamo i biscotti – ok, lo ammetto, forse aveva ragione riguardo agli Hobnob al cioccolato. E in questo momento capisco che, quando c'è di mezzo lei, accetterei qualsiasi cosa. Sta andando tutto troppo veloce. Non mi è mai piaciuta tanto una persona, nemmeno Jenny, per quanto, all'inizio, fossi innamorato perso di lei. È troppo, troppo presto? Non credo. Posso essere così emozionato di starle accanto? Perché no?

Bethan è come una boccata d'aria fresca dopo ore passate in una stanza senza finestre. La cosa mi sorprende, ma allo stesso tempo è naturale come respirare. Come è possibile?

Eppure sono consapevole di quanto sia precaria questa situazione... Una mossa sbagliata, un'incomprensione, un passo falso e tutto potrebbe crollarmi addosso.

Ecco perché è così emozionante – e pericolosa. E perché voglio proteggerla a ogni costo.

Ora devo solo capire come diavolo farò a piantare una linea di fiori lungo la siepe...

Capitolo trentaquattro
Bethan

Non mi piace lo zucchero nel caffè.

In realtà non lo sopporto proprio.

Ma volevo toccare di nuovo la sua mano.

È una cosa sbagliata? Forse. Ma ne è valsa la pena…

«Perciò devo solo spingere il terreno alla base?»

«Sì. Stai andando alla grande».

«Forse dovresti chiederlo prima alla pianta».

Rido. «Va bene così, fidati. Fa' un buchetto, metticela dentro, coprila e sarà felice».

«La fai semplice».

«È semplice».

«Per te. Scommetto che spaventi le piante per farle crescere…».

«Ehi! Attento a quel che dici!».

«Vedi? Terrificante!». Lachie ridacchia, un suono caldo nel mio orecchio. Iniziamo a piantare la primula successiva. «Ok, no, non terrificante. Autoritaria».

«Non credo che sia molto meglio».

«E se "autoritaria" mi piacesse? Magari voglio che tu mi dica cosa fare…».

Noto che Lachie ha uno strano modo di chinarsi a terra e piantare. Smetto di osservarlo subito, nel caso pensi che lo stia giudicando. È una cosa che non ha mai fatto, perciò magari sta solo capendo come muoversi. E se l'erba dalla sua parte è più lunga della mia, non mi sorprende che non voglia inginocchiarcisi in mezzo.

Continuo a controllare che stia bene mentre gli passo le piante attraverso il buco, ma lui insiste e dice di sì. Però lo sento comunque ansimare leggermente dall'altra parte della siepe, quindi rallento. Dimentico che a me viene tutto naturale.

«Hai mai fatto giardinaggio prima d'ora?», chiedo, premendo un po' di terreno freddo attorno alla base di una primula rosso acceso.

Attraverso l'intreccio di nodi e rami sotto la siepe, riesco a vedere la mano di Lachie che fa lo stesso. Non ha tatuaggi sulle dita, però noto una lunga cicatrice rossa attorno alle nocche della mano sinistra. Sembra dolorosa, fresca. Sono sul punto di chiedergli cosa gli sia successo, ma ci ripenso all'ultimo istante. È una domanda troppo personale.

«Mai. Ho sempre vissuto in posti senza giardino, oppure con giardini condominiali di cui si occupava qualcun altro».

«Nemmeno da bambino?».

Ride. Stringe la mano a pugno e la affonda nell'erba alta, spingendola in basso per tirarsi in piedi. Lo sento emettere un grugnito gutturale, quindi irrigidisce i muscoli e poi il suo braccio sparisce. «Sono nato in una fattoria, perciò non avevamo proprio il pollice verde».

Mi alzo in piedi. Mi tolgo la terra dalle mani e seguo Lachie che si sposta lentamente per tornare al buco. Attraverso le foglie della siepe intravedo degli scorci affascinanti di lui: la curva delle sue spalle, il bicipite con la manica della T-shirt alzata, l'accenno di un sorriso sul viso. Lo sto fissando – certo che lo sto fissando. È una visione deliziosa.

«Dove sei nato?», chiedo. «Non mi sembri affatto dello Yorkshire».

«Vengo dalle Cotswolds. Vicino a Bourton-on-the-Water. I miei affittano case vacanze lì». Il suo sorriso incontra il mio attraverso la finestrella. Adesso sulle sue guance è apparso un lieve colorito rossastro che gli mette in risalto gli occhi blu-verdi.

«È una bellissima zona».

«Lo è. Io però ho vissuto un po' ovunque. Negli ultimi otto anni invece sono stato qui. E tu?».

Come al solito modifico la mia storia per evitare domande scomode. La differenza è che stavolta un'ondata di senso di colpa accompagna la mia risposta ben collaudata. Perché? Non voglio dirgli le mie cose personali. Oppure sì?

«Sono cresciuta a Maentwrog a Gwyneed e poi, quando avevo undici anni, la mia famiglia si è trasferita a Cardiff. Sono venuta qui circa cinque anni fa. Mi piace lo Yorkshire. Adesso mi sembra quasi una seconda casa».

«È lo stesso per me».

«Perciò non ti tenta mai l'idea di tornare alle Cotswolds?»

«Non proprio». Lachie incrocia il mio sguardo. «Voglio dire… se me ne andassi, chi mi darebbe lezioni di biscotti?».

E va bene, affascinante vicino della porta accanto, questa risposta ti ha fatto guadagnare dei punti bonus…

Il suo sorriso mi mette davvero nei guai. Chissà cosa penserà lui del mio.

«Hai sempre lavorato con le piante?»

«In realtà no. Ci sono finita in mezzo per caso».

«Come Ernie nella siepe allora».

Ha sempre la risposta pronta.
«Mi piace pensare di aver avuto un po' di dignità in più».
Fa spallucce. «Alla fine ha rimediato con stile. Però non si è avvicinato alla siepe per almeno sei mesi».
«Povero Ernie». Guardo la fila di primule che ho piantato: inizia accanto alla siepe, di fronte alla strada principale, e mi arriva fino ai piedi. È come un sentiero colorato che giunge a noi. Ho calcolato male la quantità di piantine di cui avevamo bisogno, perciò la prossima settimana dovrò continuare, ma ho fatto comunque un ottimo lavoro. *Abbiamo* fatto.
«Insomma, quello che vorrei sapere è... come si fa a lavorare da casa in un vivaio?».
Non mi aspettavo la domanda, perciò rimango spiazzata. Esito un istante di troppo, e noto il sorriso di Lachie che si affievolisce appena.
«Scusa. Sono stato indiscreto. Non devi rispondere per forza».
«Ma no, non fa niente», rispondo, sperando di trovare le parole giuste nel frattempo. «È una cosa nuova, perciò mi ci sto ancora abituando. La mia responsabile – Hattie, la proprietaria del vivaio – mi ha chiesto di farmi venire in mente delle idee per raccogliere fondi». Faccio una pausa perché non so bene cos'altro dire. Ma davanti ho Lachie, e dal modo in cui mi guarda capisco che è interessato a ogni mia parola. Ok, ho deciso. «Il vivaio è in crisi. Mi hanno chiesto di trovare i fondi».
«Mi dispiace molto. È un periodo buio per gli affari, questo».
Annuisco, togliendo distrattamente una macchia di terra dal mio guanto da giardinaggio. «Ci sto ancora lavorando».

«Sono sicuro che ti verrà in mente qualcosa», dice. E io gli credo. «Voglio dire, sei riuscita a farmi piantare dei fiori. E sono l'ultima persona al mondo dalla quale ci si aspetterebbe una cosa del genere».

Mi piace la fiducia che Lachie ripone in me. In realtà mi piace tutto di Lachie. Sorrido.

«Grazie».

«Non c'è di che».

All'improvviso mi ricordo di una cosa che avevo preso quando abbiamo iniziato a piantare le primule.

«Ho un regalo per te», dico, frugandomi nella tasca posteriore dei jeans. Lachie attende accanto alla finestrella e mi guarda intensamente. È uno sguardo così bello che sono tentata di tirarla per le lunghe, solo per potermici immergere dentro…

«Dammi la mano». Lui obbedisce, e io gli poso con cura una piccola pietra di quarzo nel palmo caldo.

La ritira, l'espressione accigliata. «Una pietra. Uhm, grazie?».

Che sfacciato.

«Non è solo una pietra. Be', *tecnicamente* sì, ma in realtà è molto di più». Capisco che non mi sta seguendo, perciò tento di spiegarmi meglio. «Ogni giorno cerco qualcosa di positivo. A volte riesco a trovare solo una cosa minuscola – come questa pietra. Perciò mi ci aggrappo, la porto con me. La considero la promessa che troverò un tesoro più grande, più avanti».

Non riesco a leggere la sua espressione.

«Grazie», ripete. Stavolta però non mi prende in giro. Pronuncia la parola con un'intensità che ancora non capisco. «Posso tenerla?»

«È tua. Puoi iniziare la tua collezione».

Ci scambiamo un sorriso.

Vorrei rimanere qui con lui, ma devo tornare ai miei doveri. Avevo detto ad Hattie che avrei provato a lavorare da casa per tre settimane, e siamo già alla terza. Ho fatto abbastanza? All'inizio l'idea non mi convinceva, ma adesso non voglio tornare indietro. Devo sbrigarmi a portare avanti il progetto per Hattie in modo da proteggere il tempo che passo con Lachie.

Il tempo che passo con Lachie. Abbasso gli occhi verso la fila di primule per nascondere l'imbarazzo.

«Ho finito le piantine, per ora. La prossima settimana ne porto un altro po', se per te va bene».

Lachie solleva un sopracciglio. «Ah, vuoi dirmi che ci vedremo di nuovo la prossima settimana?».

Ricambio il suo sorrisetto impertinente. «Sarebbe un peccato lasciare il lavoro a metà, non credi?»

«Verissimo». Abbassa un istante lo sguardo, e quando lo risolleva non ha più quell'aria sfrontata. «Mi è piaciuto tantissimo. Piantare, intendo. Mi sembra un grande traguardo».

«Lo è. Piantare organismi viventi è sempre un traguardo».

«È ciò che intendevo, anche se mi sono espresso male. Ti chiedi mai quale segno lasci nei posti in cui vai? Del tipo… se sparissi domani, che cosa mostrerebbe alla gente che sei stata qui? Io ultimamente ci ho pensato molto». Lachie si strofina la fronte con il pollice, lasciando una traccia di terra sul sopracciglio. «Scusa, riflessione troppo pesante».

«No, non lo è», dico. L'atmosfera tra noi si è fatta più tesa, più seria, e la sua voce soffice sembra arrivarmi dritta al cuore. «Anche io ci penso spesso…».

Perché ho un figlio.

Sbatto le palpebre.

Perché ho un figlio. Si chiama Noah…

No. Non ancora. Non posso rischiare.

Lui mi sta fissando. Noto il suo petto che si alza e si abbassa sotto la T-shirt. «Mentre piantavo questi fiori mi sembrava che stessi lasciando al resto del mondo qualcosa di bello da vedere. Un'eredità».

«È una cosa meravigliosa».

«Mi hai rubato le parole».

Adesso è lui ad aver rubato le mie.

Dura un istante soltanto. Ma qualcosa è cambiato tra noi. È come se ci fossimo avvicinati, nonostante la distanza.

Poi una macchina sfreccia in strada con i bassi della musica a tutto volume, interrompendo il momento. Ci scambiamo un sorriso timido e io controllo l'orologio.

«Devo rientrare. Grazie per… per l'aiuto».

«Grazie per avermelo chiesto, Bethan. Aspetta…». Il fedele trapiantatore di Eric appare nel buco. Quando lo afferro, Lachie ruota la mano e mi accarezza le dita con il pollice, di proposito, lentamente.

Diamine, sono nei guai…

Lavoro tutto il pomeriggio ai progetti di Bright Hill – mando altre email, chiamo tre aziende che sembrano interessate, almeno un minimo (anche se, per ora, ancora nessun soldo in vista); la lista di possibilità aumenta man mano che le ombre del pomeriggio si allungano e danzano sul pavimento.

Un'idea sta prendendo forma nella mia testa. È iniziato tutto in quel momento mozzafiato in cui ho capito che Lachie si stava aprendo con me.

Mi sembrava che stessi lasciando al resto del mondo qualcosa di bello da vedere…

«Un'eredità», dico ad alta voce.

Eredità.

E se fosse un progetto che guardasse al futuro? Se creassimo dei legami con la comunità, dei legami destinati a diventare parte integrante di uno stile di vita – un impegno a lungo termine tra Bright Hill e i cittadini?

In fondo è il motivo per cui Hector ha messo su il vivaio, sessant'anni fa.

Hattie fa spesso riferimento all'idea iniziale, scarabocchiata sul retro di una busta che tiene ancora incorniciata nel suo ufficio.

Non è solo un vivaio.
Un posto che cresce con gli altri.

E se Bright Hill crescesse insieme ai cittadini?

Con l'adrenalina in corpo, apro il motore di ricerca sul mio portatile decrepito e inizio a cercare progetti di sviluppo, schemi, cooperative di giardinaggio, persino "la rivoluzione dei giardinieri". Sullo schermo ci sono pagine su pagine di risultati. Li guardo uno a uno, e nel frattempo il pensiero della voce ferma di Lachie si intreccia alle riprese aeree di parchi completamente trasformati, alle foto di giardinieri sorridenti, alle fioriere colme di colture commestibili nei centri delle città.

E poi trovo la foto perfetta. È il giardino di una scuola, i giardinieri che posano con aria fiera accanto a carote, patate e fiori. Si tratta di giovani e anziani di tutte le estrazioni sociali, e accanto a loro, in fila, ci sono quattro aiuole rialzate, ciascuna di circa due metri di lunghezza e uno di larghezza. Alcune sono state dipinte con pittura per legno di colori accesi; altre sono più tradizionali, marroni o blu scuro.

Stampo la foto e butto giù qualche appunto in fretta e

furia per paura di veder svanire la brillante idea che ho appena avuto.

E se costruissimo una serie di orti rialzati dove ci sono il vecchio capanno in disuso e il padiglione e invitassimo le scuole e le varie associazioni locali ad adottarne una? Potremmo farli fiorire in estate, e in autunno mettere su una grande esposizione alla quale invitare amici e famiglia per mostrare i progressi.

Mentre scrivo, stampo fogli e faccio ricerche, il progetto inizia a prendere forma. Potrebbe funzionare! Potremmo offrire agli investitori la possibilità di sponsorizzare un orto. Se pagassero per le piante, magari potremmo aggiungere anche degli incentivi, persino una scatola omaggio di utensili del vivaio. Potremmo mettere una targhetta accanto a ogni orto, così il giardiniere saprà chi ha sponsorizzato il suo pezzetto di terra – in questo modo anche chi investe avrà una ricompensa. Ci guadagnerebbero tutti. Cosa c'è di sbagliato?

Magari la mia idea non risolverà tutti i problemi di Bright Hill. Ma migliorerebbe la nostra reputazione e ci metterebbe in contatto con gruppi e investitori, che alla fine, forse, si riveleranno i clienti più leali.

Potremmo chiamare il progetto "l'eredità di Bright Hill" – in onore del sogno originale di Hector. Riportare il vivaio all'idea iniziale. Credo che ad Hattie piacerà.

I grandi vivai della zona, quelli in mano alle multinazionali, non fanno nulla per i cittadini, se si esclude l'occasionale voucher del 10% di sconto. Potremmo essere noi i primi. Fare la differenza.

Sarà un lavoro enorme.

Potrebbe rivelarsi un fiasco totale.

Ma è l'idea migliore che mi sia venuta.

Sistemo gli appunti sul bancone della cucina, i battiti del cuore a mille. È il momento di chiamare Hattie.

Prima non avrei mai immaginato di proporle un progetto del genere. Non credevo di esserne in grado. Ma ora mi rendo conto che, mentre la mia idea prendeva forma, non ho mai dubitato delle mie capacità di portarla avanti.

Mi sembra che tutto sia possibile.

E, per questo, devo ringraziare Lachie.

Capitolo trentacinque
Lachlan

Piove a dirotto. Stamattina c'è stato un black-out di due ore. Mi hanno ufficialmente comunicato la data in cui dovrò rilasciare la mia dichiarazione sull'incidente. E Bert ed Ernie sono sul piede di guerra da tutto il giorno.

Ma tutto ciò non mi sfiora.

Basta un'occhiata fuori dalla finestra a sistemare i problemi.

Il sentiero di fiori che ho creato, il primo della mia vita, mi viene incontro dalla strada principale. E il punto dove finisce mi fa sorridere ancora di più dei piccoli, coraggiosi fiorellini che ora resistono al massacro della pioggia. Perché è lì che incontrerò Bethan. Giovedì prossimo il bordo sarà completato, una linea di colore ininterrotta che arriverà fino al parcheggio più avanti. Però mi piace anche com'è adesso. Il nostro punto.

Il punto in cui mi ha toccato…

Torno a concentrarmi sui fiori.

I *miei* fiori. Li ho piantati io. Chi ci avrebbe mai creduto? Se qualcuno me lo avesse detto un mese fa, sarei scoppiato a ridere. Cosa ne so io di giardinaggio? E perché dovrebbe importarmi? A ogni modo non voglio farne parola con nessuno. Vale la pena tenere alcuni segreti. E comunque chi mai potrebbe capire?.

È stata una sfida, e sono sicuro che Bethan abbia notato quanto tempo impiegavo ogni volta a chinarmi a terra. Però ho trovato un modo – doloroso, devo ammetterlo – per farlo lo stesso. Perciò ho iniziato a riflettere: cos'altro posso fare?

Stamattina, durante la nostra seduta, Tanya si è accorta del cambiamento. Sapevo di aver fatto progressi, ma oggi ho fatto tre nuovi allungamenti che prima non mi riuscivano.

«Che ti è successo?»

«Cosa intendi?», ho risposto, il cuore colmo di gioia.

«Braccio di ferro ti ha prestato un po' dei suoi spinaci?», ha scherzato lei. «Ottimo lavoro. Continua così, per favore».

È proprio ciò che ho intenzione di fare.

Non riesco a smettere di pensare a Bethan – come al solito – ma soprattutto al modo in cui ha gestito la mia lentezza mentre piantavamo i fiori. Non ha detto nulla, ma io ho notato che rallentava per permettermi di starle dietro. Ho osservato le sue dita sottili aspettare pazientemente accanto al terreno fino a quando non finivo di piantare un nuovo fiore. L'ho vista mettersi in piedi solo dopo che l'avevo fatto anche io. Senza farne un problema. Mi ha messo a mio agio.

È una cosa che mi piace. Ma non voglio che debba aspettare che mi muova. Perciò lavorerò fino a quando non riuscirò a tenerle testa. Fino a quando non potrò incontrarla senza barriere, senza segreti.

Adesso ho un obiettivo che diventa più forte con il passare dei giorni. Ho intenzione di impegnarmi per superare quella siepe e avvicinarmi a lei. Quando le sedute di fisioterapia diventano dure, immagino di camminare accanto a Bethan. E di prenderla tra le braccia. Senza preoccuparmi nemmeno per un istante del modo in cui mi vede.

Mi arriva una notifica sul computer, e mi allontano dalla finestra per sedere al tavolo. Rispondo alla chiamata, la telecamera e il microfono si connettono.

Mi ritrovo faccia a faccia con il mio superiore.

«Ah, buon pomeriggio, Wallace. Finalmente riusciamo a vederci».

«Le mie scuse, signore. È mancata la corrente per due ore».

«Anche qui. Se n'è andata venti minuti dopo che ce lo ha riferito. Che seccatura. Non so a che gioco del cavolo stiano giocando i tecnici. È appena tornata la luce in refettorio. Quattrocento soldati affamati in un presidio, se li immagina?».

Me li immagino. Ci sono due cose che non bisogna mai toccare a un soldato: il cibo e il letto. Moltiplica per quattrocento, e ti ritrovi a dover gestire un ammutinamento. «Adesso è tutto risolto?».

Archer annuisce, bevendo un sorso dall'insignificante tazza bianca che tiene sulla scrivania. So che dentro c'è il caffè più forte del mondo: cinque cucchiai di polvere istantanea, due di zucchero e una goccia singola di latte. Una miscela che a lui piace chiamare "fango".

«Sì. Per ora almeno. Ho fatto partire i generatori d'emergenza, non si sa mai. Non voglio rischiare di nuovo. Allora, veniamo al dunque: ha ricevuto l'avviso di convocazione?»

«Stamattina, signore».

«Ah. Eccellente. E come si...», Archer sembra riflettere sulla parola successiva prima di pronunciarla, «...*sente* riguardo al processo?».

Nascondo un sorriso. «Bene, signore».

«Ne sono felice. Ho pensato che sarebbe stato meglio avvertirla: le chiederanno i dettagli dell'incidente. Le faranno qualche domanda scomoda. Deve esserne ben consapevole».

Mi si contorce lo stomaco, non so dire se sia dovuto alla prospettiva di dover raccontare una versione modificata degli eventi o se è perché dovrò parlare dell'incidente per la prima volta.

«Lo sono, signore. La ringrazio».

«Si figuri. Sono sicuro che farà la cosa giusta, Wallace. Mi fido di lei».

Non capisco. Cosa vorrebbe dire? «Signore».

«Ottimo. Bene, adesso devo lasciarla. Siamo fortunati ad aver riavuto la corrente, ma meglio non rischiare troppo oggi, eh?».

Rischiare. Se sapesse…

Vorrei poter parlare con qualcuno che non ha niente a che fare con questa storia prima di dover testimoniare. Ma sembra che tutti abbiano un interesse personale nella faccenda – tranne Bethan: in questo caso l'interesse è soltanto mio. Se le raccontassi dell'incidente, dovrei dirle tutto: la gamba, ciò che è successo davvero, la decisione che ha preso Riggsy. Sospetto che rimarrebbe delusa di sapere che non dirò la completa verità agli agenti. Più ci penso, più sono io stesso a deludermi.

Un giorno, quando tutta questa storia sarà ormai uscita allo scoperto, ne parlerò anche con Bethan. O almeno è ciò che dovrei fare. Avrò voglia di discuterne ancora, anche dopo lo scampato pericolo? Quanto vorrei che non fosse successo… la situazione pericolosa dalla quale ho dovuto tirare fuori Riggsy, il vero motivo per cui abbiamo colpito la buca. Ho cercato di non pensarci ma, da quando ho discusso con lui, non ho potuto farne a meno.

Non sono sorpreso quando ricevo una sua chiamata, circa un'ora più tardi. Anche lui sarà stato convocato. Quando mi chiede se può venire a trovarmi io esito un istante: non voglio ripetere l'incontro della volta scorsa. Ma dobbiamo parlare, soprattutto ora che la data dell'udienza è stata stabilita.

«Io vado tra due settimane, di mercoledì», dice, entrando e ignorando il grugnito gutturale di Bert ai miei piedi. «Tu invece?»

«Tra una settimana, di lunedì».

Riggsy si siede sul divano e apre la busta che si è portato dietro.

«Ho preso le birre, vedi?».

È una sorpresa, lo ammetto. Ma se pensa che basti a farsi perdonare per la scenata della volta scorsa – e per la sparizione dei giorni successivi – si sbaglia di grosso.

«Birra economica, vero?».

Finge di offendersi. «In realtà è birra tedesca, e anche costosa. Perciò, se ne vuoi una, chiudi la bocca».

«Per me è ancora troppo presto».

«Te l'ho già detto: rimanere chiuso qui dentro ti sta facendo invecchiare», ribatte. Poi stappa comunque una seconda bottiglia e me la passa. Non vorrei accettare perché non mi fido della sua improvvisa gentilezza. Ma la birra è la birra. Quando la afferro, Riggsy sghignazza con aria vittoriosa. «Ecco, così va meglio».

Lo osservo per un po', il ruggito costante di Bert che riverbera sulla gamba buona nel punto in cui si è appoggiato. A Riggsy continua a non fregare niente, nonostante tutto. Un'altra persona avrebbe voluto parlare di cosa è successo la volta scorsa; magari avrebbe voluto assicurarsi che fossimo ancora amici prima di fare come se fosse a casa sua. Adam Riggs no.

«Hai avuto notizie di Byrne?», chiedo con voce ferma, lo sguardo fisso.

Un millisecondo di esitazione. «Quel coglione ti fa solo perdere tempo».

«Ah sì?»

«Sì. Che c'è? Volevi qualche gossip succoso su Byrne?»

«No. Pensavo più a delle scuse».

Mi osserva. «Da parte di Byrne?»

«Da parte tua».

Lui grugnisce e distoglie lo sguardo, incrociando quello giudicante del mio gatto che lo osserva dal bracciolo del divano.

«Non dicevo sul serio, dai. Pensavo lo avessi capito».

«A me sembravi abbastanza serio».

«E va bene, principessa».

Basta. La versione dei fatti sulla quale ci siamo accordati è sufficiente a farmi innervosire, e in più temo che Riggsy cambi qualcosa all'ultimo. Devo farmi sentire. «Riggs, devi essere onesto con me, hai capito? Se stiamo davvero facendo questa cosa, dobbiamo accordarci su ogni dettaglio. Devo essere sicuro che mi coprirai le spalle».

Lui si volta lentamente, gli occhi fissi sul pavimento. «Sai che è così».

Non rispondo. Aspetto che il silenzio diventi insopportabile.

E infatti: «E va bene. Sono stato un coglione la volta scorsa. Sto iniziando a sentirmi sotto pressione, ok? Il dottore ha detto che è stress».

«Sarebbero delle scuse?».

Lui fa spallucce.

Suppongo di non potermi aspettare altro.

Capitolo trentasei
Bethan

«Degli orti rialzati?»

«Sì».

«Quanti?»

«Quindici?»

«*Quindici?*».

Lancio un'occhiata allo schizzo a matita che ho in mano e rivedo i miei calcoli.

«Magari dieci?».

Murray, Eric, Patrick e Hattie mi fissano, poi osservano la striscia di terreno dove una volta c'erano i capanni. Anche loro riescono a vederne il potenziale? Immagino gli orti che sorgeranno su questo pezzo trascurato di Bright Hill, l'uno separato dall'altro in modo che i volontari possano girarci attorno e prendersene cura con facilità. Forse quindici è un numero troppo ambizioso: ora che sono sul posto risulta evidente anche a me. Ma dieci andrebbe bene. Farebbero un certo effetto e, se il progetto andasse avanti, ci consentirebbero di guadagnare qualcosa.

Il team però non sembra convinto.

«Che cosa ci pianterebbero?»

«Quello che vogliono».

Eric sospira. «Non è il momento adatto per piantare i semi per una coltura autunnale».

«Allora potremmo distribuire delle piante mature, già un po' cresciute. Con i clienti già lo facciamo».

«Sarebbe costoso».

«Non se rientra nel budget degli sponsor. E se decidessero di continuare l'anno prossimo, le piante crescerebbero. Giardinieri e sponsor assisterebbero a tutto il processo: dalla semina al raccolto».

Hattie e Murray si scambiano un'occhiata. Sembrano colpiti, ma io sono così nervosa che probabilmente non mi accorgerei nemmeno se fossero lì a sostenermi con uno striscione di due metri in mano. È successo tutto così in fretta. Ieri, dopo aver visto Lachie, ho chiamato Hattie; lei ha convocato tutto il team stamattina presto, cosa insolita per un venerdì a Bright Hill. Se credono che possa funzionare, oggi inizieremo i preparativi e daremo il via ai lavori lunedì. *Deve* funzionare. Non ho un piano B…

«E devono portarsi gli attrezzi da casa?», chiede Patrick. Sta facendo del suo meglio per supportarmi, ma è evidente che persino lui stia avendo difficoltà.

«Se vogliono. Ma potremmo anche offrire dei pacchi di utensili in sconto. Forse li acquisteranno».

«Forse?». Adesso è Hattie ad accigliarsi.

«Li acquisteranno *certamente*», dico con sicurezza. «Immagina di lavorare la tua terra con dei vecchi attrezzi. Nei giorni che trascorri qui vedi i tuoi compagni giardinieri usare degli attrezzi nuovi, luminosi – e sei costretto a passarci accanto ogni volta che superi l'edificio principale per accedere all'Eredità…».

Eric dà una pacca a Murray sul petto. «Questa sì che è una furbata. Devi ammetterlo».

Gli sorrido. Sono felice che Eric stia dalla mia parte.

«Per non parlare dei clienti che vedranno la gente

lavorare agli orti. Magari andranno a farsi una chiacchierata, noteranno i loro utensili nuovi di zecca. Gli chiederanno dove li abbiano presi…». Su questo sono tutti d'accordo, o almeno credo…

In realtà è difficile capirlo. So che in linea di massima Hattie adora l'idea, ma ora che ci troviamo sul posto ed è il momento di andare al sodo, la vedo vacillare un pochino.

«E se non potessero permetterselo lo stesso?».

Ci ho già pensato. «Incoraggeremo gli sponsor a includere pacchetti di attrezzi e piante nel contratto di sponsorizzazione. Sarà un ulteriore vantaggio per chi prenderà parte all'iniziativa: un investimento per l'orto, e il materiale per prendersene cura».

Sento mormorii di assenso. Quindi Murray alza la mano, un gesto inutile ma davvero dolce.

«Dimmi, Murray».

«Con cosa pensi di creare gli orti?».

Ah. «Speravo che foste voi a darmi un'idea. Traversine ferroviarie? Pallet? Legno da comprare?»

«Le traversine sono troppo pesanti. I pallet troppo leggeri. E non possiamo permetterci il legno per farne dieci». Si strofina il mento e lancia un'occhiata al terreno vuoto. Noi aspettiamo trepidanti, perché Murray è una specie di Yoda della logistica. Meglio lasciarlo riflettere prima che ci sconvolga con una soluzione brillante a cui noi non avremmo mai pensato.

«Tavole da ponteggio», dichiara infine.

Patrick aggrotta la fronte. «Tavole da ponteggio? Ehm, non so come spiegartelo, amico, ma non abbiamo ponteggi. Siamo un *centro per giardinaggio*».

«Un vivaio», cinguetta Hattie. «Una piccola precisazione che fa una grande differenza».

L'allegria di Patrick svanisce. «Hai ragione. Scusami».

«Non avremo dei ponteggi, Patrick, ma si dà il caso che abbiamo una grossa catasta di tavole in fondo all'area di carico e scarico merci».

«Dove?», chiedo a Murray. Pranzo spesso lì e non ne ho mai vista una.

«Su dove credi che poggi la Casa di riposo di Bright Hill?».

Ce ne rendiamo conto tutti insieme.

Ho sempre solo visto la tela cerata che copre il terreno sotto i vecchi mobili da giardino. Non mi è mai venuto in mente di controllare cosa ci fosse sotto. Ora che ci penso, il cimitero dei mobili risulta un po' sollevato rispetto al resto del cortile, ma Bright Hill è costruito su un terreno irregolare, perciò nulla è come te lo aspetteresti.

«Santo cielo, saranno lì da cinque anni», dice Hattie. «Una ditta era venuta a dare un'occhiata al tetto ma poi è fallita prima che potesse riprendersi le impalcature. Avevamo anche tutti i tubi, ma se non ricordo male li abbiamo dati a un rivenditore di rottami».

Mi volto verso Murray, che ha iniziato a fare su e giù a passo lento nell'ex area con i capanni. «Saranno in buone condizioni?»

«Ah, sì. Le ho rivestite prima di coprirle con la tela cerata. Pensavo che mi sarebbero tornate utili per qualche lavoretto, ma alla fine sono diventate parte del cortile. Sono belle dure. Sarebbero perfette per gli orti».

«E quanti ce ne verrebbero fuori?».

Murray ricomincia a grattarsi il mento. «Dovrò fare due calcoli».

Almeno è un inizio. E ho già in mente un'impresa locale che potrebbe fare da sponsor agli orticelli – gli adorabili

Chuck e Jean della bancarella di ferramenta a Richmond sono riusciti a convincere il proprietario del mercato a sponsorizzarne due: uno per la scuola elementare e uno per il collettivo di agricoltori che si riuniscono una volta al mese per sostenersi a vicenda. Sono felice di aver chiamato Chuck e Jean per primi. Jean dice che altra gente potrebbe seguire il loro esempio.

«Ci penso io, bambolina», mi ha detto ieri al telefono, dopo che avevo esposto l'idea ad Hattie. «Ti troverò qualcuno. E Chuck è una specie di faro guida nella sua Camera di commercio, perciò credo che riuscirà a convincere un po' di gente».

Perlomeno tutti amano il nome del progetto. Hattie si è illuminata in viso quando le ho detto che l'avevo ribattezzato l'"Eredità di Bright Hill". Un buon investimento, una cosa di valore.

Passiamo tutto il venerdì a delimitare la zona e a recuperare tutte le tavole da ponteggio nascoste sotto il cimitero dei mobili da esterno. Siamo fortunati: bastano per nove orti. Murray si è offerto di prendere un po' di legna da un amico che ha un deposito legnami, ma credo che per ora nove orti siano comunque sufficienti. Meglio che all'inizio siano tutti uguali. Poi spetterà ai giardinieri personalizzarli.

Ovviamente Darren è l'unica nota fuori posto.

«Non funzionerà mai. Che razza di perdita di tempo», dichiara. Murray gli passa un seghetto senza dire una parola, quindi gli indica una grande pila di tavole da tagliare della misura giusta. Darren fa schioccare la lingua.

Mi aspetto che ribatta di nuovo, ma lui nota lo sguardo di disapprovazione di Hattie ed è costretto a unirsi ai lavori. Hattie gli sta con il fiato sul collo e lo osserva con le braccia incrociate. Patrick ed Eric nascondono i propri sorrisi mentre montano una delle nove strutture, e Murray mi fa l'occhiolino. Ah-ah, non puoi sfuggire nemmeno tu, Darren Gifford.

Lui non dice nulla, ma ogni volta che batte il martello sui chiodi percepisco il suo disgusto.

I lavori riprendono dopo il weekend; il lunedì è un susseguirsi di attività, e l'Eredità inizia pian piano a prendere forma. Quando vado via per riprendere Noah da casa di Michelle, cinque strutture su nove sono già pronte. Murray e Patrick mi assicurano che saranno completate tutte entro il giorno successivo. Ed è così. Le riempiamo con il terreno e la ghiaia per far drenare l'acqua, e livelliamo il tutto per far sì che sembrino identiche. Eric porta i suoi "panini straordinari", come li chiama lui, per festeggiare la fine dei lavori. Brindiamo alla nuova area bevendo del tè forte dalle tazze scheggiate del suo capanno.

I primi due orti sono già stati adottati – uno dalla scuola elementare e un altro dal collettivo di agricoltori. A quel punto mi contattano tre membri dell'associazione femminile. Constance, Thelma e Dot sono *fantastiche*. Arrivano a bordo della Land Rover ammaccata di Dot ed escono come delle signore del Royal Ascot, con degli svolazzanti vestiti floreali che non si abbinano per niente ai loro stivaletti da pioggia davvero poco *glamour*. Ci incontriamo in una caffetteria: non appena le vedo, capisco già che le adorerò.

«Siamo venute la settimana scorsa», dice Constance mentre io distribuisco tazze di tè. «Abbiamo parlato con uno zoticone scontroso. Diceva di essere il manager, ma non aveva la minima idea di cosa fosse la cortesia».

Non c'è gusto a cercare di indovinare chi fosse quella persona *dolcissima*...

«Mi dispiace avervi mancato», dico. «Era giovedì, e stavo lavorando da casa proprio per mettere su questo progetto».

«Non preoccuparti, tesoro. Abbiamo la testa dura noi, non è vero ragazze?».

Thelma e Dot annuiscono, e tutte e tre si lanciano all'unisono in più di un aneddoto, e il risultato è un mix di accenti del North Yorkshire. Quando se ne accorgono, scoppiano a ridere.

«Perdonaci, Bethan. Se ci lasciano a briglia sciolta, iniziamo a straparlare. Ti ci abituerai».

«Allora vuol dire che avete intenzione di adottare un orto dell'Eredità?». Faccio oscillare la penna sul taccuino.

«Certo! È per questo che siamo qui».

E fanno anche sul serio: un'ora dopo la nostra conversazione, hanno già iniziato a riempire l'orto di concime usando le vanghe che avevano caricato sulla Land Rover.

Il via vai di gente continua anche il martedì pomeriggio. Un gruppo di uomini d'affari in pensione vuole adottare un orto, e a seguire una compagnia teatrale emergente del Northallerton. Poi una scuola superiore ne prende uno per gli studenti dell'agrario, e un ente di beneficenza che lavora con i bambini emarginati ne prende un altro. Uno studio di avvocati adotta un orto per esercitarsi a fare lavoro di squadra durante i weekend. Alla fine un gruppo di mamme e figli provenienti da una chiesa del paese accanto si accaparra il nono e ultimo orto. Murray – che Dio lo benedica – ricava delle strutture più piccole dagli scarti delle tavole, in modo che i bambini che accompagnano le mamme abbiano un po' di sabbia per giocare e tenersi occupati. Passa persino una serata intera a scartavetrare le tavole e a fissarle con la vernice trasparente in modo che non ci siano spigoli. Sapevo che sotto sotto era un tenerone...

Guardo il mio progetto prendere forma, e mi sembra un sogno che diventa realtà davanti ai miei occhi.

È un lavoro duro, e tutti danno una mano – Darren *odia* essere costretto ad aiutarci – ma alla fine l'Eredità di Bright Hill prende vita.

Io e Patrick ci alterniamo per accogliere i giardinieri volontari che vengono a reclamare i loro orti, in modo che Darren non debba lavorare con due persone in meno. Noto la delusione da parte dei membri dell'associazione femminile e delle mamme quando sono io ad aiutarle e non Patrick. Il sollevamento pesi ha fatto miracoli.

«Suppongo che tu sia la nostra arma segreta», lo stuzzico quando ha finito di dare consigli ad alcune mamme che lo guardano con occhi sognanti.

«Ma smettila».

«No, sono seria. Basta un tuo sguardo e comprerebbero qualsiasi cosa».

«Sei solo gelosa».

«Certo che lo sono! E io che pensavo di averti tutto per me».

Patrick alza gli occhi al cielo, ma, mentre torniamo nella sezione A-Z, noto che è raggiante.

Torno a casa distrutta ogni sera. Ho giusto le energie necessarie per far mangiare, lavare e vestire Noah e rimboccargli le coperte prima di addormentarmi. Ma è un tipo di stanchezza positivo. Sono state giornate di duro lavoro, e abbiamo ottenuto dei risultati fantastici.

E poi il mercoledì sera ho un motivo in più per sentirmi felice: in bagno, al fresco, ci sono tre contenitori di primule, pronte per essere piantate domani.

Accanto alla siepe. Con l'uomo a cui non ho mai smesso di pensare...

Capitolo trentasette
Lachlan

Ormai ho quasi perfezionato l'arte di piantare.

Negli ultimi sette giorni *potrei* essermi esercitato a entrare e a uscire il più velocemente possibile dalla mia strana posizione – accucciato con la gamba tesa. Un po' di fisioterapia extra che farebbe rabbrividire Tanya. Ma fa parte del mio piano per poter incontrare Bethan. Il pensiero di camminarle incontro è un incentivo potentissimo, devo ammetterlo.

Oggi finiremo il bordo di fiori vicino alla siepe. E poi dovremo trovare nuovi modi per passare il tempo il giovedì, ma so che ci verrà in mente qualcosa. Non vedo l'ora di vederla.

Abbiamo riempito i momenti di silenzio continuando a mandarci messaggi alla finestra, e mi è piaciuto un sacco. Di solito ci auguriamo solo il buongiorno o la buonanotte, ma a volte ci addentriamo in un territorio più flirtante.

Notte notte, Lachie.
Ps: dovresti tatuarti un biscotto ☺

Due domande:
1. Che biscotto?
2. Dove?
Fai bei sogni, Bethan ☺

Buongiorno ☺
1. Un biscotto buono
2. Dove preferisci ☺

Adoro la sua sfacciataggine. I giorni che passano tra i nostri incontri mi mettono alla prova, ma sono il test più dolce di sempre. Non mi sento solo, e al momento l'importante è questo.

Ho ripassato la mia dichiarazione e l'ho confrontata con quella di Riggsy per assicurarmi che combacino. Non sto mentendo, dico a me stesso, sto solo dicendo agli agenti ciò che la polizia sa già. Da quello che mi ha lasciato intendere Archer, l'indagine è solo una formalità, i piani alti che ostentano il loro potere. Devo andare avanti, non voglio trascinarmi dietro questo peso. Sapere che Bethan mi aspetta dall'altra parte mi dà speranza.

«Stai diventando bravo», mi dice lei all'ora di pranzo mentre mi passa un'altra piantina attraverso il buco. Primule orecchia d'orso: si chiamano così. Sono fiero di me stesso: da quando ho conosciuto Bethan ho imparato addirittura due nuovi nomi di fiori.

«Ho un'ottima insegnante», sghignazzo, consapevole della banalità della mia risposta.

Ne vale la pena: il suo viso si illumina. «Be', io ho un ottimo studente».

Aspetto di arrivare accanto al parcheggio alla fine della siepe per dirle ciò che mi frulla in testa da tutta la settimana. «Quando avremo finito con questo, dovrai pensare a qualcos'altro da insegnarmi». Mi accuccio a terra prendendo un respiro per combattere il dolore.

«Be', di sicuro non posso insegnarti ad avere sempre la risposta pronta. In quello hai già il diploma».

Sorrido rivolgendomi verso lo scorcio delle sue dita che si intravede dalla siepe. «Una laurea, prego».

Lei ridacchia, come se non riuscisse a trattenersi. Il suono è musica per le mie orecchie.

«Non un dottorato? Ero sul punto di chiamarti dottor Lachie».

«Non mi dispiacerebbe».

Le sue mani si fermano attorno alla base di una primula. «A proposito… qual è il tuo cognome? Non te l'ho chiesto».

Mi fisso le mani. Sono stato preso alla sprovvista. È una domanda molto semplice, una domanda a cui avrei risposto senza pensarci due volte se ci fossimo conosciuti di persona dall'inizio. Ma così mi sembra una cosa importante, come tutto ciò che ho condiviso con lei.

«Te lo dico attraverso il buco a forma di gatto». Finisco di piantare l'ultima primula e mi rimetto in piedi con il cuore che batte forte.

Quando ci riuniamo accanto alla finestrella, il viso di Bethan è il ritratto del divertimento. Lo amo.

Ti amo…

Trattengo il fiato. L'ho detto ad alta voce? È stato così naturale che avrei potuto farlo.

Lei solleva le sopracciglia. «Insomma?»

«Insomma cosa?»

«Il tuo cognome, dottor Lachie».

Ok, non l'ho detto ad alta voce. Ma sono arrossito lo stesso. «Wallace». Le porgo la mano attraverso il buco.

«Lachlan Wallace», ripete lentamente.

Osservare le sue labbra che pronunciano il mio nome è una distrazione…

«E tu saresti?», dico infine, con un tono di voce più acuto del solito.

«Gwynne». Stringe le dita attorno alle mie. «Bethan Nia Gwynne».

«Nia? Che carino».

«Grazie».

«Il mio secondo nome è John. Lachlan John Wallace».

Quando ride, Bethan mi stringe la mano. «Come fai a non essere scozzese con un nome del genere?»

«Buono a sapersi. Suppongo che i miei antenati caledoniani sarebbero d'accordo con te».

Lasciamo la presa. Bethan si china e per un attimo non la vedo più. Poi riemerge con un pacco di biscotti in mano. «Bourbon?»

«Aspetta, aspetta. Credevo che i Bourbon fossero per i piagnoni».

«Non mi dispiace essere una piagnona insieme a te». Dà un morso a un biscotto e solleva timidamente lo sguardo verso di me. Devo solo aspettare che la mia gamba sarà guarita, poi andrò da lei a passo di marcia e…

«Posso chiederti una cosa?»

«Spara».

«Come ti sei fatto la cicatrice?».

Ho un tuffo al cuore. «Quale cicatrice?»

«Quella che hai sulla mano… Mi sembra parecchio brutta».

«Lo è. Adesso non fa più male però». Sto lottando con i miei pensieri, ma hanno preso il sopravvento. Se le dicessi la verità sulla cicatrice, dovrei dirle anche tutto il resto. E non sono pronto per farle conoscere questa parte della mia vita, anche se ci siamo avvicinati. Ho immaginato di raccontarglielo, e ho pensato che non sarebbe un problema, ma non riesco a togliermi dalla testa il pensiero di Bethan che vede la mia gamba e si fa condizionare.

«Mi sono tagliato con un vetro».

«Terribile! *Come* hai fatto?».

La verità è che un grosso pezzo di metallo contorto mi si è infilato nel dorso della mano mentre mi coprivo la faccia quando la macchina si stava ribaltando. Probabilmente mi ha salvato gli occhi. Non che sia riuscito a considerarla una cosa positiva... rimane comunque il promemoria della mia stupidità per essermi messo a guidare quella notte.

Se le dicessi la verità sulla cicatrice, la vedrebbe come una salvezza o una condanna?

«Una bottiglia rotta», dico infine, le frase amara sulla lingua.

«È caduta dalla credenza e si è infranta sul bancone della cucina. Una scheggia mi è finita nella mano». Mantengo un'espressione neutra, ma odio ogni parola che sto dicendo.

«Hai avuto bisogno dei punti?».

Annuisco.

«Oh, Lachie! Mi dispiace tanto».

Il suo cipiglio empatico è un'altra bruciatura sulla mia pelle.

«Ma no, è passato», dico porgendole la mano per farle osservare meglio la cicatrice. «Sta guarendo bene, vedi?». Fingo un'allegria goffa. «C'è qualcos'altro che vuoi sapere?».

Bethan torna a sorridere, e in quel momento mi dimentico di tutto il resto. «Ti va di vederci di nuovo? Anche se abbiamo finito di piantare i fiori...».

«Certo. Adoro vederci. Ehm, voglio dire...».

«Anche io. Allora nel frattempo pensiamo a delle domande che vogliamo farci a vicenda».

«Va bene. Grazie».

Mi sbircia da dietro un ciuffo della frangia. «Per cosa?».

Per tutto. Per avermi rubato il cuore. Per avermi ridato la speranza.

«Sei un'amica», dico. È una parola decisamente troppo insignificante.

Passo una notte irrequieta. Non riesco a dormire, e ripenso a ciò che ho detto a Bethan odiandomi di nuovo. Era la mia occasione per dirle la verità. Una porta aperta che le ho sbattuto in faccia. Qualsiasi cosa succeda tra noi in futuro... ormai mi porterò dietro questa bugia, vero? Se riuscissi a camminarle a fianco come immagino di fare ogni giorno, e lei sapesse la verità, si ricorderebbe sempre di quello che le ho detto oggi pomeriggio. Del momento in cui ho mentito. Finora avevo solo omesso la verità. Oggi le ho detto una bugia.

Mi sveglio di soprassalto quando il telefono e il citofono squillano nello stesso momento. Scendo dal letto senza nemmeno capire bene dove sono. Premo il dito a casaccio sullo schermo e zoppico fino in sala.

«Che c'è?», sbotto.

«Apri questa cazzo di porta».

Riggsy? Che ci fa qui? Che ore sono?

Fisso il telefono: le 4:28 di mattina. Grugnisco e apro il chiavistello della porta d'ingresso, posando per un istante la fronte dolorante contro il legno freddo. Poi apro.

Una visione orribile mi si para davanti.

Riggsy sale le scale barcollando, una bottiglia di Jack Daniels quasi vuota in mano, la T-shirt macchiata di vomito fresco e un ginocchio sporco di fango.

«Ma che cazzo...? Sono le quattro di mattina», sibilo. Ma lui si sta già facendo strada in casa mia.

In quel momento Bert impazzisce: inizia ad abbaiare e ringhiare e piagnucolare. Ernie è sparito – sicuramente si sta nascondendo da qualche parte. Afferro Bert per il collare, lo porto in camera mia e sbatto la porta, poi mi volto verso Riggsy mentre lui continua a piangere.

«Byrne *sa tutto*», ringhia Riggsy, barcollando in salotto.

«Sa cosa?»

«Che ho preso la macchina. Che avevo un coltello. Che volevo fare a pezzi quel bastardo, cosa che avresti dovuto lasciarmi fare…».

«Siediti».

«Non voglio sedermi! Sta per seppellirmi, Wallace, capisci? Sono *spacciato…*». Rantola – ed è in quell'istante che percepisco la sua paura.

L'ho visto ubriacarsi, incazzarsi, provocare gente per fare a botte e pentirsi quando si faceva male. Ma non l'ho mai visto spaventato. Mai. E, tra tutti e due, ne abbiamo visti di orrori… Questa è una cosa nuova, e mi fa venire i brividi, perché non so cosa farne di un Adam Riggs terrorizzato.

«Siediti», ripeto, stavolta con più gentilezza. Mi avvicino a lui, facendo attenzione alla bottiglia che oscilla tra le sue mani, le dita strette attorno al collo. Conosco quel suo sguardo…

«Amico. Siediti, parliamone».

Gli cedono le ginocchia, e il divano è lì ad attutire la sua caduta. Si sistema e poggia la testa contro lo schienale.

«Ne parla tutto il presidio. Dicono che Byrne ne approfitterà».

«Chi lo dice?».

Riggsy risponde a denti stretti, la mascella serrata. «Tutti».

«Gli hanno chiesto di testimoniare?»

«Sembra che si sia offerto volontario».

Mi siedo accanto a lui. «Non mi sembra una cosa da Byrne».

«Ma gli fa comodo, no? Sapeva che lo avevo in pugno, e voleva fare la prima mossa. Questo *sì* che è da lui. I piani alti gli stanno con il fiato sul collo da anni per tutta la merda in cui ha sguazzato – gli affari loschi, il gioco d'azzardo, i ragazzini che ricatta e che scattano in piedi a ogni sua parola. Sanno tutto, ma non riescono a trovare i testimoni disposti a parlare. Hanno solo aspettato che commettesse degli errori, e ultimamente ne ha fatti parecchi. Sa che gli stanno alle calcagna».

«Ma non ha senso. Se lo sa, perché gli va incontro?»

«Compromesso. È semplice. Va lì, si comporta da soldato modello, mi denuncia, loro lo ringraziano, lui la fa franca».

Byrne è in grado di fare una cosa del genere? Rischierebbe la sua libertà per distruggere Riggs? E, se sa della macchina, delle minacce – del coltello che ho impedito a Riggsy di usare quella notte… cos'altro sa?

Mi viene da vomitare, e non solo per i vestiti maleodoranti del mio amico. Doveva essere una cosa semplice: dovevamo dirgli che ci eravamo messi a guidare perché Riggsy aveva bisogno di schiarirsi le idee, che abbiamo preso una buca nascosta e piena d'acqua e che la macchina si è ribaltata; avrebbero archiviato il caso e tutto sarebbe tornato alla normalità.

Ma… sanno già qualcosa, vero? Archer lo ha detto: il comandante è venuto a conoscenza di alcune informazioni e vuole andare in fondo alla faccenda. E se fosse stata la testimonianza di Byrne? È per colpa sua che la polizia militare vuole investigare? E lo stiamo scoprendo solo adesso?

«Noi ci atteniamo alla nostra storia», dico. Vorrei crederci. «Siamo due contro uno. Se non crolliamo, non possono farci nulla».

«E la macchina?».

Deglutisco. «Io non gli dico dove l'hai presa. Perché non me lo hai detto finché non ho ripreso i sensi in ospedale. Se avessi saputo che non era la tua...».

«E se ci chiedono perché stavamo guidando?»

«Gli dirò che avevi bisogno di prendere un po' d'aria».

Riggsy sta scuotendo la testa. «No. Non puoi dirgli una cosa del genere».

«Devo. Erano i patti».

Riggsy chiude gli occhi. «Lo sanno, Wallace. Non possiamo girarci attorno. Se gli fai capire che ero stressato, collegheranno subito la cosa a Byrne».

«Non per forza. Sanno com'è la vita al presidio. A volte è dura e...».

«No».

«Dovrò pur dirgli qualcosa!», protesto. «Perché è la prima domanda che mi faranno». Non c'è un'altra soluzione. Se rispondo con chiarezza, volteranno pagina: ne sono certo. Altrimenti... continueranno a insistere. «Devo spiegargli perché ci siamo messi a guidare. Come concordato: eri stressato, ti ho proposto di andarci a fare un giro. È l'unico modo per spiegare perché eravamo in macchina a quell'ora della notte. Basterà».

«Faranno il collegamento. Se Byrne gli ha detto che l'ho minacciato, e tu gli dicessi che ero così stressato da aver bisogno di uscire dal presidio, sarebbe ovvio, cazzo. Io facevo affidamento su di te – sei pur sempre un mio superiore. Ottima reputazione, nessun precedente. Chi ascolterà me? Mi accuseranno di intimidazione, o di minacce. Sono già stato ammonito, Wallace. Non ci passeranno sopra. Diranno che non ero in grado di mettermi a guidare dal momento che non ero lucido di mente – sono un conducente militare, cosa ne sarà di me?».

Adesso mi sta fissando, gli occhi rossi colmi di lacrime.

«Me lo devi. Io ti ho coperto, anni fa. E non sono andato da Byrne per te. Ero su quella strada per te. E dentro una fossa perché tu hai afferrato il volante…».

«Ho dovuto! Stavi guidando come un pazzo!».

«Perché mi hai impedito di fare quello che avrei dovuto fare!».

Vorrei cacciarlo di casa, ma dobbiamo rimanere uniti prima delle indagini. Ho bisogno di averlo dalla mia parte. Ho fatto la cosa giusta, vero? Quella notte, nel suo stato, avrebbe potuto uccidere qualcuno.

Però, se non fossi intervenuto – se fossi tornato a casa, com'era mia intenzione – non avrei dovuto sottopormi a un'indagine militare e lottare costantemente per riavere indietro la mia vita.

Oggi sarei stato in grado di dire a Bethan che la amo. Non ci sarebbe stato nulla a separarci, niente a impedirci di far crescere questo rapporto come vogliamo. Ho temporeggiato per via della gamba, ma lo so da sempre. La amo. E, se quella sera non mi fossi unito al mio amico, Bethan sarebbe già mia.

Se omettessi la parte in cui Riggs era stressato, e dicessi che volevamo semplicemente farci un giro, gli investigatori non potrebbero fare il collegamento con Byrne.

Una bugia.

Credevo che fosse una macchina di cortesia che avevano dato a Riggsy mentre la sua era dal meccanico – ho saputo la verità solo qualche giorno dopo, in ospedale, quando mi ha confessato dove l'aveva presa. *Quella sera* non lo sapevo, ma ora sì.

Due bugie.

E non possono essere certi riguardo al coltello – perché, quando mi hanno tirato fuori dalla macchina, non c'era. E non si fa nessun riferimento a un coltello nel verbale dell'incidente redatto dalla polizia civile. Anche qui… nessun collegamento.

Tre bugie. Solo tre. E poi potrò finalmente riavere indietro la mia vita.

Riggs sta aspettando una risposta. Odio che mi stia chiedendo di mentire ancora. Ma non posso andare avanti se non lo faccio. Andare avanti significa avere la possibilità di incontrare Bethan, di riavere la mia gamba e il mio lavoro.

Vale la pena rischiare tutto per stare con lei?

Capitolo trentotto
Bethan

Buongiorno, signorina G.
Dimmi qualcosa che mi faccia sorridere ☺

Non mi aspettavo un biglietto da parte di Lachie stamattina. Ieri sera ci siamo scambiati il nostro solito e unico messaggio della giornata, perciò non credevo di trovarne un altro fino a stasera.

Per fortuna mi sono svegliata presto per assicurarmi di aver preso tutto l'occorrente per l'Eredità di Bright Hill – la cartellina con i dati degli sponsor, la lista di gente che devo ancora contattare, i piani di marketing e le coordinate del fondo. Ho deciso di tenerle insieme al resto perché ho il terrore di perderle. Ho promesso ad Hattie che le avrei portato tutto il materiale per farglielo esaminare. Ero un po' preoccupata che fosse troppo scarno, ma la cartella finale è davvero corposa, e la cosa mi rassicura. Hattie è emozionata per il progetto, e voglio che continui a esserlo.

Il messaggio di Lachie è stata la sorpresa di cui avevo bisogno, però mi chiedo se abbia passato una nottataccia. Spero di no. Comunque riesco a rispondergli prima di svegliare Noah. Magari riuscirò a donargli un po' di conforto…

Buongiorno, dottor W.
Negli Stati Uniti esiste una specie di margherita che si chiama margherita di Wallace ☺ (Eriophyllum Wallacei)

Sono molto soddisfatta della mia risposta…

«Ecco di nuovo quel sorriso», mi dice Michelle quando io e Noah entriamo a casa sua.

«Davvero?», rispondo con nonchalance. Ma il faro luminoso che ho al posto del viso distrugge i miei sforzi di dissimulazione.

Lei incrocia le braccia. «Ok, sputa il rospo».

Non parlo mai con nessuno dei miei affari privati. Michelle non sa nulla del padre di Noah – non me l'ha mai chiesto, e io non gliel'ho mai detto. Ma oggi mi rendo conto che ho bisogno di essere ascoltata.

«Ho conosciuto una persona…».

Michelle lancia un gridolino, poi si scusa con Maisie e Noah che si sono messi a fissarla. Tende una mano e la agita a qualche centimetro dal mio gomito – la versione di un abbraccio, nel suo particolarissimo linguaggio del corpo.

«Sì! Allora avevo ragione! Hai conosciuto un uomo!». Spalanca gli occhi. «O si tratta di una lei?».

Allora è vero che non ho mai scoperto le mie carte. Adoro il fatto che abbia incluso entrambe le opzioni.

«Un lui. Si chiama Lachie. È solo un amico…».

«… ma non per molto ancora, o almeno speri».

Faccio spallucce, ma il mio sorriso dice tutto il resto.

Michelle si tappa la mano con la bocca per soffocare un altro squittio.

«Tesoro, sono felicissima per te. Noah lo sa?».

Ecco svanito il sorriso. «Non ancora».

«Non c'è fretta. Ho frequentato Craig per sette mesi prima di dirgli di Maisie».

Ora sono io a essere sorpresa.

«Ah, non avevo capito che… Maisie gli assomiglia!».

«Lo so! Ho dato di matto quando l'ho visto per la prima volta. Oltretutto da allora sono inseparabili. Perciò posso dirti che la cosa funziona».

«E come hai fatto a capire qual era il momento giusto per dirlo a Craig?»

«Be', mi diceva che voleva andare a vivere insieme, quindi...». Michelle ammicca. «Ascolta, lo capirai. E se lui ti fa sorridere così tanto, scommetto che Noah lo adorerà. Sono davvero emozionata per te, Bethy».

È stato bello parlare di Lachie a qualcuno, ma, quando arrivo a Bright Hill, la mia testa è già impegnata in una dura lotta con il cuore. Ho sempre dovuto gestire tutto da sola: condividere cose personali è una sorta di comfort scomodo.

Il parcheggio del vivaio è pieno come non lo vedevo mesi – uno spettacolo che mi rallegra. Ultimamente i giardinieri dell'Eredità di Bright Hill arrivano sempre più di buon mattino per mettersi a lavorare agli orti. Murray ha iniziato a farli entrare prima dell'orario di apertura, il che significa che passano un sacco di tempo qui dentro. E a me va benissimo – se non altro è incoraggiante. Parcheggio, afferro la cartellina e la borsa e mi affretto a entrare.

Ho intravisto la macchina di Darren nel parcheggio: sono sorpresa perché di solito non arriva mai prima delle dieci. Volevo riporre borsa e cappotto nell'armadietto e poi andare nell'ufficio di Hattie prima di iniziare a lavorare, ma, se Darren è già arrivato, dovrò cambiare piani. Decido di dirigermi prima da Hattie, e mi avvicino alla porta dello staff. Sto inserendo il codice quando, dall'altra parte dell'edificio, sento un urlo.

«B! Ci serve il tuo aiuto!».

Patrick spunta accanto all'ingresso della sezione piante e agita la mano come se fosse posseduto. Non sorride, ed è un dettaglio che basta e avanza a farmi preoccupare. Vado da lui in fretta e furia.

«Che succede?».

Quando lo raggiungo lo sento ansimare, anche se sono io quella che ha corso. «Una bambina… è sparita una bambina!».

«Cosa? Dove?»

«Nell'Eredità», dice. «Una bambina si è allontanata dall'area giochi accanto agli orti. È molto piccola. La mamma sta impazzendo, Murray è a pezzi…».

Vengo travolta dal panico. È l'incubo di ogni madre – e poi un vivaio come il nostro è troppo pericoloso per un bambino. Questo peggiora le cose. Patrick sta tremando: non può mettersi a cercare nessuno in questo stato.

«Darren dov'è?»

«Non si trova».

È proprio da lui. E meno male che era in anticipo. Probabilmente si è nascosto nella sala dello staff per starsene in santa pace.

«Va bene». Metto la cartellina nelle mani di Patrick. «Porta questa ad Hattie da parte mia, ok? Io vado a vedere».

Patrick sembra sollevato, e parte per la sua nuova missione.

Spingo la porta e inizio a correre.

Quando arrivo, trovo quattro gruppi di giardinieri urlanti, ciascuno a uno stadio di panico differente. Murray sta fissando l'area gioco: scuote la testa, sull'orlo delle lacrime. La mamma della piccola cammina avanti e indietro singhiozzando, mentre Connie, Thelma, Dot e altre due madri fanno del loro meglio per cercare di consolarla.

«Chi è sparito?», chiedo, la voce appena udibile sopra il frastuono.

Connie solleva lo sguardo. «Una bambina piccola. Lowenna».

«Va bene. Murray, tu controlla nella sezione A-Z e nella serra». Lui solleva lo sguardo, annuisce e poi si avvia. «Thelma, tu rimani con la mamma. Connie, Dot, voi cercate nella sezione degli alberi e delle rose». Con un gesto della mano richiamo un gruppo di bambini poco lontano e il loro custode. Mi raggiungono con gli occhi spalancati. «Ok, ragazzi, voi perlustrerete tutta la zona, va bene? Fate su e giù tra le aiuole. Controllate nell'area delle piante e pure fuori, e quando avete finito, cercate anche nella serra delle piante cactacee. Capito? Andate, forza».

Mi tolgo il cappotto e la borsa e li lascio accanto agli orti, poi inizio a cercare in tutti i punti in cui ritengo che potrebbe essere andato un bambino che muove i primi passi. Ma non trovo niente. Non voglio pensare alla torre di sacchi di compost, alle pile di lastre per pavimenti che potrebbero cadere…

Fa' che la trovi. Ti prego…

Controllo meglio attorno agli orti, anche quelli sprovvisti dei propri giardinieri.

Nulla.

Dove andrebbe Noah se potesse esplorare liberamente un posto come questo? Passo in rassegna tutta la zona e mi spingo fino al recinto sul retro, gli alberi frondosi che assomigliano a invitanti nascondigli di foglie.

Nulla.

E poi noto una cosa.

La porta del capanno di Eric è socchiusa. Lui è fissato con la sicurezza, e insiste per farcela chiudere se usiamo il capanno durante il suo giorno di riposo. Ovvero oggi. È un capanno vecchio e scricchiolante, che ha superato da un pezzo i suoi anni migliori. Ma agli occhi di un bambino è come un grosso palazzo dipinto di blu…

Corro verso la porta e sbircio all'interno.

Rannicchiata tra i cuscini cenciosi della vecchia poltrona di Eric c'è una bambina addormentata che stringe nel pugnetto l'orecchio del suo coniglio di peluche.

Tiro un sospiro di sollievo. Non voglio svegliarla, perciò mi volto e faccio un cenno a Thelma, che sta abbracciando la mamma terrorizzata. Le prende la mano e ci raggiungono correndo.

«Trovata», sorrido. La mamma scoppia in lacrime ed entra nel capanno.

«È qui!», urla Thelma. A quel punto tutto il vivaio ci viene incontro: vecchi, giovani, amici e sconosciuti che arrivano correndo al capanno di Eric, senza fiato, euforici. Parlano, si stringono, si portano le mani al petto – e mentre mi trovo in mezzo a tutta questa gente mi colpisce la forza di ciò che abbiamo creato. Il progetto dell'Eredità è appena iniziato, ma è già un gruppo affiatato. Qualsiasi cosa succeda in futuro, abbiamo *questo.* Non riesco a trattenere le lacrime mentre ricevo pacche sulle spalle e abbracci. Sono così fiera di tutti.

«Che diamine», dice Murray al mio fianco. «Credevo… avevo paura che la bambina potesse…». Ha gli occhi lucidi, e io distolgo lo sguardo per risparmiargli l'imbarazzo. Mi limito a stringergli un braccio.

«Sarà meglio sistemare la recinzione, eh?», dico.

«Sì. Subito. La farò più alta, magari ci aggiungerò un traliccio in cima e… e…».

«Mi sembra perfetto». Gli sorrido.

«Non essere troppo duro con te stesso. I bambini

sono dei veri maestri della fuga. I migliori del mondo, assolutamente».

Scuote la testa. «Se fosse successo qualcosa…».

«Non è successo niente. Ringraziamo il cielo, impariamo dai nostri errori e andiamo avanti. Va bene?».

Lui annuisce e si allontana, mentre Patrick mi raggiunge.

«Ho appena saputo, B… la bambina sta bene?»

«Dorme come un sasso. Hai portato la cartellina ad Hattie?»

«Sì. Non preoccuparti».

Rivolgo un sorriso al mio collega e poi al gruppo di gente meravigliosa che ci circonda. Voglio godermi questo momento, il mio progetto che prende vita.

Ed è in quell'istante che penso a Lachie. Se sono qui è anche grazie alla sua osservazione, quella che mi ha dato l'idea. Un senso di affiatamento: oni volta che passo del tempo con lui, è quella la mia sensazione preferita. Ne ho bisogno. È un sentimento che potrebbe contagiare anche mio figlio? Magari Lachie potrebbe essere per Noah ciò che Craig è per Maisie? Ho visto il marito di Michelle insieme alla figlia, ed è una cosa bellissima – ancora di più ora che so la loro storia.

Un giorno anche io, Lachie e Noah saremo così?

Sono pronta a scoprirlo?

Capitolo trentanove
Lachlan

«Wallace! Finalmente si rivede la sua faccia da queste parti!».

Archer attraversa il suo ufficio a grosse falcate e mi stringe la mano.

Io sorrido, nonostante il nodo allo stomaco. Non voglio mostrare il mio nervosismo, ma la notte in bianco e il solco che ho scavato per terra a furia di fare avanti e indietro nel salotto stamattina, mentre aspettavo il taxi, sono una prova più evidente.

«Le sono mancato, signore?»

«La sanità, Wallace. Mi è mancata la sanità mentale». Il suo cenno d'assenso è paragonabile a una pacca sulla spalla. «Sta guarendo?»

«Un po' alla volta».

«Eccellente. Posso dirle una parola?».

Lo seguo nel suo ufficio, sperando che non possa sentire il mio cuore galoppante.

Dopo aver chiuso la porta e avermi invitato a sedere, Archer si rilassa. «Sia diretto oggi. Ci sono tre investigatori della SIB. Un solo interrogatorio. La chiamano "udienza" per darsi un tono». Il suo sorrisetto mi aiuta a calmarmi.

«Signore. C'è qualcos'altro che dovrei sapere?»

«Sarà il primo a entrare. Credo che Riggs verrà interrogato mercoledì prossimo. Sicuramente vorranno discutere degli eventi nel dettaglio, in particolare l'incidente stesso. Potrebbero farle domande scomode».

«Me lo aspettavo, signore».

«Bene. Gli racconti cosa è successo. Per quanto ci riguarda, lei non ha nessuna colpa. Ho letto il rapporto della polizia civile e mi è sembrato tutto molto chiaro. La SIB vuole solo confermare gli eventi, non condannarla».

Azzardo un sorriso. «La ringrazio, signore».

«Bene. Arriveranno alle 11, perciò ci rimangono...», consulta l'orologio, «... venticinque minuti. La tenente Daimler è stata reclutata come verbalizzatrice, così vedrà un volto amico lì dentro».

Non so come sentirmi al riguardo. Ma immagino già come la pensi Kim Daimler. E infatti, non appena esco dall'ufficio di Archer, la mia collega mi rivolge un'occhiata furiosa.

«Praticamente mi ha convertito in una segretaria», sibila a denti stretti mentre ce ne stiamo in cucina. «Faccio il caffè, scrivo il verbale, e poi cosa? Mi scopo il capo?».

Ha una faccia talmente schifata che scoppio a ridere. «Mi dispiace».

«Fa parte del mestiere. Sei nervoso?»

«Archer è un misogino delirante?».

Lei sorride. «Stiamo messi male, eh?»

«Nah». Faccio finta di niente. Conosco la mia versione dei fatti. L'ho provata così tante volte che ce l'ho praticamente incisa sulla pelle. «Voglio solo metterci un punto».

I tre agenti della SIB arrivano e si presentano: Willoughby, Saunders e Jenkins. Willoughby è l'investigatrice con più autorità, ed è evidente perché si posiziona al centro della coppia di tavolini uniti a mo' di panca. Saunders, più o meno della mia età, e Jenkins, con le basette brizzolate – evidentemente è il più anziano – le siedono accanto.

Prendo posto di fronte al loro e all'improvviso mi rendo conto della serietà dell'indagine. Lancio un'occhiata a Kim, seduta a una piccola scrivania all'angolo, la testa china sugli appunti.

«Comandante Wallace, lo scopo di questa udienza è fare chiarezza sugli eventi riguardanti l'incidente in questione. Al momento non siamo alla ricerca di un colpevole. La polizia civile ci ha messo al corrente delle indagini, e terremo in considerazione la loro ricostruzione dei fatti. Tuttavia, ora è un'indagine interna, sotto la giurisdizione della polizia militare. Capisce?»

«Sì, signora».

«Va bene. Iniziamo». Willoughby rivolge un cenno a Kim e poi a Saunders, che fa partire il nastro.

«Può confermare il suo rango, nome e posizione?»

«Sono il comandante Lachlan Wallace. Ufficiale di formazione e sviluppo in questa unità».

Willoughby mi rivolge un breve sorriso prima di iniziare.

«Comandante Wallace, saprebbe dirci, a parole sue, cos'è successo nella notte in questione?».

Racconto con calma la storia che ho preparato. Ho proposto a Riggsy di andare a fare un giro in macchina per sfogarci un po' dopo una lunga giornata. Era lui a guidare. Quando abbiamo lasciato il presidio, ha iniziato a piovere e siamo finiti in una strada di campagna non illuminata. Vicino al paese ci siamo imbattuti in una pozza d'acqua nascosta, la macchina ha perso aderenza e ha sbattuto sul marciapiede. Non siamo riusciti a rimanere in strada: l'auto si è ribaltata dal lato del passeggero e io sono rimasto intrappolato con la gamba schiacciata.

Mi aspettavo di provare qualche emozione, perché è la prima volta che parlo nei dettagli dell'incidente. Ma, stranamente, non sento niente.

È una fortuna, cerco di consolarmi. Se fossi crollato, mi sarei fatto scappare qualcosa di troppo. Eppure... la cosa mi turba.

Non sto dicendo una bugia. Ma non è nemmeno la completa verità. Una consapevolezza che non mi fa sentire davvero in pace con me stesso. Quando ho finito, bevo un lungo sorso d'acqua dal bicchiere che mi ha dato Kim.

Willoughby, Saunders e Jenkins prendono appunti, poi si riuniscono per confrontarsi. Io mi siedo e aspetto.

Il mio calvario è finito. Hanno raggiunto un verdetto. E conferma quello che c'è scritto nel verbale della polizia. Posso andare via di qui sapendo di aver fatto del mio meglio per favorire le indagini *e* proteggere Riggsy. Posso tornare a casa e concentrare le mie energie sulla guarigione – e avvicinarmi a Bethan...

«Grazie, comandante Wallace. Ricapitolando...».

Un tuffo al cuore.

«Sì?»

«Ha dichiarato che alla guida c'era il caporale Riggs».

«Sì, signora».

«E la macchina era di sua proprietà?»

«Sì». *Merda.* «A quanto ne sapevo quella sera, sì». Prima bugia.

Lei mi osserva per un istante interminabile. «Quella sera».

«Sì, signora».

Silenzio. Prende appunti. Si scambia un'occhiata con Jenkins. Un cenno del capo. «E, secondo il suo parere, il caporale Riggs era in condizione di guidare quando le ha proposto di uscire in macchina?».

No. Urlava come un pazzo, era fuori controllo. «Secondo il mio parere, sì». Seconda bugia.

Ho lo stomaco in subbuglio. Stringo i denti, il viso contorto in una maschera.

Altri appunti.

«Secondo lei, a che velocità procedeva il caporale Riggs prima dell'incidente?».

Andava velocissimo. Come un idiota. Gli ho detto di rallentare, ma non mi dava retta. «C'era il limite di velocità, e credo che andassimo al massimo consentito».

«Ritiene che steste andando troppo veloce?»

«No, signora. Abbiamo superato due rilevatori in quel tratto, e nessuno dei due ci ha segnalato». Terza bugia.

Stavolta Willoughby e Saunders si scambiano un'occhiata.

«Parliamo un attimo della buca... avete visto dei segnali di pericolo prima?»

«No, signora. Ma io ero accanto al caporale Riggs e parlavo con lui, perciò non stavo prestando attenzione alla strada».

Gli stavo urlando di rimanere nella corsia giusta...

«Mi rendo conto che la domanda seguente potrebbe risultare difficile, comandante Wallace. Perciò si prenda il suo tempo e se ha bisogno di fare una pausa, ce lo dica».

Adesso ho iniziato a tremare. Pensavo che quello che ho già detto sarebbe stato sufficiente. Non mi aspettavo altre domande. Mi limito ad annuire.

«Ha detto che l'incidente si è verificato nel momento in cui la macchina è scivolata sull'acqua nella buca. Potrebbe dirci cos'ha provato, nel dettaglio?».

Prendo un respiro. Immagino il sorriso di Bethan nel buco della siepe – un raggio di sole sotto sembianze umane. Posso farcela: devo solo concentrarmi su di lei, e non sulla confusione, il panico e il dolore di quella notte. Posso fare tutto se lei mi sorride.

«La macchina ha iniziato a scivolare. Mi è sembrato che qualcuno la stesse spingendo verso il marciapiede dalla parte del conducente. Ho urlato a Riggs di sterzare, ma lui è andato nel panico. Ho afferrato il volante e ci siamo raddrizzati un po', ma... Ho sentito un forte boato dalla mia parte, e un attimo dopo ci stavamo sollevando e la macchina aveva iniziato a ribaltarsi. Dopo...». Faccio una pausa. Ricordo i suoni: schegge, scricchiolii, esplosioni, torsioni, vetri infranti. Li ho sognati spesso. Deglutisco.

«Si prenda il tempo di cui ha bisogno, comandante Wallace».

Annuisco e torno a concentrarmi. «Dopo... sono svenuto. Non ricordo l'impatto né di essere rimasto intrappolato. L'ho scoperto più tardi, in ospedale, quando ho ripreso i sensi».

Questa parte è vera, ma non basta a compensare le bugie che l'hanno preceduta. Continuo a pensare che avrei dovuto dire quanto fosse stressato Riggsy quella sera, e il pensiero mi tormenta. Ma non posso farlo senza incriminarlo. Perciò mi raddrizzo sulla sedia e fisso Willoughby. *Pensa a Bethan. Mantieni i nervi saldi.*

Pensa al suo sorriso.

Dimentica il resto.

Pensa al futuro, non all'incidente.

Esco dall'edificio dell'Educational and Training Service Unit e mi riempio i polmoni dell'aria fresca dello Yorkshire, rilassando le spalle e scaricando un po' di tensione. È fatta – storia detta, casella spuntata, linea tracciata. Cerco di ignorare gli ultimi dubbi. Andrò a casa a riprendermi la mia vita, e mi lascerò tutto questo alle spalle.

Il ricordo della fine dell'interrogatorio è ancora vivido nella mia testa.

«È tutto ciò che ricorda?»

«Sì».

«Ed è sicuro di ciò che ci ha raccontato?»

«Sì».

Sì. Sì. Sì, signora.

È finita. Me ne vado.

Capitolo quaranta
Bethan

Mi sa che mi sto innamorando di lui.

No. Lo so e basta.

Ma questo rappresenta un grosso problema: non posso fare niente finché non saprà di Noah. E, se gli dicessi di Noah e per lui fosse un ostacolo insormontabile, lo perderei. Non voglio perderlo. Ma non voglio nemmeno continuare a mentirgli.

È sabato mattina presto. Noah è in piedi dalle sei, ma non sarebbe cambiato nulla nemmeno se si fosse svegliato alle quattro o alle otto: stanotte non riuscivo a dormire perché continuavo a rimuginarci su.

Michelle mi ha consigliato di aspettare di sentirmi sicura – per quanto possibile – prima di buttarmi. E su Lachie io credo di esserlo. Stare con lui mi rende felice; passare del tempo con lui mi rende felice. *Lui* potrebbe rendermi felice. Non pensavo che avrei avuto di nuovo bisogno di provare certe cose, ma è così.

E penso che Noah lo adorerebbe. Non che sia difficile fare colpo su mio figlio. Basta proporgli di giocare con i draghi, e lui schizza al settimo cielo. Non credo che abbia bisogno di un padre, nulla indica che la sua vita con me sia incompleta. Ma è come se all'improvviso non volessi stare da sola. Forse, se stessi con la persona giusta, sarebbe un vantaggio anche per Noah.

Avrei dovuto dirlo a Lachie quando mi si è presentata l'occasione. Questa storia è andata avanti fin troppo senza che lui sappia la verità – all'inizio lo volevo tutto per me, e poi ho pensato che fosse più facile non dire niente. Non so come potrebbe reagire. Ma devo fidarmi: se tra noi funziona, non sarà un problema.

Mio fratello Emrys ha questa teoria sulla vita, secondo cui l'universo ti mette addosso una polverina pruriginosa quando è tempo di darsi una mossa. E lui lo sa bene: non si è mai tenuto un lavoro per più di tre anni, e quando ha finito di ristrutturare una casa a suo gusto e piacimento, si sposta sul progetto successivo e ricomincia daccapo.

«È una sensazione che percepisci settimane e settimane prima. È come se... come se l'aria cambiasse. I vestiti che hai addosso non calzano più. Le porte incominciano a incastrarsi negli stipiti. Poi inizia il prurito. Irritazione, frustrazione, cose di cui eri soddisfatto che all'improvviso ti fanno arrabbiare. Puoi combatterle quanto vuoi, ma a quel punto la tua testa ha già fatto il passo successivo: il tuo corpo deve solo raggiungerla».

È quello che sta succedendo, non è vero? Amo i messaggi alla finestra. E non vedo l'ora che venga il giovedì per passare del tempo con lui. Ma ormai il bordo della siepe è terminato, e abbiamo finito gli aneddoti sui biscotti. Non è sufficiente... e la cosa mi spaventa.

La verità è che voglio di più. Voglio Lachie nella mia vita. Sento il momento che si avvicina, come è già successo quando i messaggi sulle finestre non mi sono bastati più. Quello che è successo tra me e Lachie ha seguito una traiettoria strana – niente è stato come me lo aspettavo, eppure tutto era al suo posto. Sento di nuovo la spinta – e so che è così anche per lui.

Non ho scelta, vero?

Fisso la finestra di Lachie e mi decido.

Gli dirò di Noah. Oggi. Lo farò prima con una siepe a dividerci e poi, se andrà tutto bene, gli dirò di vederci come si deve. In passato mi ha detto di no, ma abbiamo fatto progressi da allora.

E se non accetta Noah, se non è ciò che vuole, può andarsene. In caso contrario…

Prendo un foglio di carta dalla scatola di mio figlio mentre lui è assorto in un libro illustrato sui cani.

Soppeso quelle parole che non riesco a togliermi dalla testa:

Possiamo vederci oggi?
Alle 11 alla siepe?

Non so se aggiungere o meno il "bacio", ma poi lo faccio lo stesso. Ormai non ha più senso andarci con cautela. È il momento in cui gli chiederò di entrare nelle nostre vite.

Un'ora più tardi la sua risposta compare accanto a un Ernie addormentato.

Mi piacerebbe molto.
A tra poco!

È fatta. Sta succedendo davvero.

«Dove andiamo?»

«Te l'ho detto, in giardino».

Noah si ferma dopo soli tre passi. «C'è una rete per il pallone?».

Che razza di domanda è? Ci abbiamo messo un secolo a uscire, e sono già quasi le 11. «No, ma possiamo farne una con i cappotti. Dobbiamo sbrigarci». Gli tendo la mano. «Vieni».

Giuro che mio figlio lo sta facendo di proposito. Di solito, quando gli nomino il parco o il giardino, si lancia fuori e mi tocca mettermi a correre per stargli dietro. Oggi invece sembra proprio che sia determinato a posare entrambi i piedi su ciascun gradino.

Sinistra, destra.

Pausa.

Sinistra, destra.

Pausa.

Non posso continuare così. Grugnisco e lo sollevo con un braccio, il pallone da calcio sotto l'altro. Quindi scendo le scale di corsa. Lui ride e spalanca le braccia per fingere di essere un aereo, cosa che non mi aiuta.

Raggiungiamo il piano terra tutti interi, premo il pulsante per aprire la porta d'ingresso, riuscendo ad afferrare mio figlio prima che schizzi via. L'ultima cosa di cui ho bisogno è che Noah arrivi da Lachie prima di me.

Svoltiamo l'angolo e seguiamo la fila di fiori colorati accanto alla siepe. Riesco a sentire solo il mio respiro affannato e il battito del mio cuore.

Cosa dirà Lachie? Mi vorrà lo stesso sapendo che non sono sola? Devo prepararmi a quest'evenienza. Spero con tutta me stessa che sia davvero l'uomo che credo che sia.

Abbiamo già raggiunto e superato molte prove cruciali. Lui c'è sempre stato, e siamo andati avanti. Ma questa è la parte più importante – perché, se accetta Noah, nulla potrà impedirci di proseguire insieme.

Adesso siamo quasi arrivati alla finestrella nella siepe. Noah mi sta trascinando. Quindi, dopo essermi assicurata che siamo lontani a sufficienza dalla strada principale, gli lascio la mano. Calcio la palla nell'erba accanto al parcheggio sul retro e Noah la insegue correndo.

«Ehi?».

È qui. Prendo un respiro e mi passo una mano tra i capelli – così scompigliati che sembra sia passata direttamente dentro la siepe. Mi avvicino.

«Ciao».

Il suo sorriso è familiare. In quest'istante vorrei non dovergli dire nulla. Perché è un momento perfetto. Riesco quasi a sentire i baci che ci siamo mandati tramite messaggi.

Ci siamo scambiati un bacio. Deve pur significare qualcosa.

Voglio che significhi qualcosa.

«Che bella sorpresa. Pensavo che mi aspettasse un altro noiosissimo sabato, e poi sei arrivata *tu*».

È perfetto. Lui è perfetto.

Ma devo dirglielo.

«Devo dirti una cosa», inizio, guardando i suoi occhi blu-verdi.

Lo vedo esitare. «Va tutto bene?»

«Sì. Alla grande. È che... ok, il punto è questo: tu mi piaci, Lachie. Un sacco. Più di quanto ti abbia mostrato. E credo che tu provi le stesse cose...».

«È così...».

Le parole successive del mio discorso svaniscono. Guardo Lachie che mi guarda, il respiro affannato proprio come il mio. È la notizia più bella e più brutta al tempo stesso – perché la mia rivelazione potrebbe rovinare tutto. *Devo* dire qualcosa.

Noah sta calciando la palla contro l'angolo del palazzo. Vorrei fermarlo, ma non riesco a staccare lo sguardo da Lachie. Non ancora. Non senza avergli confessato che...

«Ma prima devo dirti una cosa. Avrei dovuto farlo tempo fa, e mi dispiace...».

«Ehi, va tutto bene. Stai parlando con me. Puoi fidarti, di qualsiasi cosa si tratti…».

La palla colpisce il muro e va a finire nella siepe. Mi irrigidisco, ma Lachie sembra non notarlo. Devo parlare, ora.

«Speravo lo dicessi».

«Vieni qui…». Lachie mi porge la mano attraverso la siepe e io faccio lo stesso. Quindi intreccia lentamente le sue dita calde alle mie. Mi perdo in quella sensazione, nei suoi occhi intensi che mi avvolgono, che invitano le parole a uscirmi dalle labbra…

Non sento la palla che colpisce di nuovo il muro. Percepisco solo l'aria che si muove quando mi passa sopra la testa, il fruscio delle foglie di faggio e i rametti che si spezzano nel momento in cui la siepe ne interrompe il volo…

… E poi mio figlio mi spintona per passarmi accanto e dirigersi verso la strada principale.

«NOAH!».

Dimentico tutto il resto e inizio a correre.

«Bethan? Che succede?». Anche Lachie ha iniziato a muoversi. La sua voce mi arriva da dietro.

«Mio figlio…». Ansimo. «Sta correndo verso la strada e ora…».

«Tuo… *cosa?*».

Sto volando, ma non sono ancora abbastanza vicina per afferrarlo…

«Noah Gwynne! *Torna qui*!».

La strada è piena di macchine che sfrecciano, e il mio bambino sta andando dritto verso queste macchie di blu, rosso, argento…

«Chi è Noah?».

Non ho il tempo di pensare né di trovare le parole giuste.

«Lachie, fermalo, ti prego! NOAH! Torna qui! *Ti prego,* Lachie, aiutami!».

All'ultimo istante Noah svolta bruscamente a sinistra e aggira la siepe.

NO...

Lo seguo. Due secondi dopo mi trovo faccia a faccia con l'uomo di cui mi sto innamorando...

Ma non è l'uomo che credevo.

Ha il viso contorto dall'orrore. Il sorriso svanito, gli occhi strabuzzati. Il *mio* Lachie non esiste.

Mentre Noah gli corre accanto, schiacciando i fiori della sua parte, lui si volta a fissare mio figlio e poi me.

Vorrei spiegargli, trovare del sarcasmo nel nostro incontro improvvisato dopo settimane passate a evitarlo – ma Lachlan Wallace mi sta guardando disgustato.

Non riesco a crederci.

Mi sta *giudicando*.

Come tutti gli altri.

Mi si ferma il cuore. Scruto la sua espressione in cerca di qualcos'altro, qualcosa di... *diverso.* Ma non trovo niente. Non voglio che mio figlio si accorga della sua condanna.

«Noah, torna qui. *Adesso*». Noah percepisce tutto il mio shock e la mia sconfitta dal tono di voce e torna indietro. Quando mi raggiunge singhiozzando, lo abbraccio e gli accarezzo la nuca come una vera mamma chioccia.

Lachie non dice *nulla*.

Si limita a fissarmi. Come se non valessi niente. Come se non mi conoscesse.

È così evidente. Tutto quello che credevo di lui era una bugia. Le imponenti torri di vetro fatte di speranza e di fiducia che gli avevo caricato sulle spalle implodono una per una. Mi si frantumano attorno, e, se guardassi a terra, adesso, vedrei solo schegge a coprire l'erba ai miei piedi.

Non oso guardare giù. Però vorrei non vedere ciò che ho di fronte.

Dovrei dire qualcosa. Ma ho già la mia risposta, giusto? La risposta peggiore.

E nessuna parola può cambiarla.

Perciò afferro mio figlio e corro via.

Capitolo quarantuno
Lachlan

La chiamo, ma se n'è già andata.

Dovrei seguirla, ma non riesco a muovermi. Ho provato a correre, e sono quasi caduto, ma ho sentito il panico nella sua voce e ho proseguito. E adesso la mia stupida gamba brucia da morire, e non riesco a pensare con lucidità.

Avrei voluto dirle la verità, perché prima, quando ho letto il suo messaggio, ho *capito*. Stavamo andando in questa direzione da settimane e… ha detto che le piaccio. L'ho visto nei suoi occhi, nel modo in cui ha preso la mia mano, come se mi accettasse…

Ma quando è arrivata, ho incontrato una donna diversa.

Sembrava la mia Bethan, ma non lo era.

Non riusciva nemmeno a guardarmi negli occhi quando se n'è andata.

La disgustavo, non è vero?

Respiro forte per scacciare il dolore, una forza interna ed esterna che sferra un attacco doppio. Come abbiamo fatto a passare dalle mani incrociate a *questo*?

Non mi aspettavo che avesse un figlio, ma non avrebbe fatto alcuna differenza per me.

La reazione che ha avuto quando mi ha visto… quella sì.

Di tutte le persone al mondo, speravo che lei non notasse solo la mia gamba. Odio il modo in cui mi sono dovuto muovere – il bastone era sprofondato nel terreno perciò avevo solo la gamba buona a supportarmi. Bethan si aspettava che mi mettessi a correre. E quando non ci sono riuscito e lei ha capito il motivo…

La sua faccia…

Non credevo che Bethan Gwynne fosse in grado di fare un'espressione del genere. La sua allegria e la sua positività mi hanno rubato il cuore. Era un raggio di sole, sempre, anche con gli occhi stanchi, il corpo affaticato, come la prima volta che l'ho vista alla finestra. La mia Bethan sorriderebbe. Scoppierebbe a ridere mentre la prendo tra le braccia e…

Il peggio è che finalmente ero pronto ad aprirmi con lei.

Quando ha iniziato a parlare, ho capito immediatamente che era arrivato il momento. Ho intrecciato le dita alle sue, una prima promessa a testimoniare che ci saremmo tenuti stretti a vicenda.

Avevo intenzione di aggirare la siepe, anche in queste condizioni: ero pronto a dirle che la volevo nella mia vita.

Sono stato vicino, vicinissimo a compiere un errore gigantesco.

La faccia che ha fatto quando mi ha visto…

So che aspetto ho adesso. Piegato da un lato, il bacino frantumato completamente sbilanciato, il passo goffo quando mi muovo. Speravo che vedesse il mio cuore, l'amore che provo per lei e che brucia in me. Ma ha visto solo un guscio incrinato, un corpo dolorante. Sembrava che fosse finita dritta in un incubo.

Mi avrebbe ferito di meno se mi avesse infilato di nuovo in quella macchina che si ribaltava su sé stessa e mi schiacciava. Adesso è ancora peggio: il metallo accartocciato e il vetro di quella notte non mi hanno penetrato il cuore.

Seguo la scia di devastazione del bordo di fiori, nel punto in cui suo figlio ha inseguito la palla. Petali rotti e foglie spezzate sotto la siepe. Delle piantine così piccole non possono reggere dei danni così devastanti. Dubito che si riprenderanno.

Tutto ciò in cui speravo… svanito.

I suoi occhi quando mi ha visto…

Devo andarmene di qui.

Nella sicurezza del mio appartamento, strappo via il messaggio dalla finestra, accartocciandolo e scagliandolo dall'altra parte della sala. Ne rimangono solo i bordi, pezzetti patetici appiccicati al vetro, una sorta di avvertimento.

Bert ed Ernie mi osservano dal divano: lo shock di vedermi in questo stato li ha uniti. Si stringono l'uno all'altro, gli occhi spalancati e le orecchie tirate indietro. Non me la prenderei mai con loro, ma meglio che mi lascino in pace per un po'.

Colto dalla furia, trovo la pila di messaggi che ho conservato e li sparpaglio sul tavolo da pranzo. Dovevano essere un ricordo della nostra storia – una cosa che tra qualche anno avremmo potuto rivedere insieme, per rivivere il punto di partenza. E ora sono un simbolo di delusione, non di speranza. Come ho fatto a credere che ne sarebbe venuto fuori qualcosa di buono? Li strappo uno a uno con mani tremanti, facendo uscire Bethan Gwynne dalla mia vita pezzo dopo pezzo. Stronzate, stupide stronzate senza senso. Perché mi sono permesso di ridurmi così?

Ero in cerca di qualcosa in cui sperare, perché avevo

perso tutto. Ed ero così sconsolato da mandare un messaggio a una sconosciuta. Che cosa patetica... Bethan non mi avrebbe salvato. Nessuno può salvarmi.

Nessuno, tranne me stesso.

Non avrei dovuto metterci tanto a capirlo. Ero troppo debole per impegnarmi, perciò ho trovato una bugia conveniente a cui aggrapparmi. Una storia che mi sono raccontato per non dover affrontare la realtà. Sono qui per via delle decisioni che ho preso: intromettermi nelle stronzate del mio amico, impedirgli di commettere un errore per cui si sarebbe giocato il lavoro, afferrare il volante mentre guidava... E poi ho scelto di concentrarmi su Bethan invece di assumermi le mie responsabilità. Ne ho fatto l'obiettivo della mia guarigione. Non avrebbe dovuto essere lei a ricoprire quel ruolo.

Fisso i resti di un episodio della mia vita su cui non ho intenzione di tornare. Questi biglietti non vogliono dire nulla: ormai sono solo una pila di carta straccia. Li getto nel cestino della cucina e richiudo il coperchio.

È fatta.

È finita.

Stavolta sono quasi annegato. Non lo permetterò. Sta a me guarire: sono affari miei, è il mio premio. Non ho bisogno di nessun altro, non importa ciò che pensa il mio cuore. E gli altri.

E ciò che pensa Bethan.

La amo. E fa male da morire. Ma lo supererò.

Questa adesso è la *mia* vita.

Capitolo quarantadue
Bethan

Stanotte non ho dormito.

Non riesco a pensare lucidamente.

Non riesco a togliermi la sua espressione dalla testa. Mi ha tormentato tutta la notte, quello sguardo di terrore e condanna. Rivolto a me. E a mio figlio.

L'istante in cui Lachlan si è rivelato esattamente uguale a tutti gli altri.

Oggi avrebbe dovuto essere mio. Avrebbe dovuto conoscere Noah, innamorarsi di lui e dirmi che non gli importava che non gliene avessi parlato prima, perché io amo mio figlio e Lachie ama me ed è questo l'importante.

Ha una gamba ferita e un bastone – non ne avevo idea. Ma non cambia ciò che provo nei suoi confronti. È solo una ferita, non rappresenta chi è davvero.

Sono una sciocca. Mi sono fidata di lui, no? Credevo potesse amarmi.

E ora eccomi qui, svuotata dalla sua perdita e dalla mancanza di sonno. Tutte le speranze che ho riposto in lui frantumate come le piante che Noah ha distrutto ieri.

Avevo intenzione di dirgli che lo amavo.

Ero pronta a dargli il mio cuore.

Perlomeno non ho mai pronunciato le parole fatali.

Se mi fossi messa a nudo per poi vedere il suo viso... non credo che ce l'avrei fatta. In questo modo solo io saprò quanto sono stata stupida. E nasconderò questa faccenda nel profondo, come ho fatto con tutto il resto dopo Kai. Andrò avanti.

Domani.

Oggi credo di dover sentire il dolore. Per assicurarmi di non compiere mai più lo stesso errore.

Noah non si è ancora svegliato, per fortuna. Per due ore avrò la casa tutta per me. Afferro la vecchia coperta patchwork che mia madre mi ha fatto anni fa e vado in sala in punta di piedi; quindi mi faccio piccola piccola per rannicchiarmi sul divano, i quadrati a fiori familiari avvolti attorno al viso. Vorrei sprofondare nei cuscini come una moneta dimenticata e rimanere nell'oscurità, al sicuro e al caldo.

Devo essermi addormentata, perché poco dopo mi sveglio di soprassalto con Noah che piange. Calcio via cuscini e coperte, mi alzo e corro da lui.

«Che succede, piccolino?», chiedo, inginocchiandomi accanto al suo letto e accarezzandogli i capelli. Ha il viso bagnato di sudore e lacrime, le palpebre serrate. Stringe fortissimo Tan il drago, le nocche bianche.

Continua a piangere più forte, con più rabbia.

«Noah, apri gli occhi».

Scuote la testa violentemente.

«Amore, apri gli occhi». Gli sposto i capelli impregnati di sudore dal viso. «La mamma è qui vicino a te. Vuoi un po' d'acqua?».

Un altro no furioso. Quando cerco di sistemargli le lenzuola, lui stringe i pugni.

Non ci voleva. Non adesso. Devo costringermi a usare un tono di voce delicato e gentile, anche se in realtà vorrei solo mollarlo qui. So che non lo fa di proposito e non se ne accorge, ma è impossibile non rimanerci male quando Noah mi respinge. Nessuno mi aveva avvertito. La prima volta è stato terribile, e anche se ora c'è la luce del sole, la tensione è travolgente.

«Va bene», dico. Mi alzo per andare via.

«*No!*». Noah spalanca gli occhi e urla, gli occhi strani e trasparenti fissi su di me. I suoi singhiozzi diventano ululati, Tan il drago viene scagliato dall'altra parte della stanza. Noah scalcia e si agita.

Corro via in tutta fretta, allontanandomi dalle urla disperate. Afferro il telefono.

I suoi incubi vanno di pari passo con i cambiamenti. Forse ha percepito la mia rabbia di ieri? Oppure si è reso conto della reazione di Lachie? Il senso di colpa mi invade, più forte del solito: stamattina non riesco a sopportarlo. Se avessi raccontato di lui a Lachie al momento giusto – tutte quelle occasioni che mi sono fatta scappare perché credevo di non essere pronta – ieri non sarebbe successo nulla, e mio figlio non avrebbe dovuto notare il disgusto di Lachie. Le urla di Noah si uniscono alle mie lacrime, e nel frattempo torno di corsa nella sua stanza, l'ultimo posto al mondo in cui vorrei essere in questo istante. È troppo. Ed è ingiusto. Sono sola – più sola che mai – con la rabbia incandescente di un bambino ancora addormentato.

E non ho *lui*. Lachie mi ha abbandonato nel momento in cui avevo più bisogno di lui.

Adesso Noah si agita furiosamente nel letto, i pugni che volano da tutte le parti, i piedi che si sollevano e fanno dei nodi nelle lenzuola. Faccio l'unica cosa di cui sono capace: trovo la sua serie TV preferita sul telefono, alzo il volume e gliela posiziono davanti al viso.

Non dico una parola: potrebbe rompere l'incantesimo. Rimango in attesa, il braccio teso, la mano che trema mentre tiene fermo il telefono. *Fa' che funzioni, fa' che non sia questo il momento in cui la magia si esaurisce.*

Rimango immobile a fronteggiare la tempesta. Le urla di Noah sovrastano le voci dell'allegro narratore e del cane che gestisce un club per gli altri animali. I colori dipingono il viso di mio figlio come un arcobaleno danzante. Prendo dei respiri profondi per scacciare la paura e quel dolore che non ho più il coraggio di combattere.

Poco a poco, respiro dopo respiro, i singhiozzi di Noah si fanno più delicati. Lo sguardo si fa più concentrato. Lenti battiti di ciglia intervallati da respiri ritmici. Mi fa male il braccio in questa posizione, ma non ho il coraggio di muoverlo. Duggee e i suoi amici saltellano e cantano e ballano: le loro voci familiari sembrano consolarmi dopo la fine della tempesta.

Però fa male. Mi fa male tutto. E sono troppo stanca per pensare che arriveranno tempi migliori.

Quando sono sicura che l'incubo a occhi aperti sia terminato, salgo sul letto di Noah; lui mi si accuccia contro il petto, e io provo un'ondata di sollievo. Prendo un grosso drago dalla mensola e me lo poggio dietro la testa. Ho gli occhi pesanti. Il respiro di mio figlio diventa più regolare, il corpicino che si rannicchia contro il mio. Chiudo gli occhi. La tempesta è stata superata, e rimane solo un dolore sordo.

Quando ci svegliamo, è quasi mezzogiorno.

Devo aver silenziato il telefono a un certo punto, perché lo trovo accanto alla lampada sul comodino di Noah. Strizzo gli occhi: sullo schermo compaiono un messaggio e una chiamata persa. Apro il messaggio e sento il cuore gonfiarsi di gioia.

È una foto di Connie e Dot. Una Connie leggermente sfocata ed emozionata che indica delle piante di piselli nell'orto dell'Eredità. Sotto, in maiuscolo (tipico di lei), c'è scritto:

SONO APPARSI I PRIMI PISELLI! SIAMO FELICISSIME. HIP-HIP HURRÀ PER LA MAGIA DEGLI ORTI! (E PER AVER INIZIATO CON LE PIANTE MATURE!) PER FESTEGGIARE, ABBIAMO COMPRATO DEI NUOVI CESTINI DA BRIGHT HILL. CI VEDIAMO LUNEDÌ. C&D BACI BACI (CONNIE E DOT)

Sorridere mi fa sentire meglio. E amo il fatto che Connie ci tenga sempre a chiarire che C&D sono i loro nomi, come se rischiassi di confondermi con qualcun altro.

«Chi è, mamma?». Noah si alza in piedi, sbattendo le palpebre e osservando la foto.

«Connie e Dot. Sono nati i primi piselli», dico. È una sensazione così familiare da scaldarmi il cuore. «È il primo raccolto degli orticelli dell'Eredità. È il lavoro della mamma. Te ne ho parlato».

Noah accarezza lo schermo. «Posso vedere gli *ortelli*?».

Come potrei rifiutare una richiesta del genere?

Ci laviamo e ci vestiamo. Prendo una merenda da far mangiare in macchina a Noah e un caffè per me. Quindi usciamo. C'è il sole e l'aria è piacevole, fresca quando si alza il vento. Mi costringo a camminare nella parte del giardino invece di seguire il vialetto di cemento fino al parcheggio sul retro, e sento il cuore spezzarsi quando passo accanto ai fiori piantati con Lachie. Ma devo affrontare la cosa, oggi, altrimenti diventerà un fantasma che mi deruberà di questo spazio, uno spazio che ho tutto il diritto di visitare. Lancio una mezza occhiata alla finestra di Lachlan mentre passiamo. Nel caso stesse guardando fuori. Perché, se *davvero* sta guardando, voglio che veda me e il figlio che amo più di qualsiasi altra cosa. Voglio che riconosca il suo errore.

Quando arriviamo a Bright Hill, il sole si nasconde dietro le nuvole sospinte dal vento e crea dei giochi di luci e ombre sul paesaggio e nella macchina. Noah fa dei commenti mentre si gode il suo "picnic in macchina", briciole di patatine e biscotti che gli volano via dalla bocca mentre parla.

«... E in quello c'è un grande albero. E i tulipani! E una nuvola che assomiglia a Tan il drago, vero? Non è vero, mamma? E nel campo laggiù ci sono quattro pecore, guarda, mami! Le mucche!».

Mi lascio trasportare dalla sua voce, mentre dei fazzoletti d'ombra danzano sulla strada davanti ai miei occhi. Che bello essere usciti. Avevamo entrambi bisogno di aria fresca. Non posso restarmene a casa oggi, sapendo che Lachie è così vicino ma impossibile da raggiungere. Siamo alla ricerca di leggerezza e positività. E i chilometri che sto mettendo tra me e l'uomo che credevo di conoscere mi aiutano.

Quando arriviamo a Bright Hill, Murray sta impilando dei sacchi di concime all'entrata. Si ferma a salutarci.

«Che sorpresa».

«Noah voleva vedere gli *ortelli*», sorrido, i muscoli del viso che protestano come se non li usassi da secoli.

La sua bocca quasi si arriccia agli angoli. «*Devi* chiamarli così d'ora in poi». Guarda Noah, gli occhi luminosi.

«Ciao Noah! Come stai?»

«Bene». Mio figlio gli sorride.

«Ti va un giro sul mio carrello per arrivare agli ortelli?». Murray mi lancia un'occhiata. «Se alla mamma non dispiace...».

Noah sussulta e mi afferra la mano. «Mamma, posso? Posso?»

«Certo. Tieniti forte, va bene?».

Emozionato, Noah salta sul carrello giallo e vuoto di Bright Hill. Si aggrappa ridacchiando come un matto. Almeno il dramma di questa mattina non ha rovinato il suo buonumore. Murray mi fa un occhiolino mentre afferra le maniglie.

«Ok, ragazzo, reggiti forte. Pronti, partenza, via-a-a-a-a-a!».

Li seguo nell'edificio principale. Superiamo le nuova aree estive, erbe in vaso e set di barbecue, il tutto incorniciato da ghirlande di fiori fatte di girasoli artificiali. Jenn e Judith, due dipendenti della caffetteria, mi rivolgono un sorriso mentre finiscono la pausa, e nel frattempo Claire del negozio d'abbigliamento esterno si porta la mano al cuore quando vede Noah.

«Cresce così in fretta!».

«Lo so», rispondo. «E credo che abbia trovato un nuovo migliore amico».

Passo accanto alla caffetteria, e da dentro mi giunge un brusio di voci, il suono di piatti e tazzine. C'è un mucchio di gente attorno alle esposizioni: non tanta come un tempo, ma è comunque un sollievo. E sono circondata dal gruppo che ho contribuito a creare: Harriet e Charlotte, una coppia di giardinieri del collettivo di agricoltori, mi saluta quando mi passa accanto e io mi accorgo che entrambi hanno degli attrezzi nuovi. Sembrano così orgogliosi, e provo un moto di speranza. Risolvere i problemi di Bright Hill non basta, ma è comunque un punto di partenza. Piccoli germogli qua e là che spuntano dal terreno.

Quando entro nella sezione A-Z, Murray e Noah sono

già sfrecciati avanti. Se mai ci fosse qualcuno in grado di far sorridere Murray, quella persona sarebbe mio figlio. Magari adesso, lontano dal mio sguardo, sta proprio sorridendo. Magari Murray Hope ha una scorta segreta di sorrisi da dispensare quando i colleghi di Bright Hill non lo osservano.

«Che ci fai tu qui?».

Basta un attimo soltanto e le nuvole coprono il sole.

«Gita fuori porta, Darren. Mio figlio voleva vedere gli orti dell'Eredità».

«È un po' triste venire qui anche nel giorno di riposo, non trovi?», dice, raggiungendomi. «Uno dei tanti…».

No. Oggi non abboccherò alle sue provocazioni. Non sono una dipendente, sono una cliente. «Giornata impegnata?»

«Come tutti i weekend. Non che tu possa saperlo».

«Ooh, no. Ho rinunciato a questo piacere un anno fa». Bersaglio colpito. Ma non ho bisogno di combattere ancora, perciò lo guardo e sorrido. «Hattie dice che le vendite dei semi e degli utensili sono salite da quando i volontari del progetto hanno iniziato a curare gli orti».

Darren sbatte rapidamente le palpebre, come fa spesso quando viene colto alla sprovvista. Chiaramente non sa che farne della mia improvvisa cordialità. Bene. «L'ho sentito, sì. Perciò… su quello avevi ragione».

Aspetta. Quel burbero antipatico conosciuto anche come Darren Gifford mi sta facendo un *complimento*?

«Grazie mille».

Annuisce, gli occhi fissi davanti a sé. «Hai fatto un buon lavoro qui. Sei stata utile. Qualsiasi cosa succeda, voglio che tu lo sappia».

Quindi si allontana in fretta e furia e sparisce.

Questa proprio non me l'aspettavo.

Quando raggiungo Murray e Noah, cinque orti su nove sono gestiti da volontari. Mi sorridono e mi indicano i loro giardini in fiore. È una vista che allieta il cuore.

Ora, se riuscissi a portare qui gli sponsor, potrebbero vedere il potenziale di questo posto, il modo in cui unisce persone che altrimenti non si sarebbero mai incontrate. Credo che la mostra autunnale aiuterà molto, anche se prima avremo bisogno di avere già qualche sponsorizzazione. Hattie crede in me. E quando saluto i volontari che arrivano a Bright Hill, ci credo anche io.

Vorrei solo non vedere Lachie in ogni successo. Vorrei condividere tutto ciò con lui, perché so che capirebbe.

Ma non è così, vero? Lui non mi capisce. E nemmeno gli altri.

Prendo un respiro e mi riempio i polmoni dell'aria fresca dello Yorkshire. L'importante ora è questo. L'ho costruito io: devo farlo funzionare.

La fai semplice.

È semplice.

Per te. Scommetto che spaventi le piante per farle crescere…

Il ricordo della voce di Lachie mi fa male al cuore. Devo togliermelo dalla testa.

«Mamma! Guarda i pisellini!».

Noah è accanto a Connie e Dot. Thelma agita un braccio verso di me. Scaccio il pensiero di Lachie dalla testa, e vado a unirmi a loro.

Capitolo quarantatré
Lachlan

Oggi ho la seduta di fisioterapia di pomeriggio. Tanya è impegnata con un corso di formazione professionale a Northallerton per quasi tutta la giornata, ma ha intenzione di continuare con il nostro regime. Perciò ha accettato di venire alle 18.

Mi sembra strano fare gli esercizi tanto tardi. E il fatto che riesca a vedere la finestra di Bethan non aiuta. Mi fa male vederla così vuota, senza messaggi. O fiori. Da quando abbiamo smesso di parlare, è sparito anche il vaso che teneva sulla mensola.

Ho davvero bisogno di sentirla. Ed è questa la cosa peggiore. Dopo la sua reazione, non dovrebbe mancarmi. Ma il cuore non ha recepito l'ordine.

«E ancora».

Spingo contro le mani di Tanya e immagino di star spingendo via Bethan. Non è l'approccio positivo di cui ho bisogno. Sento un crampo al polpaccio, e mi afferro la gamba.

«Ok, ok, adesso fermati». Tanya si alza e si strofina il mento con la mano. «Probabilmente non è l'ora più adatta».

«Scusami. Aspetto che mi passi il crampo e poi possiamo ricominciare».

«Riposati un attimo. Siamo entrambi persone mattiniere, eh?».

Le rivolgo un sorrisetto. «Credo di sì. Come è andato il corso di formazione?».

Lei si appoggia contro il bancone della cucina con la bottiglia d'acqua in mano. «Lungo. Noioso. Sono sicura che userò ciò che ho imparato, ma non so se dovevano davvero metterci tutto il giorno a insegnarmelo».

Poco a poco il nodo al polpaccio inizia a cedere. Continuo a massaggiarlo. «Sai, quello è il mio lavoro – lo era, prima… La formazione».

«Nell'esercito?».

Annuisco. «Facciamo corsi di formazione per soldati e ufficiali. Perciò ne ho fatti un bel po'».

«Scommetto che i tuoi non erano noiosi come i miei», ridacchia.

«Erano peggio». Sorrido.

Dopo Bethan, questa è la prima volta che ho una conversazione del genere, ed è una cosa che mi fa sorridere e mi crea dolore al tempo stesso. Tanya è forte, ma non è Bethan.

«Ascolta, non preoccuparti se oggi le cose saranno più lente. Sei stanco. Di mattina sarà sempre meglio».

«Però ho smesso di fare progressi…». Non volevo farle capire che l'avevo notato, ma è una cosa che mi tormenta.

Lei china appena la testa. Lo sa. «Ti trovi in un punto di stallo. Non vuol dire che non fai più progressi, solo che abbiamo raggiunto il passo successivo e il tuo corpo si sta adattando. Se vuoi posso parlare con il mio superiore. Magari cambiare un po' il tuo programma…».

«Sarebbe utile?»

«In passato ha funzionato». Non sembra troppo sicura. «Sì, va bene. Se vuoi».

Quando Tanya se ne va, faccio una doccia. Poso la testa contro le mattonelle fredde sotto il getto d'acqua calda. Oggi sono stanco. Ma non ha nulla a che vedere con la fisioterapia. È passata una settimana dall'ultima volta che ho visto Bethan, e i giorni si sono susseguiti interminabili, senza biglietti alle finestre né la promessa di un incontro del giovedì. Il tempo mi sembra bloccato. E niente di quello che faccio è soddisfacente come quando potevo raccontarlo a lei.

Perché ci penso ancora?

So benissimo com'è la situazione con lei – ovvero, non c'è una situazione.

Sento solo l'ultimo squillo. Chiudo l'acqua e prendo un asciugamano, esco dalla doccia e trovo il telefono ormai silenzioso nella pila di vestiti a terra.

KIM DAIMLER
1 chiamata persa

Non è la persona da cui mi sarei aspettato una chiamata. Guardo lo schermo con la fronte corrucciata, quindi vado in camera e mi siedo sul letto, frizionandomi i capelli con l'asciugamano prima di richiamarla. È il suo numero personale, perciò so che non si tratta di una comunicazione ufficiale. E comunque, non spetterebbe a lei contattarmi. È passato così tanto tempo dall'ultima volta che Kim Daimler mi ha chiamato che non ricordavo nemmeno di avere il suo numero in rubrica. Perché adesso?

In quel momento Ernie appare sulla soglia, la coda arricciata all'insù come un punto interrogativo grigio.

«Sì, so che devi mangiare», dico. Mi alzo dal letto e seguo il suo corpicino felice in cucina. Nel frattempo compongo il numero di Kim.

«Wallace. Ciao».

«Scusami, non ho sentito la chiamata. Qualcosa non va?»

«Uhm, aspetta un attimo...». Sento i suoi passi, il respiro mentre cammina, il cigolio di una porta che si apre e il rumore distante del traffico.

«Scusa, qui non prende bene».

C'è qualcosa, nella sua risposta, che non mi convince. Non dico niente. Aspetto sia lei la prima a parlare.

«Ho bisogno di vederti».

«Perché?»

«Non c'è tempo per... Possiamo incontrarci da qualche parte? Questo pomeriggio?»

«Fuori? Dove?»

«C'è un pub a qualche chilometro da Yarm Road, il Fleece. Lo conosci?»

«Più o meno. Dovrei prendere un taxi, Kim. Non posso ancora guidare».

«Oh, merda, sì. Scusami».

«Oppure potresti venire tu qui?»

«No. Deve essere un posto in cui non possono riconoscerci». Sospira rumorosamente. «Potrà sembrarti strano, ma si tratta di una cosa importante, e non posso rischiare che qualcuno lo scopra».

Ok, *ora* sì che sono preoccupato. Lavoriamo insieme da anni e Kim Daimler mi avrà chiamato forse solo un paio di volte. E adesso vuole organizzare un meeting clandestino in un pub di campagna? Non l'ho mai sentita così. Nervosa. Insicura.

Basta e avanza a convincermi.

«Prendo un taxi. A che ora?»

«Le 8?»

«Va bene».

«Ok, ci vediamo lì. Fatti venire a riprendere dal taxi

alle 9:30. Prenotalo prima che ti faccia scendere, oppure rischi di rimanere a piedi. Appena ci vediamo ti darò i soldi».

Che diavolo sta succedendo?

Il pub si trova a qualche chilometro dalla strada principale, lungo un sentiero di campagna che si snoda tra siepi infinite al limitare di grandi campi. Il conducente mi dice che c'è stato l'anno scorso per il compleanno della moglie. Sono felice di sapere che sa dove stiamo andando: da solo non sarei stato in grado di orientarmi.

C'è qualcosa che non va. Me lo sento. L'unico modo per scoprirlo è incontrare Kim Daimler.

È un pub vecchio con il soffitto basso. È semi vuoto. Ci sono solo alcune persone che mangiano ai tavoli e un paio di tipi coraggiosi appoggiati al bancone. È evidente che in passato i gestori abbiano provato a farne un "gastro-pub" – vecchi pezzi di cianfrusaglie vintage impilati sulle mensole, tavolette di ardesia nera al posto dei piatti – ma sembra che ci abbiano rinunciato, a giudicare dal menu vecchia scuola accanto al tirassegno e la gigantesca slot machine pendente in un angolo sul pavimento lastricato.

Mi faccio strada con cautela sulle lastre di pietra lisce: sto ancora imparando su quali superfici posso posare il peso con le stampelle senza problemi. Secondo Tanya sarà più facile quando passerò al bastone. A giudicare dal modo in cui il piedino di gomma della stampella scivola sulla pietra, non sono sicuro che un bastone sarà più affidabile in quanto a supporto.

Mi avvicino a Kim e lei si alza, la mano tesa per salutarmi. Una stretta di mano formale? Non è un buon presagio. In borghese Kim sembra diversa – più giovane, tanto per cominciare. L'uniforme può invecchiarti o ringiovanirti, a seconda del rango. Quando abbiamo prestato servizio in Afghanistan tutti i ragazzi della mia unità sembravano bimbetti spaventati. Kim ha i capelli biondi sciolti che le sfiorano il colletto della giacca di pelle. È come incontrare un membro della tua famiglia che assomiglia terribilmente a un collega di lavoro. Questo fatto, unito alla scelta del pub, mi innervosisce.

«Posso offrirti una pinta?», chiede. Mi sembra che abbia bisogno di alcol più di me.

«Grazie», dico, dato che è già vicina al bancone.

Mi tolgo la giacca e spingo via la sedia per fare spazio alla gamba. Ho scoperto che più la tengo dritta e meno mi odia il giorno successivo. E ho bisogno di comodità dato che starò qui per almeno un'altra ora e mezza, a giudicare dall'orario in cui Kim mi ha fatto prenotare il taxi del ritorno.

Non sto comunque comodo. Ma non è certo solo colpa della gamba.

La birra mi aiuterà. O almeno spero.

Quando Kim torna, si mette a chiacchierare del più e del meno mentre io sorseggio la birra – la lascio fare perché ho l'impressione che ciò che deve dirmi, qualsiasi cosa sia, richieda del tempo. È nervosa, afferra il sottobicchiere e se lo rigira tra le mani.

Alla fine, quando la conversazione inizia a languire, sono io a parlare.

«Insomma, perché mi hai fatto venire qui?».

Il suo viso si tramuta in pietra. «Devi sapere una cosa. Riguardo… le indagini».

Speravo non si trattasse di questo. Ma in fondo, come poteva essere altrimenti? Kim non ha bisogno di incontrarmi in un anonimo pub di campagna per riferirmi gli ultimi gossip d'ufficio.

«Ok».

Beve un lungo sorso della sua IPA e posa la bottiglia sul tavolo, afferrandola con entrambe le mani. «Archer mi ha chiamato per scrivere il verbale, giusto? E io pensavo fosse una tantum, e invece l'ho dovuto fare con tutti. Sai com'è con la coerenza... Comunque. Ieri ho assistito a un altro interrogatorio. Quello di Adam Riggs».

«Cosa?». Campanelli d'allarme che iniziano a squillare. Ciò che sta facendo Kim è illegale – qualsiasi cosa venga detta in un interrogatorio deve rimanere confidenziale.

«Non dovresti dirmi nulla, Daimler...».

Lei non mi guarda in faccia. Si rende conto di cosa sta facendo? «Lo so, ma...».

«Daimler, *Kim*... apprezzo il gesto, ma non sta a te dirmelo».

«Credimi, vorrei non essere qui, Wallace...».

«Allora beviamoci su e scordiamocelo».

«Non posso».

Che ci faccio qui? Perché sono venuto? È una situazione che si preannunciava pericolosa dall'inizio. Perché non l'ho evitata? «Potresti perdere il lavoro».

Lei fa scattare la testa in alto, lo sguardo feroce. «E tu potresti andare in prigione!».

Lo shock mi costringe a restare in silenzio. La fisso senza riuscire a dire nulla.

«Dimmi solo una cosa, va bene? Hai detto la verità durante il tuo interrogatorio?»

«Sì. Io... perché dovresti pensare...?».

«*In via confidenziale,* Wallace. Credevi davvero che fosse la sua macchina? Era in grado di guidare? Avete solo preso una buca e vi siete schiantati? Oppure l'hai detto per proteggere qualcun altro?».

Adesso non riesco a guardarla. Gli agenti lo sanno? L'hanno capito?

«Non so di cosa tu stia parlando».

«Devo saperlo, Lachie».

Non mi chiama *mai* così. «Perché?».

Le sue nocche bianche attorno alla bottiglia. «Perché Adam Riggs dice che lo sapevi. Che la macchina fosse rubata. Dice che minacciavi Cathal Byrne. Dice che portarti fuori dal presidio è stata una sua idea. E che avevi un coltello».

Mi sembra di non avere più il pavimento sotto i piedi. Sono sospeso su un abisso, solo la sedia a sorreggermi. Scruto il volto di Kim in cerca di qualcosa a cui aggrapparmi, un'ancora di salvezza. Ma non trovo nulla.

«*Cosa ha detto*?»

«Ti ha incolpato». Un guizzo negli occhi. «Perciò, *se* avessi mentito per proteggere Adam Riggs, devi cambiare la tua versione – e in fretta. Con la performance a cui ho assistito riuscirebbe a convincere chiunque di essere una vittima innocente rimasta coinvolta nei tuoi casini».

Mi ha incastrato.

Tutte le stronzate che mi ha rifilato quando è venuto da me: *sono terrorizzato, perderò il lavoro, a te crederanno, a me no.* Il fatto che gli abbia creduto, come sempre… Ogni parola è stata una bugia. Mi ha teso una trappola per mettere in dubbio la mia testimonianza. E poi si inventa una storia per condannarmi.

Sono finito dritto nella sua trappola, non è così?

Mi sono fidato di lui. Mi trovo in questa situazione perché ho tentato di fare la cosa giusta. Stavo cercando di proteggere lui… e Cathal Byrne. Sono anni che lo tiro fuori dai guai – l'ho fatto talmente spesso che non ricordo nemmeno più i dettagli. E tutto perché non riuscivo a superare la mia stupidità di quella prima missione: sono stato vicinissimo a perdere l'unica carriera che abbia mai avuto. Riggs diceva che mi avrebbe sempre coperto le spalle, ma la verità è che lo ha fatto *una volta*. Un unico favore, quando ero troppo giovane e stupido per rendermi conto di ciò che avrei potuto perdere. Ho passato anni a cercare di ripagarlo, ma il prezzo che Riggs aveva stabilito non è mai stato alla mia portata.

«Lui sapeva…».

«Sapeva cosa?».

Sbatto le palpebre. Mi sono appena reso conto di averlo detto a voce alta. «Diceva che era terrorizzato, che l'avrebbero arrestato, che avrebbe perso il lavoro, se avessi detto che sapevo della macchina e dello stato in cui si trovava. Credevo di aiutarlo… credevo che mi stessi comportando da amico…».

Kim si strofina gli occhi. «Ti sei fidato di Adam Riggs? Non so cosa dirti, amico. Si comporta da stronzo egoista da quando lo conosco. Non ho mai capito perché voi due foste tanto amici. Ma suppongo fosse consapevole che, con te dalla sua parte, aveva in mano la formula del successo».

Non riesco a metabolizzare tutto. Perché adesso sto rivivendo tutti i momenti in cui mi ha chiesto aiuto, tutte le stronzate che abbiamo superato. Volevo così disperatamente un amico da non essermi accorto di ciò che stava succedendo davvero?

«Bastardo… Mi ha incastrato».

Sobbalzo quando Kim mi tocca il braccio. «Amico, Riggs è una serpe. Avresti dovuto vederlo al colloquio.

Nemmeno l'ombra del senso di colpa. Dice che hai fatto il bullo con lui, che lo fai da anni. Che hai usato il tuo rango per tenerlo in riga. Ricatto psicologico».

Mi sorreggo la testa con le mani, inorridito.

«Mi seppellirà. Perderò tutto...». *Di nuovo*, urla la mia testa.

«Non se ritiri la testimonianza».

«Ho testimoniato sotto giuramento. È oltraggio alla corte...».

«Ho controllato. Con Archer».

«*Cosa?* Lo sa?».

Scuote la testa. «No, non nei dettagli. Gli ho fatto una domanda sul processo come spettatrice neutrale. Credo pensasse che mi stessi riferendo a Riggs. Fino all'emissione della sentenza hai tutto il diritto di modificare, ritirare o rifare la dichiarazione. Ma non ti resta molto. La performance di Riggs è stata particolarmente convincente, ed è stato l'ultimo a essere interrogato».

Sono in preda al panico. Alzo lo sguardo verso Kim. «Come faccio? Puoi aiutarmi?»

«Chiedi un altro interrogatorio. Di' che vuoi modificare la testimonianza. Parlerò con Archer».

«Ma saprà che me lo hai detto. Perderai il lavoro...».

«Come prima cosa dirò che ho ricevuto una tua chiamata. Domani non arriverà fino alle 9:30 – ha un incontro con l'esecutivo. Lo inoltrerò come un messaggio normale. Non fare il mio nome quando ti chiama».

Fisso la mia improbabile salvatrice e mi chiedo cosa abbia fatto per meritare lei come alleata.

«Grazie. Non so come dirtelo, grazie».

«Sei un bravo ragazzo, Lachie. L'ho sempre saputo. Scarica quel bastardo. Sarà sufficiente come ringraziamento».

Capitolo quarantaquattro
Bethan

Ho messo la tapparella alla finestra.

Fa male passarci accanto ogni giorno sapendo che lui è lì, e le sue parole no.

Ho scelto il giallo più allegro e luminoso che ho trovato. Filtra i raggi del sole dalle finestre, e immerge la cucina in un alone di miele caldo. Dovrebbe rendermi felice osservare questa scena. Ma tutto ciò che vedo è una porta chiusa.

A Noah piace, ed è ciò che importa. La chiama "tenda crema" e non ho dubbi su come si senta, dal momento che poche cose nella vita fanno felice mio figlio più della crema. È casa sua, e io voglio che ci trovi dentro solo gioia.

Vorrei vederla anche io così, senza Lachie.

Mi sono fatta trascinare da quello che è successo dopo quel primo messaggio alla finestra, e non mi sono nemmeno resa conto che pian piano stavo collegando Lachie a ogni aspetto della mia vita. E adesso, dovunque guardi, ci sono dei promemoria dolorosi pronti a tendermi imboscate.

La cucina è la tentazione di sbirciare fuori dalla finestra in cerca di un nuovo messaggio o uno scorcio di lui. La sala il posto in cui andavo ad aspettare che rispondesse. Il bagno il luogo in cui pensavo a lui mentre lavavo Noah, ogni sera, emozionata alla prospettiva dei messaggi del buongiorno; la camera da letto è dove andavo a dormire sorridendo e sapendo di aver trovato un amico, e anche dove mi svegliavo dopo aver sognato parole bellissime arrotolate attorno a un braccio bellissimo. E quel sorriso che mi faceva fermare il cuore. Guidare per andare a lavoro vuol dire pensare a Lachie; lavorare vuol dire costruire il progetto che le sue parole hanno ispirato.

Non riesco a sfuggirgli. Il mio cuore si rifiuta.

Devo trovare un modo per uscirne, o finirò per perdere la testa.

«Come siamo seri questa mattina». Connie si toglie i guanti da giardinaggio e si appoggia alla vanga. «Tutto bene?».

Mi sforzo di sorridere. «Sì, certo. Sto pensando a tutto il lavoro che dobbiamo fare qui».

«Perdonami, ma quella non è una faccia da persona impegnata». Scaccia una mosca con il guanto. «Come si chiama?»

«La mosca? No, non teniamo animali domestici qui», rispondo.

Connie mi rivolge un cenno ammiccante. «Capisco. Mi faccio gli affaracci miei. Però ecco cosa penso: se trovi qualcuno per cui valga la pena scervellarti come stai facendo ora, probabilmente devi tenertelo stretto. Non c'è da pensarci troppo, con il classico ragazzo della porta accanto».

Il ragazzo della porta accanto.

Non sa di Lachie. È un'espressione che ho sentito usare mille volte da quando mi sono trasferita qui. Mi sembra che mi abbia appena sbirciato dentro. È troppo.

Mi scuso e mi allontano.

Quando arrivo, Darren è seduto alla scrivania nel piccolo ufficio della sezione piante. Ha la fronte corrucciata e sta leggendo un libretto.

«Giri fatti, sezione A-Z riassortita, tra un'ora Eric sarà qui e sposteremo i nuovi alberelli», dico. Sono sorpresa dalla quantità di cose che abbiamo già fatto stamattina. Almeno ho questo: lavorare nel vivaio ormai è la cosa più naturale del mondo, e ogni giorno che passo qui è soddisfacente al cento per cento, anche grazie all'aggiunta degli orti dell'Eredità.

«*Mpf*».

«Scusa, non ho capito».

Lui non alza nemmeno lo sguardo, le parole sulle pagine che catturano la sua attenzione. «Te ne intendi di telefoni?».

Ok, questa non me l'aspettavo. «Pochissimo, temo. Ho il mio da secoli».

«È un iPhone?»

«No».

Lui sbuffa e volta pagina.

«Credo che Patrick ne abbia uno… Non ha senso chiedere a Murray, è un uomo delle caverne se si parla di telefoni. Oppure potresti chiedere a Eric – è il mago della tecnologia da queste parti. Tra tutti noi solo lui ha un telefono d'ultima generazione».

Niente. Nemmeno un battito di ciglia. Neanche un sospiro esasperato.

«Darren?». Sbircio oltre l'armadietto e vedo una scatoletta bianca, e un foglio di cellophane che ricopre il piccolo spazio libero della scrivania di Darren come una patina di rugiada mattutina.

«Sì».

«Telefono nuovo?».

Chiude il libretto e lo allontana. «Ho detto a una persona amica che l'avrei configurato io».

«Che persona fortunata».

«Sai, alcuni di noi hanno degli amici, Bethan».

«Che carino. Cosa vuoi che faccia ora?»

«Meglio che tu tenga d'occhio l'Eredità fino all'ora di pranzo. Le mamme sono tornate con i marmocchi, e non voglio che si ripeta l'incidente della settimana scorsa».

Il suo tono mi dà sui nervi, ma non dico nulla. Meglio stare qui che a casa. Devo tenermi occupata.

Oggi un terzo degli orticelli sono occupati – Connie, Thelma e Dot, mezzo club delle mamme e due imprenditori in pensione. Alle 14 arriveranno i bambini della scuola elementare, e gli avvocati per un'oretta, prima dell'orario di chiusura – Darren e Patrick si assicureranno che vada tutto bene. La nuova recinzione a prova di neonato di Patrick sembra funzionare, perciò perlomeno oggi le mamme sono più tranquille.

Usare piante mature ha avuto un effetto fantastico sui progressi dell'Eredità: c'è un trionfo di verde, e i fiori delle piante premature hanno già iniziato a sbocciare. L'anno prossimo, quando inizieremo dai semi, ci vorrà più tempo per vedere i cambiamenti, ma so che i volontari lo troveranno un processo che dà una soddisfazione impagabile. Sempre se si andrà avanti per un altro anno. Se questa fase andrà bene, ho in mente di suggerire agli sponsor un piano di quattro anni. Cinque anni consecutivi di entrate sarebbero di notevole impatto per il vivaio.

Sto correndo troppo, ma oggi ne ho proprio bisogno. Andare oltre i problemi, pianificare un futuro a cui puntare – ecco cosa ho imparato a fare nella vita.

Forse devo fare lo stesso con Lachie.

Magari non rimarrà nemmeno in quella casa. Sarebbe di certo più facile vivere al pianterreno con quel tipo di infortunio. È anche vero però che se si mette in testa una cosa non c'è niente che possa fermarlo. Adoravo la sua determinazione: ma ora che ho visto il rovescio della medaglia, capisco che è un ostacolo impossibile da superare. Forse tornerà dalla sua famiglia, alle Cotswolds, e il problema svanirà insieme a lui.

Vedo il mio riflesso nel vetro della porta del capanno di Eric. Non mi stupisce che Connie mi abbia fatto quella domanda. Il mio viso è un libro aperto. Fisso i miei occhi vuoti, il sorriso spento. Sono pallida – più del solito, data il mio inconfondibile colorito celtico. Mamma considerava una fortuna il fatto che avessimo tutti i capelli neri e gli occhi azzurri, altrimenti saremmo scomparsi accanto alle pareti color magnolia.

Andrà meglio, dico al mio riflesso. Per forza.

Tre giorni dopo non ho ancora fatto progressi con la situazione Lachlan Wallace, ma addentrarmi in un territorio nuovo con mio figlio si è rivelata una distrazione utile. Noah è diventato ufficialmente un fan delle capre. A quanto pare, all'asilo, ha ricevuto una visita dalla Signora degli Animali, e hanno dato da mangiare ad alcune caprette con le bottiglie; mio figlio pensa sia la cosa più bella del mondo.

«Ti piacciono le capre, mami?», chiede, seduto sul ripiano della cucina. Fa ondeggiare le gambine, piccoli calzini con i pirati gli penzolano dalle dita.

«Mmh... non sono male», rispondo, mentre cospargo il pollo di salsa. Non avevo intenzione di mettermi a cucinare stasera per cena, ma suppongo che abbiamo entrambi bisogno di un po' di gioia.

«Però le *ami*?».
«Non mi spingerei a tanto...».
«Perché *io* invece le amo. E a novembre faccio il compleanno...».
Bel tentativo, bambino. «Forse le caprette ti faranno gli auguri».
Tra le sue sopracciglia appare una ruga: chiaramente non ha notato il mio tentativo di deviare il discorso finché non è stato troppo tardi. «Non devono, se vivono qui».
Prendo i piatti e lo guardo. «E dov'è che vivrebbero? Sentiamo».
«Nella mia stanza!».
«Ah, giusto». Gli poso il piatto davanti, sistemando la tovaglietta di plastica e passandogli le posate. «Per curiosità... di quante caprette stiamo parlando?»
«Tre. Una grande, una media e una piccola».
Da quando sono madre, mi è capitato spesso di trovarmi in situazioni in cui non so se comportarmi da adulta misurata e autoritaria o scoppiare a ridere come una ragazzina. Riesco a trattenere la risata e mi siedo accanto a lui. «E per caso si chiamano tutte Gruff, come quelle del racconto? Amanti dei ponti e non dei troll?».
Lui spalanca gli occhi. Mamma la Veggente vince *ancora*.
«E come lo sai?»
«Noah Gwynne, non cambiare mai».
Lui mi guarda accigliato, ma il richiamo del pollo arrosto e quello dei racconti sugli animali che deve ancora condividere sono troppo forti, perciò lascia stare il discorso sulle capre. Io mangio e lo ascolto: la gioia che emana il mio adorabile bambino è proprio ciò di cui ho bisogno stasera.

Più tardi, quando Noah è rannicchiato sul divano a guardare *Storie della buonanotte*, prendo il telefono che ho ignorato da quando sono tornata a casa. Trovo tre chiamate perse di Hattie. Che strano.

Controllo la segreteria. Un solo messaggio:

«Bethan, chiamami il prima possibile. Stasera, per favore».

Non dice altro: niente chiacchiere, neanche una mezza giustificazione per avermi contattato. Due frasi, nessun saluto. Lascio Noah davanti la TV e vado in camera da letto per chiamare Hattie.

Risponde al terzo squillo.

«Bethan. Grazie per avermi richiamato».

«Ho ricevuto il messaggio… va tutto bene?»

«No, per niente». Ha un tono di voce che non le ho mai sentito prima. «Ho bisogno che tu venga prima del solito domattina».

Lancio un'occhiata all'orologio sul comodino. Sono quasi le sette del pomeriggio – ho un margine strettissimo per controllare se Michelle può stare con Noah. «Quanto prima?»

«Alle 7».

«Cosa? Dovrei portare Noah dalla babysitter alle 8 prima di poter venire…».

«Le 7. In punto. Sono sicura che troverai un accordo con la babysitter».

Ok, questo sì che è un po' arrogante. «Devo controllare».

«Ti voglio qui alle 7. Temo che si tratti di una cosa che non può aspettare».

«Che cosa?»

«Non ho intenzione di parlarne al telefono. Chiama la babysitter e organizzati».

Riaggancia.
Fisso il telefono.
Mi ha attaccato in faccia! Hattie Rowse, la persona che non ha mai alzato la voce in vita sua!
«Ma-*aa*-mma!».
Sto tremando.
«Un attimo, tesoro».
Il telefono scivola tra le mie mani sudate. Non mi ha mai parlato in questo modo. Fredda, sgarbata, brusca. Sembrava più la preside di una scuola che una datrice di lavoro.
«Mamiii, mi *servi*».
Mi alzo, ma sento le gambe molli. Non so nemmeno come faccio a raggiungere mio figlio. Sono completamente nel panico: chiamo Michelle ma parte la segreteria. Riaggancio e compongo di nuovo il numero.
«Voglio il budino». Noah sorride.
«Adesso no», dico mentre termino la seconda chiamata non riuscita e compongo un messaggio.
«Posso avere la torta?»
«No, tesoro, è ora di andare a letto».
«*O-o-o-oh*…». I suoi lamenti… È troppo. I miei nervi cedono.
«Ho detto di *no*!», sbraito. Il suo viso si contorce, e sono immediatamente invasa dal senso di colpa.
«Scusami, Noah. Non volevo… Vieni qui, amore…». Lo abbraccio ma lui mi scansa la mano, il volto furioso.
Mi mordo il labbro. Sono sull'orlo delle lacrime.
Che cavolo sta succedendo?

Capitolo quarantacinque
Lachlan

Sta piovendo quando varco i cancelli del presidio di Catterick, il percorso un tempo familiare avvolto in un manto grigio. Mi sembra sbagliato arrivare in taxi. Penso alla mia macchina, ferma da quattro mesi nel parcheggio sul retro del mio edificio. Ci sarà mai un momento in cui tornerò a sentirmi a mio agio dietro a un volante?

Ieri ho ricevuto la chiamata di Archer. La squadra investigativa ha accettato di ascoltare una mia testimonianza modificata. Volevo mandare un messaggio di ringraziamento a Kim, ma poi ci ho ripensato. Ha già rischiato troppo per me.

«Va bene qui, grazie», dico al tassista. Non siamo vicini alla porta d'ingresso della mia unità, ma una breve passeggiata mi aiuterà a schiarirmi le idee prima di affrontare la squadra.

Il tassista annuisce e accosta accanto a un albero di lime. I rami si curvano sotto la pioggia e fanno cadere grosse gocce d'acqua sul tetto del taxi. Sembrano tanti colpi d'arma da fuoco. Mi si attorciglia lo stomaco. Sono passati otto anni dall'ultima volta che sono stato in servizio, ma mi sembra di dovermi preparare al combattimento.

Il tassista scende dalla macchina e mi apre la porta, porgendomi il braccio con discrezione per aiutarmi.

Non vorrei accettare, ma è un gesto così gentile che sarebbe inutile protestare.

«Grazie», dico.

Lui lancia un'occhiata alla mia gamba e al bastone che afferro dal sedile posteriore. «Buona fortuna, soldato».

Mi limito a rivolgergli un cenno del capo, e rimango in guardia finché non lo vedo allontanarsi.

Soldato.

E che soldato mi sono rivelato…

Il marciapiede e l'asfalto scuro della strada sono ricoperti di lime, impregnati d'acqua e foglie dorate. Risplendono sotto la luce screziata della tettoia in alto mentre io mi incammino lentamente su per la collina. La pioggia ha quell'aria nefasta in qualsiasi posto, ma nel North Yorkshire è un presagio particolarmente inquietante. Oggi sembra che l'acquazzone stesso mi abbia già condannato.

Vorrei aver capito prima che razza di tipo è Adam Riggs. Che idiota: sono l'ultimo del presidio a essersene accorto. Ho attribuito la sua natura egoistica ai pochi episodi che mi ha rivelato della sua infanzia difficile – il padre assente, la madre altrettanto, anni tortuosi a entrare e uscire dalle case famiglia. C'era qualcosa di vero? Per quanto mi riguarda, potrebbero essere solo altre bugie dette per farmi abboccare all'amo.

Quando mi ha trovato accovacciato nelle rovine di quell'edificio in Iraq, ricordo di essere rimasto sorpreso – strano, ho pensato, che fosse stato proprio lui a venirmi a cercare. Credevo di aver appena scoperto un nuovo lato di quel buffone insolente che avevo conosciuto all'addestramento base. Un privilegio concesso a pochi, uno scorcio di verità di cui solo i veri amici erano al corrente. Era sincero in quel momento? Cerco di pensare al Riggsy che mi ha salvato e all'Adam Riggs bugiardo e opportunista: sono due persone che non coincidono.

Lo odio per quello che mi ha fatto. Ogni volta che cammino, ogni movimento che fa il mio corpo, tutto sta lì a ricordarmi il suo tradimento. E se si portasse via anche la mia carriera?

No.

Non lo permetterò.

Sento tutta la rabbia, una rabbia bollente, incandescente, che dà forza alla colonna vertebrale e spinge le mie gambe sul pendio.

Stavolta non vincerà.

Mi sono torturato troppo a lungo: prima sono rimasto vittima del rimorso per aver incolpato lui senza riuscire a dirglielo, poi ho incolpato me stesso per aver preso la macchina. Ma è stato Riggs a dirmi una bugia, no? Perché gli faceva comodo che mi pentissi delle mie scelte di quella notte. Sempre fedele, pronto a salvargli la pelle.

Non ho fatto nulla di male: devo convincermene e basta. Ho allontanato Riggs dal presidio per evitare che aggredisse Byrne; ho afferrato il volante per salvare le persone nella macchina nell'altra corsia; ho fatto tutto per proteggere qualcun altro. Non ho mai pensato a me stesso, al pericolo a cui potevo andare incontro. In quel momento ho agito con integrità, usando il mio giudizio per trovare la via più sicura. Sono stato un bravo soldato, un essere umano compassionevole, un salvatore.

È questa la verità. I miei colleghi mi rispettano. Se non avesse creduto in me, Kim non avrebbe corso un rischio professionale così grande per mettermi al corrente della testimonianza di Riggsy. E, sebbene sbraiti tanto, Archer mi ha concesso molte opportunità di fare la cosa giusta.

Questa è la mia battaglia adesso. È la mia occasione per trionfare.

Kim mi viene incontro non appena entro nel presidio, una smorfia di disappunto quando si accorge dello stato in cui mi trovo.

«Sei fradicio, Wallace! Perché non ti sei fatto lasciare alla porta? Ti avremmo fatto aprire i cancelli».

«Avevo bisogno di camminare». Sorrido, notando solo adesso l'acqua che gocciola dai miei capelli.

«Idiota». Scuote la testa, va in cucina e ritorna con un canovaccio. «Tieni. Asciugati quel testone».

«Grazie».

Il suo sorriso svanisce. «Sei pronto?».

Annuisco. Ci siamo solo io e lei nell'atrio, ma non mi azzardo a proferire parola su ciò che ha fatto per me. Spero capisca.

«Vieni in ufficio. Archer mi ha chiesto di farti aspettare lì. Vuoi un caffè?»

«No. Devo avere la mente sgombra».

«Sarà piena di pioggia ora», ridacchia. «Che razza di scemo».

Il fatto che abbia degli alleati gioca a mio vantaggio, penso, mentre Kim inserisce il codice alla porta per farmi entrare. Li conto: Kim, Archer se sono fortunato, altri soldati che si fidano di me – un reggimento piccolo ma forte alle mie spalle. Riggsy aveva solo me, e adesso è rimasto solo. Non mi farò scrupoli a gettarlo nella fossa dei leoni. Ho pagato il mio debito con Adam Riggs, altroché.

Passano circa dieci minuti prima che il maggiore Archer arrivi.

Mi alzo il più in fretta possibile.

«Rimanga seduto». Non sorride. «Potrei dire che è

una bella sorpresa vederla qui, ma data la solennità dell'evento...».

«Lo so, signore».

Mi osserva, poi fa un sospiro irritato. «Mi sarebbe piaciuto che le circostanze fossero migliori. Ma sono felice che lei sia qui».

Annuisco. «La ringrazio, signore».

«Si sieda, per l'amor del cielo. Quella gamba deve tormentarla». Tira fuori una sedia da dietro una scrivania e si siede. Io rimango con la schiena dritta, mantengo il contatto visivo. Non ho nulla da nascondere, e voglio che lo sappia.

«Come va adesso?»

«Fa ancora male, ma sta migliorando».

«Ah. Bene. Gli agenti arriveranno a breve. È sicuro di avere tutte le informazioni necessarie?»

«Sono sicuro, signore. Signore, mi verrà data la possibilità di spiegarmi?».

Archer sembra non dare peso alla mia domanda. «Non perda le speranze. Devo dirglielo, Wallace, questa situazione si sarebbe potuta evitare. Sono deluso che non l'abbia fatto».

«Avevo le mie motivazioni, signore...», inizio. Ma poi noto la sua frustrazione e cambio tattica. Deve convincersi che ho intenzione di rimediare. «... che, alla fine, erano sbagliate».

«Mmh. Non so come andrà a finire. Ho rischiato il collo per farle avere questa nuova udienza. Di più non posso fare».

«Grazie per la fiducia che mi dimostra, signore».

Lui alza gli occhi al cielo. «Non mi rifili queste stronzate da pentito, Wallace. Vada lì e dica la verità».

Ci sono gli agenti della volta scorsa. E nessuno di loro ha ancora padroneggiato l'arte di sorridere, ma suppongo che, nel loro lavoro, ci siano ben poche occasioni di mostrarsi gioiosi. Prendiamo posizione, io alla scrivania, loro di fronte su un tavolo più lungo. Stanotte ho preso appunti, scrivendo nei dettagli tutte le correzioni da apportare alla mia testimonianza iniziale. Adesso i fogli sono piegati nella tasca della giacca: ho intenzione di parlare dal profondo del cuore. Di essere diretto, proprio come lo era Bethan.

Sento un nodo allo stomaco.

Bethan… quell'amica che non ha avuto il coraggio di avere a che fare con me. Continua a non avere senso, tutta questa situazione. Pensavo che le piacessi per la persona che ero – mi sono azzardato a credere che potesse amarmi. Ho fatto un sacco di ipotesi sbagliate nella vita, ed è stata tutta colpa mia.

Cerco di controllarmi.

Non è il momento adatto. Non posso fare nulla per Bethan. Però ho il potere di cambiare *questa* situazione.

Mi alzo quando entrano gli agenti del SIB, ciascuno con una cartellina in mano. Dottori, polizia militare, esercito, tutti che trasportano la mia vita in sottili fogli di carta: la mia esistenza misurata, registrata e riassunta in parole che non vedrò mai.

«Può sedersi».

«Sì, signora». Obbedisco.

Willoughby incrocia le mani sul tavolo e mi fissa. Nel frattempo Saunders sparge i documenti sul tavolo con un gesto ostentato, e Jenkins sistema il registratore.

«Allora, capitano Wallace, ai fini delle indagini potrebbe dirci il suo nome e la motivazione per la quale ha richiesto quest'udienza speciale?»

«Sono il capitano Lachlan Wallace. Vorrei modificare la mia testimonianza precedente».

Prendono appunti, anche se sanno benissimo perché siamo qui.

«È disposto a giurare di riportare solo informazioni corrette?»

«Lo giuro, agente».

Scrivono ancora. Jenkins e Willoughby si dicono qualcosa sottovoce. Un cenno. Saunders alza gli occhi dai suoi appunti e mi fissa.

«Bene. Quando è pronto».

«Devo alzarmi, signora?».

Mi fissano la gamba all'unisono.

«Non sarà necessario. Prego, proceda».

Bevo un sorso d'acqua e poi poso di nuovo il bicchiere nel cerchietto di condensa che ha creato sulla scrivania.

«Per prima cosa volevo ringraziare tutti per l'opportunità di chiarire la questione. Mi rendo conto che, nell'esaudire la mia richiesta, mi avete fatto un favore considerevole».

Cenni d'assenso. Meglio di quanto sperassi.

«Nella dichiarazione precedente, ho detto che, durante la notte in questione, ho proposto al caporale Adam Riggs di prendere una macchina e allontanarci dal presidio. Ho detto che si trattava della sua vettura, e che, secondo la mia opinione, il caporale era in condizione di guidare. Non è corretto. Quella notte ho incontrato il caporale Riggs sulla porta della mensa in uno stato molto alterato e instabile. Era convinto di aver ricevuto minacce serie e credibili da parte di un nostro compagno. Era perciò deciso a vendicarsi e a fargli del male».

Silenzio. Mi fissano tutti e tre.

Continuo. «Aveva un coltello. Un coltello a scatto, la

lama lunga circa 10 centimetri. Minacciava di aggredire l'altro soldato».

«Saprebbe dirci chi era il soldato a cui il caporale Riggs voleva fare del male?»

«Il sergente Cathal Byrne».

Tre mani che prendono appunti. Mi brucia la gola e, mentre loro scrivono, bevo un altro sorso d'acqua.

«Prego, prosegua».

«Non riuscivo a calmarlo. L'avevo già visto in uno stato del genere, ma mai con un'arma in mano. Sapevo che, se l'avessi fatto entrare a mensa, avrebbe aggredito il sergente Byrne». Mi fermo, mi sforzo di prendere un bel respiro e richiamo le parole che provo da tutto il giorno. «Avevo paura, innanzi tutto per il mio amico, e poi per il mio collega. Avevo poco tempo per pensare, perciò ho scelto una linea d'azione che rimuovesse immediatamente Riggs dal presidio. Gli ho detto che dovevamo uscire. All'inizio lui si è opposto, ma poi sono riuscito a convincerlo. Ed è lì che mi ha rivelato di avere una macchina».

«La macchina che teoricamente apparteneva a lui?»

«Sì. Vorrei precisare che Riggs mi aveva detto che la sua macchina era dal meccanico e che nel frattempo ne aveva affittata un'altra». Ricordo le parole di Kim di quella sera al pub in mezzo al nulla. Il modo in cui la sua rivelazione ha infranto per sempre la mia fiducia in Adam Riggs. Sento la furia che mi brucia in gola, ma riesco a ignorarla. Devo essere calmo e lucido – non posso permettere alla rabbia di compromettere la mia dichiarazione. «Adesso però so che la macchina è stata rubata dal presidio, e che il responsabile è il caporale Riggs. Devo precisare che quella sera non ne ero ancora al corrente».

I miei tre superiori si scambiano un'occhiata. Mi tengo il più dritto possibile, ignorando il dolore alla gamba e al fianco. Willoughby si sporge leggermente verso di me.

«E come lo ha saputo?»

«Me lo ha detto il caporale Riggs quando ero in ospedale».

«E perché non lo ha riferito ai suoi superiori il prima possibile?»

«Perché Riggs temeva che avrebbe perso il lavoro se la verità sulla macchina fosse venuta fuori. Mi ha fatto mettere in discussione le motivazioni per il quale l'ho convinto a guidare quella sera. Io… io faccio fatica a processare ciò che provo quando si parla dell'incidente. Ho provato senso di colpa, vergogna, rabbia…». Odio dirlo ad alta voce, ma, persino in questo istante, mi rendo conto di quanto sia stato facile per Riggs cavalcare l'onda di queste emozioni per farmi ignorare il mio buon senso e mentire. Sono stato un bersaglio facile. Non riesco a credere alla mia stupidità. «Ho iniziato a dubitare di aver fatto la cosa giusta… E, a causa di quel dubbio, ho accettato di non dire nulla riguardo alla macchina. Adesso so di aver sbagliato».

Mi fanno altre domande sul coltello, sui trascorsi tra Riggs e Byrne, sul perché abbia nascosto informazioni riguardanti la vendetta, che avrebbero potuto far chiudere le indagini settimane fa. Io chiarisco e mi scuso e faccio ciò che avrei dovuto fare dall'inizio – seguire l'istinto, come direbbe Bethan.

Avrei dovuto ascoltarla. Nonostante ciò che ha fatto, all'epoca avrei dovuto darle retta.

Ci spostiamo all'istante dell'incidente – la parte che più temevo. Perché la versione su cui ci eravamo accordati io e Riggs era molto più sicura della verità. *Non* era la verità, perciò potevo ingannare le mie emozioni e non ricordare. Adesso, devo spingere di nuovo la mia mente in quella macchina, sentire la forza dell'impatto, l'ondata di terrore, la sensazione di essere scaraventato di qua e di là, convinto di essere sul punto di morire.

Ed è in questo istante che capisco che mia sorella aveva ragione. Non posso andare avanti finché non affronto questa cosa a testa alta: una collisione diretta con la realtà dei fatti, il motivo per cui sono qui. Una volta Bethan mi ha detto che l'onestà aiuta a guarire. Se ignoro la *sua* mancanza di onestà – in fondo non mi aveva detto di avere un figlio – devo ammettere che ha ragione, giusto?

L'unico modo per allontanarmi dal fantasma dell'incidente è riviverlo nei dettagli, rimuovere il potere che ha di controllarmi.

Perciò affronto la squadra investigativa e torno di nuovo sul sedile del passeggero di quella macchina che sfrecciava su una strada zuppa, a mezzanotte, con Adam Riggs al volante...

«All'inizio mi è sembrato che si stesse rilassando. Avevamo acceso la radio e ricordo che si era messo a cantare. Ma poco dopo ha iniziato a inveire di nuovo e a sbandare. Io ho afferrato il volante e sono riuscito a rimetterci in carreggiata, ma all'improvviso lui ha sfoderato il coltello e ha iniziato ad agitarlo contro il parabrezza. Non avevo capito che lo avesse ancora con sé. Sono andato nel panico, l'ho afferrato, ho aperto il finestrino e l'ho gettato sull'erba al lato della strada. Riggs ha cercato di darmi un pugno, ma io l'ho respinto. E in quell'istante ho visto due fari che ci venivano incontro...».

Sento un nodo allo stomaco, un brivido di freddo. Afferro il bicchiere d'acqua e mi sforzo di mandare giù un sorso, cercando di inghiottire la bile e il panico e il dolore.

«Si prenda il suo tempo».

«Sì, signora». Faccio un respiro. Adesso non sto solo combattendo per il mio lavoro: è la battaglia con Adam Riggs che avrei dovuto affrontare anni fa.

«Riesce a proseguire?», chiede Saunders, una nota di preoccupazione nella voce.

Annuisco. «Sì, signora».

«Allora continui, prego».

«Ha sterzato dritto in direzione dell'altra macchina. Mi urlava contro, diceva oscenità e minacciava di ucciderci entrambi. Ho ripreso il volante ma lui è riuscito a tornare nella corsia sbagliata. Il veicolo ci veniva incontro lampeggiando, suonando il clacson... Mancavano pochi secondi all'impatto... io... io gli ho piantato il gomito nelle costole. Lui ha ceduto, e ha lasciato il volante. A quel punto ho sterzato il più possibile e ho liberato la strada alla macchina in arrivo. Ma...».

Lo stridio dei freni, le ruote che scivolano sull'acqua nella buca...

«...Andavamo troppo veloci. Non abbiamo visto l'acqua e...».

Il suono della ruota anteriore sinistra che si spacca contro il marciapiede...

«...la potenza dell'impatto ha fatto girare la macchina in senso opposto e...».

L'attimo prima della fine: la sensazione di scivolare, i suoni che svaniscono... succede tutto così lentamente che riesco ad assorbire i colori e i movimenti... quel respiro prima del secondo impatto, un attimo di serenità...

L'emozione mi stringe la gola, ma non mi fermo. *Non*

posso fermarmi. Sapere ciò che so ora mi fa vedere le cose da un'altra prospettiva, ogni momento è ridefinito. Per tutto questo tempo mi sono sentito in colpa per via della rabbia cieca che mi consumava ogni volta che ripensavo all'incidente. Credevo fosse poco leale nei confronti del mio amico provare risentimento nei suoi confronti per il semplice fatto che ne fosse uscito illeso. Ma avevo tutte le ragioni del mondo di essere arrabbiato. È stata la mia stupida lealtà verso Adam Riggs a farmi salire su quella macchina; la convinzione che gli dovessi qualcosa mi ha fatto accomodare su quel sedile, ha costretto il mio corpo a frantumarsi. Non è stata colpa mia. Non avrei dovuto essere lì, tanto per cominciare.

E adesso si aspetta che mi prenda la colpa come penitenza.

Non lo lascerò vincere.

Canalizzo la furia in ogni parola. Ogni sillaba è come acciaio fuso.

«Abbiamo colpito il marciapiede un'altra volta, e abbiamo iniziato a rotolare. Sentivo rumori dappertutto. Riggs che imprecava contro di me. Metallo che cedeva e si accartocciava. L'esplosione dell'airbag. Le bruciature sul viso, schegge di vetro che volavano... L'ultima cosa che ricordo prima di svenire è stato qualcosa di forte che spingeva contro la mia testa, la sensazione di essere schiacciato... Una pressione insopportabile... Avevo i polmoni in fiamme... Non riuscivo a respirare... Io... io ho pensato di essere sul punto di morire...».

Jenkins si è alzato dalla sedia e mi sta porgendo una scatola di fazzoletti. Solo in quel momento mi rendo conto di avere il viso bagnato di lacrime. Ne afferro un paio e, per un breve istante, lui mi posa la mano sulla spalla. Poi si risiede.

Vorrei chiudere gli occhi. La stanchezza mi sta schiacciando il corpo come i rottami della macchina.
Ma non ho ancora finito.
«Scusatemi».
«Ha bisogno di fare una pausa?»
«No, signora, la ringrazio. Sto bene». Bevo un altro sorso d'acqua, infilandomi i fazzoletti bagnati e accartocciati in tasca.
«Quando ho ripreso i sensi, in ospedale, il caporale Riggs è venuto a trovarmi. Mi ha detto che avrebbe perso il suo unico mezzo di sostentamento se la verità fosse venuta a galla – il fatto che avesse un coltello, che stesse minacciando il sergente Byrne e che avesse rubato l'auto dal presidio. Mi ha fatto sentire responsabile della sua protezione. Perciò ho corroborato la sua storia e omesso informazioni chiave che avrebbero potuto incriminarlo. Ho scelto l'amicizia invece che la verità – è una decisione di cui mi pentirò per sempre. Vorrei scusarmi con voi per avervi fatto perdere tempo. Spero che, con ciò che vi ho detto oggi, potrò in qualche modo rimediare per la mia mancanza di buon senso. Credevo di fare la cosa giusta: confido di averla fatta ora».
Willoughby lancia un'occhiata a Saunders e poi a Jenkins. Poi si rivolge a me. Noto un accenno di dolcezza nel suo sguardo.
«Apprezziamo la sua onestà, capitano Wallace. La sua testimonianza sarà modificata. La metteremo al corrente della nostra decisione a tempo debito». Osserva la mia gamba. «Le auguro una pronta guarigione. Ciò che ha fatto è servito a salvare delle vite a discapito della sua: è un fattore che verrà preso in considerazione. E lei dovrebbe fare altrettanto».

Questa non me l'aspettavo. «Lo farò», rispondo, sapendo di dover ancora comprendere appieno cosa significheranno per me delle parole del genere.

Ricordo a malapena come ho fatto a tornare a casa. Sono esausto, le ultime riserve di energia prosciugate. Ho fatto la cosa giusta, anche se troppo tardi.

Nell'appartamento, mi azzardo a lanciare un'occhiata alla finestra di Bethan. C'è una nuova tapparella, giallo acceso come la T-shirt a righe che indossava la prima volta che ci siamo visti. È tirata giù per metà. Un'allegra, luminosa porta chiusa.

Ci sono alcune cose che nemmeno l'onestà riesce ad aggiustare.

Distolgo lo sguardo. Sono completamente solo.

Capitolo quarantasei
Bethan

Non so perché Hattie voglia vedermi tanto presto oggi. Non riesco a smettere di pensare alla sua voce quando mi ha chiamato ieri sera. Fredda. Brusca. Non mi ha mai parlato in questo modo.

Michelle è stata fantastica – ha sentito in che stato ero al telefono e ancora prima che finissi di chiederglielo si è offerta di tenere Noah dalle 6. Non ha fatto altre domande, grazie al cielo. Non sarei stata in grado di mantenere la calma abbastanza a lungo da dirle tutto.

E la cosa peggiore – persino peggio di non sapere a cosa vado incontro – è che vorrei che Lachie fosse qui. Nonostante tutto. Vorrei sentire la sua risata, la sua voce dolce che mi dice che andrà tutto bene. Quando l'ha detto, ci ho creduto davvero.

Sono già un disastro, senza dover avere a che fare con un nuovo problema.

Perché i guai si presentano sempre tutti insieme? Se si distribuissero nel tempo in modo equo avresti perlomeno la speranza di potercela fare. Ma non ce n'è mai solo uno, vero? Quando salta fuori un problema, chiama anche i suoi amici ringhiosi, dai denti affilati – e in men che non si dica, ti ritrovi a essere il centro della loro abbuffata.

Fisso la parete alla fine dello stretto corridoio fuori dall'ufficio di Hattie. Vaglio le mie possibilità.

Cosa è successo?
Il progetto non ha fatto in tempo a salvare Bright Hill?
È troppo tardi?
Se sto per perdere il lavoro, devo iniziare a organizzarmi. Magari è meglio cercare un posto nuovo per me e Noah. Mi si spezza il cuore, ma non riuscirei a permettermi l'affitto di questo appartamento. Almeno non dovrei vedere la *sua* finestra tutti i dannati giorni, sapendo quanto siamo stati vicini a costruire qualcosa di meraviglioso. Trovare qualcosa di più economico vorrebbe dire tornare in un posto simile a quell'orribile monolocale dal quale mi sono tirata fuori con le unghie e con i denti. Non voglio che accada.
È un casino, e Lachlan Wallace ci si trova proprio in mezzo.
Un singhiozzo cerca di sfuggire dalla mia bocca, ma io lo ricaccio indietro. *Non piangerò per quell'uomo.* Sebbene lo voglia qui. Non lo farò, perché si è dimostrato un moralista come il resto del mondo. Probabilmente ormai non mi pensa nemmeno più, figuriamoci se ha il cuore spezzato per noi.
Stava andando tutto così bene, non è vero? Avrei dovuto aspettarmelo. Ma ero troppo impegnata a immaginare un futuro in cui lui non mi avrebbe mai permesso di entrare.
Sobbalzo nel momento in cui Hattie apre la porta.
Non è la donna che conosco.
«Vieni». Non mi guarda nemmeno in faccia. Si volta ed entra nell'ufficio.
Io la seguo, stordita.
«Siediti». Continua a non rivolgermi nemmeno uno sguardo. Quindi sparge sulla vecchia scrivania di quercia di Hector una pila di fogli, lentamente, come un

croupier che dà le carte. Quando vi mette le mani sopra, noto il suo smalto sbeccato sulle unghie, come se un mostriciattolo glielo avesse mordicchiato.

Rimango in silenzio. Dovrei pensare, pianificare una strategia per affrontare qualsiasi cosa debba dirmi. Ma non ho più voglia di lottare. Non mi rimane nulla. Perciò incrocio le mani sul grembo, cercando di rimanere il più dritta possibile, e pianto i piedi a terra.

Aspetta. Prendi un bel respiro. Trova l'equilibrio. Tieni il punto.

Dopo un secolo, Hattie finalmente mi guarda. Credo che nemmeno lei abbia dormito molto.

«Vorrei che non stesse succedendo niente di tutto ciò», dichiara. «Ma è successo. Ho sempre cercato di essere onesta con te, Bethan. Ti ho aiutata, ho investito energie, ti ho incoraggiato a volere di più da te stessa. Forse è stato questo il mio sbaglio...». Le si incrina la voce, quindi si strofina la fronte con una mano.

Altre persone mi hanno parlato con un tono del genere, ma mai Hattie. Poliziotti, manager della banca, l'avvocato, il magistrato – non Hattie Rowse. Non so quale sia il motivo per cui mi trovo qui, ma è grave come immaginavo. L'aria si fa pesante, carica di presagi. Ma io tengo la testa alta, la schiena dritta e la bocca chiusa.

Forza, Hattie. Di' quello che devi dirmi.

La fisso. Intensamente. Lei posa lo sguardo sulla mia spalla, poi sulla parete dietro, poi sulle sue mani. Io non mi muovo.

«Ieri mi è arrivata una telefonata da parte della banca. Ci sono state delle transazioni anomale nel conto della compagnia. All'inizio si trattava di piccole somme: cinquanta sterline qui, trenta sterline di là. Poi, giovedì scorso, un prelievo di seimilacinquecento sterline».

Ma di che sta parlando? Non dico nulla.

Lei mi guarda. «Insomma?».

Sta insinuando che abbia rubato io il denaro? La forza dell'accusa implicita mi colpisce come un sasso in faccia. «Cosa mi stai chiedendo?».

Hattie solleva le sopracciglia come se l'avessi insultata. Noto le sue mani che tremano mentre piega gli estratti conto bancari. «Speravo fossi tu a dirmelo».

«Io non ne so nulla».

«Be', dovresti. Perché le uniche persone che hanno accesso al conto della compagnia siamo io e te. E io non ho prelevato neanche un soldo da quando l'ho creato, settimane fa».

«E nemmeno io». Inizio a sentire la rabbia che demolisce la mia stanchezza, che si fa strada tra tutte le difese. Non riesco a credere che Hattie mi stia accusando di aver rubato: dopo tutte le belle parole che ha speso su di me, come può credere che le farei una cosa del genere?

«Ma i soldi sono spariti». Scuote la testa. Ha già preso una decisione, è chiaro. «Perciò, come lo spieghi?»

«Non lo spiego perché non c'è nulla da spiegare». Ogni parola è uno sparo, colpi ritmati carichi di rabbia cieca.

«Non voglio crederci, Bethan. Pensavo fossi una persona migliore. Ma poi ho iniziato a indagare...».

«*Indagare?*». Nell'ufficio sembrano calare le tenebre.

«Ho controllato la tua storia creditizia. E non riuscivo a credere a cosa ho scoperto. Debiti. Prestiti senza garanzie. Molteplici carte di credito. Una sentenza della corte. Francamente la somma che devi restituire è spaventosa. Perciò, il fatto che avessi all'improvviso accesso a un conto con dei soldi...».

«*No…*». Il mio cuore batte all'impazzata, il sangue che pompa nelle vene.

«Dev'essere dura, la tua *situazione…*». Il modo in cui pronuncia la parola è uno schiaffo dritto in faccia. «Una mamma single, un bambino di cui prendersi cura, le bollette da pagare, e un debito gigantesco…».

«*Come ti permetti!*».

Tra tutte le persone che potevano usare contro di me accuse trite e ritrite… Non avrei mai immaginato che si trattasse di Hattie. Non so nemmeno da dove iniziare: il fatto che sospetti di me, che creda che le abbia mentito e che abbia rubato soldi da un progetto su cui ho lavorato tanto; o il fatto che abbia ritenuto opportuno ficcare il naso nelle mie finanze e saltare a tutte le conclusioni sbagliate.

Sono scattata in piedi.

Non rimarrò qui seduta a farmi dare della ladra.

Nessuno sa la verità riguardo il debito perché l'ho tenuta per me per tre anni, affrontando da sola tutte le conseguenze. Sono affari miei, e solo io ho il diritto di parlarne.

È troppo. Perché ho creduto che la mia vita stesse andando nel verso giusto?

Cammino avanti e indietro per l'ufficio: rimanere sulla sedia con le mani strette a pugno non è più un'opzione.

Non dovrei dire niente a nessuno.

Ma, nella nebbia scura che mi offusca lo sguardo, all'improvviso penso a Lachie davanti al suo palazzo. Odio il fatto che Noah lo abbia terrorizzato. Odio il fatto che mi abbia etichettato non appena ha capito che avevo un figlio. Però ho avuto tante occasioni per dirglielo, e mi sono sempre tirata indietro. Avevo le mie ragioni, ma lui come faceva a saperlo?

Non ho parlato al momento giusto. Forse, se lo avessi fatto, lui sarebbe stato più preparato – oppure avrebbe potuto allontanarsi silenziosamente. Tutto, fuorché... quello. E Noah non avrebbe dovuto restare vittima del suo sguardo giudicante.

Hattie si è fatta piccola piccola sulla sedia, e mi osserva con gli occhi spalancati. Non la colpirò. Eppure... magari se lo aspetta. Dopo aver scoperto certe cose su di me, ha di sicuro iniziato a dubitare di tutto.

Lachie ha torto. Ma forse l'ho perso perché ho avuto troppa paura di parlare?

Anche Hattie ha torto. Ma deve sapere *perché* ciò di cui mi accusa non è possibile. Deve capire fino in fondo quanto mi ha insultata.

Quindi smetto di camminare.

Non mi siedo – ho bisogno di sentire il terreno sotto i piedi e la forza del mio corpo. Poso la mano sullo schienale della sedia a mo' di supporto: non so che effetto mi farà pronunciare le seguenti parole.

«Il debito non è mio. E non ho chiesto io i prestiti, le carte di credito, la seconda ipoteca. È stato il mio ex fidanzato».

Hattie mi fissa.

Io proseguo. «Ci siamo trasferiti nel North Yorkshire dal Galles del Sud per il suo lavoro. Kai guadagnava bene, e io ho trovato lavoro come insegnante di sostegno in una scuola. Abbiamo comprato casa, ci siamo fidanzati ufficialmente e abbiamo pensato di mettere su famiglia. Un anno dopo ho scoperto di essere incinta di Noah. All'inizio Kai mi aiutava, ma poi ha iniziato a tornare tardi da lavoro durante i giorni settimanali; quando mi sono avvicinata al parto, lavorava anche nei weekend. Credevo che il suo capo stesse passando un brutto momento – come tutti, all'epoca. Quando ho partorito, Kai è cambiato nei primi due, tre mesi: era attento, presente. Poi però le conferenze serali sono ricominciate. E una sera, la settimana prima del primo compleanno di Noah, è sparito».

Vedo la mia datrice di lavoro agitarsi sulla sedia. «Non è questo il punto, Bethan…».

Forse sei tu che non vuoi sentire. Mi hai già condannato.

«Be', non ho finito, Rowse. Sai quando ho scoperto ciò che stava succedendo davvero?». Non le do il tempo di rispondere.

«Quando gli ufficiali giudiziari si sono presentati alla mia porta, chiedendomi diecimila sterline. Hanno minacciato me e mio figlio – prigione, assistenti sociali, ordini di custodia cautelare e tutto il resto. È intervenuta una vicina e li ha fatti andare via, ma io ero terrorizzata. Perciò sono andata in banca. Ed è lì che mi hanno detto tutto: le carte di credito a mio nome. Le firme false. L'elenco degli anticipi sul giorno paga e gli accordi con usurai, prestiti di denaro ad alto interesse. Il tutto firmato da *Bethan Gwynne.* Mi sono rivolta alla polizia e ho denunciato la scomparsa di Kai. Poi ho trovato un avvocato che mi ha detto che, finché Kai non fosse saltato fuori, sarei stata comunque io a dover pagare il debito, perché c'era la mia firma su tutto…».

«Dev'essere stato terribile avere un debito simile. Ma la tentazione di accedere al conto…».

«Non ti ho rubato niente! Sto cercando di spiegare…».

«Mi dispiace, davvero. Rimane il fatto che solo tu avevi accesso a…».

«Non mi stai ascoltando!».

Hattie chiude la bocca, le mani che stringono i braccioli della sedia.

«*Non è colpa mia.* La casa venduta per ripagare una minuscola parte del debito. Tutti i miei averi confiscati. La polizia ha detto che Kai era fuggito dal Paese: ed è ancora così, nel caso te lo stessi chiedendo. Siamo finiti in tribunale, mi hanno considerata vittima di frode. Ma siccome Kai non c'era, ero comunque perseguibile. Le compagnie delle carte di credito hanno accettato di ridurre il debito, gli strozzini no. Perciò, sì, Hattie, ho un debito che forse non ripagherò mai. Non è colpa mia. Non sono stata io. Ma adesso è questa la mia vita… E sì, sono una madre single, e ne vado estremamente fiera. Ho protetto mio figlio e ho tenuto in vita sia me che lui anche se a suo padre non importava nulla. E adesso ci sto tirando fuori dal casino in cui ci ha lasciato».

«Bethan, io…».

«E se tu avessi un minimo di compassione e mi conoscessi, sapresti cosa ha significato per me lavorare qui…». Non fermo le lacrime. Deve vederle. «Capiresti che mettere a repentaglio il mio lavoro è l'ultima cosa che farei. Se lo perdessi, Hattie, perderei anche i mezzi necessari a permettermi l'affitto, mantenere Noah e far sparire per sempre quell'uomo dalle nostre vite. E poi, in tutta onestà, la somma che mi accusi di aver rubato… non coprirebbe nemmeno un decimo del debito. Non varrebbe la pena perdere tutto».

«E allora chi…?»

«Non lo so!».

Guardo Hattie. Ed è in quel momento che capisco: non importa cosa le dico. Sono felice di averlo fatto, ma non posso restare qui. Troverò un altro lavoro, più di uno se necessario. Lavorerò il doppio per proteggere me e mio figlio. Non voglio ricominciare, ma lo farò comunque.

Afferro la giacca dallo schienale della sedia e apro la porta dell'ufficio. Poi, lentamente, mi volto verso Hattie e le parlo a voce bassa, ogni parola un dito puntato.

«Rintraccia il conto a cui sono stati trasferiti i prelievi. Fallo fare alla banca. È così che hanno rintracciato i soldi che ha rubato Kai. Adesso ho solo un conto bancario, uno di debito senza possibilità di scoperto. Lo sportello bancario lo avrà registrato: è dove mi vengono pagati gli stipendi. Controlla i numeri del conto. E poi trova qualcun altro da assumere, Hattie, perché io mi licenzio».

Non mi volto indietro. Non corro. Mi allontano da Bright Hill a testa alta. Supero Darren, i colleghi sconvolti che hanno sentito le urla dal corridoio e le vetrate antichissime e scricchiolanti. Salgo in macchina ed esco dal vivaio per l'ultima volta.

Dopo aver percorso circa un chilometro, in una piazzola erbosa accanto a un campo di grano punteggiato da papaveri, mi lascio andare. L'ingiustizia mi fa urlare, la rabbia singhiozzare, la paura boccheggiare in cerca d'aria.

Cosa ho fatto?

Capitolo quarantasette
Lachlan

Archer ancora non mi ha fatto sapere nulla sulle indagini.

Perché ci mettono tanto?

Sul telefono ho sette messaggi di Riggsy ai quali non ho risposto. Non ho nulla da dirgli. A giudicare dal contenuto, non credo che sappia qualcosa più di me. Quando arriverà il momento – se la mia testimonianza avrà delle ripercussioni – sarò pronto allo scontro.

Però l'attesa è la parte peggiore.

Ho anche altri messaggi senza risposta – da parte di Sal, che non mi chiama da quando abbiamo discusso, ma che chiaramente ha altro da dirmi. Non posso leggerli, non ancora. Possono aspettare.

Mi rilasso contro il sedile del taxi e osservo la campagna del North Yorkshire che mi passa accanto fuori dal finestrino. Stamattina ha diluviato, ma adesso il sole ha diviso a metà le nuvole color granito, riflettendosi sulle foglie bagnate e sulle siepi che costeggiano la strada.

La prima volta che sono venuto a Catterick, mi aspettavo di trovare colline dolci come quelle che ho visto in *Last of the Summer Wine*, ma qui i campi sono perlopiù vasti e piatti, il cielo una grossa cupola. Mi aspettavo brughiere a perdita d'occhio, e invece mi sono innamorato della vastità di questo paesaggio.

Ricordo che Bethan mi ha parlato del posto in cui

è cresciuta, del fatto che si vedevano le montagne su ogni lato. Avrei voluto chiederle com'è finita nel North Yorkshire. Ci sono così tante cose che avrei voluto chiederle, quando ancora davamo per scontati i nostri giovedì. Piantare quei fiori, sistemare il mondo, quando ero convinto che avessimo un "per sempre" davanti ai nostri occhi. Non dovevamo scoprire tutto l'uno dell'altra nelle prime settimane.

Ma mi sbagliavo.

Mi manca.

Vorrei non fosse così.

Cosa le direi riguardo la giornata di oggi? Che sto andando a parlare con la mia specialista nell'ospedale di Darlington. E che è stata Tanya a suggerirmelo, prima del previsto. E io non so cosa sperare.

I progressi sono rallentati, ma ho sempre saputo che sarebbe successo. Ho lavorato duramente, mi sento più forte e ho riacquisito un po' di mobilità. Ma, da quel giorno con Bethan – e dal silenzio che ne è seguito – niente è stato più lo stesso. Volevo farcela anche per riuscire a vedere il suo viso. Dirle quello che significa per me. *Significava.*

Magari, quando ci ripenserò, capirò che l'ho conosciuta in un momento in cui ne avevo bisogno. Non è lei la responsabile della mia guarigione. Avevo appena perso di vista l'obiettivo, prima di attaccare quel messaggio alla finestra. Bethan è arrivata nell'attimo in cui avevo iniziato ad addentrarmi in un territorio oscuro. Non posso desiderare che non sia mai successo. E non lo farò. Ma sapere che è ancora al mondo e che non posso stare con lei fa più male della gamba.

Mi sposto dalla sala delle analisi del sangue a quella delle lastre, e poi a quella per la fisioterapia. Avanzo come un automa, ormai abituato al tragitto lungo questi corridoi infiniti. In borsa continuo a portare con me l'ex truffatore, ora avvocato, di New York – è la quinta avventura in cui lo accompagno e ormai ho quasi finito anche questa. Dono a Eddie Flynn un po' di riposo dalla caccia ai serial killer: i capitoli finali hanno bisogno di tutta la mia concentrazione, e oggi non sono in grado.

Aspetto la specialista scorrendo i social sul telefono, ma non c'è niente che catturi la mia attenzione. Rimetto il cellulare nella borsa insieme al libro dormiente e mi accarezzo il braccio sinistro. Quando i miei polpastrelli incontrano le parole di Maya Angelou circondate dall'alloro, l'improvviso ricordo delle dita di Bethan che lo accarezzano mi fa fermare il cuore.

Riuscirò mai a dimenticarla?

Scaccio il pensiero. Sono infastidito: la mia vita ora è *questa.* Ho affrontato cose ben peggiori. Devo pensare a rimettermi in sesto, recuperare le forze e – se Dio vorrà – a tornare al lavoro.

Per le indagini ci vorrà tempo. Il ritardo è una cosa buona, dico a me stesso. Se avessero deciso di punirmi, l'avrei già saputo. Stanno solo facendo il loro lavoro: il mio sta nel fidarmi e aspettare.

«Lachlan Wallace?».

È il fisioterapista della volta scorsa. Oggi non chiacchiera, ma nella sala d'attesa c'è il doppio della folla rispetto al solito. Ha l'aria stressata, il sorriso caldo ma teso, l'andatura leggermente stanca. Io rimango al passo, resistendo alla tentazione di superarlo solo per dimostrargli che posso.

Mi aspetto di trovare la solita specialista, e invece i tre fisioterapisti mi dicono che nel frattempo hanno ricevuto l'indicazione di mettermi alla prova.

Svolgo tutti gli esercizi tenendo a bada il più possibile i pensieri. Sono qui per lavorare, ed è quello che faccio: ogni movimento, ogni spinta, ogni sollevamento e ogni allungamento mi danno la conferma dei miei progressi. Mi complimento con me stesso ogni volta che completo un esercizio. È arrivato il momento di sentirmi orgoglioso del lavoro che ho fatto per arrivare fin qui. I dottori mi incoraggiano, ma rimangono anche concentrati. La sala è immersa in un silenzio determinato. La sensazione di distacco mi fa pensare al mio lavoro – per qualcun altro potrebbe essere una fonte di preoccupazione, per me è un sollievo. Svolgi l'esercizio, fallo bene, passa al prossimo. Quel senso di concentrazione e di ordine stabilito è stato lo schema della mia vita per diciotto anni. Mi rendo conto che è per questo che fatico a stare a casa. Devo tornare a quel tipo di equilibrio. Avere troppo tempo a disposizione è stato pericoloso per la mia testa.

La dottoressa Fairbairn arriva mentre mi sto riposando dopo il round finale di sollevamenti. Mi saluta rivolgendomi un ampio sorriso.

«Mi perdoni per il ritardo, signor Wallace. Oggi qui dentro è da impazzire».

«Ho notato». Un fisioterapista mi porge un bicchiere d'acqua e mi dà una pacca sulla spalla. «Grazie».

«Bene, quando è pronto…». La dottoressa mi fa cenno di avvicinarmi alla scrivania.

Mentre afferro la borsa e il bastone, noto che i tre fisioterapisti escono dalla stanza, lo *schlup schlup* delle scarpe che scricchiolano sul pavimento.

«Si è fatto una bella sudata, soldato», dice la dottoressa.

«Può dirlo forte», rispondo.

Lei annuisce e inizia a leggere gli appunti. Il suo sorriso svanisce.

«Allora, ho rivisto le ultime informazioni che mi ha dato Tanya, e le ultime lastre».

Sorseggio l'acqua e aspetto, il battito del cuore ancora accelerato.

La dottoressa Fairbairn incrocia le mani sulla cartellina aperta, e io noto il breve sospiro che prende prima di iniziare a parlare.

«Lei è forte. Si registrano ottimi progressi nella muscolatura della gamba, e la pelle attorno alle ferite sta guarendo bene». Abbassa gli occhi. «Però so che vuole tornare a lavoro, e dovrei fare alcune considerazioni al riguardo».

«Per esempio?»

«Il danno al bacino e al fianco, purtroppo, è più grave di come ce lo aspettavamo».

Il sudore sulla mia fronte diventa ghiacciato, tutto il sangue sembra fluire via dal mio corpo.

«In che senso?»

«Probabilmente non guarirà più di così». Lo sguardo fisso, gli occhi solenni in un mare calmo.

E all'improvviso mi ritrovo in caduta libera.

Non sento la voce della dottoressa che getta le basi per la prognosi, promette che la fisioterapia continuerà con un obiettivo diverso – ovvero supportare la gamba quando cammino –, parla di plantari e di cinghie e di rieducare i muscoli a svolgere il miglior lavoro possibile…

La stanza diventa il giardino sotto casa, e c'è un bambino che rincorre la palla passando sui fiori che ho piantato accanto alla siepe, il viso più bello del mondo che mi vede e si contorce dall'orrore.

È peggio che averla persa.

È peggio di qualsiasi altra cosa.

All'improvviso mi ritrovo a singhiozzare, qualsiasi speranza di mantenere la calma è svanita. La specialista è sconvolta, rimane in silenzio. Non sarò il primo adulto che vede devastato su questa sedia, però non posso fare a meno di chiedermi se si aspettasse una reazione del genere da me. Non riesco a impedire che le emozioni mi travolgano. Mi consumano, mi tolgono il fiato, e sono impossibili da sopportare. Non so che altro fare, perciò lascio uscire tutto – il dolore, la paura, la frustrazione che provo nei confronti di un corpo inutile dal quale mi aspettavo molto di più.

Ma non piango solo per la gamba. E nemmeno per la mia immagine. È l'ingiustizia che brucia. Stavo facendo la cosa giusta. Volevo salvare le persone nella macchina che ci veniva incontro – e anche Adam Riggs, sebbene abbia visto come mi ha ringraziato… E inoltre credevo che Bethan non si fermasse al mio aspetto fisico, che vedesse il cuore che le avevo donato.

La dottoressa Fairbairn posa la mano sulla mia. È morbida, e le sue dita stringono leggermente il mio pugno.

«Mi dispiace tanto, non sono le notizie che si aspettava», dice, il tono gentile. «Ma non c'è motivo per cui non potrà tornare a lavorare, a vivere in modo indipendente, a proseguire con la sua esistenza come faceva prima».

Scuoto la testa come se cercassi di liberarmi da uno sciame di api. Non ho bisogno di parole gentili e di rassicurazioni. Nulla sarà come prima.

«So che è dura…». Le lancio un'occhiata torva attraverso le lacrime, ma lei sostiene il mio sguardo. «Ho visto mio marito affrontare la stessa cosa».

Questa non me la aspettavo. «La stessa?»

«Molto simile. È stato ferito durante un'esercitazione. La gamba destra gli è rimasta schiacciata. Ho visto quell'uomo gigantesco che ho amato per anni crollare come un bambino. Nell'esercito il corpo è tutto. Spingersi oltre i limiti, assicurarsi il proprio posto nella scala gerarchica – capisco meglio di quanto tu creda, Lachlan. Ma *devi* capire che la vita non è solo ciò che puoi o non puoi fare. È anche *vivere*. Saresti potuto morire in quell'incidente. E sei sopravvissuto. Il tuo corpo sta guarendo come meglio crede, non nel modo che tu ritieni migliore». Sospira, e la sua mano stringe di nuovo la mia. «Non dovrei dire una cosa del genere, va oltre le mie responsabilità professionali, però *vivi la tua vita.* Scopri cosa puoi fare, dimentica quello che non puoi fare. Vali più di quanto credi. È questo che devi dimostrare – a te stesso e al mondo. È questo il tuo obiettivo».

Mentre il taxi mi riporta a casa, mi sento totalmente stordito. Non vedo la luce del sole, la vastità del cielo, i piccoli villaggi ammassati accanto alle strade, i giganteschi alberi a fare da sentinelle. Il tassista percepisce il mio umore e alza il volume dello stereo. Adesso non piango più – la dottoressa Fairbairn mi ha dato il tempo di riprendermi prima che andassi via – ma, quando mi guardo dal finestrino, vedo che ho ancora gli occhi arrossati.

Non voglio pensare a Bethan, però quello che mi ha detto la dottoressa mi ha fatto tornare in mente un ricordo che si rifiuta di andare via.

Stare da soli è dura, soprattutto se non si hanno dei parenti accanto. A volte penso che vorrei solo arrendermi, ma è in quei momenti che cerco cose positive.

Ricordo il suo discorso sulle piccole perle di positività da collezionare ogni giorno. Cercarle le impediva di demoralizzarsi. Metto la mano nella borsa e tiro fuori il portafoglio. Apro il vecchio portamonete di cuoio. La parte posteriore è vuota, fatta eccezione per una cosa: una piccola pietra di quarzo, liscia. Il ricordo delle dita di Bethan che sfiorano le mie mentre me lo passa attraverso la siepe è come vetro scheggiato che mi graffia il cuore. Non so perché l'ho tenuto. Però lo tengo nel palmo mentre i colori della campagna mi passano accanto dal finestrino. Un oggetto piccolo, insignificante, ma stranamente rassicurante.

È solo una pietra.

Non cambia nulla.

Però aiuta.

Forse non avrò Bethan Gwynne nella mia vita. Ma ho *questa*.

Capitolo quarantotto
Bethan

Il messaggio arriva alle 8 di mattina, proprio mentre sto provando a fare i pancakes. Mi sono svegliata decisa a riprendermi la mia vita, e preparare il piatto preferito di Noah nel weekend mi è sembrato l'inizio perfetto.

Faccio quasi cadere il telefono nella ciotola dell'impasto per aprire il messaggio, le mani sporche di farina che scivolano sulla plastica della cover. Noah alza lo sguardo dal battaglione di draghi che fanno manovre sul tavolino da caffè, e ridacchia nel vedere la mamma che fa la giocoliera in cucina. Pulisco il telefono sulla mia T-shirt – tanto dovevo già lavarla – e ricambio il sorriso.

«È un numero sul quale sto ancora lavorando», dico.

«Giralo come un pancake!», risponde lui, allegro.

Almeno ho questo. Ho me e Noah. Una coppia fantastica. Sul resto posso lavorarci.

Guardo i messaggi e sorrido di nuovo. È Patrick, che Dio lo benedica. Mi ha mandato così tanti messaggi ieri dopo che ho lasciato Bright Hill, dicendomi che voleva licenziarsi per solidarietà. Io gli ho detto che era uno sciocco per averlo anche solo pensato, e che l'avrei preso come un insulto. È dolce, ma non è la sua battaglia.

Ehi, B. Posso venire a trovarti oggi? P x

La casa è nel disordine più totale. Sono riuscita a malapena a dar da mangiare a Noah, a fargli il bagno e a metterlo a letto prima di crollare. Le pentole di ieri sono ammassate nel lavandino, i vestiti dell'asilo di Noah sparpagliati accanto alla porta dove li abbiamo lasciati ieri, i giocattoli dappertutto: voglio che sia felice qui, finché rimarremo. Ho lottato duramente per trasferirmi in questa casa, e voglio spremerla fino all'ultima goccia prima di dovermene andare.

Rispondo a Patrick:

Ehi P. Non sono molto in vena di ricevere ospiti oggi. Che ne dici di domani? Baci

Qualche secondo dopo, mi arriva un altro messaggio. *Dio santo,* scrive velocissimo...

Non era una domanda. Sarò da te alle 10. Mandami il tuo indirizzo, ok? Porto la torta J P baci

Non ci voleva. Ma forse, se vedrò Patrick oggi, riuscirò a metterci una pietra sopra. Fisso i fogli con le offerte di lavoro che ho stampato prima che Noah si svegliasse, la pila di cose da lavare. Butterò tutto nella mia stanza e chiuderò la porta.

Ma prima, il mio bambino ha bisogno dei pancakes...

Alle 10 squilla il citofono, e Noah lancia un urletto di gioia. Da queste parti ricevere un ospite è una cosa davvero rara, paragonabile all'arrivo di Babbo Natale, e inoltre ha un sacco di zuccheri che gli scorrono nelle vene per via della colazione speciale. Probabilmente Patrick verrà aggredito non appena varcherà la soglia.

«Calmati», gli dico. «È Patrick».

«Giocherà con me?».

Come se avesse scelta. «Credo di sì. Prima facciamolo entrare e bere una tazza di tè, va bene?»

«Va bene», risponde Noah. Ma dal suo sorriso capisco

che le probabilità che Patrick riesca a sedersi sono scarse, se non inesistenti.

«Sali», dico al citofono, aprendogli la porta. «Interno 3, su per le scale e subito a destra».

Aspetto sulla soglia e sento il calore di una testolina sotto la mano, due braccia che mi si avvolgono attorno alla gamba.

«Sta salendo», dico, accarezzandogli i capelli.

I piedi di mio figlio danzano sul tappetino. Lo fa da sempre – saltelli di gioia, come se l'emozione accumulata nel corpo gli uscisse dalle dita dei piedi. Stamattina mi aiuta anche questo. Frammenti di positività che ritornano dopo il buio di ieri. Mi sento anche più leggera ad aver detto a qualcuno di Kai. È stato come scrollarsi di dosso un cappotto impregnato d'acqua, non sentirne più il peso sulle spalle.

Il sorriso caloroso di Patrick compare in cima alle scale, lo saluto con la mano. Lui solleva la sua, poi torna a voltarsi verso le scale.

«Siamo qui», dico ridendo. Forse non ci ha visto... E poi capisco.

Hattie mi saluta. Patrick mi guarda e fa spallucce.

«Sono due persone!», urla Noah, nel momento esatto in cui il sorriso sul mio volto scivola via.

Dovrei dire a entrambi di sparire.

«Venite a vedere i miei draghi!», esclama Noah, divincolandosi dalla mia presa e avvicinandosi a Patrick. Gli prende la mano e lo fa entrare.

Scossa, esco in corridoio e mi chiudo la porta di casa alle spalle.

«Bethan, possiamo parlare? Per favore», chiede Hattie con un leggero tremolio nella voce.

«Non credo che abbiamo qualcosa da dirci».

«Non sono d'accordo». È agitata. «Non me ne andrò finché non avremo parlato...».

Tu hai avuto il tuo momento per mostrarti inflessibile, Hattie Rowse.

Non so cosa pensi di ottenere a tendermi un'imboscata del genere. E francamente non mi interessa. Il danno è stato fatto ieri – e non si può tornare indietro.

Apro la bocca per dirglielo, ma la porta si spalanca e Noah sbatte contro le mie gambe – uno dei suoi giochi preferiti.

«Smettila di blaterare!», ordina. Una parola che ha imparato da mia madre il Natale scorso, e la considera la più divertente del mondo. Mi strattona la gamba, e capisco che non sarà un gentile rifiuto a convincerlo. Mi trovo tra l'incudine e il martello. Fisso Hattie e le rivolgo un cenno in direzione dell'appartamento. In qualche modo, non pronunciare le parole *prego, entra* rende il tutto più facile. Io vado dentro: se lei vuole seguirmi sono affari suoi.

Sembra che Pat abbia già disputato dieci incontri con Anthony Joshua: è mezzo sdraiato sul divano con l'esercito di draghi che avanza sul suo grembo. Ecco il risultato di cinque minuti con mio figlio, quando è emozionato. *Benvenuto nel mondo di Noah Gwynne, amico mio.*

«Noah, fa' sedere Patrick per un po', ok?»

«Ma gli piacciono i draghi».

«Sto bene», risponde Pat. A giudicare dalla sua espressione, non si direbbe.

Alle mie spalle, Hattie sprofonda su una poltrona con la borsa sulle ginocchia per proteggersi dall'attacco di qualche drago (o di un bambino).

Se non fossi impegnata in una battaglia tutta mia, mi

farebbe ridere vederli così. Sono arrabbiata per l'imboscata, e anche piena di frustrazione, perché non posso di certo dire quello che penso con mio figlio qui accanto – probabilmente era il loro piano dall'inizio.

Preparo il tè, più per avere un istante di tregua che per fare la brava padrona di casa.

«Questo posto è davvero fico», dice Patrick, guardando Hattie con le sopracciglia inarcate, come se le stesse concedendo il permesso di commentare.

«È carino. La luce è davvero… adorabile». Fissa la borsa, imbarazzata dalle sue parole inutili.

«Scommetto che ti piace vivere qui», dice Patrick a Noah, passandogli un drago verde e rosa con un *raaawr*.

«Ho un letto grande tutto mio nella mia stanza grande», risponde lui allegro. Devo mordermi il labbro, perché è proprio *questo* che dovrò portargli via, presto. Tutte le promesse che gli ho fatto, dicendogli che saremmo rimasti qui, che avremmo avuto una nuova vita, infrante dalla donna dall'espressione colpevole sulla mia poltrona.

Il suono del bollitore arriva a ovattare le chiacchiere nelle quali Hattie e Patrick cercano di coinvolgermi. Ignoro le loro voci e cerco di farmi forza. In realtà Hattie *deve* essere qui. Deve vedere cosa perderò per via delle sue azioni.

Stanotte ho sognato che eravamo tornati in quel monolocale umido e ammuffito. Mi sono svegliata senza fiato, il cuscino madido di sudore. Non importa in che posto ci trasferiremo: non sarà quello, né qualcosa che gli assomigli. Meglio morire che ritrascinare mio figlio in quel buco puzzolente.

Stasera chiamerò Emrys. So che non c'è spazio per noi a casa sua, o in quella della mamma, ma potrebbe conoscere qualcuno nei paraggi. Non vado in Galles da mesi, ma forse sarebbe meglio tornare a casa prima che Noah inizi le elementari. Non sono ancora pronta a entrare in quest'ottica, ma varrebbe la pena chiederglielo.

Il bollitore emette un *click* e il rumore si attenua. Noah sta spiegando a Patrick la sua teoria sui draghi che custodiscono i tesori dei pirati, e lui sembra abbastanza perso. Hattie si fissa le mani.

Spero non rimangano a lungo.

Preparo il tè e distribuisco le tazze, mettendo di proposito i sottobicchieri fuori dalla portata di mio figlio.

Quando mi allontano, lancio un'occhiata alla finestra. Lo faccio senza riflettere.

Vorrei parlare ancora con lui. Vorrei che fossimo ancora amici. La parte peggiore di svegliarmi dall'incubo, questa mattina, è stato sapere che non avrei visto un messaggio di Lachie che mi augurava la buonanotte o faceva qualche battuta scema sui biscotti. Ai tempi, mi sembrava che ogni minuto del nostro gioco si allungasse e si espandesse come un'ombra pomeridiana. Sto già dimenticando cosa significava accumulare episodi delle mie giornate per raccontarglieli accanto alla siepe.

Cosa gli direi adesso? Che ho lasciato il lavoro che amavo, il progetto per il quale mi ha dato l'idea?

Che il dolore di aver perso tutto questo è facile da sopportare, perché almeno non mi farà pensare a lui ogni giorno?

Ho messo la tapparella alla finestra nel tentativo di non guardare fuori. E invece mi ritrovo a fissarla cento volte al giorno. Il fatto che sia gialla come il sole non aiuta.

Non posso più rimandare. Perciò mi sistemo nell'angolo del divano con uno dei draghi di Noah in braccio a mo' di scudo. Patrick mi lancia un'occhiata, poi guarda Hattie. Vedo che le rivolge un cenno. È tutto così innaturale.

«Perché sei qui?», chiedo prima che Hattie possa parlare. Voglio togliermi il pensiero il prima possibile, così io e Noah potremo riappropriarci della nostra casa.

Finalmente Hattie prende coraggio e mi guarda negli occhi.

«Ti devo delle scuse. Avevi ragione: ho controllato il numero del conto a cui è stato trasferito il denaro e… non era il tuo».

La fisso.

Patrick annuisce di nuovo, come fanno gli insegnanti d'asilo di Noah quando devono incitare un bambino a parlare durante la presentazione di fine anno. Hattie abbassa lo sguardo, come se sulla pelle avesse incise le parole che cerca.

«Avrei dovuto farlo prima di accusarti».

«Sì, avresti dovuto», concorda Patrick. Sollevo la mano per impedirgli di aggiungere altro, ma lui mi ignora. «E forse avresti dovuto chiedere a me».

Hattie abbassa di nuovo la testa.

Non ha senso. «Perché?».

Patrick sospira. «Perché l'ho capito. Chi è stato ad accedere al conto».

Guardo Hattie. «Chi è stato?».

Patrick aspetta che Hattie risponda. Lei però rimane in silenzio, quindi Patrick si volta verso di me e dice: «Darren».

Cosa?

«Ma lui non…».

«Non ufficialmente. Ricordi la volta in cui mi hai chiesto di portare la cartellina con le coordinate bancarie da Hattie, in ufficio? Il giorno della scomparsa della bambina?».

All'inizio mi sembra che nulla abbia senso. Cerco di ignorare le mille domande che mi frullano in testa, e in quel momento mi torna in mente un ricordo vago. «Mi hai detto che l'avresti data tu ad Hattie».

«Sì, be', ero andato a portargliela».

«Non capisco».

Sospiro. «Volevo raggiungerti: avevi trovato la bambina e sembravi così felice... Stavo portando la cartellina nell'ufficio di Hattie, e nel tragitto ho incontrato Darren. Mi ha detto che gliel'avrebbe consegnata lui. Io ho detto di no, ma lui ha insistito, dicendomi di tornare indietro ad aiutarti. Io non sospettavo niente. Insomma, per me era il solito Darren che si comportava da *bastardo*...». Lancia un'occhiata ad Hattie, e io capisco che non lo fa per controllare se concordi o meno con la sua opinione sul nostro caposezione, ma per assicurarsi che lo stia ascoltando. «Ieri, dopo che ti sei licenziata, ha iniziato a pavoneggiarsi, a fare proprio lo *stronzo*...».

Hattie sussulta.

Continuo a non capire dove voglia andare a parare. «Be', era felice di essersi liberato di me. Non mi sconvolge».

«Nah, vedi... quando ha preso la cartellina, si è assicurato che mi allontanassi. Non ho potuto controllare se stesse filando dritto nell'ufficio di Hattie perché ero già andato via», conclude Patrick.

«Ha avuto il tempo sufficiente ad accedere alle password. Più che sufficiente». Hattie parla con rinnovata forza nella voce. «Non conoscevamo il conto al quale sono stati trasferiti i soldi, ma quando la banca ha controllato, ci ha confermato che appartiene a un certo signor D. Gifford».

«Darren stava rubando soldi a Bright Hill?».

Hattie annuisce. «A quanto pare lo fa da un bel po'».

«Ma il fondo comunitario è stato creato da poco...», inizio.

«Sì, ma quello per gli ordini no», sghignazza Patrick. «Diglielo, Hattie».

Lei scuote la testa. «Sono stata una sciocca, Bethan. Ho permesso a Darren di fare gli ordini delle piante, e non ho mai controllato se la cifra che mi riferiva quadrasse con gli scontrini dei grossisti. È venuto fuori che ruba soldi al vivaio da anni».

Non riesco a crederci. Sapevo che Darren era molto protettivo nei riguardi dei camion che arrivavano con le consegne del giovedì, ma credevo stesse solo giocando a fare il capo, come al solito.

«Come hai scoperto il resto?»

«Ha confessato tutto», dice Patrick, lanciando un'occhiataccia al drago che tiene in mano come se fosse il viso di Darren. «Da vero codardo. Hattie ha minacciato di chiamare la polizia, e lui si è messo a frignare come un bambino».

«Dov'è il bambino?», chiede Noah, guardandosi intorno nel caso i suoi ospiti ne avessero nascosto uno nei paraggi. Di recente alcuni dei suoi compagni d'asilo sono diventati fratelli o sorelle maggiori, e mio figlio sembra aver sviluppato un profondo sospetto nei confronti dei neonati.

«Non c'è nessun bambino, *bach.* Perché non fai vedere Tan il drago a Patrick?».

Preoccupazione svanita. Noah afferra il drago nero con i puntini arcobaleno e lo agita davanti al viso di

Pat. È una scena che spezza la tensione: ne avevo bisogno. Però sto ancora cercando di riprendermi. Ero consapevole di non piacere a Darren, ma il fatto che mi abbia incastrato dimostra la sua malvagità. Mi volto verso Hattie. «Perciò suppongo che tu abbia parlato prima con Darren del denaro scomparso e che lui abbia puntato il dito contro di me, giusto?».

Bingo. Hattie ha l'espressione di una che sta per mettersi a vomitare. «Ho commesso un enorme errore di valutazione. Adesso lo so».

«Avresti dovuto saperlo *allora*», sbotto, reprimendo la mia rabbia: non voglio che Noah se ne accorga. «Avresti dovuto credere a me, non a Darren».

«Mi ha illuso. Riusciva sempre ad avere una giustificazione plausibile. Lui...».

«Lascia perdere, Hattie. Sono tutte stronzate. Darren è l'ultima persona che tuo padre ha assunto prima di andarsene. Liberarsi di lui significava mettere la parola fine al lavoro di Hector».

Hattie spalanca la bocca. Per un istante credo di aver esagerato. Ma sai che c'è? Qualcuno deve dirglielo. È ora che se ne renda conto. «Lo sanno tutti. È per questo che l'abbiamo sopportato. Non per il suo bene, o in nome di Hector. Ma perché tenevamo a te».

Hattie ha gli occhi lucidi. Patrick mi fissa.

Dovrei urlarle contro, ma so che adesso otterrei risultati decisamente migliori con la gentilezza. La cosa mi infastidisce, ma devo parlare dal cuore. Essere diretta, dire ciò che penso. Le recriminazioni finiranno solo con il divorarmi dentro, e ci sono già passata. «Avresti dovuto credermi. E avresti dovuto farti valere. Hai lavorato duramente per rendere Bright Hill un posto degno di tuo padre, e tutti noi l'abbiamo capito. Abbiamo visto ciò che hai sacrificato per tenere in vita il suo nome. Ma adesso il vivaio non è più suo: appartiene a te. È la *tua* vita. È la *tua* eredità. Non saremmo dovuti arrivare a questo punto, ma è stato necessario».

Hattie estrae un fazzoletto dalla manica e io distolgo lo sguardo per darle il tempo che le serve. Mi sono tolta un peso dal petto, e mi sento meglio anche se ormai è troppo tardi per cambiare le cose.

«Voglio che tu prenda il suo posto», dice.

«Cosa?»

«Ti ho fatto un torto enorme, Bethan, e voglio rimediare. Per questo ho chiesto a Patrick di aiutarmi, perché so che non avresti voluto incontrarmi da sola».

Mi sento stordita. «Non sono sicura di poter...».

«Aspetta, ti prego. Non ho finito. Ho un amico – un buon amico – specializzato in diritto di famiglia e intermediazione finanziaria. Credo che potrebbe aiutarti con...», lancia un'occhiata a Patrick, ma lui è troppo impegnato a fare una gara di ruggiti con Noah per accorgersene. «...l'*altra* situazione».

«No, io...».

«Pagherò io. Voglio pagare», dice con un tono di sfida che non le ho mai sentito. «La persona in questione potrebbe essere ritrovata, gli accordi iniziali riesaminati, e a quel punto ci sarebbero le condizioni necessarie a ridurre o cancellare... una certa *somma*».

«Non posso accettare una cosa del genere».

«Insisto».

«Hattie, devi capire: non è una cosa che si risolve con i soldi. La cosa peggiore di tutte è essere stata giudicata per via di mio figlio». Penso a Lachie e cerco di scacciare il dolore. «Hai creduto che stessi mettendo a repentaglio tutte le cose belle della vita di mio figlio solo per rubare qualche soldo qua e là, e questo non ti rende una persona migliore di Darren. Le stronzate che dovevo sopportare da lui… le attribuivo alla sua ignoranza. Ma da te mi aspettavo di più».

Sento un istinto irrefrenabile di mollare, di accettare l'offerta e nascondere tutta questa situazione sotto al tappeto, lì dove non può ferirmi. Ma devo farmi valere, come ho fatto ieri quando mi ha accusato.

Aspetta. Respira. Trova l'equilibrio. Tieni il punto.

«Io valgo di più», dico. Non riconosco la calma e la forza delle mie parole, ma so che sono io a pronunciarle. «Io non sono il mio passato, né Kai, né il mio debito, né mio figlio. Sono molto di più».

All'improvviso me ne rendo conto anche io.

Ci ho sbattuto la testa contro per molto tempo. Ma questa è la mia verità: sono una persona. Merito di essere vista per quella che sono davvero.

Non scenderò ad altri compromessi.

Capitolo quarantanove
Lachlan

È passata una settimana da quando la dottoressa mi ha dato la notizia. Ancora non me ne sono fatto una ragione, ma ho tenuto in mano la pietra di Bethan, e ho cercato qualcosa di positivo ogni giorno.

Meno male che gli unici testimoni sono Ernie e Bert. Quando hanno capito che non era cibo, mi hanno lasciato stare.

Ecco una cosa positiva.

Adesso mi circondano, uno da una parte e uno dall'altra. Una tregua precaria. Credo sappiano che la mia situazione è più grave della loro, perciò, mentre la gestisco, hanno dichiarato un cessate il fuoco. Bert mi ha persino dato in custodia Calzino. Al momento è posato sul mio ginocchio, a qualche centimetro dal suo naso guardingo. La giuria sta ancora decretando se stia sorvegliando Calzino o me. Meglio non saperlo.

Bert ed Ernie sollevano i musi quando mi squilla il telefono. Riconosco subito il numero, e passo goffamente il pollice sullo schermo.

«Ciao, Wallace».

«Signore».

«È arrivato il rapporto».

«Quando posso venire?»

«Oggi pomeriggio, se possibile».

Quanto ci impiegherò? Devo prepararmi, chiamare

un taxi e arrivare fino a Catterick. Il mio nervosismo complica i calcoli.

«Posso essere lì per le 2, va bene?»

«Facciamo le 3, così hai tutto il tempo».

«Grazie, signore».

«Bene. Alle 3».

Alle 2:50 ringrazio il tassista e scendo dall'auto, proprio accanto all'edificio del servizio di formazione e sviluppo. Stavolta non mi incamminerò su per la collina sotto l'acquazzone. Supero la porta d'ingresso a testa alta, riappropriandomi di ogni passo che faccio con la mia andatura definitiva. Ancora non mi sembra di essere me stesso, ma non lascerò che questa cosa mi definisca. Mentre aspetto che qualcuno mi faccia entrare negli uffici, porto la mano sul taschino della camicia. Quell'oggettino tondo sotto il cotone mi rassicura.

È tempo di andare a caccia di cose positive.

Kim mi sorride attraverso la porta. Se sono qui adesso, lo devo al suo coraggio. Cerco di comunicarglielo con un sorriso, ma suppongo che lo sappia già.

«Ciao Wallace, come stai?»

«Bene». Vorrei provarla davvero, la sicurezza con la quale rispondo.

Lei tiene aperta la porta per farmi passare, poi mi segue lungo il corridoio.

«Insomma, è arrivato il rapporto».

«E?»

«Ad Archer sembra andare bene». Socchiude gli occhi. «Non hai sentito Riggs di recente, vero?»

«Avrei dovuto?».

Kim si rallegra. «No». Capisco che vorrebbe dire altro, e non so se sia una cosa positiva o meno.

Invece di farmi aspettare nel posto dell'altra volta, Kim mi manda direttamente nell'ufficio di Archer. Almeno non si tratta della stanza dove ho sostenuto l'interrogatorio. Archer è fissato con la metodicità, perciò credevo che avremmo condotto tutte le conversazioni sull'indagine nella stessa stanza.

Ringrazio Kim e busso alla porta di Archer.

«Entri».

Si alza non appena varco la soglia.

«Wallace. Si sieda. Il viaggio è andato bene?»

«Sì, signore».

«Sta ancora piovendo, credo».

«No, è uscito un po' di sole».

È tutto surreale. Non è da lui mettersi a chiacchierare del tempo. È nervoso?

No. Archer si innervosisce solo se il suo turno di lavoro si prolunga. Devo calmarmi. È la notizia che aspettavo. Dopo questo incontro, posso metterci una pietra sopra.

Archer picchietta una cartellina chiusa sulla scrivania. «Allora. La squadra investigativa ci ha inviato il rapporto. Ci sono stati degli sviluppi di cui dovrebbe essere a conoscenza».

Raddrizzo la schiena. «Signore».

«Per prima cosa devo dirle che ci sono stati degli arresti stamattina, ai quali seguiranno provvedimenti disciplinari».

«Arresti?»

«Il caporale Adam Riggs è stato arrestato alle 8 di stamattina a casa sua, con accusa di furto d'auto, possesso illegale di armi e intralcio alla giustizia. Il sergente Cathal Byrne è stato arrestato un'ora dopo in caserma, con accusa di intimidazione, estorsione e tentata aggressione».

Mi ci vuole un po' per metabolizzare la notizia. Avevo dato per scontato che Riggsy sarebbe andato incontro a provvedimenti disciplinari per aver rubato l'auto, ma tutto il resto...

Archer mi osserva con le mani giunte. «Spero che adesso si renda conto della serietà di questa indagine. E di quanto sia stato vicino a unirsi ai suoi compagni in cella».

«Signore». Mi trema la voce. «Che ne sarà di loro?»

«Processo militare. Forse sarà coinvolta anche la polizia civile, ma è troppo presto per saperlo con certezza. Non sopporto i pettegolezzi, ma tutto sta a indicare che, se uscissero altri testimoni, le accuse contro Byrne potrebbero aggravarsi».

Se le cose che so su Cathal Byrne venissero a galla, sono sicuro che la polizia militare avrà tra le mani un caso grosso. Sempre se qualcuno si farà avanti. Ma non è un mio problema.

Dovrei chiedere al mio superiore cosa ne sarà di Riggsy, ma ho smesso di tirarlo fuori dai guai. Quei giorni sono finiti. Per tutto questo tempo, non è stato l'amico che credevo, e comunque non quello di cui avevo bisogno. Almeno, se è in custodia, non potrà venirmi a cercare. Non che ne sarebbe in grado. È sempre stato più bravo con le parole che con i pugni: parla, parla, ma raramente va fino in fondo. Bloccherò il suo numero, cosa che avrei dovuto fare settimane fa, e poi potrò scordarmi per sempre del ruolo che ha avuto nella mia vita.

Fa ancora male. Ma allontanarmi da lui – e dall'incidente che mi ha cambiato la vita – è una cosa positiva che voglio tenermi stretta.

«Grazie per avermelo detto, signore».

«Mh. Come va la gamba?»

«La settimana scorsa ho incontrato la specialista. Il danno è irreversibile, ma i medici sono convinti di riuscire a rafforzare la postura e sostenere il corpo per far fronte al cambiamento. Vuol dire che potrò pensare di tornare al lavoro, quando sarà il momento».

Archer mi rivolge un cenno. Ma ha una strana espressione sul volto.

«Wallace, sa quante occasioni le ho dato per dire la verità?»

«Cosa intende, signore?»

«Crede che non mi fossi accorto delle incongruenze della sua storia?».

Il silenzio nella stanza diventa assordante, mi schiaccia. Non riesco a rispondere. Rimango a fissarlo sbattendo le palpebre.

«Crede che non mi fossi accorto che stava proteggendo il suo amico?»

«Non è mio amico, signore...».

Archer sbatte la mano sulla scrivania, e io sobbalzo. «Dannazione, Wallace! Quanto è pignolo! Era un amico abbastanza stretto da mentire in combutta con lui durante un'indagine militare. Sotto il *mio* naso».

«Credevo di aiutarlo...».

«Rischiando la sua carriera? Doveva essere un'amicizia speciale».

«Era convinto che avrebbe perso il lavoro. E la notte dell'incidente non sapevo che la macchina non era sua».

«Noi lo sapevamo, Wallace. È stato denunciato il furto una settimana dopo l'incidente. Lo abbiamo tenuto segreto quando sono venute alla luce le accuse di Byrne sulle minacce di Riggs. Meglio non coinvolgere la polizia civile, dal momento che il Comando ha ritenuto necessaria un'indagine militare».

No... è una rivelazione che mi sconvolge. «Lui mi ha detto che nessuno lo sapeva».

«E ha anche detto più che volentieri alla squadra investigativa che era stato lei a rubarla. Che aveva un conto in sospeso con Byrne, e che lo aveva coinvolto».

Ho provato a fingermi sorpreso quando Archer ha iniziato a parlare delle intenzioni di Riggs, ma appena sento il resto della storia rimango sconvolto davvero. Non riesco a credere che fosse pronto a vedermi affrontare le accuse – non gli è bastato il danno al mio corpo? Mi odiava così tanto?

Sto annaspando. È troppo.

Archer scuote la testa. «Lei è stato scagionato. La squadra ha notato il coraggio che ha dimostrato nell'evitare un incidente più grave. Ha salvato delle vite a sue spese. È una cosa lodevole, Wallace. *Questo* è il soldato che conosco». Scruto il suo viso in cerca di una traccia di compassione, ma la piattezza del suo tono mi spaventa. «Ma i fatti restano: ha scelto di mentire per un amico, invece di essere leale nei confronti dell'esercito».

«Signore, ho commesso un gigantesco errore di valutazione. Ma dopo l'incidente non riuscivo a pensare in modo lucido...».

«Sono d'accordo. Però, nelle settimane successive, ha avuto tempo a sufficienza per formulare una risposta corretta. Sono deluso da lei. E, per questo motivo, la sua posizione in questa unità è indifendibile».

«No, signore...».

Archer solleva una mano per zittirmi. «Ha due opzioni. Può fare domanda per un lavoro d'ufficio per portare a termine ciò che le resta della sua carriera, oppure può scegliere di andarsene. Ha scontato le sue colpe, e sarebbe libero. Capisce?».

No. Non capisco. Ho fatto la cosa giusta. Ho fatto del mio meglio. E quando mi sono reso conto dell'errore, mi sono corretto. Che altro vuole Archer da me?

Libero la mia scrivania in silenzio, sconvolto, mentre Kim e i miei colleghi mi guardano. Anche loro sono senza parole. Archer mi accompagna al taxi che mi aspetta fuori, e mi saluta. La sua stretta di mano e il cenno d'assenso pentito non vogliono dire nulla per me. Ricambio il saluto e salgo in macchina.

Non mi guardo indietro.

Quando il taxi mi lascia a casa, rimango fermo per un istante fuori dal palazzo. Non voglio entrare. Prima devo fare una cosa. Poso nell'atrio l'inutile scatola di cartone con gli effetti personali che non userò mai più, mi volto e percorro il vialetto fino all'edificio accanto.

Bethan è a casa, lo so. Il giovedì lavora da lì.

Avanzo con il bastone sulle lastre del pavimento. Ormai ho deciso. Ho perso il lavoro, devo abituarmi a una nuova vita in un nuovo corpo, ma non ho intenzione di scusarmi per ciò che sono. Bethan avrebbe dovuto capirlo, e io ho bisogno di dirglielo. È l'unica cosa della mia vita che ho ancora il potere di cambiare.

Trovo il citofono giusto, interno 3. Lo premo, il sangue che pulsa nelle orecchie. Dopo un istante sento un *click*… e Bethan risponde.

«Chi… chi è?». Quel suo modo cantilenante di rispondere – con il suo accento sembra tutto molto più allegro – mi cattura il cuore. Mi è mancata la sua voce. Apro la bocca e…

… Non riesco a parlare.

Che le dico? Perché dovrei permetterle di ferirmi di nuovo? Che senso ha, se non mi accetta per ciò che sono?

«Chi è?». Una nota d'irritazione.

Non so nemmeno se resterò qui. Non farò un lavoro d'ufficio in quel posto, soprattutto considerando che presto tutti sapranno cosa è successo. Ho già deciso. Quindi perché provare a parlare con Bethan, quando non so nemmeno cosa farò della mia vita? Se non trovassi un lavoro, non potrei nemmeno permettermi il lusso di rimanere da queste parti. Dopotutto vivo qui solo perché il presidio è a Catterick.

«Ascolta, o rispondi o riattacco».

Mi allontano dal citofono, faccio dietrofront e vado via.

Quando raggiungo la fine del vialetto, metto la mano in tasca, tiro fuori la pietra di quarzo e la lancio il più lontano possibile. Non vedo nemmeno dove va a finire.

Riesco a trattenermi fino a quando rientro a casa. Ma l'ondata di affetto di Bert ed Ernie mi fa crollare. Mi accascio a terra, la rabbia e il dolore e l'ingiustizia sono opprimenti. I tentativi sempre più frenetici di Bert di leccarmi la faccia diventano colpi sulle gambe e sulla testa, e io mi riparo e cerco di respirare. Mi sento svuotato, solo l'involucro di una persona che credevo di conoscere. Non riesco nemmeno a sentire il mio cuore. Provo solo dolore.

È troppo.

Ho cercato cose positive, e dove mi hanno portato?

Ho perso tutto quello a cui tenevo.

Non so quanto tempo rimango seduto a terra con la gamba che brucia e i miei animali domestici che hanno deciso di limitarsi a sdraiarsi al mio fianco. Le ombre si allungano sul pavimento, il pomeriggio morente saluta i suoi ultimi fantasmi attraverso una finestra dalla quale non voglio più guardare.

Respiro. Trovo un pelo caldo sotto le dita, e vengo immediatamente leccato dal mio cane. Nel frattempo Ernie si stiracchia e mi si para di fronte con sguardo interrogativo.

Che cosa hai intenzione di fare?

Non riesco a sentire la gamba. Ha iniziato a formicolare tempo fa, adesso è totalmente intorpidita. È ora di alzarmi.

Lentamente, costringo il mio corpo a riprendere vita – il corpo a cui devo abituarmi, perché è mio, ed è l'unico che ho. Mi alzo usando il bancone della cucina come appoggio. Un gesto che mi dona conforto. Riesco a percepire il sollievo dei miei coinquilini. Forse è così che si va avanti: mettendo insieme piccoli istanti di quotidianità.

Forse sono i compiti banali a costituire la normalità, non gli sforzi eroici, i momenti cruciali. Il pensiero di dover distruggere le aspettative degli altri mi ha ossessionato così tanto che mi sono dimenticato di cosa era fatta prima la mia vita. Degli attimi noiosi. Gesti così automatici che non mi accorgevo nemmeno di farli. I lunedì mattina, i vuoti di metà settimana. Sono queste le cose che ho perso di vista.

Ho creduto di non avere nessuno dalla mia parte… ma non era così, vero? Ho una famiglia che cerca di starmi accanto da mesi. Prendo il telefono dalla tasca posteriore e scorro i messaggi. Dieci sono da parte di mia sorella. E mi offre il suo aiuto, sempre, anche se l'ho ignorata fino a questo momento:

Chiamami quando ti va…

Volevo solo assicurarmi che stessi bene. Richiamami

Lachie, ti penso. Sempre

Tua sorella ti manda un bacio. Avrei proprio voglia di chiacchierare con te.

Spero che questa settimana stia andando meglio. Tieni duro, fratellino. Dimentica quello che dice la mamma. Vogliamo solo che tu sia felice.

Promemoria: noi ti amiamo. Anche se non vuoi.

Spero che vada bene oggi in ospedale. Ti penso.

Novità sulle indagini? Tengo le dita incrociate.

Io sono qui, Lachie. Ti vogliamo bene.

La chiamo non appena finisco di leggere l'ultimo messaggio. Come ho fatto a ignorarli tanto a lungo?

Sal risponde al secondo squillo.

«Lachie?»

«Ehi, sorellona», inizio, la gola bloccata per via dell'emozione. «Mi dispiace tanto…».

«Che è successo? Stai bene?»

«No, non sto bene», riesco a dire prima di venire di nuovo sopraffatto dal dolore. Inizio a singhiozzare e a parlare come un bambino, tutto il contrario dell'uomo che ho provato così a lungo a incarnare. «Non ho più un lavoro… la gamba non guarirà… non so che fare… fa così male…».

Quando mia sorella risponde, capisco che anche lei è molto scossa: «No, Lachie… tesoro… va tutto bene, *shh,* va tutto bene…».

«… E *lei* non mi vuole… speravo di sì, e invece no…».

«Chi è che non ti vuole? Che succede?».

Non riesco più a dire niente. Perciò mia sorella parla al posto mio, come faceva quando ero piccolo e mi vergognavo della mia stessa voce. Pronuncia le parole con passione, e giusto una nota di panico: «Vieni a casa, tesoro. Lasciati aiutare. Non sei solo, Lachie, non lo sei mai stato… Tesoro… Ascoltami, va bene? Non posso nemmeno immaginare cosa tu stia passando, ma devi capire che noi non vogliamo controllarti. Non vogliamo forzarti e tu non devi dimostrarci che puoi farcela. Lo sappiamo già. Non era quello il punto». La sento reprimere un singhiozzo: è un suono strano che contrasta con la donna forte che è, famosa per la capacità di tenere sotto controllo le emozioni.

«Ti abbiamo quasi perso… ho fatto avanti e indietro in quello stupido corridoio d'ospedale per tre giorni. Ero spaventata a morte, temevo che saresti morto. Per quanto ci riguarda, hai già fatto più di quanto speravamo: sei sopravvissuto».

«Io… non lo sapevo…».

«Pensi che alla mamma non importi nulla, che abbia un secondo fine. Ma non ha dormito per settimane. Persino adesso si addormenta tardi e si sveglia alle 5. Qualcosa in lei si è spezzato nel momento in cui ti ha quasi perso. Non hai niente da dimostrare. Torna a casa, e permettici di festeggiare il fatto di averti ancora con noi».

In quel momento capisco tutto. Qui non c'è più niente per me. Devo andare dalle persone che mi amano, in un posto in cui posso ricostruire la mia vita.

«Ok», dico. L'ultimo atto di resa. Lascio la presa.

È tempo di tornare a casa.

Capitolo cinquanta
Bethan

È fatta. Quasi non ci credo.

Nelle ultime due settimane ho dato tutta me stessa per il progetto di Bright Hill. Ho accettato l'offerta di Hattie, e presto lavorerò come capo della sezione piante. Ma lei vuole che prima mi concentri sull'Eredità. Nel frattempo Murray ha gestito tutto così bene che non credo che qualcuno a Bright Hill abbia notato i cambiamenti.

Ho fatto innumerevoli telefonate e ho incontrato i proprietari di alcune attività locali e potenziali sponsor. Ho ripetuto la stessa solfa talmente tante volte che ormai la so a memoria:

Potrebbe investire in un'iniziativa comunitaria della durata di cinque anni che riunisce tutti i settori – gruppi d'interesse, vecchi e giovani, disoccupati, pensionati. Potrebbe diventare il promotore dell'Eredità di Bright Hill e piantare semi che si svilupperanno e cresceranno…

Ho firmato l'ultimo contratto di sponsorizzazione ieri mattina. Mi sembra di aver scalato più di una montagna. Ma ora è fatta, e sono così fiera.

Tutti gli orti, finanziati per cinque anni. Ognuno dedicato ai gruppi che vi hanno consacrato le proprie energie. La scuola, l'ente di beneficenza per i ragazzi emarginati, gli studenti di agricoltura, il club di mamme e figli e tutte le altre associazioni potranno continuare a usare l'Eredità. Il magnifico gruppo di gente che ho visto riunirsi da quando abbiamo iniziato potrà proseguire il proprio lavoro.

Hattie ci ha chiamati ieri sera. Oggi ci siamo riuniti nella zona degli orticelli insieme ai volontari, per dare a tutti la buona notizia.

«Avete lavorato duramente, e gli orti hanno un aspetto magnifico», cinguetta Hattie. «La mostra imminente sarà fantastica. Volevo ringraziarvi – uno per uno – per aver preso parte a un grande progetto, all'inizio impossibile. Spero che chi non aveva mai fatto giardinaggio tra di voi avrà voglia di continuare e di condividere con amici e parenti l'amore verso gli organismi viventi».

«Sarò costretta a farlo, continuano a sgraffignare il mio rabarbaro!», urla Thelma, suscitando le risate dei nostri intrepidi volontari.

«Il tuo rabarbaro è leggendario, Thelma», dico.

Lei mi fa l'occhiolino. «Non lo metto in dubbio».

«Voglio cogliere l'occasione per ringraziare anche Bethan», prosegue Hattie, ridendo quando Patrick lancia un urletto di incoraggiamento. «Senza la sua tenacia e, diciamocelo, la sua testardaggine, tutto questo non sarebbe stato possibile. Sono felice di annunciarvi che Bethan ha ottenuto la sponsorizzazione per gli orti per i prossimi cinque anni».

Dalla folla si solleva un urlo, e all'improvviso mi ritrovo braccia che mi avvolgono da ogni lato.

Nel cuore dei festeggiamenti sento uno spazio vuoto al posto di *qualcosa*. Ignoro la sensazione, come faccio ogni giorno. Probabilmente sono solo esausta. Adesso che sono fuori pericolo, posso iniziare a metabolizzare tutto quello che è successo. È come quella volta in cui

Emrys ha sbattuto l'alluce mentre andava in bicicletta: ha percorso trenta chilometri, e si è reso conto di quello che era successo solo quando è tornato a casa e si è tolto la scarpa. «Ha iniziato a farmi male solo quando mi sono fermato». È un esempio un po' estremo, lo riconosco, ma credo che finalmente capisco cosa volesse dire. Affronti le emozioni solo quando il momento in cui le vivi è passato.

Devo elaborare un sacco di cose.

Manca un mese alla mostra autunnale che costituirà il culmine del progetto, ma gli orti già pullulano di vita. In alcuni ci sono solo i fiori, in altri frutta e verdura, in altri ancora entrambe le cose. Persino i giardinieri più esperti hanno fatto crescere qualcosa di nuovo: è stato magnifico vederli quando hanno ottenuto i primi risultati.

Stamattina, mentre sistemavo la zona dell'Eredità in attesa del loro arrivo, ho pensato a quanta strada ho fatto. Dai tre turni a settimana come assistente nel negozio di articoli da regalo sono diventata caposezione di questo posto antico, malmesso, ma terribilmente adorabile. Ottenere un lavoro qui dentro è stato il primo barlume di speranza dopo che Kai ci ha lasciati. All'inizio quei tre turni erano oro. Sono così fiera. E riesco a emozionarmi se penso al futuro. Possiamo restare nell'appartamento, Noah può crescere e sbocciare come la vita rigogliosa che mi circonda mentre cammino tra gli orticelli.

Vorrei solo…

No, Bethan, non pensarci. È fatta. Non era quello giusto.

Però mi manca.

Un colpetto al gomito mi fa voltare.

«Sei fantastica, B», dice Patrick. Non ha più smesso di sorridere da stamattina. «Guarda cosa hai fatto!».

«Cosa abbiamo fatto».

«Persino gli sponsor! È fenomenale».

«Fenomenale? È un parolone per te, Pat». Gli arruffo i capelli e scoppio a ridere quando mi allontana.

«Finiscila».

«Scusa. Il tuo fan club è in fermento oggi».

«Chi può biasimarle?». Saluta Thelma, Connie e Dot, e loro gli mandano dei baci. «A quanto pare sono una versione più giovane e sexy di Monty Don. Connie dice che dovrei fare un calendario per le mie fan».

«Ci scommetto. Conoscendo Connie, sicuramente intende un calendario di nudo».

Lui fa spallucce, ma noto che affretta il passo mentre torniamo verso l'edificio principale. «Quindi abbiamo ancora i nostri lavori?».

Mi guardo alle spalle. La folla, felice, sta festeggiando con Hattie.

«Per ora. Però non possiamo tirare un sospiro di sollievo. Hattie deve ancora trovare un investitore importante».

«Ora che ha tirato fuori la palle, scommetto che ci riuscirà», ribatte Patrick, facendo una smorfia. «Cavolo, mi fa strano pronunciare questa frase ad alta voce».

«Be', sei stato tu ad aiutarla a trovarle». Anche io faccio una smorfia. «Ok, suona anche peggio…».

«*Eww,* B! Lasciamo stare, d'accordo?».

Adesso abbiamo raggiunto il cortile e udiamo a malapena il chiacchiericcio proveniente dall'Eredità. Un'allodola vola nel campo accanto al vivaio cantando una canzone dolce che sale, sale e si libra nel blu dell'estate.

Ci appollaiamo in silenzio sui sacchi di concime accanto ai cassonetti.

«Allora, quel ragazzo…?». Patrick cerca di essere discreto, ma la sua domanda brucia lo stesso.

«Non c'è nulla da dire».

«Nah, dimenticati di lui, B. Guarda tutte le cose belle che ti circondano. Tipo questa...». Si infila una mano in tasca e ne estrae una piccola pietra di quarzo di un bianco perfetto. Risplende al sole. «L'ho trovata la mattina in cui rastrellavo la ghiaia accanto agli orti. Tu lo dici sempre, no? Di prendere *pezzetti minuscoli di positività*». Pronuncia le ultime parole imitando il mio accento gallese: è patetico, ma lo adoro per questo. Quindi inizia a colpirmi la mano chiusa con il quarzo finché non apro le dita e gli permetto di posarmelo sul palmo.

«Grazie, Pat».

«Sii felice, ok? Se c'è una persona che si merita delle cose belle, sei tu».

Non si aspetta l'abbraccio – e lo accetta come fa Noah quando asseconda scontroso la mamma – ma io glielo do lo stesso. Devo così tanto a Patrick, e ultimamente è diventato un vero amico. Un amico che mi mancava.

Quando ci separiamo, lui arrossisce.

«Ehm, grazie».

Non riesco a fare a meno di ridacchiare per via del suo imbarazzo. «Posso entrare nel tuo fan club adesso?»

«Smettila».

«Mi fai vedere i tuoi muscoli? Connie dice che sono *bellissimi*...».

«Argh! Basta!». Scuote la testa, ma scoppia a ridere anche lui.

«... E poi il Grande Drago Arcobaleno radunò tutti i tesori dei pirati, promettendo di custodirli. I pirati lo ringraziarono, scusandosi per aver sfidato l'esercito dei draghi. Per cena mangiarono *fish and chips*. E vissero tutti felici e contenti...».

«Non è questa la storia, mamma».

Fisso mio figlio nel suo letto ornato da draghi, le coperte tirate su fino al mento. «Aspetta, è la mia storia. Decido io cosa succede».

Lui mi lancia uno sguardo che… dimostra cinquant'anni in più rispetto ai suoi (quasi) quattro. «È la *mia* storia della buonanotte sui miei draghi. Io lo so».

Che sfacciato! «Ehm, la mia storia, le mie regole, grazie».

«Però i pirati non chiedono scusa».

«Lo fanno, se vogliono mangiare *fish and chips*».

«*Ma-a-mma!*». Mio figlio non si lascerà mai convincere. Nel mondo dei rapporti draghi-pirati, è chiaro che io sia ancora una principiante. «Se chiedono scusa non sono pirati!».

Come si fa a controbattere?

«Ok, re dei pirati, allora cosa succede?».

Noah alza gli occhi al cielo, come a intendere che dovrei saperlo. «Dicono grazie perché sono educati. E i draghi gli danno *fish and chips* perché sono gentili. Ma in realtà i pirati aspettano che i draghi si dimenticano, così possono rubargli di nuovo i tesori».

«Ah, davvero?»

«Sì, davvero. *Ecco* cosa fanno i pirati».

Perché mi sembra di essere appena stata informata del piano d'azione futuro di mio figlio?

Mi ero ripromessa di passare una serata tranquilla: gli strascichi della giornata piena si fanno sentire. Mentre tornavo a casa ho comprato una bottiglia di vino perché me la merito. La prendo dal frigo dove l'ho messa per farla raffreddare mentre facevo la cena, il bagno e raccontavo la storia della buonanotte a Noah. Me ne verso un bicchiere. Ha il profumo dell'estate – spezie, mele, erba appena tagliata. Rido di me stessa per aver pensato una stupidaggine del genere, ma in fondo a chi importa? Sono da sola, e non mi dispiace.

Mi rannicchio sul divano e il mio corpo dolorante si lascia avvolgere dalla sua comodità. È ora di relax. Trovo un vecchio film di Nora Ephron e mi preparo per la mia meritatissima serata di riposo.

Ma dopo un calice, mi sento di nuovo agitata.

Un classico. Finalmente ho l'occasione di rilassarmi e la mia testa si mette a correre.

Mi alzo dal divano e vado a riempirmi un altro bicchiere. Domani è sabato, perciò, se mi svegliassi con il mal di testa, non sarebbe la fine del mondo.

Un secondo calice di vino peggiora solo le cose.

Chi voglio prendere in giro? So qual è il problema.

Dovrei sentirmi orgogliosa per tutto quello che è successo. Dovrei festeggiare perché, diamine, ho lavorato duramente. E festeggerò. Davvero.

Ma c'è comunque un pezzo mancante.

Non se ne va.

Fisso la tapparella gialla abbassata.

Non aveva il diritto di giudicarmi. Credevo gli piacessi per chi sono davvero. E sì, forse avrei dovuto dirgli prima di Noah, ma non avrebbe dovuto giudicarmi.

Lachie Wallace avrebbe dovuto vedere *me*.

Solo me.

Dovevo bastargli.

Sono arrabbiata *nera* con lui. Non ho mai avuto l'occasione di dirglielo, perché la sua faccia mi ha fatto capire tutto quello che volevo sapere. Ma come si è permesso di reagire in quel modo, dopo tutto ciò che abbiamo condiviso? Dopo tutte le speranze? E come si è permesso di mostrarlo a mio figlio?

Mi ha spezzato il cuore.

Davanti a Noah.
E deve saperlo.
Due bicchieri di vino sono sufficienti a farmi perdere i freni inibitori. Trovo l'ultimo foglio di carta nella scatola di Noah, e l'unico pennarello blu che ancora funziona. Scrivo le parole che avrei dovuto dire a Lachie quel giorno. Non mi trattengo. Ho trovato la mia voce, e lui deve sentirla.

Ho un figlio. È tutta la mia vita.
Ma non sono solo sua madre. Sono molto di più.
Peccato che tu non l'abbia capito.

Sollevo la tapparella, prendo lo scotch dal cassetto della cucina e attacco il messaggio. Nel frattempo lancio un'occhiata alla finestra di Lachie. Ernie è sulla mensola, e mi guarda.
«Digli di leggerlo, Ern».
Continua a fissarmi.
Ok, bene. Ormai l'ho fatto. È troppo tardi per cambiare le cose, ma avevo bisogno di metterci una pietra sopra.
Posso voltare pagina.

Capitolo cinquantuno
Lachlan

«C'è un'ottima luce… la cucina è grande… gli elettrodomestici rimangono?».

Mi sforzo di sorridere a un agente immobiliare fin troppo allegro per l'ora mattutina. Va bene alzarsi e iniziare la giornata alle 8, ma nessuno dovrebbe esserne tanto felice. Nell'esercito non durerebbe nemmeno due minuti, poi qualcuno gli sbatterebbe in testa quella cartellina che tiene in mano.

«Sì, tutti. Anche le tende e i tappeti».

Sembra soddisfatto. «E sarebbe disposto a negoziare qualche piccola rifinitura?»

«Certo, perché no», rispondo. Bert grugnisce di nuovo nella sicurezza del suo posto di guardia dietro il tavolo da pranzo, con Calzino accanto, e io gli lancio un'occhiata di avvertimento.

«Il tuo cane sta… *bene*, vero?». È il suo primo istante di esitazione da quando è entrato.

Guardo di nuovo Bert e poi l'agente immobiliare – di cui ho già dimenticato il nome – come a fargli capire che il mio cane è aggressivo quanto un tappetino cencioso. «Sì, sta bene. Meglio che non gli tocchi il calzino però».

«Ah, sarebbe un calzino?».

E va bene, ha ragione. Calzino ormai è irriconoscibile: è solo una matassa di bava e cotone. «Un tempo».

Come me, penso. Un tempo ero una persona diversa. Ma vado avanti, proprio come Calzino.

E probabilmente ho anche un odore migliore…

Reprimo un sorriso e seguo il tipo lungo il corridoio che conduce alla mia camera da letto e alla stanza degli ospiti.

Meglio che non sappia che il suo nuovo cliente si sta paragonando a un giocattolo per cani puzzolente.

Nelle due settimane che sono trascorse da quando ho deciso di tornare a Bourton, mi sono ufficialmente dimesso dall'esercito e ho iniziato a pensare a cosa fare di questa vita che sto lentamente accettando. L'agente immobiliare è l'ultimo anello di una catena di eventi che è iniziata nel momento in cui ho chiamato Sal. Non so se mi sento più felice, ma sono più calmo. Ed è un cambiamento con cui posso convivere. Ultimamente ho vissuto sulle montagne russe. Quando tornerò alle Cotswolds perlomeno mi prenderò del tempo per starmene tranquillo e metabolizzare il tutto.

Fino ad allora mi concentrerò sull'obiettivo di chiudere questa faccenda il più in fretta possibile.

«Camere di dimensioni ottimali. Il bagno è fantastico. Di questi tempi è raro trovare una doccia e una vasca separate». Si volta a guardarmi con quel ghigno folle: solo a guardarlo mi fa male la mascella. «Vedo che ci ha lavorato parecchio».

In realtà è stata Jenny, ma lui non deve saperlo per forza. Nei sei mesi in cui ha vissuto qui ha praticamente rivoluzionato la casa, stanza dopo stanza. A volte mi chiedo se se ne sia andata solo perché non aveva più niente da sistemare. O se i cambiamenti erano dovuti al fatto che non potesse cambiare me.

A ogni modo, così è più facile andarmene. In realtà è

da un po' che mi sento come se stessi occupando abusivamente la casa di un'altra persona.

«Perciò crede che qualcuno sarà interessato?»

«Secondo me verrà letteralmente assalito. Un appartamento di queste dimensioni con rifiniture di alta qualità, vicino alle scuole e a tutti i servizi... penderanno dalle sue labbra. Se stabilisce un prezzo di partenza ottimale, questo gioiellino sarà una bella fonte di guadagno».

Gli agenti immobiliari si esprimono così anche nella vita reale? Come un poliziotto fuori servizio che continua a parlare e pensare come un poliziotto? Oppure sono come quei terribili DJ che vedi ai matrimoni e che assumono un tono completamente diverso non appena prendono in mano il microfono? Scommetto che questo tipo è uno spasso alle feste...

È il classico commento che farebbe ridere Bethan... sento di nuovo quel dolore familiare. Devo smetterla di lasciare che si intrufoli nei miei pensieri. Non porta a niente.

Per quanto riguarda l'appartamento, almeno ho ricevuto buone notizie. Voglio sistemare questa storia il prima possibile. Potrei persino andarmene prima di averla venduta. Non ho ancora deciso. Spero in una vendita rapida, così potrò tornare a casa avendo risolto tutte le questioni in sospeso. Se ci vuole troppo, mi trasferirò e continuerò a negoziare dalla fattoria dei miei genitori.

Ho visto il cottage. La settimana scorsa Sal mi ha videochiamato e mi ha fatto fare un tour virtuale della casa. È carina, molto piacevole. C'è un sacco di spazio per me, Bert ed Ernie. Cucina a vista e sala simili a quelle di adesso, una camera da letto che dà sui campi, un bagno di dimensioni decenti e tantissimo spazio aperto e sicuro da far esplorare ai miei animali domestici. Ho notato che la mamma ha fatto qualche piccolo cambiamento: materasso nuovo, e nessuna traccia di montacarichi. Secondo mia sorella, papà ha sgraffignato la poltrona elettrica alzapersone e se l'è portata nel suo studio.

Potrebbe anche funzionare. Almeno all'inizio. I soldi che ricaverò dalla vendita dell'appartamento sommati a quelli che ho messo da parte negli anni – oltre al fatto che non dovrò pagare le bollette nella fattoria – mi permetteranno di sistemarmi in un posto tutto mio non appena mi rimetterò in sesto. Dopotutto non so quanto resisterei a lavorare nell'attività dei miei genitori. Non l'ho ancora detto a Sal o alla mamma. Ma prima ho intenzione di andare lì, poi di trovarmi un lavoro.

È stato strano pensare a una carriera diversa da quella militare. È l'unica cosa che so fare, da circa diciott'anni, e ho sempre creduto che avrei avuto un lavoro nell'esercito per gran parte della mia vita. Durante gli anni di servizio ho ottenuto qualche qualifica, tra cui l'abilitazione all'insegnamento, il che vuol dire che potrei fare domanda nelle scuole. Per ora è solo una delle possibilità, ma non fa mai male iniziare a prepararsi.

Ho tante cose su cui riflettere. Meglio così.

«Ha mai pensato a mettere una tapparella a questa finestra?».

In qualche modo, il mio amico troppo allegro è riuscito a superarmi e ora se ne sta accanto alla finestra dalla quale non guardo da due settimane.

«No», rispondo. Mi sono automaticamente messo sulla difensiva, e sono irritato per via del mio stesso tono.

Lui fa una smorfia per la quale, nell'esercito, si sarebbe *di sicuro* guadagnato un bel pugno. «Peccato. Le finestre dalla parte opposta danno proprio su questo edificio. È l'unico lato negativo degli appartamenti moderni».

Non è stato un lato negativo per me. «Sono sicuro che i nuovi proprietari faranno qualcosa a riguardo».

«Mmh». Sbircia fuori dalla finestra, e io sento il ruggito profondo di Bert a pochi centimetri dal suo piede. «Che strani vicini...».

Perché ha detto una cosa del genere?

«Come, scusi?».

Si è accigliato. «Forse dovrebbe mettere una tapparella prima di far vedere la casa. E tenerla abbassata».

«Perché?»

«Quello striscione di protesta alla finestra del vicino, dall'altra parte. Non è un buon segnale. È quel genere di cose che potrebbe spaventare un potenziale acquirente. A nessuno piace avere dei vicini pazzi, capisce...».

Si allontana e continua a parlare, costeggiando la postazione di comando di Bert sotto il tavolo e il divano da cui Ernie lo fissa con sguardo malefico. Ma io non sento una parola.

Striscione di protesta.

È quello che penso io?

«Senta, le dispiacerebbe chiuderla qui?», dico velocemente, interrompendo le sue chiacchiere. «Tra qualche istante arriverà la mia fisioterapista, devo prepararmi». Lui fa per protestare ma io mi appoggio al bastone con una smorfia dolorante. Ecco fatto. L'agente immobiliare, terrorizzato, infila la macchina fotografica e la cartellina dentro una valigetta scintillante, di sicuro il regalo di Natale della madre, e si avvicina alla porta.

«Sì, certo, le mie scuse. Stilerò una lista con tutte le informazioni, il prezzo indicativo, il contratto e...».

«Sì, sarebbe perfetto», aggiungo, scortandolo fuori.

Lui esita sullo zerbino, la mano tesa. «Se ha qualche domanda, signor Wallace, ha il mio biglietto da visita e...».

«Sì. Mi farò sentire io».

«Oh, sa già se preferisce far mettere un cartello davanti la proprietà oppure uno fissato alla parete...?»

«Può deciderlo lei...». Sto già chiudendo la porta. «La ringrazio, signor...».

«Sono il *sales manager* della zona, Clough and Hall Estates. Tim Ma...».

No, non faccio in tempo a sentire il resto.

Dopo aver finalmente chiuso la porta mi volto verso la finestra e mi costringo a prendere un bel respiro.

Un nuovo messaggio. Proprio quando credevo che mi avesse dimenticato...

Mi avvicino, il cuore in gola. Poi guardo fuori:

Ho un figlio. È tutta la mia vita.
Ma non sono solo sua madre. Sono molto di più.
Peccato che tu non l'abbia capito.

Cosa?

Che significa? *Certo* che l'ho capito. Sarebbe stato impossibile il contrario: il figlio ha calpestato metà del mio bordo di fiori per riprendere il pallone. E lei c'era, l'ha visto. Non dovrebbe scusarsi per avermi guardato a quel modo?

Ma non sono solo sua madre. Sono molto di più.
Peccato che tu non l'abbia capito.

Ah...

No.

Bethan ha pensato che la stessi giudicando?

L'irritazione lascia il posto a una lenta, fredda, presa di coscienza.

Bethan non è rimasta sconvolta per la mia gamba. Credeva che lo fossi io per via di suo figlio.

Mi appoggio alla mensola e leggo di nuovo le sue parole. Immagino la rabbia che provi nel credere che un amico la giudichi per suo figlio.

Sono davvero un idiota.

Per tutto questo tempo ce l'ho avuta con lei perché pensavo che avesse visto solo la mia gamba. E lei ha fatto altrettanto. La mia battaglia mi ha accecato e non mi sono reso conto che non riguardava me.

Non mi stupisce che mi odi. Anche io odio il Lachie che crede di aver conosciuto.

Come ho fatto a non capirlo?

È tutto sbagliato. Non posso andarmene se Bethan pensa che l'abbia giudicata per suo figlio.

Come può un bambino cambiare ciò che provo per lei? La amo. Tutto il resto fa parte della vita. Ho visto il piccoletto solo per un istante brevissimo, ma sembrava allegro e pieno di vita proprio come lei. Ed era anche la sua copia sputata. Scommetto che Bethan è una mamma fantastica. La sua positività e quella risata riuscirebbero a convincere chiunque che andrà tutto bene. Chi non vorrebbe una madre del genere?

Devo parlarle. Adesso. Non posso aspettare…

Mi dirigo verso la porta, pronto per uscire e andare da lei e costringerla ad ascoltarmi. Ma poi mi fermo.

No. Devo farlo come si deve. *La amo.* La voglio nella mia vita. Devo scusarmi, dimostrarle che vale la pena rischiare. Con o senza ferita. Con o senza lavoro. Se prova le stesse cose che provo io, voglio dimostrarmi all'altezza.

Devo escogitare un piano.

Ma prima, il suo messaggio merita una risposta…

Capitolo cinquantadue
Bethan

Cazzo, non avrei dovuto bere quei due-tre calici di vino ieri sera. Mi sento come se avessi un'orda di elefanti in fuga nel cervello.

Noah ha deciso che le 6 di mattina erano un momento perfetto per svegliarsi, cosa che non ha aiutato affatto. Invece della bella dormita e della lunga doccia calda che mi ero ripromessa, sono riuscita a rimanere solo due minuti sotto l'acqua prima di venire convocata da mio figlio.

Stamattina nemmeno il caffè mi salva. Né le pasticche che ho preso.

Ugh.

È tutta colpa di Lachie.

Lancio un'occhiata al mio messaggio. Chissà se oggi ha già guardato da questa parte. È tanto che non ci scambiamo biglietti, probabilmente nemmeno ci pensa. Sotto la luce del giorno fredda – e *dolorosa* –, il mio messaggio è davvero patetico. Avrei dovuto parlargli prima, vero?

Che cosa *inutile*.

Dovrei toglierlo.

«Ma-a-a-mma…».

Proprio quello di cui avevo bisogno. Noah l'ha imparato all'asilo: canticchia il mio nome imitando il suono di un trombone che va su e giù. Ho paura a pensare a cos'altro imparerà il mio bambino dai suoi amichetti. Voglio dire, sono felice che esca ed esplori il mondo, ma mi preoccupo dei tipetti terribili che incontrerà lungo il cammino.

«Che succede, *bach*?».

Riesce a sospirare più forte di me: notevole. «Ho *detto* che voglio le salsicce. E i fagioli. E le uova».

Mi si attorciglia lo stomaco. «Magari per pranzo, eh? Che ne dici di un fantastico toast?».

Sbuffa con il viso immerso in Tan il drago. «La mamma di Ryan gli fa le salsicce e i fagioli e le uova ogni giorno».

Be', accidenti a lei. «Ma davvero?».

Noah tira in fuori il labbro inferiore. «*E* le patatine».

«Certo. Be', buon per lei. *Noi* abbiamo la marmellata e i toast a forma di coniglietto».

«I coniglietti sono per le checche».

Lo fisso incredula. «*Checche* non è una bella parola. E poi questi non sono dei coniglietti qualunque...».

Lui socchiude gli occhi. «E cosa sono?».

Pensa, cervello, ho bisogno di te... Sbatto le palpebre. «Sono coniglietti dello spazio. Dal pianeta... *Toast-Warren...*».

Non so se l'ho convinto o confuso. «E come lo sai?».

Vuole fare il terzo grado, eh?

«Lo so perché ho la Visione speciale della Mamma. E questo vuol dire che vedo cose che tu non puoi vedere...». Stamattina tutto doppio, per esempio. «...E se ascolti bene prima di mangiarli, potrai sentirli parlare nella lingua segreta dei conigli dello spazio».

Ho perso il filo. Per fortuna Noah si è convinto, perciò bevo l'ultimo sorso di caffè e mi avvicino con cautela al cestino del pane. Grazie a un atto di grande coraggio e determinazione riesco a tostare il pane e ricoprirlo di burro e marmellata in modo abbastanza soddisfacente, e ringrazio il cielo per aver comprato un set di formine da biscotto a forma di coniglio durante la vendite pasquali di Bright Hill. Ricoperti di marmellata alle fragole sembrano più gli scarti di *La Collina dei Conigli* che una flotta di animaletti intergalattici, ma Noah apprezza lo stesso. Lo lascio davanti alla TV a inclinare quella testolina arruffata per ascoltare i loro sussurri.

Amo questo bambino.

Faccio altro caffè e provo a mangiucchiare una crosta di toast, quindi sgattaiolo in camera per vestirmi. Il letto mi chiama, ma non ho il coraggio di sdraiarmi, nemmeno per un secondo. Mi do una spazzolata ai capelli e mi azzardo a guardarmi allo specchio. Ho un aspetto migliore del previsto.

Prima goccia di positività della giornata.

In realtà non è vero. Un'altra cosa potenzialmente *davvero* positiva è un messaggio in segreteria che aspetta la mia risposta:

«Buongiorno signora Gwynne, mi chiamo David Ellis e lavoro come avvocato esperto in diritto di famiglia alla Stewart & Hogarth Solicitors di York. Ho avuto il suo numero da Hattie Rowse. Da ciò che mi ha riferito riguardo al suo caso, credo di essere in grado di aiutarla. Se vuole, può chiamarmi a questo numero».

Non mi aspettavo di ricevere notizie tanto presto. Quando sono tornata a Bright Hill, io e Hattie abbiamo parlato di Kai, e le ho raccontato brevemente i fatti da riferire al suo amico.

Magari si rivelerà un buco nell'acqua, oppure potrebbe essere la svolta più grande della mia vita. Aspetterò un altro po' prima di richiamare l'avvocato, ma sapere che c'è una minima possibilità di ricevere aiuto è una sensazione bellissima.

Mi siedo sul divano, con Noah felice che guarda la TV, e mi azzardo a posare la testa su un paio di cuscini. Le palpebre doloranti sono pesanti, il calore e la pace che si respira in casa mi avvolgono come una coperta morbida…

«Mami».

«Sto riposando un pochino, Noah».

Due manine mi afferrano il viso. «Mami, vieni a vedere».

«Un attimo, *bach*. Alla mamma fa male la testa». Tengo gli occhi chiusi, sperando che capisca.

«C'è il gatto!».

Cinque minuti. Mi bastano. «Tra poco».

«Il gatto è tornato!».

Un raggio di luce torna a filtrare attraverso le mie palpebre, e rabbrividisco. «Che gatto?».

Gli occhioni blu di Noah compaiono a pochi centimetri dal mio viso.

«Ernie, mamma. Ernie è tornato».

Sento il cuore sprofondare sul cuscino. Noah mi tira la mano come se volesse staccarmela. Non posso guardare dalla finestra. Oggi no.

«Vai a salutarlo», dico. Mi è venuta un'idea. «E vedi se ti saluta anche lui».

Funziona. Si avvicina alla finestra. Chiudo gli occhi, una lacrima che mi riga la guancia. Sapevo che mio figlio avrebbe amato quel gatto dalla prima volta che l'ho visto. Solo che non sapevo che io mi sarei invaghita del suo proprietario…

«Mamma! Ha mosso la coda!».

«Che bello. È bellissimo, tesoro».

Non mi sono solo invaghita di Lachie. Sono innamorata di lui, giusto? È per questo che il dolore non accenna ad andarsene. È il primo uomo che abbia amato dopo Kai. Al momento è un dolore peggiore di quello che ho provato quando il padre di mio figlio ci ha abbandonato. Ma so che non è davvero così: è semplicemente una ferita ancora aperta. Lachie non ci ha rovinato la vita. Devo solo aspettare di guarire. Con il tempo ricorderò solo le cose belle, e il modo in cui è finita diventerà un triste rimpianto, niente di più.

«Ernie ha fatto un disegno!».

«Cosa? No, probabilmente ha solo respirato sul vetro, come fai tu in macchina quando fa freddo».

Sento i passi di mio figlio che mi si avvicina. Reprimo un grugnito, mi sforzo di aprire gli occhi e gli sorrido quando mi raggiunge.

«Non è un disegno *respirato*, mami. Ci sono le paroline».

Le paroline.

Un messaggio.

Dimentico il mal di testa assordante e mi alzo a fatica dal divano, mezzo inciampando e mezzo correndo verso la finestra. Quando la raggiungo mi appoggio alla mensola per tenermi in equilibrio, sbattendo le palpebre per scacciare le lacrime salate e leggere le sue parole.

Le parole di Lachie.

Per me.

> Scusami, Bethan.
> Ci vediamo alla siepe alle 11?

«Vedi?», dice Noah, la mano sul mio braccio. «Ernie è un gatto intelligente».

«Sì… sì, lo è…».

Non riesco a pensare. Non riesco a muovermi. Non so

cosa fare. Sì, è un messaggio di scuse… ma è sufficiente? Mi ha davvero ferito. E avrebbe potuto ferire mio figlio.

Per tutto questo tempo mi sono chiesta e richiesta cosa avrei dovuto dirgli. Lachie ammirava la mia schiettezza: eppure, quando ho avuto l'occasione di rimproverarlo per la sua reazione, non l'ho fatto. Ho preso mio figlio e sono fuggita. Credevo di essere in grado di metterci una pietra sopra e andare avanti.

Ma non ho fatto progressi, vero?

Da quel giorno sono successe così tante cose. Ho combattuto battaglie, sono stata sul punto di perdere tutto, ho tenuto il punto. E dovrebbe bastarmi. Ma non mi basta. Non finché non gli dirò in faccia le parole che mi sono tenuta dentro.

Lancio un'occhiata all'orologio della cucina. Peter Andre mi conferma che sono le 10:45 di mattina.

C'è tempo.

Ma dobbiamo muoverci.

«Vieni», dico a Noah, prendendogli la mano. «Andiamo fuori».

«Posso portare la palla?»

«No. Oggi no. Dobbiamo prendere il cappotto, fare un salto in bagno…». Ho le lacrime agli occhi.

«Posso mettere gli stivali!».

«Gli stivali sono un'ottima idea». Rido, le lacrime mi rigano le guance. Le asciugo con la mano mentre prendo le scarpe.

Non so se riuscirò a parlare o se incespicherò. Ma devo tirare fuori le parole che ho dentro, così mi lasceranno in pace.

È ora.

Capitolo cinquantratré
Lachlan

Sono le undici passate.

Le undici e due per la precisione, ma comunque…

Bert mi guarda, il capo inclinato.

«Non lo so nemmeno io», dico guardando in basso. «Quanto dovrei aspettare?».

Woof, woof. Le sue guance baffute si gonfiano.

«Va bene. Hai ragione, altri due minuti».

Mi sento un cretino qui con il mio cane, il bastone e un mazzo di fiori. A quanto pare non profumano, cosa deludente, ma forse è meglio così dato che li tengo a pochi centimetri dal viso. Un attacco di starnuti non contribuirebbe a farmi fare una bella figura quando Bethan uscirà…

Sempre *se* uscirà.

Ra-nun-co-li. È giusto? Non ricordo cosa ho chiesto alla fioraia e come ha pronunciato la parola. Volevo solo comprarli e tornare qui il prima possibile.

E poi chi è che dà questi nomi assurdi ai fiori?

«*Ra-non-co-li?*». Bert sbatte la coda sulla mia gamba. «E va bene, glieli darò e basta. Non devo mica dirle di che fiori si tratta, giusto? Lo sa già».

Bene. Sto straparlando con il mio cane. Non è così che l'avevo immaginata.

E se non avesse visto il messaggio? Potrebbe essere

ancora a letto, oppure è uscita con il figlio. Quanto sono disposto ad aspettare?

È da pazzi.

Controllo di nuovo l'orologio. Ok, aspetterò fino alle undici e dieci. A quel punto manderò tutto al diavolo e andrò avanti con la mia vita.

È solo che ho impiegato un sacco di tempo ad arrivare qui. La passeggiata fino alla fioraia in fondo alla strada – che aveva i fiori giusti, grazie al cielo. Poi la lunga scarpinata verso casa. E, per tutta la durata del tragitto, notavo la gente che mi sfilava accanto e i miei passi irregolari opposti ai loro: perfetti, naturali. Ma nessuno ha fatto caso a me. Tranne una vecchietta sulla via del ritorno, che ha sorriso quando ha visto i fiori e mi ha detto: «Oh, che bello», come se fossi un bambino con un regalo per la mamma.

E poi l'insidiosa manovra per far uscire Bert dalla porta e far rimanere Ernie in casa. Perché ovviamente Ernie ha scelto proprio questa giornata per farsi venire la voglia di uscire con noi, perdendo l'abitudine di una vita.

Avrei dovuto portare Bert? All'inizio mi sembrava una buona idea. Soprattutto perché così non sarei stato da solo – e, se lei non si fosse presentata, avrei potuto fingere di star semplicemente portando a spasso il mio cane…

… con un enorme mazzo di fiori in mano.

Grazie al cielo non ho mai provato a entrare nei servizi segreti. Con delle abilità simili mi sarei cacciato nei guai.

Se fossi costretto a tornare a casa senza di lei, ora che sono pronto a farmi vedere per chi sono davvero, sarebbe *la fine*…

Bert abbaia.

Sollevo lo sguardo e… È lì. Sta uscendo dalla porta, il capo chino mentre chiacchiera con il figlio.

Poi alza la testa… e si immobilizza.

È la donna più bella che io abbia mai visto.

Aspetto che dica qualcosa, ma lei si limita a fissarmi. Non guarda la mia gamba, né il bastone, né i fiori, né il mio cane. Solo me.

«Credevo non venissi», dico.

«Ci è mancato poco».

Mi si stringe il cuore.

Lei arrossisce. «In realtà Noah doveva andare in bagno».

Il figlio sorride orgoglioso. «Ho fatto una cacca *enorme*».

«Ma davvero?». È una cosa così inaspettata che scoppio a ridere. Poi però nascondo il sorriso dietro i fiori – perché Bethan si è fatta seria in volto.

La fisso. «Lascia che ti spieghi».

«Non devi».

«Sì, devo. Quando mi hai visto, ho pensato che…».

«Posso accarezzare il cane?». Il bambino tira la manica di Bethan.

«Ehm… aspetta un attimo, ok?». Lei gli accarezza la testa con aria impaziente, lanciandomi un'occhiata. «Magari lui non vuole che…».

«No, non c'è problema», mi affretto a rispondere. All'improvviso portare Bert è stata l'idea migliore di sempre. «Può accarezzarlo, se vuole». Mi correggo. «Se *tu* vuoi».

Bethan alza gli occhi al cielo. «Va bene. Sii gentile, ok?».

Noah si allontana dalla mamma e mi si avvicina, fermandosi accanto a me e guardandomi dal basso come se fossi un grattacielo.

«Io sono Noah».

«Uhm, ciao. Io sono Lachie. E questo è Bert».

Io e Bethan osserviamo in silenzio, mentre il suo piccolo bambino e il mio cane un po' zoppo diventano subito migliori amici. È incredibile, soprattutto per quanto riguarda Bert, considerando che gli ci è voluta una settimana per fidarsi di me e quasi un mese per farsi andare a genio Jenny.

Torno a guardare Bethan, e sento che il mio corpo la desidera. «Ho commesso un errore l'ultima volta che ti ho vista. Credevo fossi sconvolta di vedere me...». Indico la gamba e il bastone. «Di vedere *questo*».

«Cosa?»

«È per questo motivo che ti ho proposto di incontrarci accanto alla siepe, invece di fare ciò che volevo, ovvero venirti incontro. Volevo prima che la mia gamba migliorasse. Ce la stavo mettendo tutta, ma... Il modo in cui cammino adesso è permanente. Quattro mesi fa ho avuto un incidente. Sono rimasto schiacciato sotto una macchina. Avrei dovuto dirtelo, ma non l'ho fatto perché... mi piaceva il fatto che ti piacessi senza sapere il resto della storia».

Lei mi ascolta con sguardo fermo.

«Ho già perso tanto. Per mesi non ho pensato ad altro. Volevo che mi conoscessi per come sono davvero. Sei l'unica persona della mia vita che non ha visto prima la mia gamba: è una cosa che ha significato così tanto per me...con te sentivo di poter essere chiunque».

Lei scuote la testa. «Non era necessario dirmelo... della tua gamba, intendo. Non avrebbe fatto alcuna differenza. Mi piacevi tu e basta...». Fissa l'erba alta sotto le sneaker rosse. «Credevo fossi sconvolto per via di mio figlio. Che mi stessi giudicando. Mi succede spesso, Lachie, dovunque io vada. Da parte di persone ben intenzionate o semplicemente maleducate. Speravo tu fossi diverso».

«Io sono diverso. Mi importa di te, Bethan. Non avrei mai potuto giudicarti. È stata una sorpresa perché non sapevo che avessi un figlio, ma non ne sono rimasto sconvolto».

«Quel giorno ero venuta a dirtelo. So che avrei dovuto farlo prima, ma volevo tenerti tutto per me. È da tanto tempo che non mi succedeva: credevo che tu fossi la persona giusta. Ma poi ho visto la tua espressione...».

«Lo so, adesso lo so. Mi dispiace tanto. Voglio essere io quella persona per te. Per voi. Perché mai dovrei giudicarti perché hai un figlio? È parte di te e...». Devo dirlo. Questa potrebbe essere l'ultima volta che parlo con lei, e deve saperlo. «... e io ti amo».

Rimaniamo lì senza sapere che fare. Siamo a pochi passi di distanza – giusto la larghezza di una siepe, anche meno. Vorrei avvicinarmi, ma non riesco a interpretare la sua espressione. Ho detto tutto ciò che dovevo dirle. Adesso è il suo turno.

«Avresti dovuto dirmi *quello*».

«Mamma, guarda le zampe di Bert quando gli faccio il solletico!».

Bethan esita, ma non distoglie lo sguardo. «È fantastico, *bach*».

«Fanno *boing boing*!».

«Ah sì? Che divertente». L'accenno di un sorriso sulle labbra. Non riesco a vedere altro. «Non mi vergogno di mio figlio», dice poi, il tono basso. «Ma tu sei la prima persona che ho conosciuto che era interessata solo a me. Per te non ero una mamma. Non ero il mio lavoro. Amavo questo fatto». Ha gli occhi luminosi. «Amavo *te*».

«Potresti amarmi di nuovo?», chiedo, senza lasciarmi il tempo di ripensarci – il mio cuore minaccia di mandarmi al tappeto, e ho bisogno di saperlo.

Lei non risponde.

Che significa? Se ami qualcuno lo dici e basta, no?

I boccioli gialli, rossi e arancioni danzano nella mia mano, anche se non c'è vento a muoverli.

Non so a cosa stia pensando. La posta in gioco è altissima, e vorrei prendermi a pugni per aver pensato che fossi io a correre il pericolo maggiore, a svelare la verità. Ma mi sbagliavo: Bethan correva un rischio molto più grande.

Se è un *no* – se il danno è ormai troppo esteso, e se è troppo tardi per ripararlo – almeno abbiamo avuto questo istante. La osservo avvolgere le braccia attorno al corpo, guardare il figlio e il mio cane.

Siamo l'uno di fronte all'altra e, nonostante sia troppo tardi, vedo Bethan per quello che è. Orgogliosa, temeraria, tenace, bellissima e forte. E, per inciso, è anche una madre che dedica la sua intera vita al figlio. Io però vedo solo lei. E odio aver rimandato questo momento tanto a lungo.

Macchine che sfrecciano, chiacchiericci che si alzano dalla strada. Tra i nostri due edifici, il sole si muove e proietta due lunghe ombre rettangolari che incorniciano un ponte di luce. Ci troviamo ai suoi margini, al confine delle possibilità. E non mi azzardo nemmeno a respirare per paura di rovinare tutto…

«Non saprei…», dice lei infine.

Non è la risposta che mi aspettavo. Mi appoggio al bastone: sta iniziando a sprofondare nel terreno soffice. E ora che faccio? Le lancio i fiori e scappo?

«… dipende».

«Da cosa?».

Mi fissa con quegli occhi blu. «I fiori sono per me?».

Ricambio il suo sguardo. È un *sì*? Sta scherzando? «Sono per te. Scusami».

Glieli porgo e lei si avvicina per afferrarli, i raggi di sole che le colorano i capelli castani di un rosso brunito. «Mi sembra di riconoscerli».

Ecco tornata tra noi quella scintilla che mi era mancata tanto. Di nuovo pieno di coraggio, rispondo: «Una donna bellissima una volta mi ha detto che si chiamano *ranoncoli*».

Per un istante i nostri sguardi si incrociano... e all'improvviso scoppia a ridere, una risata in grado di far spuntare il sole. «Eh? Non *ranoncoli*, sciocco. Ranuncoli!».

Rido anche io, perché ho sbagliato ancora. A quanto pare, ho commesso parecchi sbagli di recente. «Ah, *cazzo*». All'improvviso mi ricordo del bambino piccolo inginocchiato a pochi passi da noi. «Scusa. *Merda*. Non intendevo...».

«Lachie...».

Fantastico. Questo è il momento in cui sarebbe dovuto tornare tutto a posto, e la prima cosa che faccio è insegnare al figlio di Bethan due parole che non ha *decisamente* bisogno di imparare.

«Seriamente, io... non so nemmeno perché l'ho detto. Non impreco mai, è solo che...».

«Ehi, Lachie». Adesso mi è accanto, un guizzo negli occhi.

«Che c'è?».

Bethan sorride e mi accarezza il viso.

«Ti amo».

E a quel punto non ci sono parole.

Solo il nostro bacio.

Capitolo cinquantaquattro
Bethan

Non avrei mai pensato di essere una tipa da gatti.

Badate bene, io ed Ernie abbiamo stabilito un legame sin dall'inizio.

Adesso mi fa le fusa in grembo, arrotolato in un cerchio perfetto, una grossa palla grigia di contentezza.

So cosa prova.

La stanza si riempie della luce pigra della domenica, e il divano di Lachie è caldo. Sorrido mentre Noah tira per la centesima volta una pallina da tennis dall'aspetto umidiccio e Bert si lancia all'inseguimento, le zampette che scivolano sul parquet. Mio figlio batte le mani e lancia un urlo di cui i suoi draghi andrebbero fieri. Si volta a guardare il suo nuovo migliore amico – dopo Bert, ovvio.

«Hai visto?»

«Bel tiro. Bravissimo, piccoletto».

Osservo Noah che posa la manina sul ginocchio di Lachie prima di scattare a inseguire un cane estasiato. Un'immagine piena di significato. Ultimamente ce ne sono state parecchie: non me le aspetto mai, ma sono dei doni preziosi. Credo che Lachie non sappia bene cosa fare quando accadono, ma vedo i suoi occhi illuminarsi e il suo sorriso farsi più ampio. A quanto pare non ero l'unica a essere pronta ad amarlo per la persona che è.

«Veloce», gli dico, «alzati prima che torni».

«Nah, sto bene qui», insiste lui.

In realtà è seduto sul pavimento da un'ora, la schiena appoggiata al tavolo da pranzo, le gambe distese a terra. Più tardi quella sinistra gliela farà pagare, ma sembra che non gli importi. Si sporge verso l'alto, afferra la tazza dal tavolo, beve un sorso di tè ormai ghiacciato, e mi sorride quando capisce che lo sto osservando.

«Le piace quello che vede, signorina?»

«Non male». Ricambio il sorriso, e sento il mio cuore gonfiarsi così tanto che potrebbe spingere via Ernie.

Quattro settimane sembrano sia un'eternità che un battito di ciglia. Siamo andati molto vicini a rinunciare a *questi* momenti. Dopo che ci siamo messi insieme, ho scoperto che Lachie aveva intenzione di vendere la casa proprio il giorno in cui ha letto il mio messaggio. Se non lo avesse visto, se fosse andato via prima… non voglio pensare a come sarebbe stata la mia vita senza di lui.

Si mette comodo sul pavimento, il braccio sinistro a sorreggerlo. Leggo le parole sagge di Maya Angelou: è stato quel tatuaggio a dare il via a tutto ciò. Adesso arrossisco nel ricordare l'effetto che mi aveva fatto – ancor prima di vedere il suo viso o di sapere qualcosa sul suo conto. Lo shock che ho provato quando ho toccato quelle parole per la prima volta, il giorno in cui ci siamo incontrati accanto alla siepe. È strano che un ricordo conservi ancora tanto potere su di me. Persino ora che ne ho di nuovi – e che sono in grado di dire *con esattezza* quanti tatuaggi possiede Lachlan Wallace…

«Cosa?»

«Sto solo ammirando la mercanzia», rispondo, rabbrividendo subito dopo.

«Tipico. Vuole solo il mio corpo».

«No, non voglio solo il tuo corpo…».

Il suo sorriso si addolcisce. È davvero un uomo bellissimo.

«... anche il tuo gatto e il tuo cane».

Scuote la testa. «Ah, finalmente la verità viene a galla».

«E il tuo divano, la tua TV – molto più grande della nostra, e anche la doccia è parecchio speciale...».

«Ah, è così?».

Faccio spallucce. «Dico solo la verità, *cariad*...».

Questo è troppo. Si alza, mi si avvicina e mi prende tra le braccia, sfrattando un micio decisamente contrariato.

«Ugh, vi state baciando *di nuovo*?».

Ci stacchiamo e vediamo il viso rosso e accigliato del mio bambino con accanto il suo scodinzolante braccio destro.

«Sì, scusa, amico. Posso baciare la mamma?».

Ecco il tipico sospiro di Noah Gwynne, quello che gli farebbe vincere un Oscar. «*O-kay.* Ma se i pirati entrano, devi dirlo *subito* ai draghi».

«Sissignore!».

Amo quest'uomo. Amo il fatto che mi abbia teso una mano nel momento in cui pensava di aver toccato il fondo, e dall'altra parte ha trovato una persona che credeva di essere sola. Non ho mai creduto al destino. Penso che ognuno debba sfruttare al meglio ciò che gli si para davanti. Ma sono stata davvero fortunata a incontrare Lachie.

Sono così orgogliosa di lui. Lasciare l'esercito... è stata dura, e non credo che si riprenderà tanto presto. So che la sua famiglia non è stata felice quando ha deciso di non tornare a casa, anche se li ho conosciuti in videochiamata e sembrano persone adorabili. Quando vedranno che sta bene, cambieranno idea. Il tempo farà la differenza – e io non vado da nessuna parte.

È stato appena assunto come insegnante in una scuola dalla parte opposta della città, inizierà a settembre. Lo stipendio è solo una frazione di quello che prendeva a Catterick, ma aveva già qualcosa da parte, e io guadagno un po' di più ora che sono diventata caposezione. Ce la caveremo. Lachie continua a scherzare con Noah dicendo che inizieranno la scuola dei grandi lo stesso giorno. Non penso che mi abituerò presto al fatto che mio figlio andrà alle elementari, ma almeno i miei ragazzi cominceranno insieme la loro prossima avventura.

I miei ragazzi.

Guardati, Bethan.

Mi rannicchio contro Lachie, le sue braccia forti che mi stringono. Riesco a vedere la sua finestra, e la mia poco più in là. Ci sono ranuncoli identici su entrambe le mensole. Continua a dimenticarsi il nome, ma io non mi do per vinta. E poi dovrò insegnargli a pronunciare Llanfairpwllgwyngyllgogerychwyrndrobwllllantysiliogogogoch…

Abbiamo tanta strada da fare, e non c'è niente di certo.

Ma sta funzionando. Ed è bellissimo.

La vita non è perfetta. Sarei pazza a pensare il contrario. È caotica e snervante, bellissima e ingiusta. Kai non farà mai parte del mondo di Noah, ma Lachie sì. Potrei non ricevere alcun rimborso dall'azione legale che David, l'amico di Hattie, sta intentando, ma in qualche modo me la caverò. Lachie ha intenzione di prendere a pugni Kai se mai dovesse tornare in Inghilterra, cosa che sotto sotto adoro. Non lo farà, ovviamente, ma il fatto che sia dalla mia parte conta più di tutto il resto.

Sono soddisfatta della mia vita incasinata. Persino

con tutte le incognite e gli ostacoli che potrebbero aggredirmi da un momento all'altro. Ho abbastanza pietre luminose sul mio cammino per andare avanti.

Non importa cosa pensa la gente di me. So che tipo di persona sono. Accidenti, amo la persona che sono. Ed è così anche per Lachie. Tanto meglio, perché, be', lo adoro da morire.

Stiamo tutti bene.

Staremo bene.

Ringraziamenti

Ci vuole un esercito per curare, far crescere e sostenere un libro. I miei ringraziamenti vanno a:

Capo giardiniere (La mia fantastica editor)
Manpreet Grewal

Capo dello staff (La mia fantastica agente)
Hannah Ferguson

Esperto di siepi (Redattore)
Jon Appleton

Osservatore speciale (Correttore di bozze)
Jane Selley

Esperti di piante (Team di HQ)
Melanie Hayes
Lily Capewell
Melissa Kelly
Dawn Burnett
Halema Begum
Angie Dobbs
Tom Keane

Artisti (Production Design)
Charlotte Phillips
Stephanie Heathcote

Concessioni (Diritti)
Hardman Swainson

Battaglione di supporto (Amici meravigliosi)
Ag Smith
Claire Smith
Rachel Lucas
Cally Taylor
Tamsyn Murray
Kate Harrison
Rowan Coleman
Julie Cohen
Kim Curran
The Mints
The Dreamers
Whites & Dickinsons
I miei fantastici followers

Team di Bright Hill (Cameo)
Bhupinder Brown e Kerry-Ann McDade (assistenti negozio di articoli da regalo)
Jenn McKean e Judith Graham (assistenti caffetteria)
Claire Whitlock (manager del negozio di abbigliamento)
Harriet Cooke e Charlotte Bennett (collettivo di agricoltori)

Menzioni speciali
I libri preferiti di Lachie, con Eddie Flynn come protagonista, sono scritti da Steve Cavanagh e sono fantastici. Li nomino furtivamente e con tanto amore!

L'insegnante di Noah, la signora Guest, è ispirata a Raegon Guest, che ringrazio per essere così fantastica.

Ho preso gentilmente in prestito i draghi di Noah da Flo, che ha anche dato i nomi a Bert ed Ernie.

Compagni di lockdown, intrattenitori costanti, organizzatori di banchetti, dispensatori di abbracci, grandi sognatori e amori della mia vita: Bob e Flo. Siete tutto. Vi amo da impazzire.

Senza la pandemia, non avrei scritto *Tutta colpa del gatto*. È la prova che possono ancora succedere belle cose, anche nei momenti più bui. Cari lettori, vi mando tutto il mio amore per aver letto il mio libro. Continuate a cercare piccoli frammenti di speranza e di positività.

Arriveranno giorni migliori.

La soundtrack di Tutta colpa del gatto

Ci sono canzoni che mi hanno dato l'ispirazione mentre scrivevo la storia di Bethan e Lachie. La musica mi è stata di grande aiuto durante la pandemia, e molti degli artisti elencati di seguito hanno visto incrinarsi le proprie prospettive quando è scattato lo stop agli spettacoli dal vivo. Vi prego di seguire questi musicisti fantastici e comprare le loro opere per sostenerli.

Canzone di Bethan & Lachie:

Real Love – Tom Odell – Real Love (singolo)

Canzoni che hanno ispirato *Tutta colpa del gatto:*

Flowers in the Window – Travis – The Invisible Band
World Spins Madly On – The Weepies – Say I Am You
Clouds – Newton Faulkner – Write It On Your Skin (Edizione Deluxe)
Cup Of Tea – Kacey Musgraves – Pageant Material
This Town – Niall Horan – This Town (Singolo)
Fixed – Mary Bragg – Violets As Camouflage
Bright Lights – Haevn – Eyes Closed
Impossible – James Arthur – Impossible (Singolo)
Times Like These – Live Lounge Allstars – BBC Radio 1 Stay Home Live Lounge
Falling Off the Face Of the Earth – Matt Wertz – Twenty Three Places
Diamonds – Josef Salvat – Recover 2017 – Ministry of Sound
Outnumbered – Dermot Kennedy – Without Fear

Don't Get Mad Get Even – The Little Kicks – Shake Off Your Troubles
Walk Alone – Rudimental (Feat. Tom Walker) – What A Time To Be Alive
Glorious – Måns Zelmerlöw – Chameleon
Grace – Lewis Capaldi – Divinely Uninspired To A Hellish Extent
Kings & Queens – Ava Max – Kings & Queens (Singolo)
Something Beautiful – Tim Halperin – Something Beautiful (singolo)

Indice